Corazón comanche

Corazón comanche

Catherine Anderson

Traducción de Diana Delgado

TERCIOPELO

Título original: *Comanche Heart*
Copyright © Adeline Catherine Anderson, 1991

Primera edición: junio de 2011

© de la traducción: Diana Delgado
© de esta edición: Libros del Atril, S.L.
Marquès de l'Argentera, 17. Pral.
08003 Barcelona
info@terciopelo.net
www.terciopelo.net

Impreso por Egedsa
Roís de Corella 12-16, nave 1
08250 Sabadell (Barcelona)

ISBN: 978-84-92617-89-0
Depósito legal: B. 18.016-2011

Queridos lectores:

*C*omo ya os comentaba al inicio de *Luna comanche*, estoy encantada con el hecho de que el sello Signet de la editorial New American Library haya vuelto a editar la serie Comanche, lo que pone de nuevo estos libros a vuestra disposición. Durante demasiados años, los títulos de la serie Comanche eran difíciles de encontrar, y aquellos que estaban disponibles se vendían a precios desorbitados. Cada vez que alguna de vosotras me escribía para decirme que iba a comprar un libro de la serie Comanche, siempre os decía que os esperaseis, con la promesa de que algún día la serie sería reeditada. Con los años, empecé a temer que no pudiese cumplir mi promesa.

Gracias a la editorial New American Library, puedo ahora confirmar que, dentro de poco, podréis comprar todos los títulos de la serie Comanche. Y no solo eso: la editorial New American Library ha diseñado para cada libro de la edición en inglés una nueva y bonita cubierta, más en consonancia con la historia. Es un orgullo para mí, como autora, ver que por fin estos libros reciben el respeto que siempre supe que merecían.

Como descubriréis al leer *Corazón comanche*, no es una novela romántica al uso. La segunda parte de *Luna comanche* es la continuación de la lucha que los supervivientes de la nación comanche tuvieron que librar cuando intentaron adaptarse a la cultura de la sociedad blanca. En *Luna comanche*, conocisteis y llegasteis a amar a Amy, la pequeña que fue raptada por los comancheros, y al chico comanche, Antílope Veloz, que la ayudó a emprender un doloroso viaje a través de las tinieblas hasta poder volver a encontrar la luz del sol. Ahora, muchos años después, la promesa de amor que se hicieron de adolescentes culmina en esta historia.

Espero que disfrutéis leyendo *Corazón comanche* tanto como yo he disfrutado escribiéndola. Y me gustaría oír los comentarios de todas y cada una de vosotras. Mi dirección de correo electrónico es ChtrnAndrsn@aol.com. Podéis también contactar conmigo a través de mi página web, dejando un mensaje en el libro de visitas. O, si lo preferís, podéis mandar una carta a mi atención a la editorial New American Library.

¡Feliz lectura, amigas!

Con cariño,
Catherine Anderson

Nota de la autora

*C*uando escribía *Corazón comanche*, mi madre me confesó que desciendo en parte de los shoshones, lo que explica mi interés por el pueblo comanche y mi afinidad con ellos, ya que en realidad los shoshones dejaron la tribu de sus padres en busca de un clima más cálido y mejores extensiones de terreno para la caza. A los shoshones se les conocía en ocasiones como los «indios *snake*» porque vivían en Idaho, una palabra shoshone que significa «tierra fría como el hielo», y solían viajar por las orillas del río Snake hasta el centro de Oregón para cazar. Yo ahora vivo en el centro de Oregón y tengo contacto directo con la tierra que a menudo visitaban mis antepasados de origen nativo.

Después de dejar la tribu de sus padres, los comanches se hicieron llamar Los Snakes Que Regresaron. Asumieron este nombre porque periódicamente volvían a visitar Idaho para ver a los seres queridos que habían dejado atrás. Cuando se encontraban con extraños, hacían honor a este nombre poniendo las palmas de las manos hacia abajo, a la altura de la cintura, y moviéndolas hacia atrás como si los brazos fueran el cuerpo de una serpiente deslizándose.

Este libro es un tributo a Los Snakes Que Regresaron, un pueblo grande y noble que aún conmueve a los que leen sobre su historia y las duras pruebas que tuvieron que superar. Hacia el final, justo antes de la caída de la nación comanche, la tribu solía decir *suvate*, que significa, «todo se ha cumplido». Esta palabra sobrecogedora encarna una trágica historia que aún hoy nos tiene atrapados a muchos de nosotros.

Tengo la esperanza de que nunca se cumpla de esta forma para ninguno de nosotros, porque si no somos capaces de aprender de los errores del pasado, volveremos a repetirlos.

Prólogo

Texas, 1876

Como alma desconsolada, el viento silbaba y ululaba envolviendo a Antílope Veloz, cegándolo con un velo negro de cabello que le impedía ver la tumba solitaria que se alzaba ante él. No pestañeaba. El escozor que sentía en los ojos pertenecía a los vivos, y en este momento solo quería estar con los muertos.

La tosca cruz clavada en la tumba de Amy Masters, sacudida por las inclemencias del tiempo, había ya renunciado a mantenerse erecta. Veloz examinó las burdas letras talladas con crudeza en la madera, casi borradas por el tiempo, y se preguntó si estas palabras contendrían la canción de Amy. Por algún motivo, dudó que el *tivo tiv-ope*, la escritura de los hombres blancos, pudiese componer una imagen que hiciese honor a su magnificencia.

«Amy...»

Los recuerdos de Amy se arremolinaban en la cabeza de Antílope Veloz, con tanta vivacidad como si la hubiese visto ayer. Cabello dorado, ojos azules, sonrisa radiante... su hermosa, dulce y valiente Amy. Estos recuerdos la hicieron llorar con más remordimiento que vergüenza, porque debería haber llorado su pérdida mucho tiempo atrás. El dolor le hizo encogerse de hombros. Si hubiese llegado antes. «Doce años.» Le rompía el corazón imaginar que ella lo había esperado allí, unida a él de por vida por una promesa de matrimonio, para morir antes de que él pudiera cumplir con su parte del compromiso y volver a buscarla.

Las palabras que Henry Masters le había dirigido solo unos momentos antes, resonaron en su cabeza: «No está aquí, sucio comanche. Y es una bendición, si quieres saber mi opinión, que sea así, con tipejos como tú viniendo a cortejarla. El cólera se la llevó hace cinco años. Está enterrada en la parte de atrás, junto al granero».

Con mano temblorosa, Antílope Veloz enderezó la cruz que marcaba la tumba de Amy, tratando de imaginar cómo debía de haber sido su vida, esperándolo en esta granja miserable. Al morir, ¿habría mirado al horizonte con la esperanza de verlo allí? ¿Habría entendido que solo había sido la gran batalla por su gente la que lo había mantenido alejado de ella? Había prometido que volvería a por ella, y había cumplido con su promesa. Pero lo había hecho con cinco años de retraso.

Antílope Veloz sabía que debía montar en su caballo y salir de allí. Sus compañeros lo esperaban a unos kilómetros al oeste, con las alforjas llenas de lingotes de oro y la mirada puesta en el norte, a donde esperaban conducir el ganado robado. Pero era como si a Antílope Veloz le faltara la determinación necesaria para poner un pie delante de otro. Su plan de comprar un próspero rancho de ganado había dejado de interesarle. Todo lo que era yacía allí, con Amy, en aquella granja inhóspita.

Antílope levantó la cabeza y se quedó observando los campos de hierba que se extendían más allá de la granja. Sintió un enorme vacío, similar al que sintió cuando un año antes había entrado en el cañón Tule. En ese lugar, el pasado mes de septiembre, Mackenzie y sus soldados habían masacrado a cuatrocientos caballos comanches y habían dejado allí sus cuerpos para que se pudrieran. Aunque Antílope Veloz había tenido noticias del asalto que había sufrido su pueblo en el cañón de Palo Duro, aunque sabía de su derrota, no pudo darlo como cierto hasta que vio los miles de huesos esparcidos por la superficie del cañón, únicos restos visibles de la manada comanche. Fue entonces cuando Antílope Veloz supo, en lo más profundo de su ser, que su gente estaba acabada; sin caballos no eran nada.

Al igual que él no era nada sin Amy.

Poniéndose en pie, desenfundó el cuchillo y se rajó la mejilla desde la ceja hasta la barbilla, un último tributo a la enérgica chica *tosi* que le había robado el corazón con la generosidad de su amor. La sangre llegó chorreando hasta el montículo de tierra de su tumba. Se imaginó que era absorbida por la tierra, que se mezclaba con sus huesos. Si fuese así, una parte de él quedaría aquí con ella, por muy lejos que viajase o muchos inviernos que pasasen.

El comanche alzó los hombros, enfundó el cuchillo y caminó hacia su caballo. Después de montar, se quedó allí sentado un momento, con la vista perdida en el horizonte. Sus amigos lo esperaban hacia el oeste. Antílope espoleó el caballo y cabalgó en dirección sur. No sabía adónde iba. Y tampoco le importaba.

Capítulo 1

Marzo de 1879

*A*my Masters golpeó el suelo con los tacones de sus zapatos para mantener en movimiento la mecedora. A pesar del calor que desprendía la chimenea, el frío se había colado por debajo de su falda de lana e instalado en las enaguas y calzas de canalé. Le hubiese ayudado encender la lámpara, pero por ahora prefería estar en penumbra. Por alguna razón, la luz del fuego le resultaba reconfortante. Le gustaba ver cómo jugaba con el papel de motivos florales que cubría el salón, recordándole aquellas largas noches de verano en Texas, cuando el fuego convertía los tipis del poblado de Cazador en conos invertidos de ámbar brillante contra el cielo azul pizarra.

El sonido de voces y risas apagadas hizo que Amy volviera su atención hacia la calle. Se oyó un portazo. Después un perro ladrando, un sonido que se le antojó distante y solitario. Todos en Tierra de Lobos se habían recogido en sus casas para dormir, algo que ella era incapaz de hacer. Pronto darían las cinco. El padre O'Grady de Jacksonville visitaba el pueblo tan raras veces que odiaba la idea de perderse la misa. Él dejaría la región al día siguiente y tomaría el camino del norte en dirección a la misión de Corvallis. Después se encaminaría al oeste, hacia Empire, en Coos Bay, y después al este hasta Lakeview. Pasarían semanas antes de que volviese a decir misa otra vez en Saint Joseph, la iglesia de Jacksonville, y mucho más para que visitase Tierra de Lobos. Con un marido, dos hijos y un cura visitante al que alimentar, Loretta necesitaría ayuda para preparar el desayuno. Aun así, Amy se resistía a irse a dormir.

Despedirse de un buen amigo y de sus queridos recuerdos llevaba su tiempo.

Con un suspiro, bajó los ojos hacia las páginas cuidadosamente dobladas del periódico de Jacksonville, *Democratic Times*, que tenía en las manos. Los horribles rumores sobre Antílope Veloz habían circulado por Tierra de Lobos desde hacía un par de años, pero Amy se había negado a creerlos. Ahora, después de leer esta nueva noticia, no podía negar por más tiempo la realidad. Su amigo de la infancia, el único hombre al que había amado en su vida, se había convertido en un asesino.

Con la cabeza apoyada en el respaldo de la mecedora, Amy miró el dibujo al carboncillo de Antílope Veloz que tenía colgado sobre la chimenea. Se sabía de memoria cada una de sus líneas, sobre todo porque lo había dibujado ella. A la luz parpadeante del fuego, su perfil era tan vivo que parecía que en cualquier momento fuese a girarse y dedicarle una sonrisa. Una estupidez, dado el poco talento que tenía como pintora. Tenía un rostro tan bello... Antílope Veloz. Ese nombre era como una caricia para ella.

Según el artículo, ahora se hacía llamar Veloz López. Su nombre comanche había dejado de servirle ahora que había escapado de la reserva y había empezado a trabajar como vaquero. Incluso Amy tenía que admitir que su elección era inteligente. Había escogido las últimas sílabas de «Antílope» para crearse un nombre mexicano. A pesar de haber sido adoptado por la tribu y criado como un comanche, el origen español de Antílope Veloz siempre había quedado patente en sus finos rasgos. Pero, aunque admirase su ingenio y comprendiese su necesidad de escapar de las estrictas reglas de la vida en la reserva, se sentía traicionada.

Un comanchero y un pistolero de mala fama...

Las palabras del artículo del periódico resonaban en su mente, conjurándole imágenes que le ponían la piel de gallina. Durante todos estos años había conservado los recuerdos de su querido Antílope Veloz, imaginándolo como cuando tenían dieciséis años, un joven noble, valiente y amable, un soñador. En lo más profundo de su ser, había creído que mantendría su promesa y vendría a buscarla en cuanto la batalla de los comanches por la supervivencia hubiera terminado. Ahora se daba cuenta de que nunca lo haría. E incluso aunque lo hiciera, lo despreciaría por aquello en lo que se había convertido.

Una triste sonrisa se dibujó en su cara. Con veintisiete años, era un poco mayor para seguir construyendo castillos en el aire. Antílope Veloz había hecho esa promesa de matrimonio a una alegre niña de doce años, y aunque los comanches pensasen que las promesas eran para siempre, había llovido mucho desde entonces: su nación había sido destruida; sus seres queridos, masacrados. Aunque la niña que había en su interior odiase admitirlo, él debía de haber cambiado también, dejando de ser un amable y protector chico para convertirse en un hombre dominante e implacable. Debería agradecer a Dios que no hubiese venido a buscarla.

Probablemente ni siquiera se acordaría de ella. Amy era la rara, la que vivía la vida desde la barrera, con el corazón puesto en un pasado de promesas que se había llevado el viento de Texas.

Incorporándose, tiró la página del periódico al fuego. El papel se consumió en un fogonazo de luz. El olor acre de la tinta al arder penetró en sus fosas nasales. Se levantó de la mecedora y caminó hacia la chimenea. Con manos temblorosas, cogió el dibujo de Antílope Veloz. Las lágrimas le llenaban los ojos cuando se inclinó con la intención de tirar el retrato a las llamas.

Al mirarlo a la cara, casi pudo oler las llanuras de Texas en verano, oír el sonido de las risas de los niños, sentir el tacto de su mano sobre la de ella. «Mantén siempre los ojos en el horizonte, chica de oro. Lo que quedó atrás es pasado.» ¿Cuántas veces había encontrado consuelo en esas palabras, recordando cada inflexión de la voz de Antílope Veloz?

No podía vivir el resto de su vida en el pasado. El Antílope Veloz que ella había conocido hubiera sido el primero en reñirla por mantenerse aferrada a los recuerdos. Y sin embargo... Tocó con la punta del dedo el papel, trazando la línea majestuosa de su nariz, el arco perfecto de su boca... Y se tocó su propia boca, llena de tristeza.

Con un suspiro desgarrado volvió a poner el dibujo encima de la chimenea, incapaz de entregarlo a las llamas, incapaz de decirle aún el último adiós. Antílope Veloz había sido su amigo, su amor inocente, su salvador. Él le había hecho sentirse limpia de nuevo, y le había devuelto la entereza. ¿Podía ser tan malo atesorar estos recuerdos? ¿Acaso importaba en lo que él se hubiese convertido? De todas formas, no volvería a verlo nunca más.

Sintiéndose inexplicablemente sola, Amy dio la espalda al retrato y caminó por el pequeño y poco alumbrado salón, deteniéndose en la vitrina llena de figuras y adornos. Pasó los dedos por uno de los objetos, un oso que le había tallado Jeremiah, uno de los alumnos. En el estante inferior al del oso, había un jarrón con flores secas que la niña de los Hamstead había recogido. Al ver los regalos, y su simplicidad, se sintió reanimada. Le gustaba enseñar. ¿Cómo podía sentirse sola cuando su vida estaba llena de personas que la querían, no solo sus estudiantes, sino también Loretta y su familia?

Aunque los huecos más profundos de la casa estaban a oscuras, se dio la vuelta en dirección al dormitorio, y avanzó una vez más sin encender la lámpara. Desde niña sufría de una ceguera nocturna severa, pero hacía tiempo que se había familiarizado con la casa y podía moverse por ella sin tropezar, con un poco de cuidado. Desvistiéndose rápidamente para no quedarse fría, se enfundó el camisón blanco y se lo abotonó hasta la barbilla. Temblando, dobló la ropa que acababa de quitarse y la colocó en una pila sobre el escritorio, para tenerla a mano por la mañana. Después, disfrutando de la tranquilidad que da la rutina, se sentó frente al tocador, se soltó el pelo y echando mano del cepillo empezó a peinar sus largos cabellos un centenar de veces, como era su costumbre.

Miró fijamente en dirección a la cama, incapaz de discernir la forma. Le hubiese venido bien envolver algunas piedras calientes en una toalla y colocarlas entre las sábanas, pero no le quedaban fuerzas. Era como si la impenetrable oscuridad la inmovilizase, silenciosa y opresiva. Empezó a sentir una extraña tirantez en la garganta. Dejó el peine a un lado, fue a la ventana y se apoyó en el marco. A través del cristal empañado, vio la calle principal del pueblo alumbrada por las luces que salían de la taberna Lucky Nugget.

No había estrellas en el cielo. En marzo, el sur de Oregón empezaba a disfrutar de algunos días de primavera, pero el de hoy había sido especialmente frío. Las capas de niebla cubrían la parte alta de los tejados. La claridad de la luna permitía ver el vapor de lluvia que caía sobre las aceras. Al día siguiente, la calle estaría llena de charcos. A diferencia de la cercana Jacksonville, Tierra de Lobos no había retirado aún la tierra y la grava de sus calles.

Tuvo otra vez un escalofrío, suficiente como para meterse corriendo en la cama y buscar la calidez entre las frías sábanas. Con la mejilla sobre la almohada, observó la rama desnuda que el viento agitaba al otro lado de la ventana.

Amy tenía miedo de cerrar los ojos, y esta noche más que ninguna otra. Leer ese artículo en el periódico había removido demasiadas cosas del pasado, recordándole todos esos horrores que ella prefería olvidar. Solo faltaban unas horas para que amaneciese, pero esto no evitaba la eternidad oscura que aún tenía por delante. Con estas historias en la cabeza, ¿vendrían los comancheros a sus sueños? Y si así era, ¿estaría el semblante de Antílope Veloz entre sus rostros brutales? En otras ocasiones, al despertar después de una pesadilla, el recuerdo de Antílope Veloz siempre había conseguido apaciguarla. Ahora él cabalgaba con los hombres de sus pesadillas, con los asesinos, los ladrones... y los violadores.

Se imaginó la salida del sol en las praderas de Texas, el horizonte hacia el este cubierto de débiles franjas rosadas, debajo de un cielo gris plomizo. ¿Se fijaría Antílope Veloz en el amanecer? ¿Jugaría el viento del norte, con ese olor dulce a hierba y flores salvajes de primavera, con su rostro? Cuando mirase al horizonte, ¿recordaría él, aunque solo fuera por un instante, aquel lejano verano?

A medida que el sol iba ascendiendo, Veloz López parecía sentir una tensión mayor entre los hombres con los que cabalgaba. Incluso su caballo negro, *Diablo*, parecía sentirla, ya que relinchaba y se movían con nerviosos quiebros. Veloz sabía que el aburrimiento en Chink Gabriel y sus hombres tenía el mismo efecto que la sujeción en los caballos: los volvía un poco locos. Durante muchos días habían viajado sin incidentes. Por si esto fuera poco, el aire cálido de la mañana transportaba los olores de la incipiente primavera. Esta estación del año ponía nerviosos a todos. Solo que, en el caso de estos tipos, la tensión podía hacer que se volviesen peligrosos.

Cubriéndose los ojos con el ala del sombrero negro, Veloz se echó hacia atrás en la silla y dejó que el paso sereno de los cascos de su caballo lo meciesen. Los pájaros gorjeaban posados sobre el campo de hierba y revoloteaban con frenesí cada vez que los caballos se acercaban demasiado. Vio también a un conejo que corría dando saltos a su derecha.

Por un momento deseó poder volver atrás en el tiempo, poder cabalgar otra vez con buenos amigos que, más allá de la línea de visión, se alzase un poblado comanche. Era un deseo que solía tener muy a menudo y le resultaba tan dulce, tan real, que casi podía oler la carne fresca puesta a cocinar al fuego.

A lo lejos se oyó el repique de campanas de una iglesia. Le anunciaba el día de la semana en el que estaban y la existencia de un pueblo en lo alto de la colina. Contrajo la boca, y trató de percibir una vez más los olores que traía el aire. Le llegó el aromaa ternera al fuego. Se pasó la mano por la mandíbula sin afeitar. En ese momento, daría lo que fuera por un baño y una buena jarra de whisky.

Chink Gabriel, que cabalgaba junto a Veloz, puso a su ruano al paso.

—Que me aspen si eso no es la campana de una iglesia. Hay un pueblo allí cerca. Anda que no hace tiempo que no huelo una falda, estoy más caliente que una perra en celo.

Algo más atrás, José Rodríguez escupió tabaco y dijo:

—La última vez que estuve con una muchacha, estaba tan borracho que a la mañana siguiente ni siquiera me acordaba de haber echado un casquete. Salí del pueblo tan caliente como cuando entré.

Toro Jesperson, cuyo nombre hacía honor a su corpulenta figura, emitió un desagradable mugido.

—Uno día de estos, vas a pagar muy caras tus borracheras.

—¿Ah, sí? ¿Y tú qué sabes? —le retó Rodríguez.

—Vas a agarrar una de esas enfermedades, vaya que sí. Te levantarás una mañana y verás que tienes podrida tu pistola.

—¿Y qué se puede esperar por dos dólares? —gruñó otro hombre—. Esas rameras con las que estuvimos la última vez eran lo más sucio que he visto nunca.

Rodríguez se rio.

—El único sitio limpio que tenía la mía era su teta izquierda, y solo porque Toro había estado con ella antes que yo.

—¡Eh, Toro! —gritó alguien—. ¿Acaso tu pistola se ve rara últimamente? ¡Porque la mierda de la de José parece haberse limpiado!

Hubo una explosión de risas y los hombres empezaron a contarse sus historias favoritas: las de prostitutas. Veloz los escuchaba solo a medias. Él solo había pagado una vez por obtener los favores de una mujer, y no porque ella le pidiese dinero, sino porque iba vestida con harapos. Entre comanches, las mujeres nunca tienen que vender sus cuerpos para sobrevivir. En opinión de Veloz, los hombres que frecuentaban los prostíbulos eran mucho más salvajes e insensibles que cualquiera de las fechorías que se supone que habían cometido los comanches.

Charlie Stone, un pelirrojo corpulento barbilampiño, hizo detener a su caballo tordo.

—Sí, también tengo el cuello dolorido. ¿Y tú qué, López?

Consciente de que la pregunta comportaba un desafío y de que su respuesta no iba de ningún modo a influir en lo que decidiesen veinte hombres, Veloz se sacó el reloj del bolsillo y echó un vistazo a la hora.

—Aún es temprano.

—Sí, todas las pichoncitas deben estar aún en la cama —sugirió alguien.

—Tal vez el negocio les fue mal anoche —comentó Chink—. Si no, diez dólares de más harán que se despierten al instante.

A Veloz no le hacía ninguna gracia entrar en los pueblos a plena luz del día. Y hoy menos que nunca, sabiendo que Chink y los demás estaban ansiosos de armar bronca. Haciendo un círculo con el caballo, alzó la vista por la llanura que se extendía ante ellos. En el horizonte podía verse una granja. Volvió a meter el reloj en el bolsillo y sacó una moneda de cinco dólares que lanzó al aire en dirección a Chink.

—Me parece que voy a ir a echarme una siesta. Tráeme una botella cuando vuelvas.

—No se puede joder con una botella —protestó Charlie—. Tú no eres normal, López. ¿Acaso te crees demasiado bueno para ir de putas o qué? —Al ver que Veloz no respondía, Charlie apretó el labio—. Irás donde nosotros vayamos. Es la norma. ¿No es cierto, Chink?

Veloz saltó para bajarse del caballo, haciendo sonar las espuelas al pisar la hierba.

—Lo que pasa es que tienes miedo, eso es lo que pasa —se jactó Charlie—. Tienes miedo de que algún chico malo reconozca esa linda cara tuya y te arranque la cabeza de cuajo. ¿No es así, López? Te estás ablandando.

Con cara inexpresiva, Veloz devolvió la mirada a Charlie Stone y soltó de golpe la cincha de la silla. Después de unos momentos de tensión, Charlie carraspeó con nerviosismo. Apartó la mirada. Veloz desensilló al caballo y, bordeando a los otros jinetes, lo condujo hasta un lugar a la sombra.

Chink suspiró, espoleó su montura y salió disparado hacia el pueblo. Veloz sabía que al jefe de los comancheros no le gustaba que uno de sus hombres se quedara fuera. Pero él no se consideraba uno de sus hombres, nunca había sido así, y tampoco iba a cambiar ahora. La única razón por la que se había quedado con Chink un año y medio atrás era para seguir en movimiento. Los problemas tenían la virtud de pisar los talones de uno, y él tenía que ser listo si quería evitarlos.

—¿Estás seguro de que no quieres venir? —preguntó Chink.

Veloz ató su caballo y después se tumbó de espaldas en la sombra, con la silla como almohada. Sin responder, cerró los ojos. Sabía que Chink no tenía agallas para desenfundar las pistolas por algo tan trivial.

—Vamos —dijo Charlie—, deja a ese sucio hijo de puta que duerma tranquilo.

Cuando el sonido de los cascos se perdió en la lejanía, Veloz sacó sus revólveres Colt 45 plateados de la cartuchera y se puso a revisar el tambor, una costumbre ya arraigada en él. Después volvió a recostarse en la silla, abandonándose al sueño con la confianza de quien tiene en sus manos dos armas cargadas y está dotado de un fino oído y rápidos reflejos.

No pasarían ni cinco minutos antes de que Veloz tuviera que poner a prueba tanto su oído como sus reflejos. Unos caballos se acercaban, y lo hacían a gran velocidad. Se puso en pie de un salto y sacó la pistola antes incluso de reconocer el sonido por completo. Al descubrir que el primer caballo era el de Chink, Gabriel se relajó un poco. Los hombres azuzaban sus monturas, y esto solía presagiar que se avecinaban problemas. Veloz enfundó su Colt y ensilló rápidamente el caballo, listo para cabalgar si era necesario.

—Mira lo que hemos encontrado —gritó Chink mientras dirigía el caballo hacia donde estaba Veloz—. Una pichoncita, y que me aspen si no es la cosa más sabrosa que has visto nunca.

Aunque le deslumbraba el sol, Veloz vio que Chantal llevaba a una chica colocada en la silla como si fuera un fardo. Una mata de pelo dorado le cubría la cara y formaba una especie de cortina espesa que llegaba hasta la panza del caballo.

A Veloz se le encogió el estómago. Desde que se enteró tres años atrás de la muerte de Amy, rara vez se permitía pensar en ella, pero cada cierto tiempo, como ahora, los recuerdos entraban en su cabeza sin llamar, amargos, y entonces le invadía una sensación de pérdida insoportable. El cabello de esta chica era de color rubio amarillo, y aunque el de Amy era dorado como la miel, el parecido le golpeó como si le hubiesen dado una patada bien dirigida. Años atrás Amy también había sido víctima de una banda de comancheros.

Chink saltó del caballo, sonriente y sin afeitar. Se puso a sobarse la entrepierna con una mano.

—Sacaremos un buen precio por ella en la frontera, pero antes, no creo que pierda mucho valor si la probamos un poco.

Charlie cabalgó hasta él y dejó caer a la chica del caballo. La muchacha gritó al sentir el golpe del hombro contra la hierba. A duras penas, trató de ponerse en pie. Llevaba una ropa que Veloz no había visto nunca antes, una falda pantalón y una blusa hecha a medida que se ajustaba a sus pechos como una segunda piel. Imaginó que el atuendo había sido diseñado para montar a caballo, pero fuera cual fuera su propósito, un modelo tan revelador del cuerpo femenino no servía sino para azuzar los apetitos masculinos... veinte, en concreto.

La chica echó a correr. Tres hombres espolearon sus caballos para perseguirla, riéndose de sus intentos de fuga. Veloz apretó la mandíbula. No estaba de acuerdo con las violaciones, pero no podía ayudar mucho a la chica con veinte pistolas apuntándole al gaznate. Para empezar, esa maldita chica no debería haber estado cabalgando sola.

Chink dejó colgando las riendas del caballo y corrió a coger a la rubia, riéndose al ver que se resistía. Le dio una patada y la llevó de vuelta al sitio en el que había sombra. Los otros hombres descendieron de sus caballos y le siguieron como polluelos a la gallina. Veloz se mantuvo en silencio. Chink tiró a la chica al suelo y la agarró por la blusa. Los botones salieron volando. La tela se rasgó. Dando un gran chillido, la chica forcejeó con todas sus fuerzas para librarse de él.

—Maldito seas, Toro, no vas a tener ni que limpiarle las tetas —gritó alguien.

—Que alguien me ayude a quitarle los pantalones —ordenó Chink.

Veloz se dio la vuelta y se alejó caminando. Solo un idiota se dejaría matar por una mujer que no conocía. Con esa ropa estaba pidiendo a gritos que la abriesen de piernas. Terminó de apretar la cincha de la silla, haciendo oídos sordos a los gritos de la chica. ¿Acaso pensaba que alguien iba a oírla? En todo caso nadie a quien le importase su bienestar.

Chink gruñó como si le hubiesen dado una patada. Al momento siguiente, Veloz oyó el enfermizo estampido que hace un puño al tocar la carne. La chica volvió a gritar.

—Haced que la putita se quede quieta —berreó Chink—. Vosotros dos, cogedla por los tobillos. No tan fuerte. Me gusta que luchen un poco. Porque vas a enfrentarte a mí, ¿verdad, preciosidad? Te vas a animar y darme un viaje de los que pueda luego recordar, ¿a que sí?

Algunos de los hombres rieron y vitorearon para animarlo. Veloz sabía sin mirar que Chink se estaba colocando. Centró la atención en las alforjas de la silla y se puso a apretar las correas. La risa de los hombres casi ensordecía los gritos desesperados de la chica. Aun así, los oídos de Veloz empezaron a sentir el llanto como propio. Empezó a sudarle la cara. Con un tirón de rabia, volvió a apretar una de las correas. Dado que era poco lo que podía hacer, le parecía absurdo permanecer allí y escucharlo todo.

Agarrándose al cuerno de la silla, puso una bota en el estribo. La chica gritó:

—¡Dios mío, no! ¡Por favor! —Veloz se quedó helado. Recuerdos de Amy corrieron por su cabeza. Esta chica no tenía ningún tipo de relación con ella, por supuesto, si no era el hecho de ser rubia y mujer. Cerró los ojos, diciéndose a sí mismo que sería un completo imbécil si se metía.

Entonces, antes de poder convencerse de nada, sacó el pie del estribo y se quitó el sombrero, sujetándolo por los cordones al cuerno de la silla de montar. Era domingo. Aunque Veloz no siguiese la religión *tosi*, no podía pensar en nadie que mereciese ser violado durante el Sabbath. Dio una palmada en el lomo de *Diablo*, para que pudiera correr hacia un lugar seguro, y le alivió ver que el caballo de Chink lo seguía. No tenía sentido que los animales saliesen heridos.

Veloz se dio la vuelta lentamente, cada vez más convencido de lo que iba a hacer después de ver el culo desnudo de Chink iluminado por el sol. Un hombre no podía ir muy lejos con los pantalones bajados.

—¡Chink!

De repente, se hizo un gran silencio. Incluso la chica se calló. Todos los ojos se volvieron hacia Veloz, quien permanecía de pie con sus largas y negras piernas abiertas, los codos doblados y un poco hacia atrás y las manos puestas sobre las cartucheras. Los ojos azules de Chink se entornaron.

—¿No estarás pensando en disparar a veinte hombres? —dijo—. Ni siquiera un descerebrado como tú haría una locura así.

Veloz no necesitaba que Chink le dijese que lo que estaba a punto de hacer era una estupidez. Acabaría muerto, y a la chica la violarían de todas formas. Era sobre todo una cuestión de cuán bajo podía caer un hombre, y él ya había caído demasiado bajo como para poder largarse de allí y seguir viviendo en paz consigo mismo.

—Tú caerás conmigo —le dijo a Chink suavemente.

La chica contuvo un sollozo y aprovechó el momento de distracción para mover las caderas fuera del hombre que casi la había penetrado. Veloz lo registró todo con su agudeza sensorial, consciente de la brisa que agitaba su pelo corto, del cuello de la camisa abrasándole la garganta, del peso de las pistolas en sus caderas. Por un instante pudo ver el rostro de Amy y se sintió reconfortado al saber que ella lo esperaba en el más allá, y que con lo que iba a hacer podría por fin reunirse con ella con la cabeza bien alta.

Los ojos de Chink se entornaron aún más.

—Te veré en el infierno, maldito cabrón —dijo mientras cogía su pistola.

Con la rapidez que había hecho de su nombre una leyenda, Veloz desenfundó, levantó el percutor de la pistola con el dedo pulgar y agitó la mano derecha a la altura del estómago para mover la espuela del percutor. Algunos de los que rodeaban a Chink reaccionaron y desenfundaron sus pistolas. Para Veloz se habían convertido en rostros borrosos, objetivos capaces de matarlo si él no los mataba primero. Seis disparos salieron de su arma en una sucesión tan rápida que sonaron como una explosión. Chink cayó de espaldas sobre la chica. Otros cinco hombres se desplomaron, muertos antes de abrir fuego. La chica empezó a gritar, tratando de sacar la pierna de debajo del cuerpo de Chink. Los caballos, acostumbrados a los tiroteos, se movieron y dieron un relincho.

Veloz se tiró a tierra y empezó a rodar. Una ligera elevación del terreno le proporcionaba cierto resguardo. La tierra empezó a formar nubes de polvo alrededor de él mientras los catorce hombres que quedaban recuperaron el sentido y empezaron a disparar. Veloz cargó su otro revólver y, en un segundo barrido, hizo otros tres disparos. Tres hombres cayeron al suelo.

En una tregua de disparos, Veloz se elevó sobre un codo, la adrenalina bloqueando el miedo y la palma de la mano preparada sobre el empeine del percutor.

—¿Quién de vosotros, malditos cabrones, quiere ser el siguiente?

Entre todos, los once hombres que quedaban tenían al menos cien cartuchos listos para disparar. Cuando ninguno de ellos se aventuró a disparar, Veloz dijo:

—Soy hombre muerto, y lo sabéis. Pero si yo caigo, me llevaré a tres más de vosotros conmigo. —Consciente de que José era lo más parecido a un líder entre los hombres que quedaban vivos, Veloz puso los ojos en él—. Rodríguez, tú serás el primero.

Un temblor de miedo contrajo la cara morena del mexicano. Con las pupilas dilatadas, miró fijamente al cañón del 45 que empuñaba Veloz. Después de un momento, soltó el revólver y levantó las manos.

—No hay mujer sobre la tierra que merezca que uno arriesgue el pescuezo por ella.

Veloz vio que varios de los hombres miraban desconcertados a Chink. Sin un jefe al que obedecer, Veloz supuso que no debían de estar muy seguros de lo que hacer. Tomando el ejemplo de Rodríguez, los hombres dieron todos un paso atrás y soltaron las armas.

—Si tanto la quieres, quédatela —dijo uno.

—No quiero tener problemas contigo, López.

Toro escupió y miró a Veloz con ojos asesinos.

—Supe que nos traerías problemas desde la primera vez que te vi. Pero las cosas no van a quedar así. Te lo prometo.

—Cállate, Toro, y súbete al maldito caballo —le ordenó Rodríguez.

Veloz siguió tendido boca abajo hasta que los once hombres se hubieron marchado. Después se volvió para mirar a la chica, que se había quedado extrañamente en silencio. Estaba sentada con la espalda arqueada, como un ciervo asustado, sus ojos azules fijos en la parte baja del torso desnudo de Chink. Veloz supuso que era la primera vez que veía a un hombre desnudo. Era algo que no podía evitarle. Que viera esa imagen era infinitamente mejor que lo que había estado a punto de ocurrirle.

Se levantó y enfundó las armas. Las manos le temblaban con el incontrolable miedo que seguía siempre a un tiroteo. Pasó la mirada por los cuerpos desperdigados y se le encogió el estómago. Cerró los ojos y dobló los dedos, sintiendo el sudor frío sobre el cuerpo. Asesinar. Estaba cansado de hacerlo, terriblemente cansado. Y sin embargo, daba igual lo que hiciera, parecía que nunca podía evitar hacerlo.

Silbó para llamar a su caballo y, cuando el animal trotó hasta él, abrió las alforjas en busca de más cartuchos. No iba a arriesgarse a que Rodríguez y los otros volviesen. Solo después de haber recargado sus Colts, se ajustó el sombrero de ala ancha sobre la cabeza y caminó hacia donde yacía Chink. Arrastró al comanchero lejos de la pierna de la chica y después le subió los pantalones.

—¿Estás bien? —preguntó, con más brusquedad de lo que hubiera querido.

Ella miró primero el cuerpo de Chink y luego el de los otros ocho hombres que yacían a su alrededor. Veloz suspiró y se pasó la mano por el pelo, sin saber muy bien qué hacer. Si la llevaba así al rancho que se veía a lo lejos, el único agradecimiento que recibiría sería sin duda una cuerda al cuello.

Reunió la ropa de la muchacha, que eran más jirones que algo posible de llevar. Arrodillándose junto a ella, empezó la difícil tarea de vestirla, para descubrir muy pronto que era una misión imposible. Le tocó el hueso de la mandíbula con un dedo.

—Te dio un buen golpe, ¿eh?

Ella parpadeó mirándole a los ojos, aún conmocionada.

Veloz caminó hacia su caballo y cogió una de las camisas que guardaba en el hatillo de ropa. La muchacha no opuso ninguna resistencia cuando le pasó las mangas de la camisa negra por sus inertes brazos. Ni se inmutó cuando le rozó los pechos con los nudillos al abotonarle la camisa. Veloz supuso que seguía insensible, paralizada por el miedo.

—Siento no haberle disparado antes —empezó a decir—, pero pensé que no podía tener ninguna oportunidad. Supongo que tal vez ese dios vuestro oyó a usted rezar y decidió que debía ayudarla.

No parecía oír lo que le decía. Veloz suspiró y fijó la vista en el rancho, preguntándose si viviría allí. Lo hiciera o no, era la casa más cercana, y el tiempo corría en su contra. Tenía que marcharse de allí. Aunque no los hubiera conocido nunca, sabía que Chink tenía dos hermanos que no dejarían que las cosas quedasen así. En cuanto Rodríguez recapacitara un poco, volvería. Si no vengaba la muerte de Chink, los hermanos Gabriel lo harían.

Veloz llevó en brazos a la muchacha, que seguía temblando, hasta su caballo. Pareció reaccionar un poco cuando él la colocó en la silla. Se montó detrás de ella, y cuidando de no acercar la mano a sus pechos, le rodeó el cuerpo con el brazo.

—Gracias —susurró ella con voz temblorosa—. Gra... gracias...

—No tiene por qué darlas. Me moría por un poco de acción.

Cabalgaron en silencio un par de kilómetros hasta que la

muchacha por fin pareció recobrar la compostura. Después de unos cuantos minutos, emitió un suspiro largo y entrecortado.

—Me ha salvado. Podía haberse marchado, pero no lo hizo. ¿Por qué?

Veloz se quedó callado y fijó la mirada en la casa que tenían ante ellos. Quería decir «¿Por qué no?», pero no lo hizo. Una muchacha de su edad nunca entendería lo banal que la vida podía ser para un hombre que vagabundeaba de un pueblo a otro, con toda su gente muerta, sus seres queridos muertos, sus sueños muertos.

—Nunca he visto a nadie disparar tan rápido.

Veloz puso su caballo negro al trote, sin contestar.

—Solo un hombre puede disparar de esa forma. —Dobló el cuello para mirarle, los ojos muy abiertos con una mezcla de asombro y miedo en ellos—. Mi padre me había hablado de usted. Es Veloz López. Él tiene una cicatriz en la mejilla, como usted. Ahora que lo pienso, ¡incluso se parece a él!

Veloz trató de mantener el tono lo más neutro posible.

—Solo soy un vagabundo que ha tenido suerte, eso es todo.

—Pero yo oí a uno de esos hombres llamarle López.

Veloz se resistió negándolo con vehemencia.

—Gómez, no López.

—Es Veloz López. —Se volvió para estudiarle—. Vi una fotografía suya una vez. Se viste todo de negro y es guapo, como en la foto. ¿Es verdad que ha matado a más de un centenar de hombres?

Sintiéndose atrapado, Veloz apartó la mirada. Mañana a esa hora, cualquiera a cincuenta kilómetros a la redonda habría oído lo del tiroteo y el número de muertos a sus espaldas se multiplicaría con el boca a boca. Y en algún lugar ahí fuera, un novato con ganas de hacerse famoso escucharía la historia y pondría a punto sus pistolas. Antes o después Veloz se encontraría de pie en alguna sucia calle, enfrentándose a ese chico y teniendo que decidir si iba a dispararle o dejarse matar. Y como siempre le había pasado hasta entonces, en ese segundo de duda, sus reflejos se harían con el control de su mano y desenfundaría sin pensar.

El escenario siempre era el mismo, y siempre sería así. Veloz maldijo el día en que había tocado un revólver por primera vez.

Con la mirada puesta en el oeste, contempló el horizonte. Oregón. Estos últimos meses había pensado muy a menudo en su amigo de toda la vida, Cazador. Veloz ya no estaba seguro de creer en la antigua profecía comanche que había conducido a Cazador al oeste. No parecía posible que los comanches y los blancos pudiesen vivir en armonía en ningún sitio, al menos no en esta vida. Probablemente Cazador se habría establecido en Oregón y no habría encontrado nada más que odio. Pero eso en realidad no importaba. Para Veloz, la idea de estar entre amigos de nuevo, incluso aunque fueran solo unos pocos, constituía una salida muy atractiva.

La mujer *tosi* de Cazador, Loretta, había enviado varios años atrás una carta a la reserva india invitando a cualquiera de la tribu a que se uniera a ellos en las tierras del oeste. Veloz no había estado presente para oír la lectura en voz alta hecha por la mujer del pastor, pero había oído a los otros hablar de ella, susurrando el nombre de *Oh-rhee-gon* y mirando con deseo hacia el horizonte. En ese momento, Veloz había dejado ya de soñar en mejores lugares, pero ahora... Se le hizo un nudo en la garganta. Con la pesadilla de vida que llevaba, un sueño, incluso si este no tenía más consistencia que una nube de humo, bien valía la pena ser perseguido.

Veloz no tenía idea de qué tipo de lugar sería Oregón, pero había tres cosas que lo hacían recomendable: estaba muy lejos de Texas, de los hermanos Gabriel y de la leyenda de Veloz López. En el momento en el que dejase a la muchacha en la casa del rancho, partiría hacia el oeste.

Capítulo 2

Octubre de 1879

*E*l sol de mediodía calentaba los hombros de Veloz mientras guiaba su caballo negro por el camino de tierra que conducía, tras una cuesta, a Tierra de Lobos. Después de seis meses de viaje, en ocasiones por el desierto, otras por el paisaje inhóspito de las altas llanuras, la exuberancia del otoño de Oregón era como una fiesta para los sentidos. Respiró hondo y exhaló el aire fresco de la montaña, con los ojos puestos en las coloridas cumbres, que formaban una cadena de cadencias desde el naranja brillante al marrón oscuro y distintas tonalidades de verde. Nunca había visto tantas especies de árboles en un solo lugar: robles, abetos, pinos, arces y uno de preciosa hoja perenne que no pudo identificar, con troncos pelados que se doblaban por los brotes como dedos retorcidos.

La brisa le trajo voces de niños al subir por la colina. Sujetó las riendas del caballo y se detuvo un momento para contemplar por primera vez Tierra de Lobos, un pequeño y bullicioso pueblo minero a diez kilómetros de Jacksonville, la capital del condado. La calle principal parecía como cualquier otra de una comunidad blanca, con coloridos carteles publicitarios en las tiendas que se alineaban a ambos lados de la calle. A la izquierda, tres edificios de dos plantas se alternaban con una taberna, un hotel y un restaurante.

Arriba en la colina, enclavados junto a una gran casa de madera, Veloz divisó dos tipis. A juzgar por el humo que salía por los mástiles, alguien mantenía allí las tradiciones indias. Sonrió al recordar las palabras de la antigua profecía comanche: «Un solo lugar, donde comanches y *tosi tivos* vivan como un solo pueblo».

Un maravilloso olor a pan horneado flotaba en el aire. Casas de varios tamaños y estructuras, algunas impresionantes, otras meras casuchas de una habitación con jardines desiertos, moteaban el espeso terreno boscoso. En la distancia, Veloz vio a una mujer colgando la ropa junto a una pequeña cabaña. Un poco más arriba de ella, en la ladera, dos vacas deambulaban por el bosque, una mugiendo, la otra pastando hierba.

Veloz se relajó en la silla, dejando que el sentimiento de paz le invadiese. Habían pasado tres años desde su huida de la reserva india —tres largos y penosos años— y en todo ese tiempo nunca había llegado a un lugar que le dijera tantas cosas como este. Quizá, solo quizá, si esperaba y trataba de pasar desapercibido, podría aquí escapar a su reputación y abandonar para siempre las pistolas.

Un alboroto de risas captó su atención. Se echó el sombrero hacia atrás para ver con detenimiento el patio del colegio que se hallaba a su derecha. Una niña pequeña corría por el patio en dirección a la escuela, con su falda de algodón a cuadros revoloteando al viento mientras trataba de escapar de un chico que la perseguía. Poco después, alguien empezó a golpear un triángulo con una varilla metálica, con un sonido tan estridente, que Veloz entrecerró los ojos en dirección al porche. Vio un resplandor de pelo dorado y después oyó una voz dulce e inquietantemente familiar.

—Hora de volver a clase, niños. El recreo ha terminado.

Veloz miró fijamente a la esbelta mujer que permanecía de pie en la escalinata de la escuela, una visión de muselina azul oscuro. No podía moverse, no podía pensar. ¡Era Amy! No podía ser cierto. Pero sonaba como ella. El mismo color de pelo, esa viva cabellera dorada como la miel. ¿No podía ser Loretta, la prima mayor de Amy? Con su cabello dorado, sus bellas facciones y sus ojos azules, Loretta siempre se había parecido a Amy. Si no fuera por la diferencia de edad, las dos habrían pasado por gemelas.

Los niños corrieron hacia el colegio. Sus pies golpearon la madera al subir los escalones y entrar en el edificio. Veloz, sobrecogido por el pálido sonido de la voz de la mujer, hizo dar un rodeo a *Diablo* y cabalgó hacia el patio de recreo. Se detuvo junto a la escalinata, saltó de la silla y ató las riendas en el palenque. Por un momento se quedó allí inmóvil, escuchando, con miedo a tener esperanzas.

—¡Atención, atención! —gritó ella.

Los niños se quedaron de repente en silencio.

—Jeremiah, tú vas primero. Si un caballero se encuentra con una dama en la acera, ¿por qué lado debe sobrepasarla?

—Por su derecha —soltó una voz de niño—. Y si la acera es estrecha, se meterá en la calzada y se asegurará de que la dama pasa de forma segura.

—Muy bien, Jeremiah —dijo la mujer con una risa suave—. Estás respondiendo a mis preguntas antes de que las haya formulado. Peter, ¿debería el caballero reconocer a la dama?

—No, señorita —replicó otro chico con un tono tímido y poco convencido.

—¿Nunca? —preguntó ella, con una voz cálida y seductora.

—Bueno, quizá, si conoce a la dama la saludará con una inclinación.

—Excelente, Peter.

Veloz oyó el sonido de las páginas de un libro al ser hojeadas.

—¿Índigo Nicole? ¿Es adecuado para una señorita caminar entre dos caballeros, con una mano en el brazo de cada uno?

Una chica contestó:

—No, señorita. Una verdadera señorita solo concede sus favores a un hombre cada vez.

Veloz no escuchó la siguiente pregunta. Incrédulo, subió las escaleras, sintiendo una gran debilidad en las piernas, temblando, con una gota de sudor cayéndole por la espalda. Conocía la voz de esa mujer. La madurez había enriquecido sus tonos. La dicción era más precisa y limpia. Pero la voz era definitivamente la de Amy. La reconocería en cualquier lugar, ya que había permanecido en sus sueños durante quince años. «Te esperaré, Veloz. Y cuando sea lo bastante mayor, seré tu esposa.» Esa promesa se había convertido en su mayor tristeza, ahora transformada en un milagro.

Dio un paso hasta el umbral de la puerta abierta, escudriñando la habitación oscura por debajo del ala de su sombrero. Sin terminar de confiar en que las rodillas pudieran sostenerlo, Veloz apoyó un hombro en el marco y fijó la vista en la profesora, todavía sin poder creer lo que veían sus ojos. Amy...

Esa tumba detrás del granero de Henry Masters no era la de Amy. La cruz que Veloz había enderezado con tanto amor no llevaba su nombre ni la canción de su vida. Su dulce, su preciosa Amy estaba aquí, sana y salva en Tierra de Lobos. ¡Había perdido tres años! Solo Dios sabía por qué Henry Masters le había mentido de esa manera. Una ola de rabia le inundó el cuerpo.

Sin embargo, se sentía tan feliz que dejó de pensar en todo lo demás. Amy estaba de pie ante él, respirando, sonriendo, hablando, tan hermosa que le quitaba la respiración. Quince años atrás, su belleza era la de una niña juguetona, delgada como un junco, con una naricilla impertinente llena de pecas, una barbilla rebelde y grandes ojos azules ribeteados de unas espesas pestañas oscuras. Ahora, aunque seguía siendo frágil de constitución, había adquirido las suaves curvas de la feminidad. Su mirada se detuvo fugazmente en el ribete blanco que bordeaba su remilgado corpiño, después descendió hasta su esbelta cintura y el suave vuelo de sus caderas, acentuada por dos remolinos de tela que le caían con majestuosidad por el trasero. Se le hizo un nudo en la garganta, y por un momento le fue imposible respirar. Esto no era ningún sueño, ¡era real!

Por el rabillo del ojo, Amy vislumbró una sombra amenazante en la entrada. Distraída con la página del Manual de las Buenas Costumbres que estaba leyendo, olvidó lo que iba a decir y levantó la vista. Su atención se concentró en el hombre alto, vestido todo de negro, que llevaba un poncho de lana al estilo comanchero colgado de un hombro y un arma reluciente como la plata en la cadera. Conteniendo un gemido, dio un paso atrás y apoyó la espalda sobre el encerado.

—¿Pu... puedo ayudarle, señor? —preguntó con una voz ahogada.

Él no contestó. Con el hombro apoyado en el marco de la puerta, dejaba caer el peso de su cuerpo sobre una sola de sus caderas, la rodilla ligeramente doblada, con una postura descuidada pero en cierta forma insolente. El ala ancha de su sombrero de vaquero negro le ensombrecía el rostro, pero la luz jugaba con la comisura de sus finos y bien definidos labios y el brillo de sus dientes. Tocándose el ala del sombrero, hizo una inclinación y cambió el peso de su cuerpo al otro pie mientras se estiraba en toda su longitud, que parecía ser la misma que la de la puerta.

—Hola, Amy.

La voz profunda y sedosa que oyó Amy fue como un baño de agua fría sobre su piel. Parpadeó y tragó saliva, tratando de asimilar el hecho de que en la puerta del colegio había apoyado un comanchero, bloqueando así el único sitio por el que poder escapar. El hecho de que supiese su nombre la aterrorizaba aún más. Esto no era Texas y, sin embargo, era como si la pesadilla de su pasado la hubiese encontrado de algún modo.

Con la boca seca, lo miró fijamente, buscando en su mente la mejor salida a un ritmo frenético. ¿Habría otros fuera? Amy pudo sentir el desconcierto de sus alumnos, sabía que estaban asustados porque veían que ella lo estaba, pero no era capaz de encontrar ningún coraje, si es que le quedaba algo de eso en el cuerpo. El miedo la consumía, un pánico frío y paralizador.

El hombre dio un paso hacia ella, haciendo tintinear sus espuelas al pisar en el suelo de madera. El sonido hizo que Amy volviera atrás en el tiempo, a esa lejana tarde en la que los comancheros la violaron. Aún ahora, podía recordar la sensación de sus brutales manos en los pechos, el sonido cruel de su risa, el dolor interminable después de que un hombre tras otro violase su cuerpo de niña.

El suelo se hundió bajo sus pies. En su cabeza, los ecos del pasado se unían a los del presente en una cacofonía ensordecedora que le golpeaba las sienes.

El comanchero se acercó aún más, con paso implacable, las estrellas de sus espuelas rozando las tablas del suelo. Amy no podía moverse. Entonces, deteniéndose a unos escasos pies de ella, se quitó el sombrero. Amy miró fijamente su cara morena y reconoció la familiaridad de esa misma cara años atrás, una cara esculpida ahora por la madurez. Reconoció cada línea aprendida a fuerza de mirar el grabado que tenía de él en la chimenea, tan cambiadas que ahora configuraban la cara de un extraño.

—Veloz...

Fue un susurro lo que se escapó de sus labios, un susurro apenas audible. Unos puntos negros cegaron su visión. Parpadeó y buscó con nerviosismo algo con lo que sujetarse, pero era como si su mano solo pudiera encontrar el aire vacío. Como si viniera de un lugar lejano, lo escuchó repetir su nombre. Después, sintió que se caía, que se caía..., adentrándose en la negrura más absoluta.

—¡Amy!

Veloz se precipitó hacia delante, cogiéndola de la cintura para que no cayera al suelo. Ella se agarró a él débilmente, con la cabeza colgando, los brazos moviéndose como péndulos, los ojos a medio cerrar. No se trataba de un mero desvanecimiento..., sino de una verdadera pérdida de consciencia.

Él puso una rodilla en el suelo. Asustado, le tanteó la garganta con el dedo para encontrarle el pulso. Aunque no podía ser grave, le atemorizaba la palidez que veía en su rostro. Maldiciendo en voz baja, se dispuso a desabrocharle los botones del escote, frustrado por la resistencia de la muselina almidonada que formaba el sobrecuello.

—¡Quítale las manos de encima!

La voz se quebró en las dos últimas palabras de la frase para convertirse en un grito. Veloz levantó la cabeza y se encontró con el brillo de la hoja de un cuchillo a unos centímetros de la nariz. El que lo sostenía era un chico moreno que debía de tener unos quince años. Vestido con camisa de gamuza y pantalones vaqueros, Veloz pensó que el joven le recordaba a alguien, aunque no podía pensar en quién. El chico tenía unas facciones bruñidas por el sol y el cabello moreno y liso.

—No me provoque, señor. Le cortaré la garganta antes de que pueda pestañear.

Veloz levantó lentamente las manos del cuello de Amy, con los ojos puestos en el cuchillo. Normalmente no se hubiese preocupado por un muchacho, por muy vehemente que hubiesen sido sus amenazas, pero la forma con la que este joven movía el cuchillo en la mano le decía a Veloz que podía no solo usarlo, sino hacerlo con una certeza mortal.

—No te pongas nervioso —le dijo Veloz suavemente—. Nadie tiene por qué salir herido, ¿estamos de acuerdo?

El sollozo asustado de una niña pequeña puntualizó la cuestión. El ambiente estaba tan cargado que Veloz casi podía palpar la tensión. Examinó la habitación con rapidez y descubrió que todos los estudiantes, incluso aquellos que no levantaban un metro del suelo, se habían puesto en pie y estaban listos para enfrentarse a él. No pudo evitar pensar en que el infame Veloz López podría muy bien terminar sus días en esta escuela, linchado por un grupo de niños.

Una sonrisa lenta cruzó su cara.

—La señorita se ha desmayado y solo intentaba ayudarla.

—La señorita no necesita ayuda de alguien de los de su calaña. Mantenga sus sucias manos lejos de ella —replicó el chico—. Índigo, corre a buscar a papá. ¡Date prisa!

Un movimiento por detrás del hombro izquierdo de Veloz llamó su atención. Allí descubrió a una chica de pelo leonado que se mantenía de pie a unos sesenta centímetros de distancia, con un puntero para el encerado cogido entre las manos. Parecía preparada para hacer un pinchito moruno de él con el arma. Casi se rio al ver la expresión asesina en sus grandes ojos azules.

—¡No pienso ir! ¡Manda a Peter! —gritó.

—¡Índigo Nicole, haz lo que te digo! ¡Encuentra a nuestro padre!

Veloz supuso que la chica debía de tener unos trece o catorce años, con un tono de piel tan bruñido que contrastaba de manera sorprendente con su pelo y sus ojos. «Indómita», fue la palabra que primero se le vino a la mente, más impresionado aún por la ropa comanche que llevaba: blusa de anchas mangas hermosamente bordadas, falda vaporosa y unos mocasines atados a los tobillos.

Veloz bajó la nariz alejándola del cuchillo que seguía blandiendo el muchacho. Ahora que había visto a la chica, recordó por fin a quién se parecían. Con razón sabía cómo utilizar un cuchillo.

—¿Tu padre es... Cazador de Lobos? —preguntó Veloz.

Los ojos azules del chico buscaron los de la chica que estaba detrás de Veloz.

—¿Cómo sabe su nombre comanche?

—Soy un viejo amigo.

—Eso es mentira. Mi padre nunca tendría relaciones con alguien como tú. ¡Índigo, esfúmate! Si no vas ahora mismo, te voy a dar una buena paliza, ¿me oyes?

La chica se quedó donde estaba.

—¿Y dejarte solo? Es un pistolero, Chase. Cualquiera se daría cuenta de eso. ¡No puedes hacerle frente! —Acercó el puntero hacia él—. ¡Peter, ve tú! ¡Y rápido! ¡Dile a nuestro padre que tía Amy lo necesita!

Peter, un pelirrojo de diez años, rodeó a toda velocidad el pupitre y corrió hacia la puerta. Veloz, más preocupado de Amy que de poder terminar sus días a manos de los niños, hizo una seña con la mirada en su dirección.

—Si no quieres que la toque, Chase, haz algo. Ábrele el cuello del corpiño. Tráele algo de agua.

—Ocúpese de sus asuntos —ordenó el chico. Miró con preocupación la cara blanquecina de Amy y tragó saliva—. Mi padre llegará en un momento. A tiempo para ocuparse de tía Amy. Será mejor que vaya pensando en qué va a decirle. No le gusta mucho ver a forajidos por aquí.

Demasiado tarde, Veloz comprendió que su aspecto era el de un forajido, vestido como tal, lo que explicaba la hostilidad recibida y el desmayo de Amy al verle. Sintió que los otros niños se acercaban hacia donde ellos estaban, asustados por el estado de su maestra. La pequeña seguía aún sollozando, conteniéndose de manera que los mocos le salían por la nariz.

Veloz suspiró.

—¿Tiene el nombre de Antílope Veloz algún significado para ti?

El rostro del chico se tensó. Por primera vez, empezaba a mirarle con incertidumbre.

—¿Y qué si es así?

—Pues que yo soy Antílope Veloz.

La chica que sujetaba el puntero se movió a un lado para estudiar la cara de Veloz y, después de observarle bien, jadeó.

—¡Ay, Dios, es Antílope Veloz, Chase! Es el hombre del dibujo.

—No lo es —dijo Chase bruscamente, pero incluso cuando hablaba se puso a observar más de cerca a Veloz—. Bueno, quizá se parece un poco. Eso no significa nada. Tiene una cicatriz en la cara y Veloz, no.

—Puede que la cicatriz se la haya hecho después, pedazo de zopenco. —La chica bajó el puntero lentamente—. ¿*Hein ein mahsu-ite*? —preguntó.

Oír el idioma de su niñez hizo que a Veloz se le encogiera el corazón.

—Quiero cuidar de tu tía. Después de esto, no estaría mal que dierais la adecuada bienvenida a un buen amigo.

—¡Ves! ¡Entiende comanche!

El muchacho parecía cada vez más confundido. Veloz se inclinó sobre Amy para desabrocharle el cuello del vestido. Retiró la tela y después dedicó una mirada a la chica.

—Tráeme algo de agua.

Índigo apartó el arma y corrió hacia una gran jarra que había en la esquina. La pequeña llorona hizo un sonido húmedo y ahogado y gritó:

—Quiero ir con mi mamá.

Índigo la miró de soslayo, mientras sus bellas facciones se suavizaban.

—No llores, Lee Ann. La señorita Amy solo se ha desmayado. Se pondrá bien.

Chase se acercó a Veloz, con actitud amenazadora, recorriéndole las manos y los brazos con la mirada.

—Si miente, mi padre le matará por haberla tocado.

Veloz asintió.

—Conozco bien el carácter de tu padre. Si yo fuera tú, enfundaría ese cuchillo antes de que llegue, si no quieres que su ira se vuelva contra ti.

Se oyeron unos pasos en el porche. Índigo volvió junto a Veloz con un vaso de agua en la mano. Sosteniendo a Amy con un brazo, Veloz se quitó con el otro el pañuelo negro que llevaba en el cuello. Después metió una de sus esquinas en el agua y rozó suavemente con él los labios de Amy. Ella arrugó la nariz con disgusto, moviendo las pestañas.

—Amy —susurró Veloz.

—¿Qué está pasando aquí? —tronó una voz profunda desde la entrada.

Los niños empezaron a hablar todos a la vez. Chase los hizo callar, gritando.

—¡Este hombre apareció de repente en la escuela y tía Amy se asustó tanto que se desmayó y se cayó al suelo! ¡Después empezó a desabrocharle el vestido! Asegura que es Antílope Veloz.

Veloz miró por encima del hombro al hombre alto y musculoso que se encontraba en la puerta. Incluso sin el pelo largo y las ropas comanches, Cazador hubiera sido reconocible por la amplitud de sus hombros. Levantando la mirada, Veloz trató de ver el rostro de Cazador, pero el sol lo cegaba.

—Hola, *hites*, mi amigo.

—Veloz. —Cazador entró en la habitación lentamente, con los mocasines tocando ligeramente el suelo, y esa mirada azul oscura llena de incredulidad—. Veloz, ¿de verdad eres tú?

Veloz asintió y volvió a centrar su atención en Amy, que había abierto los ojos y lo miraba confusa y un poco desorientada.

—¿Puedes cogerla tú, Cazador? Creo que ha sido verme... lo que ha hecho que se desmayase.

Cazador se arrodilló junto a Amy y le rodeó los hombros con el brazo.

—Amy —susurró—. Ay, Amy.

Veloz se echó hacia atrás y se sentó sobre los talones de sus botas. Una ola de ternura le subió por la garganta al ver que Amy se acercaba a Cazador para cogerle de la camisa de gamuza.

—¡Cazador, un comanchero!

—No, no, no es un comanchero. Es solo Veloz, ¿ves? Nuestro viejo amigo, que ha venido a visitarnos.

Como si sintiese su presencia, Amy se puso tensa y lo miró por encima del hombro, aterrorizada. Para Veloz, ver esa expresión de terror en sus grandes ojos, fue como recibir una patada en el estómago. Buscó en el interior de esos ojos azules un destello mínimo de cariño, de alegría, pero no encontró ninguno. Era evidente que el verle había supuesto para ella algo más que un simple susto.

Esto le dolió. Que Amy, su Amy, tuviera miedo de él...

Acababa de descubrir que Amy estaba viva. Sin embargo, tenía miedo de él. Dos emociones que juntas la hicieron tambalearse.

Cazador se volvió hacia los niños. De pie e inmóviles junto a sus pupitres, no perdían de vista a los tres adultos. Veloz se dio cuenta de que el pequeño pelirrojo, el llamado Peter, estaba temblando.

—La clase se ha terminado por hoy, ¿entendido? —les dijo

Cazador—. Id a casa y decídselo a vuestras madres. Volved mañana por la mañana a la hora de siempre.

—¿Va a ponerse bien la señorita Amy? —preguntó un muchacho de unos doce años.

—Sí —le tranquilizó Cazador—. Yo me ocuparé de ella ahora. Vete a casa, Jeremiah.

Como resortes comprimidos, los niños parecieron todos liberarse al mismo tiempo, convergiendo en el perchero y recogiendo sus cestas de comida y abrigos antes de salir por la puerta. Veloz los observó, perplejo. Índigo se detuvo en el umbral y le dedicó una mirada fugaz, con una sonrisa tímida en la cara y los ojos azules tintineando.

—Me alegro de que estés aquí, tío Veloz. —Y dicho esto, saltó hacia la puerta detrás de Chase.

Veloz la miró, satisfecho de que le hubiese llamado «tío». Aunque no perteneciesen a la misma familia, Veloz y Cazador habían sido hermanos en espíritu. Le llenaba de felicidad saber que Cazador había hablado con frecuencia de él a los niños y que los había educado haciéndoles pensar que era parte de la familia.

—Los niños del colegio son bastante desconfiados. —Cazador inclinó la cabeza en dirección al arma que Veloz llevaba en la cadera—. No solemos ver a hombres armados por aquí.

—¿Los hombres aquí no llevan armas?

La comisura de los labios de Cazador se profundizó.

—Armas, sí, pero no... —Amy se movió de nuevo y Cazador se calló para ayudarla a incorporarse. Al ver que se pasaba la mano por los ojos sin dejar de temblar, Cazador la miró preocupado—. ¿Estás bien?

—Sí, sí.

Dedicó una mirada desconfiada a Veloz y trató de apoyarse en las rodillas. Veloz se levantó inmediatamente, ofreciéndole la mano para ayudarla. Ella se puso de pie sin ayuda, luchando con los pesados bordes de su falda. Cazador la cogió por el codo para que recuperara el equilibrio.

—Amy... —Veloz observó su cara al decir su nombre, descorazonado al ver que volvía a palidecer. Ella apartó la vista—. Amy, mírame.

Estirándose la falda, se abotonó después el cuello, con un temblor tan persistente en las manos que Veloz hubiese dado lo que fuese por ayudarla. Alejándose de Cazador, Amy dio un paso incierto hacia el escritorio, después dudó, como desorientada. Veloz se adelantó para cogerla del brazo, con miedo a que fuera a caerse, pero cuando sus dedos se cerraron en su manga, ella lo apartó, con los ojos puestos en el poncho negro del comanche.

Nunca hubiese esperado encontrar a Amy así... con esa expresión acusadora en los ojos. Quitándose el sombrero, se sacó el poncho por la cabeza y se dirigió hacia las perchas para colgarlo en una de ellas. Colocándose de nuevo el sombrero, se volvió para mirarla.

Ella había llegado al escritorio cuando él todavía estaba de espaldas. Ahora permanecía de pie, agarrada al borde de la mesa, los nudillos blancos, la vista fija en las botas de Veloz. Él miró a Cazador, desconcertado.

Cazador se encogió de hombros.

—¡Bien! Esto merece una celebración —su voz tronó llena de vitalidad, haciendo que Amy diera un brinco—. Vamos a casa. Loretta querrá verte, Veloz. Siempre aseguró que vendrías a por Amy un día y, como la mayoría de las mujeres, no hay nada que le guste más que comprobar que estaba en lo cierto.

Veloz observó que Amy se ponía aún más blanca al escuchar las palabras de Cazador y de repente supo por qué parecía tan asustada. Cuando Cazador se encaminó hacia la puerta, Veloz trató de imaginar cómo debía sentirse y se dio cuenta de que si no le dejaba claro ahora que no tenía ninguna intención de precipitar las cosas, puede que no encontrase ningún momento luego para hablar con ella en privado.

—¿Cazador? —Veloz siguió a su amigo hasta la puerta, consciente de que Amy había salido disparada detrás de él, desesperada por pasarle en el segundo en el que vio una oportunidad—. Me gustaría quedarme un momento a solas con Amy.

—¡No!

La enérgica protesta de Amy cogió a los dos hombres por sorpresa. Veloz tenía el desagradable sentimiento de que si le gritaba «¡Uh!» volvería a desmayarse de nuevo. Volvió a mirar a Cazador, pidiéndole con los ojos que los dejase a solas. Cuando Cazador comprendió y salió al porche, Amy trató de correr detrás de él.

Veloz impidió el intento cogiéndola del brazo y cerrando la puerta. Ella intentó echarse atrás, con las manos en la cintura y la mirada fija en el suelo. Bajo la palma de la mano, Veloz podía sentir la tensión de su cuerpo. Podía notar el pulso que se precipitaba hasta su garganta. Entonces la soltó, consciente de que no debía incomodarla más de lo que ya estaba.

—Amy…

Por fin levantó la cabeza, con esos ojos azules fijos mirándolo con horror. Veloz sintió como si de repente se encontrasen quince años atrás. Recordó esa mirada, en aquel verano lejano en el que consiguió arrastrarla fuera del poblado, un día tras otro, para que caminase con él a lo largo del río. Había temido entonces que él fuese a violarla y forzarla.

—Amy, ¿podemos hablar… un momento?

Le temblaba la boca.

—No quiero hablar contigo. ¿Cómo te atreves siquiera a venir aquí? ¿Cómo te atreves?

Para Amy, el sonido de la puerta al cerrarse había sido como el disparo de un rifle. Le daba vueltas la cabeza y sus pensamientos se arremolinaban de tal forma que le resultaba imposible pensar con claridad. Veloz había vuelto. Después de quince años, había vuelto a por ella. Veloz era ahora un comanchero, un pistolero, un asesino. Las palabras se repetían una y otra vez en su mente como una letanía.

Ella sabía muy bien cuál era el trato que los hombres como él daban a las mujeres. Sabía también que los comanches creían que las promesas comprometían de por vida. Veloz trataría de hacerle cumplir el compromiso de matrimonio que le había hecho siendo una niña. Esperaría, quizá incluso lo demandaría, que se casara con él.

Lo miró fijamente, incapaz de reconocer en sus facciones al joven guerrero comanche que ella había conocido. Su rostro bruñido, una vez tan infantil y atractivo, se había endurecido con los años; la mandíbula se había convertido en una línea dura, elevada por una barbilla cuadrada y partida. Unas pequeñas líneas ribeteaban las comisuras de sus ojos marrón oscuro. Sus cejas bien arqueadas de color azul oscuro se habían espesado. La que fuera una vez una nariz majestuosa portaba ahora una terminación nudosa en el puente. Una delgada cicatriz le atravesaba la cara desde el exterior de la ceja derecha hasta la barbilla. La boca, que ella recordaba como demasiado perfecta para un hombre, se había vuelto firme, y los hoyuelos a cada lado de la cara ahora se arrugaban en profundas hendiduras que cortaban sus mejillas. El viento y el sol abrasador habían curtido su piel convirtiéndola en una pelliza dura.

Y estos no eran los únicos cambios.

Era más alto, mucho más alto, y los años habían endurecido su cuerpo delgado como un alambre, con unos hombros ensanchados muy diferentes a los que ella recordaba. El chico que ella recordaba había desaparecido. En su lugar, tenía ante sí a un extraño hombre alto, moreno y peligroso que le impedía salir por la puerta.

—Pensé que estabas muerta —le dijo suavemente—. Tienes que creerme, Amy. ¿Crees que hubiese hecho todo este camino, de forma imprevista, sin enviarte una carta diciendo que venía?

—No tengo ni idea de lo que hubieses podido o no hacer. Y, como puedes ver, estoy de todo menos muerta.

—Fui a la granja a buscarte, como prometí que haría. Henry me dijo que habías muerto de cólera hacía cinco años.

Al oír el nombre de Henry, Amy se puso tensa.

—Había una tumba allí. No pude leer lo que había escrito en la cruz. —Una sonrisa irónica rasgó su boca—. Es un milagro encontrarte aquí. Pensé que te había perdido.

Temiendo que él estuviese pensando en abrazarla, Amy dio un paso atrás. También había perdido el inglés encantador lleno de errores que había hablado una vez. Ahora hablaba como un hombre blanco. Incluso la manera en la que decía su nombre había cambiado. Además, la miraba de manera diferente… de la manera en la que un hombre mira a una mujer.

—E… era la tumba de mi madre, pero eso ya no importa. Han pasado demasiados años, Veloz.

—Demasiados años. —Su sonrisa se hizo más profunda—. Tenemos mucho de lo que hablar, ¿no te parece?

¿Mucho de lo que hablar? Amy intentó hacerse una imagen mental de los dos poniéndose al día delante de un café.

—Veloz, ha sido toda una vida. Tú… has cambiado.

—Y tú también. —La recorrió con la mirada y su expresión

se hizo cálida de una manera inequívocamente apreciativa—. Eras una promesa como niña, y ahora esa promesa se ha hecho realidad.

El que mencionase la palabra promesa la exasperó. Como si lo hubiese notado, Veloz agudizó la mirada, y la sonrisa que antes le había parecido cortante se transformó en ternura esta vez.

—Amy, ¿podrías relajarte?

—Relajarme —repitió ella—. ¿Relajarme, Veloz? No pensé que fuera a verte nunca más.

Él se acercó para tocar un mechón del cabello que le caía por la sien, rozándole la piel con sus cálidos dedos y transmitiéndole unas sacudidas que la pusieron en guardia.

—¿Es tan malo verme de nuevo? Actúas como si mi llegada fuera una especie de peligro para ti.

Ella echó hacia atrás la cabeza.

—¿Y crees que no es así? No he olvidado las costumbres comanches. El pasado no tiene lugar en mi vida ahora. No puedo volver a donde lo dejamos quince años atrás. Ahora soy maestra. Tengo una casa aquí. Tengo amigos y…

—Eh —la interrumpió. Echando un vistazo a aquella acogedora clase, apartó la mano de su pelo—, ¿y por qué crees que el hecho de que yo esté aquí puede hacer que cambie algo de esto? ¿O acaso piensas que eso es lo que quiero?

—Porque pro… —Se agarró el vestido con el puño, levantando los ojos hacia él, mientras la incertidumbre le recorría el estómago. Quizá se había apresurado en sus conclusiones—. ¿Estás diciéndome que…? —Se humedeció los labios y exhaló profundamente—. Siempre pensé que, cuando vinieras…, quiero decir, bien, asumí que vendrías porque nosotros… —El calor le aprisionaba el cuello—. ¿Significa eso que ya no nos consideras… comprometidos?

Su sonrisa se apagó lentamente.

—Amy, ¿tenemos que discutir eso ahora? Apenas nos hemos saludado todavía.

—¿Apareces en mi vida cuando no te he visto en quince años y esperas que deje algo tan importante en el aire? ¿Que no me sienta amenazada? Sé cómo se hacen los compromisos y las bodas comanches. —Hizo un gesto fútil con las manos—.

¡Dentro de cinco minutos, podrías muy bien decidir anunciar públicamente nuestro matrimonio y arrastrarme de aquí para llevarme a Dios sabe dónde!

Sus ojos la miraron con una pregunta en el aire.

—¿De verdad crees que haría algo así?

—No sé lo que harías o lo que no —gritó—. Te has convertido en un asesino. Has cabalgado con comancheros. Puedo decirte lo que me gustaría que hicieras. Me gustaría que montaras en tu caballo y que volvieses al lugar de donde vienes. Eres un capítulo en mi vida que había cerrado ya y que quiero que siga cerrado.

—He cabalgado más de trescientos quilómetros para llegar aquí —le brillaban los dientes al hablar, un blanco perfecto y luminoso que contrastaba con su piel oscura—, e incluso aunque tuviera la intención de volver, Amy, no tendría nada a lo que volver.

—Bueno, pues tampoco hay nada para ti aquí.

Veloz nunca hubiese creído que la conversación pudiese convertirse en algo tan desagradable. Pero ella no estaba dejándole mucho margen. ¿Qué esperaba? ¿Que la librase de su compromiso y se fuese de allí, pretendiendo que no había habido nunca nada entre ellos?

—En mi opinión, hay mucho para mí aquí —contestó él sin alterar la voz.

Ella se quedó pálida.

—Te refieres a mí, ¿si lo he entendido bien?

—No solo tú. Están Cazador y Loretta y sus hijos. Amy... —suspiró, cansado—. No me pongas ahora en un callejón sin salida.

—¿Que no te ponga en un callejón sin salida? —Amy trató de abrir la boca para hablar, pero por un segundo no fue capaz de emitir ningún sonido. Clavó la mirada en sus cartucheras rematadas en plata, temblando con tanta fuerza que creyó que iba a caerse—. Quince años es mucho tiempo. Demasiado tiempo. No me casaré contigo. Si esto es lo que tienes en mente ahora que me has encontrado, ya puedes irte olvidando.

Dio un rodeo para poder alcanzar la puerta. Él le impidió el paso poniendo la mano en el marco de madera de la puerta. Ella se quedó allí de pie, cogida al pomo, con el corazón palpitándole a toda velocidad y los sentidos a flor de piel por su proximidad.

—Te has propuesto que lleguemos a una conclusión sobre esto ahora mismo, ¿verdad? —la voz de Veloz, baja y ronca, fue como una jarra de agua helada—. Lo que no sé es por qué me sorprendo. Siempre fuiste dada a perder la razón en cuanto había que enfrentarse a situaciones extrañas.

—¿Eso es una amenaza? —preguntó temblando.

—Es un hecho.

Con el cuello tenso, movió la cabeza para mirarle.

—¿Y significa?

—Sabes de sobra lo que significa.

Se agarró con más fuerza al pomo de la puerta.

—Lo sabía. En el instante en que te vi, lo supe. Vas a obligarme a cumplir esas promesas que te hice, ¿verdad? No te importa en absoluto que tuviese solo doce años. No te importa que no te haya visto en quince años o que tú hayas traicionado todo lo que hubo una vez entre nosotros. Vas a obligarme a hacerlo.

La tensión que vio en su mandíbula le dio la respuesta que ella esperaba. Lo miró fijamente, sintiéndose atrapada. Como si él leyese sus pensamientos, retiró la mano de la puerta.

—No te equivoques, Veloz. Esto es Tierra de Lobos, no Texas. Cazador puede que respete muchas de las antiguas costumbres, pero nunca tolerará que intentes forzarme a un matrimonio que yo deteste.

De esta forma, Amy salió rápidamente, dando un portazo tras de sí. Mientras corría escaleras abajo, casi esperaba oír las botas del vaquero resonando en las maderas desgastadas. Al ver que no era así, se sintió aliviada. Salió disparada como una exhalación por delante del caballo negro que estaba atado al palenque. Llevándose la mano a la garganta, su único pensamiento era encontrar a Cazador para hablar con él antes de que Veloz lo hiciese.

Capítulo 3

*E*l olor a pan horneado impregnaba la sala principal de la casa de los Lobo. Amy se detuvo justo en la puerta, tratando de recuperar la compostura. Cazador estaba de pie, junto a la mesa de madera. Se llevaba una rebanada de pan caliente untada de mantequilla a la boca.

—¿Dónde está Veloz? —preguntó.

—Ya... ya viene —contestó, con un hilo de voz. La habitación le transmitió un sentimiento familiar y confortable, aunque por algún motivo le parecía todo desenfocado. A la izquierda estaba el apreciado piano Chickering de Loretta, comprado en Boston y traído por Cazador en un gran carromato desde Crescent City. La bien encerada madera de palisandro relucía a la luz del sol. Las alfombras trenzadas que se extendían sobre el suelo de madera, brillantes y coloridas, parecían retorcerse y ondularse. El calor que desprendía la estufa de la cocina era sofocante—. Cazador, ¿dónde está Loretta? Tengo que hablar con los dos.

—Ha ido a donde los ahumados, a por jamón. —Sus ojos se encontraron—. Parece como si acabaras de encontrarte una mofeta en la pila de leña.

—Y así es. —Amy se concentró en el retrato familiar que colgaba de la pared encima de la chimenea, tomado poco después de su llegada desde Texas. La fotografía la había hecho un tal Britt, de Jacksonville. Como todas las de él, había conseguido captar de una forma real a Loretta y su familia, y a ella misma, tal y como eran ocho años atrás. En aquel tiempo, Amy rezaba para que Veloz viniese a Oregón. Ahora, irónicamente, esas oraciones abandonadas hace tiempo, habían obtenido respuesta—. No puedo creer que esté aquí —anunció.

—Sé que verle debe de haber sido desconcertante, pero ahora que habéis hablado, estoy seguro de que te sientes mejor.

Amy tragó saliva y se limpió la boca con la manga de la camisa.

—Me temo que va a querer que haga honor a la promesa que le hice.

—Ah, ¿y tú no quieres? Eso no es propio de ti. Las palabras que pronunciamos son para siempre.

—No dirás en serio que quieres que me convierta en la mujer de ese hombre horrible.

Cazador se metió otro trozo de pan en la boca y lo masticó con una lentitud desesperante, con los ojos color índigo fijos en ella.

—¿Veloz, un hombre horrible? Ha sido mi mejor amigo durante más años de los que puedo contar. Cuando cabalgué con él en la batalla, le confié mi vida muchas veces. ¿Has olvidado todo lo que hizo por ti, Amy?

—No es la misma persona que conociste. Ni la misma que yo conocí. Es un asesino. Y solo Dios sabe cuántas cosas más.

—Y solo Dios debería juzgarle —dijo estudiándola con la mirada—. Tú no eres de las que no perdonan. ¿Puedes condenar a Veloz por lo que ha hecho? Cuando miro en sus ojos, no veo a un asesino, solo a un hombre solitario que ha hecho un largo camino para reunirse con sus amigos.

—No quiero juzgarlo. Solo quiero verme libre de él.

—Las promesas que hicisteis son entre tú y Veloz. No me corresponde a mí…

—Me ha amenazado con anunciar nuestro compromiso. Con arrastrarme a él.

Cazador entrecerró los ojos al mirarla.

—¿Dijo él eso o esas son solo tus palabras, Amy?

Amy avanzó un paso hacia él dentro de la habitación.

—No hizo falta que lo dijese, Cazador. Sé perfectamente lo que estaba pensando.

—Lo mejor sería que encontrase un pastor para que el matrimonio se ajustase a las leyes de los *tosi tivo* y de los comanches.

Amy lo miró fijamente, horrorizada y sin poder dar crédito a lo que oía.

—¿Dejarías que hiciese eso?

Cazador miró con ansiedad hacia la ventana, con la esperanza de que Loretta se diese prisa y volviera. Se aclaró la garganta.

—No me corresponde a mí decir nada.

Amy avanzó hacia él, con los puños cerrados a ambos lados del cuerpo, los hombros rígidos, a punto de perder los nervios.

—Soy parte de tu familia. Desde el día en que me rescataste de los comancheros, siempre me has protegido y has sido mi amigo. ¿Cómo puedes quedarte ahora ahí sentado y... seguir comiendo?

Él miró el pan un momento, después dirigió sus ojos hacia ella, confundido.

—¿Porque tengo hambre?

A Amy le costaba respirar. Estiró un brazo hacia la puerta, con los pulmones contraídos y el pecho palpitante.

—Ese hombre es un asesino. Lo sabes desde hace meses. ¿Y aun así vas a dejar que me lleve? Acabo de decirte que me ha amenazado y actúas como si ni siquiera te importase.

Cazador buscó con los ojos la puerta cerrada.

—¿No te ha amenazado con un revólver, verdad?

Amy lo miró boquiabierta. Reconocía ese brillo en sus ojos. Cazador se estaba divirtiendo con lo que estaba pasando.

—Si te dispara, lo mataré —añadió Cazador, comiéndose otro trozo de pan—. Si te amenaza con un cuchillo, lo mataré. —Levantó una ceja—. Pero si todo lo que hace es amenazarte con el matrimonio, Amy, eso es un asunto que tenéis que resolver entre vosotros. No deberías haber hecho promesas que luego no tienes intención de cumplir.

—¡Fue hace quince años!

—Ah, sí, es mucho tiempo. Pero, ya sean quince años o una vida entera, las promesas de matrimonio son inquebrantables. Supongo que podrías pedirle a Veloz que te librara de ella...

Amy se puso una mano en el corazón en un fútil intento de detener la salvaje palpitación en su pecho. No podía creer lo que estaba pasando.

—Nunca accedería a ello. Sabes que no lo haría.

—¿Se lo has preguntado?

—No exactamente, pero él debe de saber cómo me siento. Cazador sonrió.

—Creo que estás poniendo demasiadas palabras en boca de Veloz, en vez de darle la oportunidad de que hable por sí mismo. ¿Cómo sabes que se negaría si no vas y le pides tranquilamente que te libere de tus promesas?

—Que le suplique, querrás decir.

—Lo que sea necesario, ¿no crees?

Amy pasó delante de él directa a la puerta trasera.

—Ya veo de qué lado estás. Bien, veremos cómo te sientes cuando hable con Loretta. Se suponía que este iba a ser un hogar en el que las creencias comanches y *tosi* se respetasen por igual. En mi opinión, tú estás favoreciendo claramente a una de las dos.

Amy encontró a Loretta justo cuando salía de la cabaña de ahumados. Unos rizos dorados se escapaban de la diadema trenzada que llevaba sobre la cabeza. Mientras cerraba la puerta con el pestillo, se dio cuenta del color sonrojado en las mejillas de Amy y frunció el ceño.

—Amy, cariño, estoy segura de que no puede ser tan malo como para que estés así.

Amy se agarró el cuello del vestido, notando como le subía el miedo por la garganta. Podía contar con Loretta. Bastaría con que le explicase lo que había ocurrido, y su prima entraría en la casa, le daría a Cazador una buena charla y solucionaría todo esto en un santiamén. El problema era que Amy no era capaz de organizar sus pensamientos y ponerlos en palabras.

—¿Amy? Cariño, no te pongas así. Sé que ahora te parece mal. Pero ¿no crees que te estás adelantando a los acontecimientos? Dale una oportunidad, ¿de acuerdo? ¿Qué hay de malo en ello?

—¿Que qué hay de malo en ello? Veloz va a obligarme a cumplir los votos que le hice. Deberías haber visto esa mirada en sus ojos. Ya sabes, esa mirada que ponen cuando están seguros de algo.

Loretta la miró preocupada, con sus intensos ojos azules.

—¿Estás segura de haber interpretado correctamente su mirada? Veloz siempre te ha querido mucho. No puedo imaginármelo obligándote a hacer algo que no quieres. Quizá lo pillaste desprevenido. Quizá necesita tiempo para reflexionar sobre ello.

Amy intentó quitarse de la frente un mechón de cabello, luchando por mantenerse tranquila.

—Te digo que lo conozco. Pretende casarse conmigo ahora que me ha encontrado. Simplemente lo sé. Y Cazador ha dicho que no le corresponde a él intervenir. Tienes que hacer algo.

—¿Qué sugieres?

Amy hizo un gesto hacia la casa.

—Entra ahí y dile a Cazador que... —Su voz se quebró. Era como si la envolviese un sentimiento de irrealidad y tuvo que centrarse en lo que la rodeaba, preguntándose cómo un día de lo más ordinario se había podido torcer de esa manera. A la derecha se oía el murmullo del agua al correr. *Delilah*, la vaca, se dirigió lentamente hacia la valla y se puso a mugir, haciendo que las gallinas que había alrededor se pusieran a revolotear—. Estoy segura de que a ti te escuchará.

Las pequeñas arrugas que rodeaban los ojos de Loretta se agudizaron.

—Lo primero que me dijo Cazador cuando entró en la casa es que esto no era asunto nuestro. Fue así de contundente. Ay, Amy, ¿te das cuenta de lo que me estás pidiendo? —Se acercó a la valla y cogió un saco con cuajo que había dejado colgado de un clavo para que se secara el suero—. Cazador y yo llevamos toda nuestra vida de casados tratando de honrar tanto sus costumbres como las mías. ¿Cómo puedo pedirle que dé un paso atrás e interfiera en algo que es contrario a sus creencias?

—¿Qué pasa con nuestras creencias, con las creencias de los blancos?

Loretta agitó el saco de cuajo para remover lo que quedaba de suero en el fondo.

—Me temo que tú perdiste ese derecho cuando participaste en la ceremonia de compromiso comanche. Habría sido diferente si te hubieses comprometido según nuestra costumbre. Podrías limitarte a olvidarlo todo. Pero, Amy, te prometiste ante los dioses de Veloz, ante su pueblo. Y cuando lo hiciste sabías que era para siempre.

—Era una niña, una niña impulsiva.

—Sí. Si te acuerdas, no me entusiasmé precisamente con la noticia cuando me lo dijiste. Pero para cuando lo supe, ya te habías prometido con él. No había mucho que yo pudiera hacer para rectificar la situación entonces, como tampoco lo hay ahora.

—Ese hombre es un pistolero, un comanchero. ¿Es que habéis perdido la cabeza, Cazador y tú? ¡Tenerlo aquí en esta casa es una pesadilla!

Loretta palideció.

—Sé cómo te sientes, de verdad que lo sé. Mis hijos también viven aquí, y si es tan malo como dicen los periódicos, no podemos confiar en él.

—Entonces, ¿cómo puedes...?

—¿Y cómo no hacerlo? —Loretta dedicó a Amy una mirada de súplica—. Cazador es mi marido. Veloz es su mejor amigo. Cazador piensa de un modo diferente a nosotras, ya lo sabes. Él mira hacia delante, nunca hacia atrás. No importa lo que Veloz haya hecho, lo que le importa a Cazador es lo que haga de ahora en adelante. ¿Voy a entrar ahí y decirle que su amigo no es bienvenido a mi mesa? También es la mesa de Cazador, Amy. Y es él el que trae la comida.

—¿Qué es lo que estás diciendo, Loretta? ¿Que no vas a ayudarme?

—Te estoy diciendo que no puedo..., no hasta que Veloz haga algo que lo desacredite.

Se levantó una ligera brisa que hizo revolotear la falda de Amy. Ella tembló y se abrazó el cuerpo con los brazos.

—Se rumorea que ha matado a más de cien hombres, por el amor de Dios.

—Si mata a alguien aquí en Tierra de Lobos, entonces podremos empezar a contar —contestó Loretta con amabilidad—. Amy, amor, ¿has intentado simplemente hablar con Veloz? ¿Decirle cómo te sientes? El Veloz que yo recuerdo escucharía y sopesaría lo que tú tengas que decirle. Estoy segura de que no ha sido su intención molestarte al venir aquí.

Amy echó la cabeza hacia atrás, con la vista puesta en lo alto de un majestuoso pino, los ojos entrecerrados por el sol.

—¿De verdad crees que va a escucharme?

—Creo que deberías intentarlo.

Y

Veloz pasó la almohaza por el flanco de su caballo, con los pensamientos puestos en Amy y las duras palabras que se habían dicho. Cuando la luz en el granero palideció, se dio cuenta de que había alguien de pie en la puerta que había detrás de él. Un sexto sentido le dijo quién podía ser. Pretendiendo no haberse dado cuenta, habló suavemente al animal, sin parar de rascarle la piel, con el cuerpo tenso mientras esperaba a que ella le dirigiese la palabra.

—¿Veloz?

Sonaba como una niña asustada. Empezaron a asaltarle los recuerdos, recuerdos de aquel lejano verano y esas primeras semanas después de que los comancheros la secuestrasen de su familia. Recordó lo aterrada que estaba al principio en su compañía. Al pensar en lo que había pasado hoy en el colegio, recordó esa misma expresión de pánico en sus ojos, la expresión de un animal atrapado. No quería ver eso.

Poniéndose derecho, Veloz se dio la vuelta despacio para mirarla. La luz del sol se colaba por la puerta detrás de ella e iluminaba la trenza que coronaba su cabeza como si fuera de oro. Como estaba a contraluz, no podía ver la expresión de su cara, pero por la pose erguida que tenía, supo lo mucho que le había costado acercarse así hasta él, a solas en el granero.

—Veo que... que has encontrado todo... la comida y lo demás.

—Chase me ha indicado dónde estaba todo.

Uno de los caballos de Cazador dio un relincho. *Diablo* le respondió de la misma manera, moviéndose de lado.

—Es un hermoso caballo. ¿Hace mucho que lo tienes?

Veloz dudó que estuviese verdaderamente interesada en el caballo. Pero si necesitaba dar un rodeo antes de decir lo que necesitaba, no sería él quien se lo impidiese.

—Lo tengo desde que era un potro. No tiene tan malas pulgas como parece. Si quieres acariciarlo, suele ser muy sensible con las mujeres.

—Tal vez más tarde. Ahora, esto... bueno, necesito hablar contigo.

Él caminó hacia la pared, con las espuelas tintineando, y volvió a poner el cepillo en su percha.

—Te escucho —contestó suavemente.

Se sorprendió al ver que ella daba otro paso al interior del granero. Una vez fuera del contraluz, su rostro se hizo visible... un rostro tan encantador y dulce que se le encogió el corazón. Limpiándose el sudor de las manos en la falda, miró a su alrededor con nerviosismo, como si esperase que un fantasma fuera a saltar sobre ella. Veloz le indicó un fajo de paja que había junto al establo, pero ella negó con la cabeza; estaba demasiado nerviosa como para sentarse. Sin parar de entrelazar los dedos y doblar los nudillos, consiguió por fin levantar los ojos hacia él.

—Eh…, yo…, en primer lugar, me gustaría disculparme. No te he dado una calurosa bienvenida que digamos. Es maravilloso verte de nuevo.

Veloz contuvo una sonrisa. Amy nunca había sabido mentir bien.

—Tal vez podamos empezar desde el principio otra vez, ¿no es así? —Él levantó los ojos hacia ella, deseando encontrar la forma de quitarle el miedo—. Hola, Amy.

Ella se humedeció los labios.

—Solías llamarme *Aye-mee*.

Él sonrió.

—Que sonaba como un cordero enfermo. Tu nombre es muy bonito cuando se dice correctamente.

—Has aprendido muy bien a hablar inglés —dijo ella débilmente.

—No tuve otra opción. Ya tengo bastantes condenas detrás de mí como para encima hablar raro. Si uno practica con el suficiente ahínco, es posible llegar a dominar cualquier cosa.

Amy lamentó el cambio. La ineptitud de Veloz para expresarse en inglés a menudo le había llevado a decir cosas que le habían parecido muy profundas. «Allí donde pongas tu rostro, Amy, tus ojos verán el horizonte y tus mañanas, no el ayer. La tristeza de tu corazón es un ayer que ya no podrás ver más, por eso ponlo detrás de ti y camina siempre hacia delante.»

Un mechón de pelo negro le caía sobre la frente. Ella recordó haber tocado ese pelo muchos años atrás, haberle acariciado las trenzas, recolocado las plumas de su tocado. Amy pasó la vista de su rostro oscuro a las cartucheras plateadas que llevaba en las caderas. Unas tiras de cuero anclaban las fundas de las pistolas a sus musculosos muslos. Aunque su postura parecía relajada, sentía ese estar en alerta, como si incluso ahora estuviese registrando todos los sonidos que se producían alrededor de él. La camisa y los pantalones negros magnificaban ese efecto, dándole un aspecto siniestro. Amy se preguntó si habría elegido el color oscuro para intimidar a sus oponentes.

—Veloz... tengo una petición que hacerte.

Él le miró las manos y vio que tenía los dedos tan doblados que corrían el peligro de romperse, con los nudillos dolorosamente blancos.

—¿Y qué puede ser?

—¿Me prometes que lo pensarás detenidamente antes de contestar?

Veloz puso los pulgares sobre el cinturón de las cartucheras, esperando, sabiendo antes de que ella hablara lo que le iba a pedir.

—Yo..., me gustaría que tú... —Hizo una pausa y levantó los ojos hacia él con el corazón puesto en ellos—. Quiero que me liberes de la promesa de matrimonio que te hice.

Él se volvió hacia el caballo y desató hábilmente la brida del animal.

—Prometiste que lo pensarías.

—¿Tengo que entender entonces que Cazador todavía honra las costumbres de nuestro pueblo?

—¡Sabes que sí!

Veloz sonrió.

—¿Y te sugirió que vinieras a pedirme que te liberara de la promesa? Que rápido olvida.

—¿Qué quieres decir?

—¿No te acuerdas de su boda con Loretta? —Lanzó la brida sobre el fardo de paja y se volvió para mirarla—. Prácticamente la arrastró hasta el cura.

—Para ellos era diferente. —En su agitación dio varios pasos hacia él, tan cerca que Veloz hubiese podido tocarla—. Ellos se quieren, Veloz.

—¿Crees que yo no te amo, Amy? —No podía resistir la tentación. Levantando una mano, le rozó con los dedos la pálida mejilla. Su piel era tan suave como el terciopelo—. ¿Tienes idea de cuántas veces he soñado contigo en estos últimos quince años? ¿Cuántas veces lloré porque la gran lucha de nuestro pueblo me mantenía alejado de ti?

Amy lo miró fijamente, tratando de imaginarlo con lágrimas en los ojos.

—Amas un recuerdo. Ya no soy la niña que conociste.

Le contuvo la barbilla con el hueco de la mano. El roce de su piel callosa la calentó por dentro como si fuera un trago medicinal de whisky. Amy se echó hacia atrás, encogida, pero él la siguió con la mano. Le pasó ligeramente los nudillos por la garganta, la vista siempre puesta en su cara, alerta a cada cambio en su expresión.

—¿No eres la misma niña? —preguntó él con voz ronca.

—¿Cómo podría serlo? No eres ningún estúpido. ¿Por qué querrías casarte con una mujer que no te corresponde cuando podrías encontrar a cualquier otra?

—¿No me correspondes o es solo que tienes miedo? —Su boca se torció en una sonrisa irónica, y cerró la distancia que había entre ellos—. ¿Te has encontrado alguna vez con una serpiente y has pensado que era de cascabel? Lo primero que piensas es que te va a picar, y eso te asusta tanto que no puedes pararte a mirarla. No miras si es realmente venenosa o no. Si tienes algo en tus manos con lo que matarla, la golpeas sin pensar.

Al mirarlo, le pareció que tenía unos hombros inmensamente anchos. Olía a cuero y a caballo, y a pólvora, un olor claramente masculino, una combinación extrañamente embriagadora en los confines encerrados del granero. Tocándole la barbilla con un dedo, le hizo echar la cabeza hacia atrás.

—No soy venenoso, Amy, y no voy a morderte. Dame la oportunidad de lavarme, quitarme esta capa de polvo y de tomar una taza de café.

—¿Entonces no tengo nada de lo que preocuparme? —Su voz temblaba—. No te entiendo. ¿Es eso lo que estás diciendo? ¿Que no tienes intención de hacerme cumplir la promesa que hice hace quince años?

—Me gustaría discutirlo más tarde, eso es lo que estoy diciendo. Tú necesitas un tiempo para caminar haciendo un círculo alrededor de mí. Y yo necesito tiempo para acostumbrarme a la idea de que estás viva. No tengo intención alguna de hacer ningún anuncio de matrimonio hoy, así que puedes relajarte en ese sentido. —Volvió la cara para mirarla, sonriendo con los ojos—. En cuanto a lo de que no eres la misma chica que conocí... Te pareces a ella, hablas como ella, hueles como ella... —Inclinó lentamente la cabeza hacia la de ella—. Pídeme que me corte el brazo derecho por ti y lo haré. Pídeme que deje mi vida por ti y lo haré. Pero, por favor, no me pidas que te deje ahora que te he encontrado de nuevo. No, no me pidas eso, Amy.

—Pero... eso es lo que te estoy pidiendo, Veloz. —Echó la cabeza hacia atrás ante su avance—. Te lo estoy suplicando. Si de verdad me amas, no destroces mi vida de esta manera.

Inclinado para besarla, Veloz tensó la mano con la que le sujetaba la barbilla. En el último segundo, ella apartó la cara. Con un sollozo roto, se apartó de él y corrió al exterior. Veloz se quedó mirándola al salir, con la mano aún en alto.

Después de un momento, se dirigió él también a la puerta del granero y observó cómo corría calle abajo. Pasó de largo la casa de Cazador y se dirigió a una pequeña casa de madera que había entre un grupo de pinos al otro lado del pueblo.

«No destruyas mi vida de esta manera.» Estas palabras resonaban aún en la mente de Veloz, rompiéndole el corazón de una forma que no quería admitir, pero que tampoco podía obviar.

Después de pasar la tarde y el principio de la noche hablando de los viejos tiempos con Loretta y conociendo un poco a los niños, Veloz acompañó a Cazador a su refugio comanche, donde pudieron disfrutar de un poco de privacidad para hablar. Cazador puso un tronco en el fuego, después se sentó con las piernas cruzadas en el suelo, mirando a Veloz a través de las llamas. El viento de la noche golpeaba las paredes de piel del tipi, haciendo un sonido como de tambor que recordó a Veloz días mejores. A la luz del fuego, las arrugas que se dibujaban en la hermosa cara de Cazador se hacían invisibles. Vestido con piel de gamuza, con su cabellera color caoba aún larga, seguía tal y como Veloz lo recordaba; un guerrero alto, ágil, con unos penetrantes ojos color azul índigo.

—No me puedo creer que hayas guardado tu tipi todos estos años, Cazador. ¿Por qué lo has hecho si te has construido una casa tan buena?

Cazador miró a su alrededor.

—Aquí es donde me encuentro a mí mismo. Vivo en un mundo, pero mi corazón a veces añora el otro.

Con un hilo de voz tan fino como un junco, Veloz contestó:

—Es un mundo que ha dejado de existir. —Tan afectuosamente como pudo, empezó a contarle a Cazador acerca de las muertes de todos sus parientes. A Cazador se le llenaron los ojos de lágrimas, pero Veloz continuó, porque sabía que estas cosas deben decirse y que Cazador le había llevado al tipi para oírlas—. Al menos murieron libres y con orgullo, amigo mío —terminó diciendo Veloz, poniendo cuidado en sus palabras—. Su mundo ya no existe, por lo que quizá sea mejor que hayan viajado a un lugar mejor.

Cazador movió la mano en dirección a las paredes de la tienda.

—Ah, pero sí existe, y mientras mis hijos vivan, seguirá existiendo, porque canto las canciones de mi pueblo y enseño a mis hijos nuestras costumbres. —Se golpeó el pecho con el puño—. Nuestro pueblo está aquí, para siempre, hasta que sea polvo en el viento. Fue la última petición de mi hermano, ¿recuerdas? Y la he cumplido. Era el sueño de mi madre, y he hecho que sea una realidad. —Emitió un gemido de rabia—. Sabía de su partida desde hace algún tiempo. Mi hermano camina junto a mí. Siento el calor del amor de mi madre sobre mis hombros. Cuando escucho, puedo oír sus susurros de alegría.

Durante años, Veloz se había recubierto de una coraza para no sentir nada, pero ahora el discurso de Cazador estaba abriendo una brecha en ella.

—Por la parte comanche que hay en mí, mi vida aquí ha sido algunas veces un camino solitario, pero dentro de mí existe un lugar mágico en el que mi gente aún cabalga libre y caza búfalos. Cuando vengo a esta tienda, escucho, aunque solo sea por un instante, el susurro de las almas perdidas, y una sonrisa aparece en mi cara.

Veloz empezó a sentir un dolor en el pecho.

—Yo ya no puedo oír los susurros —admitió tristemente—.

Algunas veces, cuando el viento me acaricia la cara, mis recuerdos se vuelven tan claros que tengo ganas de llorar. Pero el lugar en mi interior que era comanche ha muerto.

Cazador cerró los ojos, abrazándose con sus musculosos brazos las rodillas y el cuerpo relajado. Parecía absorber el mismo aire que le rodeaba.

—No, Veloz. El comanche que hay en ti no ha muerto. Solo has dejado de oírlo. Yo te siento como siempre, excepto porque hay ese gran dolor en tu corazón.

La luz del fuego que se alzaba frente a Veloz parecía flotar en el aire y él la miraba con lágrimas en los ojos.

—No es dolor, Cazador, solo un sentimiento de pérdida. Cuando nuestro pueblo cayó, no hubo más camino para mí. Nadie que me dijera adónde caminar, ni cómo. Y empecé a andar solo. —Tragó saliva—. No he seguido el buen camino. Seguro que has oído esas historias. —Levantó los ojos para mirar a los de su amigo—. Son ciertas. Si me vuelves la cara, no te culparé. Si tu mujer no me quiere en casa esta noche, lo entenderé. Me queda poca luz en el corazón, solo oscuridad. Y la oscuridad puede extenderse a los demás.

Cazador sonrió.

—Y la luz del sol puede acabar con la oscuridad. Solo tienes que levantarte al alba para darte cuenta de ello. Veloz, tú arriesgaste tu vida por mí en la batalla. Confié en ti lo suficiente como para bendecir tu compromiso con Amy. Siento mucho que hayas tenido que seguir un camino tan difícil, pero yo ahora solo puedo ver la tierra que pisan tus pies. Has sido un hermano para mí. Eso nunca cambiará.

—Cuando viajaba hacia aquí pensé tanto en ti, en todos los buenos momentos que compartimos... Espero que podamos construir nuevos recuerdos otra vez.

Un silencio de comprensión se cernió sobre ellos. Poco después, Cazador preguntó a Veloz:

—Entonces, ¿estás pensando en marcharte?

Veloz se puso tenso.

—¿Cómo lo sabes?

—Veo ese dolor de despedida en tus ojos. —Cazador se inclinó hacia delante sobre sus rodillas y avivó el fuego con otro tronco. Las chispas iluminaron el interior de la tienda—. ¿Por qué te vas, Veloz? Has hecho un viaje tan largo para llegar aquí, y antes de pasar si quiera una noche, ya estás mirando hacia el camino que dejaste atrás. Cuando un hombre encuentra por fin su camino, es estúpido que vuelva a dejarlo.

Veloz cerró los ojos, inhalando el maravilloso olor de la tienda de Cazador, cansado de una forma que sobrepasaba los límites de lo físico.

—Algunas veces un hombre debe hacer cosas que preferiría no hacer.

—Te vas por Amy, ¿verdad?

Veloz levantó las pestañas.

—Mi llegada la ha perturbado. Lo que dice es cierto. Ella era solo una niña cuando se comprometió conmigo. —Se encogió de hombros—. Por mucho que la ame, no estoy ciego. Ha cambiado, Cazador. El viejo temor ha vuelto a sus ojos. No estoy seguro de poder hacer que lo pierda de nuevo. Y, si no pudiese, la única alternativa que me quedaría sería forzarla. No puedo volver a su vida y hacerle esto. No sería justo.

—¿No? —Cazador se quedó pensativo—. Si de verdad amas a Amy, no estoy seguro de que un poco de fuerza le venga mal.

—¿Fuerza, Cazador? Ese no ha sido nunca tu estilo.

—No. —Cazador escuchó los sonidos del exterior un momento, como si quisiera asegurarse de que nadie de su familia estuviese cerca de la tienda—. Veloz, lo que voy a decirte es solo para ti. Loretta me quemará la comida durante un mes si se entera. —Se le encendió una chispa en los ojos—. Ella quiere mucho a Amy, ¿sabes? Y no siempre estamos de acuerdo sobre lo que es mejor para ella. Loretta ve con su corazón de mujer y aparta las sombras, tratando de hacer que el mundo de Amy sea todo de color de rosa.

—Parece que aquí todo el mundo ama a Amy. Pensé que sus alumnos iban a atacarme esta mañana.

—Sí, mucho amor, pero no del bueno. —Cazador se mordió la comisura del labio, como si sopesase cada palabra antes de decirla—. Amy es como... —Su mirada se quedó perdida—. Una vez conocí a un hombre en Jacksonville que coleccionaba mariposas. Las mantenía en cajas, bajo un cristal. Amy es así, vive detrás de un cristal, donde nadie puede tocarla. ¿Lo entiendes? Quiere a sus alumnos. Me quiere a mí, a Loretta y a nuestros hijos. Sin embargo no quiere a nadie para sí misma, con quien tener sus propios hijos.

Veloz pasó las palmas de la mano por la tela vaquera negra que se ajustaba a sus muslos. Después clavó los dedos en las rodillas dobladas.

—Tal vez no quiera tener hijos, Cazador.

—Ah, claro que sí. He visto ese deseo en sus ojos. Pero hay un gran miedo dentro de ella. Tiene... —Hizo una breve pausa—. Cuando vino a nosotros desde Texas, había cambiado. Había dejado de tener el coraje que una vez la hizo luchar por lo que quería.

Veloz pensó en ello, y recordó la sucia y miserable granja, y a Henry Masters, balanceándose borracho en la entrada, con una jarra de mezcal colgando de su mano.

—¿Le ocurrió algo más en Texas? Quiero decir, aparte del secuestro de los comancheros.

Cazador colocó un tronco en el fuego.

—No creo. Amy no tiene secretos con nosotros. —Se encogió de hombros—. Lo que Santos y sus hombres le hicieron... eso caminará siempre con ella. El miedo es algo extraño. Cuando lo combatimos, como ella hizo ese verano en el que os hicisteis amigos, el miedo se hace pequeño. Pero cuando huimos de él, crece y crece. Durante mucho tiempo, Amy ha estado huyendo.

Veloz pensó en esto, intentando leer en la expresión de Cazador sus intenciones.

Cazador lo miró.

—Cuando llegó aquí, a Tierra de Lobos, soñaba con el futuro, en el momento en el que la lucha comanche por la supervivencia terminase y tú volvieses por ella. Eran sueños buenos, y soñarlos era seguro. ¿Lo entiendes? Tú eras su gran amor, pero siempre en el futuro, nunca en el presente. Se mantenía alejada de los otros porque se había prometido a ti. Conforme los años fueron pasando y los sueños se volvieron polvo, llenó su vida con otras cosas. Mi familia. Sus alumnos. —El afecto llenaba sus palabras—. Es una mujer hermosa. Hay muchos hombres que se casarían con ella y le darían hijos, pero ella se queda detrás del cristal, donde nadie pueda tocarla.

—Más de veinte hombres la violaron. —Las palabras sonaron duras, atragantadas en la garganta de Veloz—. El infierno por el que ella pasó habría destruido a la mayoría de las mujeres. Amy era solo una niña. Imagino que, si alguien tiene derecho a vivir detrás de un cristal, esa es ella.

—Sí, tiene todo el derecho si tú se lo concedes y te vas cabalgando mañana. —Cazador arqueó una ceja, desafiándolo—. Pero ¿es feliz? Estar segura puede ser a veces muy solitario.

Veloz miró hacia otro lado.

—¿Qué estás diciendo, Cazador? Odio cuando hablas con rodeos. Recuerdo cuando era un niño, siempre tenía la impresión de estar andando sobre carbón caliente cuando tú me dabas consejos.

—Si te hablo con rodeos es porque quiero que pienses más allá —contestó Cazador con una sonrisa—. Lo aprendí de un hombre muy sabio.

—Tu padre. —Veloz se rio suavemente y después, con un suspiro, susurró—: Muchos Caballos... lo que daría por verlo de nuevo, aunque solo fuera una hora. Todavía puedo recordarlo sentado en su tienda, yo fumando con él y poniéndome de color verde, demasiado joven y orgulloso como para admitir que la pipa me daba ganas de vomitar.

—Él era muy bueno dando rodeos.

Sin dejar de sonreír, Veloz cogió la talega de Bull Durham y el papel de fumar de La Croix de su bolsillo y se puso a liar un cigarrillo. Con el tronco que Cazador había tirado al fuego, encendió e inhaló profundamente.

—Sí, pero a mí me gusta hablar directamente. Lo que creo que te he oído decir es... —escupió una mota de tabaco— que crees que debo quedarme. Incluso aunque ella odie todo aquello en lo que me he convertido.

—¿Es eso? ¿O es que sabe que tú romperás el cristal y le exigirás cosas que otros hombres no se han atrevido a exigirle? Creo que tiene mucho miedo de que su sueño se haga realidad y de que tenga que enfrentarse a un hombre de carne y hueso, un hombre que no saldrá corriendo si ella lo desprecia. —Cazador sonrió, indulgente—. Se le da muy bien mostrarse desdeñosa. Los hombres de aquí tratan de impresionarla con sus modales y terminan siempre replegando velas.

—¿Y crees que yo puedo conseguir lo que otros no han conseguido?

—No creo que tú vayas a acercarte a ella con un libro de buenos modales en una mano y el sombrero en la otra.

—No podría leerlo aunque lo tuviera. Por Dios, Cazador... —Veloz introdujo el tronco aún más adentro en las cenizas, dándole un golpe fuerte y rabioso—. Me mira y lo único que ve es un pasado que la persigue. Y tiene razón. ¡He visto cosas que ahora me persiguen a mí! He hecho cosas que no podría perdonar a otros hombres. Ella asegura que ya no nos conocemos, pero la verdad es que Amy me conoce demasiado bien. Si me quedo aquí, romperé en pedazos su vida. La promesa que me hizo me da derecho a hacerlo, pero si de verdad me importa, ¿debería hacerlo?

—Eso solo tú puedes saberlo. —Haciendo una nueva pausa, Cazador miró fijamente al fuego un momento y después levantó la mirada—. ¿Qué tendrá ella si tú desapareces en el horizonte, Veloz?

—Su vida aquí. Paz y tranquilidad. Buenos amigos. La escuela.

—Ah, sí. Como tú, ella sigue su propio camino. Pero ¿es eso bueno?

—Puede que sea mucho mejor que lo que yo puedo darle.

—No, porque su vida aquí es nada. —Cazador se quedó otra vez pensativo—. Chase encontró un mapache herido una vez, al que curó y crió en una jaula hasta que se hizo adulto.

Veloz protestó.

—Ya veo que esta es otra de tus historias. ¿Cómo demonios puede un mapache tener algo que ver con lo que estamos hablando?

Cazador levantó la mano.

—Quizá si abres los oídos, puedas averiguarlo. —Sonrió y se echó hacia atrás—. El mapache... siempre veía el mundo desde detrás de las rejas, olfateando y deseando la libertad. Como Amy, soñaba en el ayer y en los «algún día», pero sus «ahora» no eran nada. Chase decidió que era cruel tenerlo encerrado y abrió la puerta de la jaula. El mapache, que había sido gravemente herido por otro animal, se quedó aterrorizado y se escondió en el rincón más profundo de su prisión.

Veloz apretó la mandíbula.

—Amy no es un mapache, Cazador.

—Pero se esconde en el recoveco más profundo de la misma forma. —Cazador lo miró entrecerrando los ojos a través de la cortina de humo—. El mapache era muy violento cuando estaba asustado, así que Chase, en lugar de tratar de cogerlo para sacarlo de allí, le azuzaba con una vara, hasta que el mapache se ponía tan furioso que olvidaba el miedo que tenía y salía por la puerta. Chase lo azuzaba todos los días con esa vara, y cada vez el mapache salía de la jaula y permanecía más tiempo en el exterior, hasta que perdió el miedo y pudo quedarse fuera. Esta es una historia con un final feliz. Los sueños del mapache sobre el ayer y el algún día se convirtieron en el ahora.

Veloz resopló.

—No puedo ir y azuzar a Amy con un palo. Dime algo que tenga más sentido que eso.

—Lo que te digo tiene mucho sentido. Rescaté a Amy de Santos, ¿no? Y curé sus heridas, justo como Chase hizo con las del mapache. Y como Chase, he construido un lugar muy seguro aquí para Amy, donde puede esconderse y soñar. —Cazador carraspeó, distendiendo los músculos de la garganta. Cuando volvió a hablar, su voz sonaba más tensa—. Mi corazón tenía buenas intenciones, pero lo que he hecho está mal. La seguridad se ha convertido en su jaula y ella está atrapada dentro, con miedo a salir.

Con el dedo índice, Veloz trazó la cruz de Malta que había dibujada en el paquete del papel de liar.

—¿Te das cuenta de que no tengo nada? Un caballo, algunas piezas de oro y un buen fajo de problemas pisándome los talones. Eso es todo.

Cazador consideró sus palabras un momento y, como siempre, no ofreció ninguna solución.

—Sería mucho más fácil para los dos si simplemente me fuera de aquí —aseguró Veloz.

—Sí.

Esa única palabra era un desafío silencioso.

—¿Es que no te importa en absoluto que sea un pistolero? ¿Que haya cabalgado con los comancheros? Si me encontrase a mí mismo en la calle, me diría «Mira, ahí va el bastardo más grande que haya conocido nunca».

—Solo sé lo que puedo ver en tus ojos.

—¿Y qué pasaría si después de poner su mundo patas arriba mi pasado viniera y me atrapase? —Veloz tiró el final del cigarrillo al fuego—. Mañana, la próxima semana, dentro de un año. Podría suceder, Cazador.

—Entonces tendrás que volverte y enfrentarte a tu pasado. De la misma forma que Amy debe enfrentarse al suyo. —Cazador se puso en pie proyectando tras él una sombra alargada sobre la pared de la tienda—. Quédate en mi tipi un rato y escucha a tu corazón. Si después de escucharlo, todavía quieres irte mañana, sabré que es lo mejor y lo aceptaré. Pero encuéntrate a ti mismo primero. No al muchacho que eras, no al hombre en el que ese muchacho se convirtió, sino al que eres esta noche. Entonces tendrás un camino marcado ante ti. Te dejo con una gran verdad. Un hombre cuyos ayeres permanecen fijos en el horizonte camina de nuevo hacia su pasado. El resultado es que recorre un gran camino hacia ninguna parte.

Capítulo 4

La casa de los Lobo estaba repleta de voces que retumbaban alegremente en las paredes de madera y que ahogaban el sonido tintineante de los enseres de porcelana. Veloz no hacía más que preguntar por la mina de Cazador, claramente fascinado de que su viejo amigo hubiese tenido tanto éxito en la búsqueda de oro. Con su paciencia habitual, Cazador explicaba la diferencia entre los placeres auríferos y los filones de oro, describiendo el equipo y las técnicas utilizadas en cada mina, y cómo ambas se utilizaban en su explotación. Loretta y los niños participaban contando divertidas anécdotas de vez en cuando, o explicando los resultados de las prospecciones que se habían hecho alrededor de Jacksonville y los recientes hallazgos en Tierra de Lobos.

—Estas colinas están llenas de oro, no lo dudes —dijo Índigo, excitada—. En la cárcel de Jacksonville, un preso excavó el suelo de tierra de su celda. Resultó ser tan rentable que ya no tenía ningún interés por salir en libertad. Entonces, justo antes de que terminara su condena, dio con una veta e insistió en que era de su propiedad. El *sheriff* tuvo que obligarle a salir de allí a punta de pistola.

Loretta guiñó un ojo a Veloz.

—De la manera en que esta chica lo cuenta, es como si le estuviesen creciendo dientes de oro. La cárcel de Jacksonville tiene un suelo de madera de doble capa. Por lo que sé, es la única cárcel que lo tiene.

Con voz cariñosa, Cazador intervino.

—Índigo espera reemplazarme en la mina cuando sea mayor.

Chase resopló, visiblemente disgustado con la idea. Los ojos azules de Índigo brillaron de emoción.

—¡Al menos yo conozco la diferencia entre el oro real y el falso! —gritó.

—¿Cuánto te apuestas a que no puedes saber la altura de un árbol por la sombra que proyecta? —bufó Chase.

—¿A quién le importa eso?

Amy escuchaba en silencio, con la cabeza hundida en el plato y los dedos agarrotados alrededor del mango del tenedor. Con su ayuda, Loretta había preparado una maravillosa cena para celebrar la llegada de Veloz, pero a Amy la comida le estaba sabiendo a rayos. Incluso el requesón le parecía insípido. Amy daba vueltas a los trozos de requesón con la lengua, como si estuviese comiendo cemento.

Cuando los niños se quedaron sin anécdotas que contar, la conversación derivó hacia las experiencias de Veloz desde que había dejado la reserva. Bombardeado a preguntas sobre Texas, Veloz era casi el único que hablaba, y a Amy se le hacía un nudo en el estómago cada vez que oía su voz. Cuando por fin se atrevió a mirarlo, sintió un escalofrío nervioso por todo el cuerpo. Una parte de ella aún no podía creer que estuviera allí y lo mucho que había cambiado. Su aspecto era despiadado ahora, con una mirada dura, cínica y amarga que le encogía el corazón. Y, sin embargo, a pesar de esto, seguía tan guapo como siempre, pero de una manera más potente, poderosa y desconcertante.

Algo más había cambiado en él también, algo mucho más reciente y sutil. A primera hora de la mañana en el granero, cuando ella le había pedido que la liberase del compromiso, él había dudado. Ahora, esa incertidumbre había desaparecido, sustituida por un brillo de determinación. Amy tenía el presentimiento de que Veloz y Cazador habían hablado sobre ella en la tienda de Cazador y que, fuera lo que fuese lo que hubiesen dicho, había de alguna manera ayudado a Veloz a tomar una decisión.

—Entonces, tío Veloz, cuéntanos lo de tus peleas —pidió Chase—. ¿Es verdad que has matado a más de cien hombres?

De repente se produjo un silencio, amplificado por el suave tintineo de los tenedores al golpear la porcelana. Estirando sus anchos hombros, Veloz se aclaró la garganta.

—Creo que las historias sobre mis duelos se han exagerado, Chase. —Después de una pausa, añadió en tono de broma—. Dudo que haya matado en total a más de noventa.

—¿Noventa? ¡Qué bárbaro!

Loretta desaprobó con la mirada a su hijo.

—Chase, tu tío te está tomando el pelo.

La cara de Chase se ensombreció.

—Entonces dime la verdad. ¿Cuántos?

Índigo regañó a su hermano.

—No seas pesado, Chase Kelly.

La mirada de Veloz se encontró con la de Amy y su sonrisa se tensó.

—Un hombre no hace una muesca en su cinturón cada vez que dispara a alguien, Chase. Utilicé mi revólver siempre que me vi obligado a hacerlo, y después traté de olvidarlo.

—Pero *estás* el más rápido de Texas. Así lo dicen en el periódico, ¿verdad?

—«Eres» el más rápido... —le corrigió Loretta.

—Siempre hay alguien más rápido, Chase —contestó Veloz—. Si olvidas eso, aunque solo sea por un instante, eres hombre muerto.

Chase asintió, visiblemente asustado con la idea.

—Ahora que estás aquí, ¿me enseñarás a manejar el revólver?

Veloz bajó la taza con un chasquido rotundo.

—No.

Índigo dio un codazo a su hermano otra vez, con una expresión de seriedad en la cara que le hacía parecer mayor de lo que era.

Chase miró a su hermana como si quisiera fulminarla y después se volvió a Veloz con ojos suplicantes.

—Pero ¿por qué? Soy bueno con las armas.

Con el cuerpo completamente tenso, Amy esperó a oír la respuesta de Veloz.

—Porque eso no es medio de vida, por eso. —A Veloz se le movió un músculo de la mejilla. Puso el tenedor a un lado del plato, dejando una pieza de jamón sin tocar—. Confía en mí. Si pudiera volver atrás en el tiempo y no tocar nunca más un revólver de seis balas, lo haría.

Amy levantó la mirada y vio que Loretta tenía lágrimas en los ojos. Conteniendo las ganas de vomitar, Amy siguió el ejemplo de Veloz y dejó el tenedor a un lado; por una parte, lo odiaba por aquello en lo que se había convertido, pero, por otra, sentía ganas de llorar como Loretta. Nadie que lo mirase dejaría pasar por alto la expresión angustiada en los ojos de Veloz López.

Cazador se levantó de la mesa, y recogió su plato y su taza. Llevándolos al fregadero, dijo:

—Entonces dime, Veloz, ¿qué es lo que te ha traído de vuelta a nosotros? ¿Y cuánto tiempo piensas quedarte?

—Vine aquí con la esperanza de comenzar de nuevo. —Veloz desvió la mirada hacia Amy otra vez—. Descubrir que mi mujer estaba viva es como un sueño hecho realidad. Creo que colgaré aquí mi sombrero, ahora que la he encontrado.

Se produjo otro de esos silencios incómodos. Amy sabía que esta era su forma de hacer saber a la familia que no había olvidado la promesa que ella le había hecho, y que esperaba que la cumpliese. Los bandos para la batalla estaban definidos. Amy observó la amplitud intimidante de su pecho y el juego de músculos que se adivinaban bajo las mangas de su camisa. Tenía el horrible presentimiento de que el resultado de esta particular guerra estaba escrito.

Amy empujó hacia atrás la silla. Tratando de no dejar entrever ninguna expresión en su rostro, se puso a recoger la mesa, ansiosa por lavar los platos. Chase trajo agua y Loretta la puso en el hornillo para que hirviera. Índigo, casi tan alta como su madre, se pasó el delantal por la cabeza y se lo ató con rapidez a la espalda.

—Amy, déjalo, Índigo y yo lavaremos los platos —dijo Loretta—. Tú tienes que trabajar mañana en la escuela. ¿Por qué no te vas a casa?

Deseosa de encontrar cualquier excusa para irse, Amy cogió el chal que colgaba en la percha cercana a la puerta y se lo pasó por los hombros.

—Ha sido una cena maravillosa, Loretta Jane. Buenas noches, Cazador. —La lengua se le puso pastosa—. Me he alegrado de verte de nuevo, Veloz.

Índigo corrió hacia Amy para darle un abrazo de despedida. Besándola en la mejilla, susurró:

—Ahora entiendo que hayas esperado por él todos estos años, tía Amy. ¡Es tan guapo!

Amy se apartó, mirando a Índigo a los ojos, conmocionada de que la niña hubiese dicho algo así. Se dio cuenta entonces de que aquella jovencita a la que tanto quería se estaba convirtiendo en una mujercita.

Veloz se levantó de la mesa. Con pasos perezosos y espuelas tintineantes, se acercó al perchero a coger las cartucheras y ponérselas. A continuación, cogió el sombrero. Unos hoyuelos traviesos se marcaron en las mejillas de Índigo al sonreír mientras pasaba por delante de Veloz y se acercaba a su madre para ayudarle con la mesa. Amy se quedó allí sola con él, aterrada al ver que trataba de acompañarla. Se le pasó por la mente una imagen de los dos, solos en la oscuridad.

—Te acompaño a casa —dijo él suavemente.

—E... eso no es para nada necesario. Siempre vuelvo a casa yo sola. ¿Verdad, Cazador?

Cazador se limitó a sonreír.

—Te acompañaré de todas formas. Estoy seguro de que la noche debe de ser magnífica, después de este día de sol.

Amy se abrazó al chal, buscando en su mente una excusa rápida para deshacerse de él. Al final se decantó por ser honesta.

—Preferiría que no me acompañaras.

Veloz hizo una mueca mientras se ponía el sombrero. Bajándose el ala hasta los ojos, contestó con una voz peligrosamente sedosa.

—Y yo preferiría acompañarte.

Después de mirar a Cazador con ojos suplicantes y aun así no recibir nada de él, Amy abrió la puerta y salió al amplio porche. Decidida a andar con rapidez, bajó los escalones y cruzó el jardín, manteniéndose siempre un paso por delante de las botas y las espuelas que tintineaban detrás de ella. El aire de la noche enfriaba sus mejillas. Se abrazó con fuerza al chal.

—¿Qué es lo que dice en ese libro tuyo de modales sobre las mujeres que corren y dejan que sus acompañantes muerdan el polvo?

Ella se detuvo para darse la vuelta, mirándolo fijamente con la luz que emitía la luna.

—A usted nadie le ha invitado como acompañante, señor López. —Se le hacía raro pronunciar el nuevo nombre y, sin embargo, lo hizo para recordarse a sí misma y recordarle a él quién era y en qué se había convertido—. Un caballero nunca impondría a una dama su compañía.

Calle abajo, un hombre salía de la Lucky Nugget. Veloz se puso a la altura de Amy, la tomó del brazo y la guio al otro lado de la calle. Cuando sus pies tocaron la acera, dijo:

—Incluso aunque quisiera ser un caballero, nunca nadie me enseñó buenos modales. Lo más parecido a un maestro que he tenido fue un ranchero para el que trabajé llamado Rowlins, y todo lo que ese hombre sabía hacer era disparar y escupir. Se le daban muy bien esas dos cosas, y me enseñó todo lo que sabía, pero nunca fue ni pretendió ser un caballero.

—Es evidente. De otro modo, no me dejarías ir por fuera de la acera.

Él se rio débilmente y, poniéndole la mano en la cintura, se hizo a un lado y dejó que ella caminara por el lado interior de la acera, cerca de donde estaban los comercios. Al lado de Amy, la figura de Veloz se alzaba amenazadora en la oscuridad, con la cinta plateada del sombrero y las tachuelas del revólver brillando a la luz de la luna. Amy se estremeció al sentir una mano en la espalda, mano que fue deslizándose hasta encontrar un lugar donde descansar, justo encima de su cadera izquierda. La familiaridad con la que la tocaba aceleró su corazón. Ningún hombre de Tierra de Lobos se hubiese atrevido a tomarse tantas confianzas.

—No he tenido muchas oportunidades de acompañar a casa a las damas. ¿Lo estoy haciendo bien? —preguntó arrastrando las palabras, como si se estuviese divirtiendo. Después se puso tenso, como si estuviera preparándose para algo—. Ten cuidado por dónde pisas.

—Me conozco esta calle como la palma de mi mano —contestó ella con voz crispada, salvando el obstáculo en la acera sin dificultad.

—No lo dudo, por lo rápido que andas. La Amy que yo conocía no podía ver un palmo más allá de sus narices cuando se hacía de noche.

Amy contuvo una respuesta, pensando solo en las ganas

que tenía de llegar a casa y echar el cerrojo. Con esto en mente, aligeró el paso. La mano de Veloz se hizo más firme en su cintura.

—¡Eh! La idea era caminar tranquilamente y volver a conocernos.

—Yo no quiero volver a conocerte.

Como si sus deseos careciesen de ninguna importancia, Veloz obvió su comentario. Le pareció que había pasado una eternidad hasta que llegaron al porche. Amy se apresuró a subir los dos escalones y a abrir la puerta.

—Gracias por acompañarme. Buenas noches.

Ella entró en la oscuridad y trató de empujar la puerta a su espalda, pero Veloz había puesto una mano en la madera para impedirlo.

—¿No vas a pedirme que entre?

—¡Desde luego que no! Soy maestra. Tengo una reputación que mantener. Una dama no deja que un hombre...

Él dio un empujón a la puerta, y la obligó a retroceder dos pasos.

—En realidad voy a invitarme yo mismo.

Y, sin más, entró en la casa. Hasta entonces, solo había deseado cerrar la puerta, pero ahora, Amy agarraba el pomo con dedos temblorosos para que él no la cerrase. Él ganó la batalla haciendo presión con un hombro sobre la puerta. El sonido final al cerrarse fue definitivo, y Veloz colocó en su lugar la tranca del cerrojo.

—¿Dos cerrojos, Amy? Pensé que Tierra de Lobos era un lugar seguro y tranquilo para vivir. ¿Te encierras a ti misma o encierras al resto del mundo ahí fuera?

La oscuridad se cernía sobre ellos. Amy se quedó inmóvil, de pie, con el corazón a mil por hora. Vestido todo de negro, Veloz se camuflaba tan bien en las sombras que ella no podía verlo. Pero podía sentirlo, y con esas horribles y fantasmagóricas espuelas, podía también oírlo cuando se movía. El olor a cuero, mezclilla y tabaco lo impregnaba todo.

—Enciende la lámpara —dijo él con tranquilidad—. Tenemos que hablar.

Dirigiéndose directamente hasta la mesa, tanteó en busca de la lámpara y las cerillas. Prendió la mecha rascando la cerilla en un pliegue del papel de vidrio y haciendo que las chispas se expandiesen. Después giró rápidamente la mecha y ajustó la llama. El hedor del fósforo la hizo llorar y se echó hacia atrás para escapar del humo gaseoso mientras regulaba la llama.

—No deberías utilizar esas cosas dentro de la casa. ¿Quieres lesionarte los pulmones o provocarte una necrosis fosfórica?

—No... no suelo utilizarlo. Mi yesquero se está quedando sin corteza de cedro y no he salido a buscar más. Hace falta mucho más que unas cuantas cerillas para dañar mis pulmones o mis huesos.

—Estás temblando —observó él fríamente—. ¿Tanto miedo te doy?

Ella continuó como si estuviera ajustando la luz, haciendo caso omiso a su pregunta.

—¿Puedes al menos tratar de hablar de ello?

Se llevó la caja de cerillas a la chimenea y se agachó para encender fuego. Cuando él dio un paso entre ella y la lámpara, su sombra se interpuso, grande y amenazadora. El segundo de silencio se alargó interminablemente.

—¡Demonios, te estoy hablando!

Amy se acercó más al fuego para insuflar un poco de aire a las débiles llamas que comenzaban a elevarse y reorganizó la leña para que prendiera con facilidad.

—No blasfemes en mi casa.

Él dejó escapar una risa de incredulidad.

—Si no recuerdo mal, fuiste tú quien me enseñó esa palabra y otras por el estilo. «Demonios» y «maldición» eran tus palabras favoritas, ¿lo recuerdas? Y cuando estabas de verdad enfadada, decías...

—¿Te importa? —Se puso en pie, agitando la caja de cerillas con tanta fuerza que casi se le cayó de las manos—. Esta es mi casa. Me gustaría prepararme para ir a dormir.

—Adelante.

Amy pestañeó. A la luz de las llamas, era la viva imagen de lo que ella imaginaba como el demonio: alto, guapo, vestido de negro. Se le pusieron los nervios de punta. Puso las cerillas en la repisa de la chimenea, se tocó la frente con la parte exterior de la muñeca y cerró los ojos.

—Veloz, por favor.

—Por favor, ¿qué? Habla conmigo, Amy. Dime qué es lo que te tiene tan molesta que ni siquiera eres capaz de mirarme. Sé que recuerdas cómo eran las cosas entre nosotros... —Se calló de repente. Entonces, asombrado, susurró—: Que me aspen si eso no... —Las botas resonaron con sus espuelas en el suelo de madera—. ¿Lo has dibujado tú, Amy?

Demasiado tarde para acordarse del dibujo. Con un revuelo de faldas, trató de pasar por delante de él y retirarlo de la repisa. Antes de que sus dedos pudiesen coger el marco, él lo tenía agarrado.

—No —dijo él.

Vencida, Amy se echó hacia atrás, observándolo mientras él estudiaba el retrato. Viéndolo allí de pie, con un perfil tan similar al del chico que dibujó, se vio inundada de recuerdos. Por un instante, sintió una punzada de deseo por todo el cuerpo. Veloz, su Veloz. Las escenas del pasado volvieron a pasar por su mente. Dos jovencitos retozando y riendo junto al arroyo. Veloz, saliendo a su paso en el bosque, con un ramo de flores en las manos. Veloz, enseñándole a hablar comanche, a disparar un rifle, a utilizar el arco, a montar a caballo, a caminar sin hacer ruido. Tantos recuerdos. En aquel entonces, habían sido tan buenos amigos... ¿Qué les había pasado para que estuvieran ahora en la misma habitación y se sintiesen tan lejos uno del otro? Hubo un momento en el que ella habría puesto la mano en el fuego por él.

¿Y ahora?

Amy miró hacia otro lado. Ahora no confiaba en él ni para acompañarla a casa..., que era precisamente lo que había hecho. Ahora no lo quería en casa cuando ella estuviese sola por la noche..., que era lo que estaba sucediendo.

Oyó el tintineo de las espuelas, y ese único sonido bastó para traerla del pasado y hacerla gemir de terror. Se le encogió el estómago. Por un momento, olores que creía olvidados le embriagaron la nariz: olor a hombre y a lujuria, y a sangre, su sangre. Se balanceó, tratando de apartar las imágenes de su mente, pero ellas no le dieron tregua.

—Amy, mírame.

Su voz se había vuelto ronca. Le cogió la barbilla y le levantó la cara para que lo mirara. Finalmente, ella lo miró solo un momento a los ojos y supo lo que intentaba. Se apartó, retrocediendo de espaldas hasta dar con la pared. Él la siguió. Una vez más, trató de zafarse, pero él la tenía abrazada, bloqueándola para que no escapase.

—Amy, por el amor de Dios, ¿qué crees que voy a hacerte?

No pudo hablar. Él se detuvo más cerca, tan cerca que ella podía sentir cómo su camisa le rozaba el corpiño del vestido. El roce, ya fuera intencionado o no, le excitó los pezones, que se irguieron contra la tela de la camisa, doloridos. Amy evitó el contacto pegando la espalda contra la pared. Él se quitó el sombrero y lo mandó volando hacia la puerta. La cinta nacarada, la odiada cinta nacarada y el sombrero, fueron a parar al suelo. Santos, el jefe de los comancheros que la secuestraron, llevaba nácar en los pantalones. La mayoría de sus hombres también lo llevaba. No podía ver los discos plateados sin que se pusiera a sudar.

—Amy. —Veloz le rozó con los labios uno de sus rizos—. ¿Recuerdas aquel día en que bajamos al río, cuando me enseñaste lo que era un beso?

Esta vez la cogió con firmeza, obligándola a echar la cabeza hacia atrás. Sus ojos oscuros atraparon los de ella.

—Cerraste los ojos, arrugaste la nariz y fruiste los labios como un cactus chato. —Acercó la cara—. Tuvieron que pasar años para que me diera cuenta de que esa no era la forma de hacerlo.

Su pecho se acercó al de ella, inmovilizándola contra la pared. Ella trató de echar la cabeza hacia atrás, intentó alejarse de su boca.

—Veloz, no... por favor, no.

Él se inclinó aún más hasta que su aliento no pudo distinguirse del de ella, un halo cálido y dulce a café con miel.

—¿Te acuerdas, Amy?

—Sí —admitió con un sollozo ahogado—. Lo recuerdo. Fue un beso estúpido de niña. No tiene nada que ver con esto. —Consiguió interponer las manos entre su cuerpo y el de él hasta contenerle el pecho con las dos manos. Utilizando todas sus fuerzas, lo empujó.

A punto de perder el equilibrio, Veloz se tambaleó hacia

atrás, y ella aprovechó para zafarse de él colándose por debajo del brazo. Dio varios pasos en retirada y se dio la vuelta, abrazándose a sí misma para que él no pudiera ver que estaba temblando. En un intento por sonar tranquila, dijo:

—Lo nuestro se ha terminado, Veloz. Aquello que compartimos fue algo entre niños. Ahora somos adultos. Han pasado demasiadas cosas. Siento que hayas esperado algo distinto. Pero así están las cosas.

Él cruzó la habitación y se apoyó contra la mesa, cruzándose de brazos con naturalidad. Esta pose relajada no la consoló. Cada vez que él flexionaba los músculos, ella daba un salto, aterrada por lo que pudiera intentar hacer. Conociendo las costumbres comanches, Amy sabía bien que él podía llevarla a la habitación y forzarla. Nadie que creyese lo que había hecho se sorprendería de que usase la fuerza de su brazo. Que Dios la ayudase, le había otorgado derechos inalienables sobre su cuerpo y su vida, y ese brillo posesivo en los ojos le decía que podría muy bien estar pensando en ejercerlos.

Sin dejar de estudiarla intensamente, Veloz preguntó:

—¿Todo esto es porque he cabalgado con los comancheros? Si es así, puedo explicarlo.

—¿Explicarlo? —Ella lo miró de arriba abajo, con desprecio—. ¿Crees que no sé todas las cosas diabólicas que has hecho?

—Eso se ha acabado.

Ella se puso una mano en la cintura. Desde su llegada, tenía el estómago como una carreta de mulas: se le bajaba a los pies un minuto para subírsele a la garganta al minuto siguiente.

—¿Acabado? ¿Y ya está, crees que puedes borrarlo así? —Lo miró fijamente, esperando a que dijera algo—. ¿A cuánta gente mataron tus amigos los comancheros, Veloz? ¿Violaron... a mujeres? ¿Lo hicieron? ¡Responde!

Veloz tragó saliva, determinado a no dejar que su mirada flaquease.

—No puedo responder por lo que ellos hicieron, Amy.

—Entonces responde por ti mismo. ¿Robaste y mataste y violaste? ¿Lo hiciste? —Su voz era como un chillido angustiado.

—Soy culpable de algunas cosas, pero no de todas. —Tenía un brillo en los ojos—. No creerás que he violado a mujeres, ¿verdad? En tu interior...

—Me violarías a mí —le rebatió—. Niega eso, y pondré un cazo para hacer café. Tendremos una bonita charla los dos, recordando los viejos tiempos como querías. Júrame que no me tocarás nunca.

Veloz la miró en silencio, asustado de ella más de lo que lo había estado nunca. Parecía como si cualquier movimiento inesperado por su parte fuera a hacer que se echara a volar lejos de él. De repente comprendió lo que Cazador había intentado hacerle entender con la historia del mapache. Amy estaba atrapada aquí, en Tierra de Lobos, aterrada por todo y de todos los que supusiesen una amenaza para su mundo.

—No puedes jurármelo, ¿verdad, Veloz? —le temblaba la voz al hablar—. Si no hago honor a la promesa que te hice, tienes la intención de obligarme a que la cumpla, ¿verdad? —Lo miró fijamente, con las pupilas tan dilatadas que sus grandes ojos casi se habían vuelto negros—. Respóndeme. Has traicionado todo lo demás que había entre nosotros. Por favor, no añadas la mentira a la lista.

Veloz se sentía como si estuviese al borde de un precipicio con alguien azuzándole para que saltara. No quería mentirle. Pero podía ver que la verdad iba a atemorizarla, abriendo aún más la brecha que había entre ellos.

—Nunca te haré daño, Amy. Tienes mi palabra.

La piel que cubría los huesos de sus mejillas se puso tensa, el delicado músculo interior se contrajo y su cara se convirtió en una caricatura de su belleza, esquelética y dura.

—¿Violación sin dolor? ¿Dónde has aprendido ese truco?

A Veloz se le revolvió el estómago.

—Amy, por el amor de Dios. ¿Por qué estás atacándome de esta manera? Empezaste a hacerlo en el mismo instante en el que puse los pies aquí, y aún no has dejado de hacerlo.

Amy no tenía respuesta. Lo último que debía hacer era enfadarlo y, sin embargo, no podía dejar las cosas así. Tenía que saber cuáles eran sus intenciones. No podía soportar la idea de pasarse una noche entera preguntándoselo.

—¿Quieres una pelea? —preguntó él suavemente—. ¿Quieres que te amenace? ¿Es eso? ¿Para así tener una razón para odiarme?

—Ya tengo razones más que suficientes para odiarte. Te estoy pidiendo honestidad, si eres capaz de ello. Quiero saber cuáles son tus intenciones. Creo que tengo todo el derecho a saberlo. Es mi vida la que está en juego. ¿Tan cobarde eres que no puedes contestarme?

—Está bien, maldita sea, sí —dijo, alejándose de la mesa. Ese movimiento repentino la hizo temblar—. ¿Quieres que te lo diga con todas las letras, Amy? ¡Eres mía! Lo has sido durante quince años. Nadie te obligó a prometerte a mí. Sabías exactamente lo que estabas haciendo. Y querías hacerlo tanto como yo. Si tratas de traicionar nuestro compromiso, te obligaré a cumplirlo. Así son las cosas y así van a seguir siendo.

Ella se abrazó, como si esperase que él fuera a pegarla. Veloz se quedó helado, el cuerpo entumecido, la piel fría.

—¿Te sientes mejor ahora? —le preguntó con brusquedad—. Ahora ya sabes a lo que atenerte. Estoy aquí, voy a quedarme y será mejor que vayas aprendiendo a vivir con ello.

Ella parecía a punto de caerse. Veloz quería sujetarla pero no se atrevió.

—Amy —le habló con emoción y con arrepentimiento, porque lo último que quería era asustarla a propósito—. ¿Sabes cuál es el lugar más seguro en el que puedes estar ahora mismo? Ven aquí y te lo mostraré. Da solo tres pasos, y te juro por tu Dios y por los míos que nada ni nadie te hará daño mientras me quede una gota de sangre en las venas.

Ella miró su mano extendida, incrédula y horrorizada.

—Confiaste en mí una vez. Puedes volver a hacerlo. Ven aquí y déjame demostrártelo. Por favor...

—Confié en Antílope Veloz. Antílope Veloz ha muerto.

Veloz se sintió como si lo hubieran abofeteado. Bajó lentamente el brazo y cerró la mano en un puño.

—Si estuviera muerto, cariño, no tendrías que preocuparte por nuestro compromiso de matrimonio. Estás haciendo que esto sea más difícil de lo que debería ser, y tú serás la única que lo sufrirá.

—Quizá, pero caeré luchando. —Incluso mientras lo decía seguía retirándose, con la voz débil y temblorosa—. Que no te quepa la menor duda de que lucharé. Hasta mi último aliento. Prefiero morir a dejar que un hombre como tú me vuelva a poner las manos encima.

Valientes palabras, pero les faltaba fuerza que las sustentasen. Veloz la observó y lamentó lo que vio. ¿Qué le había pasado a la Amy que él conocía, la valerosa muchacha que se había enfrentado una vez a sesenta guerreros comanches con un rifle que era más grande que ella? Incluso aunque significase que iba a perderla, habría preferido ver ese fuego en sus ojos otra vez, aunque solo fuera por un instante. Tal y como se mostraba ahora, era únicamente un caparazón, un hermoso e intocable caparazón de la mujer que había sido una vez.

—¿Un hombre como yo? No sabes nada de mí.

—¡Sé que ya no eres el muchacho que yo amaba! Es lo único que necesito saber.

—No puedes deshacerte de mí tan fácilmente. —Caminó hacia la puerta y cogió el sombrero. Después de sacudirlo en sus pantalones, se volvió para mirarla—. Una promesa de matrimonio es para siempre, Amy. Sé que quince años son muchos años, pero no se acerca siquiera a la eternidad. Te prometiste a mí ante el fuego central. Nada ni nadie puede cambiar eso. Te daré algo de tiempo para que te acostumbres a la idea, pero no demasiado. Tal y como yo lo veo, ya hemos perdido demasiado tiempo.

Abrió la puerta.

—¡Veloz, espera!

Él se detuvo y miró hacia atrás.

—No... no puedes de verdad esperar que cumpla una promesa que hice cuando tenía doce años.

—Sí, Amy. Claro que puedo.

Podía ver cómo temblaba, incluso desde el otro lado de la habitación.

—¿Incluso aunque sepas que preferiría morirme?

Veloz la recorrió con la mirada.

—No me preocupa demasiado que mueras por mí. Tal vez lo deseas, pero desearlo y hacerlo son dos cosas diferentes. Puedes intentarlo. Veremos si tienes más éxito del que yo tuve. Pero te aconsejo que pases más tiempo tratando de acostumbrarte a la idea del matrimonio..., solo por si la idea de la muerte no funcionara. Sería un tanto embarazoso que te desilusionases en el último minuto y comprobases que, a pesar de todos tus deseos, sientes algo por un hombre como yo.

Esperó, con la esperanza de que ella le devolviese el golpe, pero en vez de eso, solo se puso pálida. Con el corazón encogido, se alejó y cerró suavemente la puerta al salir.

No tuvo un sueño reparador. Amy se despertó justo después del amanecer con el sonido de un hacha. Deslizándose fuera de la cama, se acercó a la ventana, preguntándose quién podría estar en su jardín cortando leña. Con la cara pegada al cristal, escudriñó la penumbra grisácea.

—¡Veloz!

Se aferró con los dedos al marco de la ventana al ver quién era. Su pelo corto y negro tenía un aspecto lacio y húmedo por el sudor, pero aquellos que no lo supieran podrían pensar que los tenía despeinados después de haber dormido y húmedos por haberse lavado la cara. Desnudo hasta la cintura, ofrecía la imagen de su torso bruñido por el sol. Con cada movimiento, se le amontonaban los músculos en la espalda. Si no fuera por la pistolera que rodeaba su cintura, hubiese parecido simplemente un hombre recién salido de la cama cortando leña para el fuego del desayuno. Un fuego que la gente creería que se iba a encender en la cocina de la casa de Amy.

—¿Qué crees que estás haciendo? —lo llamó, mirando con ansiedad hacia el pueblo para ver si alguien lo había visto.

Él no pareció escucharla. Enfadada, Amy cogió su chal y se cubrió con él los brazos mientras salía del dormitorio. Abrió la puerta de par en par y repitió la pregunta con un grito. Él dejó de mover el hacha y se dio la vuelta para hacer recaer toda la fuerza de su mirada en ella, empezando por los dedos de los pies y subiendo hasta su cara, deteniéndose por el camino en varios puntos estratégicos.

—Estoy cortando la leña para mi mujer —explicó con una sonrisa perezosa—. Así es como vosotros los blancos hacéis estas cosas, ¿no?

—¡Yo no soy tu mujer! Y no me gusta nada que te pasees por mi jardín semidesnudo. Soy maestra de escuela, Veloz. ¿Quieres que pierda mi trabajo?

Puso un trozo de madera en el tocón, dio un paso hacia atrás y lo partió en dos de un solo hachazo.

Furiosa, Amy cruzó el porche corriendo.

—Fuera de aquí. La gente puede verte y pensar que has pasado aquí la noche.

—¿Vaya, por qué no habré pensado en eso?

Ella lo observó mientras cortaba otro tronco, un poco más enfadada con cada hachazo que daba. Al ver que seguía sin hacerle caso, corrió hacia él con los pies descalzos, sin saber muy bien qué hacer una vez hubo llegado a donde él estaba, pero convencida de que tenía que hacer algo.

—Te he dicho que te vayas de mi casa.

—Nuestra casa.

—¿Qué?

—Nuestra casa. Lo que es tuyo es mío, y lo que es mío es tuyo. Ya sabes cómo funciona.

—Lo único que tú tienes es un caballo.

—Pero es un caballo condenadamente bueno. —Sus ojos se encontraron y los de Veloz parpadearon con malicia—. Dios mío, Amy, estás tentadora con ese camisón. Desde la distancia, puede parecer que algo está pasando entre nosotros ahora mismo.

Amy sintió el rubor subiéndole por el cuello.

—¡Sal de aquí!

Él la miró, como si la midiese.

—¿Me estás echando?

Quería quitarle el hacha de las manos, pero no se atrevía.

—La escuela es mi vida. ¿Puedes entender eso?

—Sí, y es una maldita pérdida de tiempo.

—No es una pérdida de tiempo. Me gusta. ¡Me encanta!

—Muy bien. Enseña entonces si eso te hace feliz. ¿Ellos no tienen nada en contra de una maestra casada, no?

Amy lo miró fijamente. Las piernas le temblaban de rabia. Se agarró las manos. Veloz notó el gesto y sonrió, retándola con sus ojos a que le pegara. Amy se acercó a él para darle el gusto. Solo el pensamiento de lo que él podría hacer en revancha la detuvo.

—Los hombres que forman parte del comité me despedirán en el acto si piensan que estoy teniendo un comportamiento... inadecuado. A diferencia de ti, no puedo robar para ganarme la vida.

Él levantó una ceja, sonriendo cada vez más.

—¿Te estás escuchando? ¿Eres la misma chica que me ayudó a tirar de todas las cuerdas de la tienda de Hombre Viejo una noche y después se escondió conmigo en el bosque para ver a todas sus mujeres unirse a él bajo sus mantas de búfalo? ¿Inadecuado, Amy?

Amy lo miró, incapaz de hablar. Hacía años que no había pensado en esa noche. Ella y Veloz habían rodado por la hierba, muertos de la risa, tratando de no hacer ningún ruido mientras Hombre Viejo trataba de calmar a sus mujeres. El recuerdo fue tan repentino y tan claro que por un momento casi olvidó por qué estaba allí de pie. Mirándole a los ojos, se sintió por un segundo como si flotase, como si no hubiese presente, solo pasado. Como si fuese otra vez una niña y él un joven despreocupado.

—¿Crees que alguna vez supo que fuimos nosotros los que tiramos de las cuerdas? —preguntó Veloz.

Amy pestañeó. Hombre Viejo murió en una masacre poco después de aquella noche, asesinado por los bandidos de la frontera. La realidad, con toda su dureza, volvió a cubrirla. Con ella, la consciencia del presente. Ya no era ninguna niña, y Veloz ya no la miraba como si lo fuera. Los dos sabían lo que las mujeres de Hombre Viejo habían esperado de él cuando corrieron con tanta impaciencia hasta su tienda.

No podía dejar de mirarlo. Saber que él, de entre todos los hombres, la había visto comportarse con esa completa falta de decencia le hacía sentirse muy vulnerable. Y aquí estaba ahora, de pie frente a él, llevando solo un camisón y un chal, prácticamente a plena luz del día.

—Yo... —Trató de buscar desesperada algo que decir—. Voy a llegar tarde.

Con esto, se dio la vuelta y corrió asustada hacia la casa. El sonido rítmico del hacha siguió durante todo el tiempo que a ella le llevó vestirse. Cogió un trozo de pan y una manzana para el almuerzo y después dejó la casa, dando un portazo tan fuerte que las ventanas temblaron. Veloz clavó el hacha en el tocón de cortar y apoyó un brazo en el mango. La siguió con la mirada mientras pasaba frente a él llena de furia. Solo había una palabra capaz de describir lo que leyó en la mirada de Veloz: depredador. Y, que Dios la ayudase, ella era su presa.

Capítulo 5

*L*o primero que Amy vio cuando puso los pies en el aula fue el poncho negro de Veloz colgado en el perchero. En cuanto dejó los libros sobre la mesa, caminó hacia allí para deshacerse de aquella desagradable vestimenta, pero cuando alzó el brazo para coger la prenda de lana negra, empezó a temblar. Aunque lo intentó, fue incapaz de cerrar los dedos para cogerlo.

Poco a poco, los niños empezaron a entrar en el aula. A excepción de las muestras de preocupación por su salud después del mareo del día anterior, parecía un día como otro cualquiera, aunque no lo era, porque ella sabía que Veloz vagaba por el pueblo y que en cualquier momento podría aparecer por la puerta. Por si acaso, la cerró. Muy pronto tuvo que volver a abrirla, ya que los niños empezaron a sudar. Era una mañana extrañamente calurosa para el mes de octubre, y la clase se ahogaba sin algo de aire fresco.

Antes de que Amy pidiese silencio, oyó un disparo a lo lejos.

Veloz siempre había sido muy dado a practicar con sus armas, por lo que oír los disparos no hubiese tenido que sorprenderla. Recordó la vez en que Veloz le enseñó a tirar un cuchillo, guiando sus manos con las suyas, su pecho contra su espalda y un susurro de voz profunda junto al oído. Si pudieran volver a atrás. Si los años no los hubiesen cambiado tanto...

Amy se humedeció los labios y se esforzó por centrarse en el presente, en el tiroteo. Veloz había dejado de ser un joven inofensivo. Había matado a más hombres de los que podía contar y había hecho bromas a este respecto la noche anterior. «No más de noventa.» Uno ya era demasiado para ella.

Se oyó otra ristra de disparos. Distraída con el sonido, y los nervios a flor de piel, Amy confió en la seguridad de la rutina y abrió la lección del día con aritmética. Después pasó a la ortografía. Cuando los disparos cesaron, sus sentidos, alertas al menor sonido, se centraron en la puerta. Durante el recreo, rechazó la invitación de las niñas a salir con ellas para jugar a las tabas. Prefirió quedarse sentada en su escritorio, con la pared a sus espaldas, mordisqueando su manzana y tratando de leer sin conseguirlo.

Al final del día, se sentía exhausta y crispada. Aunque le aliviaba que Veloz no hubiese venido a visitar la escuela, seguía aún pensando en lo que quedaba de tarde y noche. Sin ninguna prisa por volver a casa, donde estaba segura de encontrarlo, se sentó en el escritorio a revisar sus notas para la lección del día siguiente.

Una sombra repentina al otro lado de la habitación le hizo levantar la vista y tensar los músculos. Veloz la miraba de pie desde la puerta. Como no lo había oído llegar, hundió la vista en sus botas. Se había quitado las espuelas de plata. Con lo que detestaba el tintineo que hacían, no pudo evitar sentirse enfadada. ¿Por qué se las había quitado? ¿Para poder espiarla mejor?

Una capa de polvo rojiza cubría las punteras y los talones de sus botas. Amy tragó saliva y levantó la mirada. También tenía polvo en los pantalones. Todo vestido de negro, con el sombrero cubriéndole los ojos y la pistolera colgando de sus caderas, su aspecto era de pies a cabeza el de un duro pistolero, el tipo de hombre listo para meterse en problemas y disparar a muerte. El tipo de hombre que dictaría todos y cada uno de los pensamientos de su mujer, cada palabra y cada acto.

Llevaba las mangas de la camisa enrolladas hasta los antebrazos, como si hubiese estado trabajando. Los primeros tres botones los tenía desabrochados, lo que dejaba ver en forma de uve su pecho bronceado.

—¿Pu... puedo ayudarte?

—Hay algo aquí que me pertenece —contestó él con voz sedosa—. Creo que voy a pasar a recogerlo.

Amy agarró el borde del libro con tanta fuerza que le dolieron los nudillos.

—Creo que te lo dejé bien claro anoche y esta mañana. No soy tuya. No hay nada en el mundo que pueda convencerme de que me case con un hombre que ni siquiera tiene la decencia de deshacerse de sus armas en la escuela. Tal vez Cazador no me apoye, pero existen leyes aquí en Tierra de Lobos. Si vuelves a molestarme, iré directamente a la prisión a hablar con el comisario Hilton.

Él levantó la cabeza, de manera que un rayo de sol penetró por debajo del ala de su sombrero, dejando a la vista una sonrisa lenta y burlona. La cinta de concha nacarada se reflejaba por encima de sus ojos como un espejo.

Con un chasquido de dedos, desató la pistolera y se la colgó del hombro mientras entraba en la sala.

—Hablaba de mi poncho, Amy. Estuve trabajando todo el día en la mina con Cazador, y hace un frío del demonio allí abajo. El poncho es lo más parecido a una chaqueta de abrigo que tengo.

—Ah. —Amy tragó saliva, sintiéndose de lo más ridícula. ¿Cómo podía haberse olvidado del poncho? Veloz le hacía perder los nervios de tal forma que incluso recordar su propio nombre se le hacía difícil cuando lo tenía cerca.

Así que había estado trabajando en la mina todo el día, ¿eh? Sin duda, él y Cazador habrían estado poniéndose al día. Esto era muy propio de los hombres, amenazar y dejar a una mujer sufriendo, para luego olvidarse de ello, mientras ella se quedaba sin poder pensar en nada más.

Veloz se dirigió al perchero.

—Siento haberte asustado. Era ya tarde, pensé que te habrías marchado.

Para su desesperación, en vez de recoger el poncho, colgó la pistolera de una de las perchas y recorrió la clase con las manos cogidas a la espalda. Amy centró su atención en el cuchillo y la funda que llevaba atada al cinturón. Reconoció el puño labrado a mano; seguía llevando el mismo cuchillo de aquellos años. Pudo casi sentir la suavidad de la madera contra su palma, cálida aún por las manos de él, el temblor de superar su marca.

Él se detuvo ante un panel con dibujos.

—Se parece bastante a un caballo. ¿Quién dibujó esto?

—Peter Crenton. Su padre es el dueño de la taberna Lucky Nugget. Es un pequeño pelirrojo. Quizá lo hayas visto.

Él asintió.

—Esa cabeza color zanahoria no puede pasar desapercibida.

—Su nombre está en el ángulo inferior derecho.

—No sé leer, Amy. Ya lo sabes.

Sintió una punzada de dolor al imaginar la vida que debía de haber llevado, pero trató de no pensar en ello.

—¿Qué sabes hacer, Veloz? ¿Quiero decir, además de montar a caballo, robar a las almas temerosas de Dios y disparar un arma?

Él se echó el sombrero hacia atrás, con un movimiento lento y perezoso, después se volvió para observarla, con una sonrisa aún en los labios.

—Hago el amor muy bien.

Un calor feroz le inundó el cuello, le subió hasta la cara y la hizo sonrojarse. Lo miró fijamente, con los ojos secos y las pestañas muy abiertas.

—¿Y tú qué sabes hacer? —le preguntó él a su vez—. ¿Además de enseñar a los niños y ahuyentar a los hombres haciéndoles observar las reglas de etiqueta, quiero decir?

Amy se pasó la punta de la lengua por el labio.

—¿Sabes hacer bien el amor, Amy? —le preguntó suavemente—. Apuesto a que no. Me imagino que habrá una gran cantidad de reglas para el cortejo, y apostaría todas las piezas de oro que tengo a que todos aquellos que han intentado acercarse a ti nunca pudieron ir más allá del «¿Cómo está, señorita Amy?». —Se dio la vuelta para mirarla. Como el sombrero no dejaba verle los ojos, ella solo pudo imaginar que habría una mirada de deseo en ellos—. Es una lástima que fueras tan joven hace quince años. Te habría hecho el amor y no te encontrarías ahora en la situación en la que te encuentras.

—¿Has terminado ya?

—Ni siquiera he empezado —le respondió con una pequeña carcajada. Caminó hacia ella dando grandes zancadas, tocando el suelo de madera con tanta ligereza que ella sintió como si la acechasen—. Por suerte para ti, ningún libro de modales puede hacerme cambiar. —Se apoyó con las manos en el borde de la mesa, inclinándose hacia ella—. Sería una pena que vivieses el resto de tus días como una virgen almidonada y pedante, ¿no te parece?

—No soy virgen, y tú lo sabes.

—¿Ah, no? En mi opinión estás tan pura como una mujer puede estar. Nunca has hecho el amor, Amy. Fuiste utilizada, y la diferencia es condenadamente grande.

Fue como si hubiese dejado de circularle la sangre por la cara. El Veloz que ella había conocido nunca se hubiese atrevido a hablarle así sobre lo que le pasó con los comancheros.

—Sal de aquí —susurró—. Porque te aseguro que si no te vas iré a buscar al comisario Hilton.

Él sonrió y se puso derecho.

—¿Así que es él el que lucha tus batallas ahora? ¿Qué ha sido de tu fortaleza? La chica que conocí me habría escupido en la cara. O me habría pegado un puñetazo. Luchaba por lo que creía, sin importarle las consecuencias. ¿Y me llamas a mí cobarde? Cariño, ya no te quedan agallas para defenderte si alguien te ataca.

—Ya no soy la chica que conociste. Ya te lo he dicho. Ahora, por favor, vete antes de que nos enredemos en una desagradable e innecesaria confrontación con el comisario.

Moviéndose hacia el perchero, Veloz empezó a silbar. La canción se hizo reconocible después de un momento. Incapaz de creer que aún pudiera recordarla, echó un vistazo a su gran espalda. Después de coger las pistoleras y el poncho, se dio la vuelta y la miró otra vez. Con una voz aguda y baja dijo:

—¿Cómo continúa esta canción? «Arriba en el granero con una chica llamada Sue...» — Sus ojos se encontraron, los de él, divertidos—. Tú me la enseñaste, ¿te acuerdas? ¿Sabías lo que significaba? No lo sabías, ¿verdad?

—E... era una canción que oí... cantar a mi padrastro. A esa edad, nunca se me ocurrió que podría ser... —Se calló y apartó la mirada—. ¿Qué pretendes con todo esto, Veloz? ¿Avergonzarme y humillarme? Porque si es así, lo estás consiguiendo.

Él vaciló en la puerta, mirando hacia ella por encima del hombro.

—Solo quería recordarte que hubo una vez en la que te reías y cantabas y corrías conmigo como una salvaje por las praderas de Texas. Ese capítulo de tu vida no está cerrado. La última mitad ni siquiera se ha escrito todavía. Como dije, te daré algo de tiempo para que te acostumbres a la idea de casarte conmigo. Aprovéchalo bien.

Durante los días siguientes, Amy esperaba que Veloz se le apareciese a cada paso que daba. En el colegio, el menor sonido del exterior la hacía estremecerse y aceleraba los latidos de su corazón. De camino a casa, saltaba cada vez que se movía un arbusto. Por las noches, segura de que vendría y provocaría una confrontación, caminaba de un lado a otro de la casa, con los oídos atentos a cualquier sonido de pasos que pudiera producirse en el porche. Al no aparecer, en vez de sentirse aliviada, se ponía furiosa. Él había convertido su vida en un infierno, y ahora desaparecía para hacer todo aquello que los hombres hacen, olvidándose por completo de su existencia.

¿Era esto a lo que se refería cuando le dijo que le daría tiempo para habituarse a la idea del matrimonio? ¿Esta espera tortuosa? ¿Sin saber cuándo podría volver y encontrárselo allí?

Evitó la casa de Cazador y Loretta como si sus ocupantes estuviesen en cuarentena, yendo directamente de casa al colegio y del colegio a casa, cerrando la puerta con doble cerrojo por las noches y deambulando despierta hasta altas horas de la noche, incapaz de dormir. No se atrevía a meter la bañera en la cocina y lavarse, por miedo a que él eligiese ese momento para forzar la puerta y entrar. Cuando se vestía, lo hacía con tanta rapidez como si fuera una actriz que tuviese que cambiarse de indumentaria entre escena y escena.

La primera tarde, vio a Veloz a cierta distancia cuando regresaba al pueblo después de trabajar en la mina. Unos minutos más tarde, lo vio cabalgando en su semental negro, impresionando a Chase con sus proezas como jinete comanche. El segundo día, vio que paseaba con Índigo por la calle principal. Se comportaba como un hombre despreocupado, llevando el sombrero bajo, con los andares relajados y perezosos. Nunca se privaba de mirar a las mujeres que pasaban a su lado, al parecer sin darse cuenta de que ellas daban un rodeo para no cruzarse con él. A última hora de la tercera tarde, les vio a él y a Cazador en el bosque que había junto a su casa, lanzando hachas y cuchillos a un tocón. ¡Divirtiéndose, por el amor de Dios!

El cuarto día, la necesidad hizo que Amy fuese a la calle de las tiendas. Se había quedado sin pan, sin huevos, y necesitaba queroseno, harina, azúcar y melaza. Se apresuró a hacer sus compras, con la esperanza de poder ir a buscar una hogaza de pan y huevos a la casa de Loretta antes de que los hombres volviesen de la mina.

Samuel Jones, el tendero, sonrió abiertamente al verla.

—¡Vaya! Hola, señorita Amy. ¿Cómo se encuentra esta tarde?

—Bien, ¿y usted? —preguntó, moviéndose hacia él, con sus faldas de muselina verde revoloteando a cada paso.

—Ahora que su sonrisa ilumina el lugar, no podría estar mejor —bromeó él—. Acabo de recibir una remesa de género nuevo. ¿Querría echarle un vistazo? Los colores son tentadores.

—No he tenido mucho tiempo para la costura.

—No la he visto mucho por aquí últimamente. ¿Ha pasado todo este tiempo visitando al huésped de Cazador y Loretta? He oído que es amigo de la familia desde hace años.

Amy se puso tensa.

—Sí, así es. Sin embargo, no es eso lo que me ha mantenido ocupada. He estado preparando las clases y demás. El principio de curso es siempre el momento de más trabajo.

Echó un vistazo a la lista que traía y leyó los artículos que necesitaba. Sam lo apiló rápidamente todo en el mostrador, observando las miradas de curiosidad que ella le dedicaba mientras hacía su trabajo.

—¿Es cierto que se trata de Veloz López, el pistolero del que se habla en los periódicos?

Amy hizo una bola de papel con la lista.

—Sí.

Sam dio una palmadita en el saco de harina. Tenía la cara llena de marcas por la epidemia de viruela que asoló Jacksonville en 1869, y las cicatrices realzaban su mirada dándole una apariencia basta.

—A la gente le pone nerviosa tenerlo por aquí. Incluso a mí me pone nervioso. Si no fuese porque Cazador es el fundador de nuestra comunidad, creo que habría ya una petición circulando por ahí para que el comisario expulsase al señor López.

La lealtad familiar de Amy la impulsó a decir:

—Usted sabe que Cazador nunca permitiría que un maleante se asentara en nuestra comunidad. Según me han dicho, el señor López ha venido aquí a empezar de nuevo. Estoy segura de que no tiene ninguna intención de volver a usar su revólver.

—Espero que sea lo bastante listo como para no hacerlo. Ya sabe lo que le cayó a John Wesley Hardin, ¿verdad? Veinticinco años en la prisión estatal de Texas. Para cuando vuelva a estar en libertad, ya será un viejo. —Fue a buscar el queroseno. Mientras ponía el depósito de combustible en el mostrador, sacudió la cabeza—. Parece increíble que vayamos a ver el día en el que las lámparas de queroseno se queden obsoletas.

Amy forzó una sonrisa. Nunca dejaba de sorprenderle la capacidad que tenía Sam para sacar cualquier tema de conversación con tal de mantenerla en la tienda. Era un buen hombre y de aspecto casi atractivo, pero a Amy no le gustaba.

—¿Las lámparas, obsoletas? ¿Cómo es posible?

—Luz eléctrica —dijo e inclinándose en el mostrador, Samuel dobló sus musculosos brazos y le dedicó una sonrisa. Su pelo rubio resplandecía cuando bajó la cabeza—. Dicen que a Edison le falta muy poco para desarrollar una bombilla que se quemará durante más tiempo más. ¿No ha leído las noticias?

—No tengo demasiado tiempo para leer el periódico. Como le dije, mis alumnos me mantienen muy ocupada.

Él la miró con los ojos azules llenos de cariño.

—Debería encontrar el tiempo. De la manera en que las cosas están cambiando, las mujeres van a necesitar estar al corriente de todo. Sin ir más lejos, este febrero, el presidente Hayes ha firmado una ley que permite a las mujeres abogado defender casos frente al Tribunal Supremo.

—Ya era hora, si le interesa mi opinión. —Amy colocó el queroseno encima de los otros paquetes que llevaba, se puso el bulto bajo el brazo y se dio la vuelta para salir—. Ponga esto en mi cuenta, ¿quiere, señor Jones?

—Sam —la corrigió—. Con el tiempo que hace que nos conocemos, señorita Amy, creo que puede llamarme por mi nombre de pila.

—Eso no sería apropiado, señor Jones; soy la maestra del pueblo.

—El comité no la despedirá porque me llame Sam.

Sin dejar de sonreír, Amy se despidió de él en su camino hacia la puerta. Al salir de la tienda, vio a Veloz de espaldas, de pie con un hombro apoyado en el edificio. Amy se quedó helada. Había una mujer hablando con él.

Apartándose un poco para poder ver al otro lado, Amy identificó a Elmira Johnson, una de las mujeres solteras del pueblo. Ella tenía la cabeza echada hacia atrás y aleteaba las pestañas, riéndose. ¡Tonta presumida! Era evidente que un hombre misterioso como Veloz López la fascinaba. A sus dieciocho años, Elmira era lo suficientemente imprudente e inocente como para caer en las garras del peligro. Si su padre, un fornido minero, supiese que estaba flirteando con alguien como López, la despellejaría viva.

Amy apretó contra sí los paquetes que llevaba y empezó a caminar por la acera, tratando de cruzar la calle y llegar a la casa de Loretta ahora que Veloz estaba ocupado. Por desgracia, no parecía demasiado interesado en lo que Elmira estaba diciendo y miró a su alrededor cuando Amy se alejó de la tienda. Amy apretó el paso. Con el rabillo del ojo, vio que él se enderezaba. Amy se sintió torpe y fuera de lugar. Intentar andar con elegancia no era tarea fácil cuando se llevaba una pila de paquetes como la que ella llevaba.

—¡Amy! ¡Espera!

Esa voz profunda le erizó el vello de la nuca. Veloz cruzó la calle de dos zancadas y sin decir una palabra, le cogió los paquetes.

—He estado ocupándome de todo yo sola desde hace cinco años, Veloz..., desde que me mudé a una casa para mí sola.

De algún modo, consiguió sostener los paquetes con un solo brazo y con el otro pudo cogerla del codo. La presión de sus dedos le quemaba a través de la manga del vestido.

—Ya no tienes que hacerlo sola —contestó él, conduciéndola por la acera en dirección a la casa de Loretta—. Sea como sea, me alegro de que por fin hayas decidido salir de tu escondite. Estaba empezando a preocuparme, y también el resto de la familia.

—Los niños me ven todos los días, y no estaba escondiéndome.

—Aislándote, entonces.

—Siempre estoy sola.

—No, según Loretta. Dice que sueles ir allí todos los días después del colegio. No muerdo, Amy. —Sus ojos pícaros le miraron el cuello—. Al menos, no muy fuerte.

Ella se zafó de él y se apresuró para dejarlo atrás, subiendo las escaleras del porche de Loretta con tal velocidad que estuvo a punto de tropezarse con la falda. Veloz la siguió al interior, puso los paquetes sobre la mesa y se sentó en una silla. Estirando sus largas piernas, las cruzó por los tobillos y se cogió las manos detrás de la nuca, con una media sonrisa en la cara.

—¡Amy! —gritó Loretta con alegría. Dejando a un lado los buñuelos que estaba haciendo, cruzó la habitación, con las manos llenas de harina por todos lados, y la cara preparada para recibir un beso en la mejilla—. Te he echado de menos. ¿Por qué no has venido a verme después del colegio?

Amy sintió la mirada divertida de Veloz. Mientras abrazaba a Loretta, se excusó.

—He estado ocupada.

—He hecho pan de sobra para ti. Y juraría que ya no te quedan huevos.

—Pues sí, has acertado. —Amy cogió la cesta de los huevos del escurridor—. Iré yo misma a buscarlos. No te preocupes, Loretta. Termina de hacer los buñuelos. Puedo hacerlo sola.

Loretta la miró preocupada.

—¿No puedes tomarte un café conmigo? Parece como si hubiesen pasado años desde que hablamos por última vez.

Amy no podía imaginarse hablando con Loretta bajo la atenta mirada de Veloz. Se puso a juguetear con el lazo de organdí descolorido de su corpiño.

—Yo, esto…, Loretta Jane, voy a tener una noche muy ocupada. —Buscó desesperadamente una excusa y solo pudo encontrar la que acababa de dar a Samuel Jones—. Ya sabes, preparando las clases.

—Pensé que ya las tenías preparadas, de los años anteriores.

Amy se humedeció los labios.

—Sí, bueno, todavía tengo que repasarlas.

Loretta no pareció creérselo mucho. Con Veloz sentado allí, habría sido imperdonablemente maleducado admitir la verdadera razón de su prolongada ausencia. Quizá Loretta llegase a captar la verdadera razón, si no lo había hecho ya.

—Bien. —Amy se dirigió hacia la puerta de atrás—. Voy a robar a las gallinas. Vuelvo ahora mismo.

Después de dejar la casa, se metió los bordes del chal bajo el fajín. Cuando llegó al gallinero, se hizo un nudo con los bajos de la falda por encima de las rodillas para no ensuciarse con el barro. Solo le llevó unos minutos coger los huevos. Cuando salió del corral, se limpió los zapatos con un puñado de hierba. Al incorporarse, vio que había un par de botas negras frente a ella.

—¡Veloz! Me has asustado.

Él permanecía de pie con la espalda apoyada en una madroño cercano.

—No hace falta mucho para asustarte. Algunas veces pienso que si respiro en la dirección equivocada te asustaré.

La vista se le fue a las enaguas que había dejado descubiertas y dio un paso adelante, con la mano extendida para cogerle la cesta de huevos. Ruborizada y avergonzada por haber olvidado bajarse la falda, le pasó la cesta y se agachó para deshacer el nudo.

—¿Cuánto tiempo va a continuar esto, Amy? —le preguntó suavemente.

Ella miró hacia arriba.

—¿Cuánto tiempo va a continuar el qué?

—Tú, escondiéndote por ahí y tratando de verme desde la ventana. Te dije que te daría algún tiempo para que te familiarizases con la situación, pero lo que estás haciendo es evitarme. Si no hubiese vuelto pronto de trabajar hoy, habrías venido y te habrías marchado sin verme.

—Siempre te quedará Elmira.

—¿Celosa?

Soltó un pequeño bufido de burla.

Cuando hizo ademán de volver a la casa, él no se movió.

—Te olvidas de los huevos.

Ella se dio la vuelta, apretando los dientes y evitando su mirada mientras extendía la mano. Él no dejó que los cogiera. Sin otra alternativa, levantó por fin los ojos hacia él. Las arrugas que rodeaban su boca se acentuaron y contrajo los labios levemente al mirarla.

—Depende de ti que esto salga de una manera o de otra.

—¿Que salga el qué?

Él no prestó atención a la pregunta.

—Que sea difícil o fácil, depende de ti. Si sigues escondiéndote por ahí, tendré que cambiar de estrategia. Y puede que no te gusten mucho mis métodos.

Necesitó de toda su fortaleza para mantener la voz tranquila.

—No me amenaces, Veloz.

Él le pasó la cesta.

—No es una amenaza. Es una promesa. No puedes salir corriendo de esto, Amy. No puedes hacer como si yo no existiera. No dejaré que lo hagas.

—¿Qué estás diciendo exactamente?

—Quería darte la oportunidad de que me conocieses de nuevo, aquí, cerca de tu familia. No has hecho ningún esfuerzo.

—Porque no quiero conocerte de nuevo.

Los ojos le brillaron. Respiró profundamente, exhalando el aire con una lentitud exagerada.

—Te voy a dar un consejo. Haz un henar mientras el sol brilla. Si no lo haces, sin que te des cuenta, se nublará y lloverá sobre ti.

Las piernas de Amy se debilitaron de repente. Se mojó los labios, mirando en dirección a los árboles.

—Voy a estar metiendo en bolsas el polvo de oro de Cazador para llevarlo a Jacksonville. —Bajó la voz y se le puso ronca—. ¿Por qué no me ayudas? Chase e Índigo estarán allí. Vamos a hacer un gran fuego y Loretta dice que preparará chocolate caliente. Puedes quedarte a cenar. Será divertido. Quién sabe, a lo mejor descubres que no soy tan terrible después de todo.

Lo único que Amy quería hacer era correr.

—Estoy ocupada esta noche.

Él suspiró.

—Está bien. Haz lo que quieras.

Ella apretó el asa de mimbre de la cesta. Veloz se quedó allí un momento, observándola, después hizo una inclinación con la cabeza en dirección a la casa. Ella se dio la vuelta y corrió hacia allí delante de él. Cuando entró en la casa, cogió algunos paños del cajón y envolvió los huevos y el pan, consciente del momento en el que Veloz entraba en la habitación.

—¿Tienes bastante? —preguntó Loretta.

—Suficiente para unos cuantos días. —Amy cogió la pila de paquetes y puso los huevos y el pan en la parte superior.

—Te puedo ayudar a llevar eso —sugirió Veloz.

—Gracias por ofrecerte, pero ya me apaño yo.

Sus miradas se encontraron. Con el dedo índice tocó el ala de su sombrero para moverlo hacia atrás de una manera casi imperceptible, lo suficiente como para poder captar su mirada. En los ojos tenía una expresión traviesa que le puso los pelos de punta.

—No seas tan esquiva de ahora en adelante.

A Amy se le hizo un nudo en la garganta. Aunque lo había dicho de broma, ambos sabían que no era más que una advertencia.

—Gracias por los huevos y el pan, Loretta.

Loretta elevó los ojos al cielo.

—Es parte de tu contrato de maestra. Si necesitas más, siempre tenemos suficientes. Le diré a Cazador que te lleve una sartén. ¿Cómo te está saliendo el jamón y la panceta?

—Bueno.

Amy procedió a despedirse. Como tenía los brazos ocupados, Veloz abrió la puerta principal para ella y después la siguió al porche. Mientras descendía los escalones, le dijo:

—Si no apareces mañana, todo dejará de ser un camino de rosas como ha sido hasta ahora.

Amy miró hacia atrás. Cuatro escalones por encima de ella, él parecía una aparición, ancho de hombros, estrecho de caderas y unas piernas larguísimas que parecían no acabarse nunca. Su mirada mantuvo la de ella por un instante, implacable y penetrante.

—Tú eliges —añadió—. Un día más, Amy. Después haremos las cosas a mi manera.

Ella se precipitó hacia la calle. ¡Maldición! Se sentía como si le hubiesen puesto una soga al cuello y el nudo se fuera cerrando lentamente.

Furiosa de que él pudiese tener un poder semejante sobre ella, Amy se rebeló colocando la bañera en la cocina nada más llegar a casa. No dejaría que él regulase cada momento de su vida. Después de ir a por agua y ponerla en la cocina a calentar, se aseguró de que todas las ventanas estaban bien cerradas e hizo una barricada sobre la puerta principal con uno de los muebles del salón. Solo entonces encontró el valor para desnudarse. Fue el baño más miserable de toda su vida.

A la tarde siguiente, Amy se dirigió a la tienda con la intención de comprar algo de tela para un vestido. Después de regatear con el señor Hamstead por el precio, compró la medida de una maravillosa sarga ligera de color azul y se permitió gastar un poco más con medio metro de encaje color crudo para adornar el cuello, el corpiño y los puños. Tenía un precioso patrón hecho a medida que había encontrado en *Harper's Bazaar*, de un vestido ajustado en el torso, con una falda ligeramente acampanada y un volante triple en la parte trasera. Mientras admiraba una de las máquinas de coser del catálogo del señor Hamstead, le dedicó una sonrisa llena de nostalgia.

—¿Aún ahorrando? —preguntó él con una risita. Ató sus paquetes con un cordel de cáñamo y les dio una palmadita—. En cada nueva edición, son un poco más caras, ¿sabe?

Amy se mordió el labio, tentada a reservar una en ese mismo instante. Pero, si lo hacía, se quedaría sin ahorros, y ella se sentía más segura con algo de dinero guardado.

—No me importa, estaré lista para pedir una muy pronto. Y, con una máquina de coser, podría tener este vestido terminado en dos noches de trabajo. Podría coser para Loretta e Índigo. Hacer camisas para Cazador y Chase. —Chascó los dedos—. Y tenerlos listos en menos que canta un gallo.

Sus ojos azules resplandecían.

—Las mujeres las adoran, desde luego. Y Tess Bronson pidió una la semana pasada.

—¡No! —Amy se inclinó sobre el catálogo, llena de anhelo—. Con lo duro que trabaja en el restaurante, se la merece.

—Ser maestra tampoco es poco trabajo —le recordó él.

—Pero tampoco te hace rico —le respondió ella—. Con solo un ingreso, tengo que cuidar cada uno de mis peniques.

—Haga a Sam Jones feliz y él le comprará una máquina de coser para cada habitación.

—Es un buen hombre, pero no estoy en el mercado de las casaderas. Me limitaré a ahorrar, gracias.

—En cuanto esté lista para hacer el pedido, le haré el descuento que le tengo prometido, no importa lo que tarde.

Amy le guiñó un ojo.

—Como si creyese que lo iba a dejar escapar...

Contenta de imaginar el día en el que pudiese pedir una máquina de coser, Amy recogió los paquetes, se despidió del señor Hamstead y se dirigió a la puerta, prometiéndose que esa noche se mantendría ocupada y no desperdiciaría ni un solo pensamiento en Veloz López.

Tras abandonar la tienda, se armó de coraje y fue a visitar a Loretta, como siempre había hecho al salir de la escuela. Como era de esperar, Veloz y Cazador no habían regresado aún de la mina. Estuvo a punto de sonreír de gusto. Veloz no podría nublarse y llover sobre ella esta vez, al menos tampoco hoy. Ella había aparecido. No podría reprochárselo.

—¿Veloz va a trabajar para Cazador? —preguntó Amy poco después de llegar. Aunque temía la respuesta, sentía la necesidad de saberlo.

—Eso creo —contestó Loretta, inclinada sobre el horno para vigilar el pan—. Dios sabe que hay suficiente oro en esa montaña para dar y regalar, y Cazador bien puede hacerse con un socio para compartir el trabajo. Quién sabe, quizá teniendo aquí a Veloz, él tendrá más tiempo para disfrutar de la vida. Los otros hombres que trabajan para él no saben hacer nada sin que Cazador les diga cómo hacerlo.

Amy sabía que Cazador trabajaba demasiado y se sentía contenta de ver que había la posibilidad de que esto mejorara, pero no podía alegrarse cuando la salvación venía en forma de Veloz López.

Loretta, con las mejillas rojas del calor, cerró la puerta del horno y se apartó de la cara un mechón de cabello dorado. Sus ojos azules se ensombrecieron de ansiedad.

—¿Qué ocurre? —Amy puso los paquetes en la mesa.

Loretta dejó caer las manos.

—¡Ah, Amy! Estoy muy preocupada por Índigo.

—¿Por qué? —Amy cruzó la habitación. Loretta no era de las que se preocupaban por tonterías—. ¿Aún no ha vuelto a casa? Salió de la escuela a la hora habitual.

—No, sí vino a casa —Loretta hizo una mueca—, para

volver a irse poco después. Te juro que Cazador es demasiado permisivo. La manera comanche de educar a los hijos no basta en nuestra sociedad. Olvida que nuestra gente, los hombres en particular, no siempre buscan cosas nobles de una joven guapa como Índigo.

—Esto parece serio.

—Es serio. Ella está enamorándose de ese tal Marshall, ese chico de Jacksonville que se cree tan superior que hasta en el nombre tiene un número puesto al final.

Amy no pudo evitar una sonrisa.

—Las personas más humildes pueden también repetir los nombres de pila durante tres generaciones, Loretta. —Le dio una palmadita con cariño a su prima—. Sin embargo, estoy de acuerdo. El señorito Marshall parece tener una opinión demasiado elevada de sí mismo. He visto cómo se comporta cuando viene al pueblo. No pierde la ocasión de hacernos saber que él procede de Boston.

—Sea como sea. Se pasea como si la señora Hamstead acabase de darle su té de boñiga de oveja —dijo Loretta con una inhalación.

Amy arrugó la nariz.

—¿Té de boñiga de oveja?

—Es su último remedio. Te hace echar hasta las tripas si es necesario. Se supone que te libra de las impurezas que tengas dentro.

Olvidándose por un momento de sus preocupaciones con Veloz, Amy soltó una carcajada.

—Supongo que si tiene ese efecto, entonces quizá tenga razón y te limpie por dentro. Pero ¿qué es todo ese asunto sobre Índigo y el señorito Marshall?

—Ella cree que el sol sale por donde ese muchacho pisa, eso es lo que pasa. Escucha bien lo que te digo, le hará daño en cuanto tenga la menor oportunidad. He visto esa mirada en sus ojos. En su opinión, las reglas no se aplican a las chicas como Índigo.

—¿Porque es mitad india? —A Amy se le pusieron los pelos de punta. Había visto bastantes prejuicios en la región contra los indios y los chinos para entender lo que a Loretta le preocupaba, sin necesidad de decirlo en voz alta—. ¿Se lo has dicho a Cazador?

—Sí, y está seguro de que Índigo lo mandará a paseo si intenta tocarla. —Loretta se encogió de hombros—. Cazador tiene razón. Sé que lo hará. Es su corazón lo que me preocupa, no su castidad. He intentado hablar con ella, pero hace oídos sordos. No entiende lo cruel que pueden ser algunas personas con los de sangre mestiza. Cazador nunca deja que hable de ello, por temor a que los niños se sientan avergonzados de sus raíces. No quiero que se sienta inferior, y Dios lo sabe. Pero tampoco quiero que le hagan daño.

Amy se mordió el labio.

—¿Quieres que hable con ella?

—¿Ay, Amy, lo harías? Ella te escucha. Por alguna razón, desacredita la mitad de lo que yo le digo.

—¿Qué podría saber su madre de estar enamorada?

—Suficiente como para que me salieran canas. ¿Fui alguna vez tan testaruda yo también?

—A ti no te educó Cazador. Y nuestras vidas fueron... más duras. —Amy recogió los paquetes—. Me pasearé por el pueblo y veré si puedo encontrarla. Si no, no te preocupes; la buscaré. Esperaré y encontraré un momento en el colegio para hablar a solas con ella. Si descubre que has hablado conmigo, se pondrá hecha una furia.

—¿Lo ves? Eso es lo que intento explicarle a Cazador. Sobre lo de ponerse hecha una furia. Una chica de su edad debería doblegarse. Necesita una mano firme, y él se niega a imponer algo de disciplina.

—Esa no es su manera de hacer las cosas. Índigo estará bien, Loretta. —Amy agarró los paquetes con más fuerza—. Índigo tiene suerte de tener un padre como Cazador y no como el que nosotras tuvimos. Al menos, Índigo no tiene miedo de decir lo que piensa.

—Amén. —Los ojos de Loretta se ensombrecieron al recordar su niñez en la granja de Henry Masters en Texas—. Que Dios no permita que ningún niño tenga un padre como Henry. —Tembló ligeramente, y después pareció alejar esos pensamientos—. Al menos Cazador ha enseñado a Índigo a defenderse por sí misma. Que Dios se apiade del hombre que se case con ella. Lo hará bien en cuanto al amor y al honor, pero la obediencia no es una palabra que esté en su vocabulario. —Se rio—. Supongo que no debería hablar mal de Henry. Se ocupó de ti tres años después de que tía Rachel muriese. Le estaré siempre agradecida por ello. Muchos hombres hubiesen dado puerta a su hijastra para que se ganase la vida por sí misma.

Apenas capaz de mirar a Loretta, Amy pretendió estar ocupada en colocarse el chal.

—Bien, me pondré en camino. No tengo ni idea de dónde puede haber ido Índigo. —Se detuvo antes de abrir la puerta—. Ah, Loretta, saluda a Veloz de mi parte, ¿lo harás? ¿Le dirás que siento no habérmelo encontrado?

Los ojos azules de Loretta se entornaron, incrédulos.

—¿Acaso sientes no habértelo encontrado? ¿Significa eso que tus sentimientos hacia él han cambiado?

Amy se mordisqueó el labio.

—Digamos que es más un cambio de táctica. ¿Se lo dirás, verdad?

A todas luces, perpleja, Loretta asintió.

—Está bien.

Amy recorrió de arriba abajo el pueblo dos veces y después dio un rodeo por detrás de los edificios de madera, esperando encontrar a Índigo sentada bajo un árbol, soñando, como la chica solía hacer, pero no hubo forma de encontrarla. Antes de que Amy se diera cuenta, el sol se había ocultado detrás de la colina. Convencida de que Índigo se habría ido ya a casa, decidió hacer lo mismo antes de que se encontrase en el bosque sin luz para ver. La oscuridad caía implacable sobre las montañas, y ella conocía sus limitaciones.

Le dolían los brazos de cargar con los paquetes, así que se apresuró hacia la casa. Al acercarse, echó un vistazo rápido al jardín, frustrada con las negras sombras que lo cubrían. Subió las escaleras del porche corriendo, abrió la puerta y entró. Después se cambió los paquetes de mano para poder echar los cerrojos por dentro.

—¿Ahora te sientes segura? —La voz sonó en el momento en que ella terminaba de cerrarlos.

Capítulo 6

A Amy le dio un vuelco el corazón. Se dio la vuelta y todos los paquetes se le cayeron al suelo. ¡Veloz! Dios bendito, había entrado en su casa. Escudriñó la oscuridad. Pudo oler las trazas de cuero y tabaco en el aire. Poniéndose una mano en la garganta, gimió.

—¿Dónde estás, Veloz?

—Aquí mismo.

Fue un susurro en su oreja. Amy solo pudo chillar de terror.

—¡Por todos los demonios! ¿Quieres que me dé un ataque al corazón? —Se volvió, tratando de ver—. ¿Por qué estás en mi casa?

—Nuestra casa. Estamos prometidos. Lo que es tuyo es mío —le recordó, con una voz que provenía de un lugar ligeramente distinto esta vez—. Eres mía, a todos los efectos.

Ella hizo un sonido de protesta pero no pudo articular lo que pensaba.

—Amy, amor, has olvidado todo lo que te enseñé. Con lo ciega que eres cuando se hace de noche, deberías tener más cuidado. Es una estupidez entrar y cerrar la puerta con cerrojo antes de comprobar si estás sola. Ni siquiera te paraste a escuchar primero. Alguien podría esconderse aquí una noche y esperar a que cerrases la puerta. Nunca podrías abrirla lo bastante rápido como para escapar de él.

No se le escapó la amenaza velada.

—La casa de Loretta y Cazador está lo bastante cerca como para que me oigan gritar.

—Si es que puedes gritar. Cuando un hombre trae malas intenciones, lo primero que hace es ponerte una mano sobre la boca.

Amy localizó la voz y se volvió hacia allí.

—Hasta que tú viniste, nunca tuve que preocuparme por ser acosada en mi propio salón.

—Y ese es tu problema, ¿verdad, Amy? Vives en tu pequeño mundo seguro, en un pequeño pueblo seguro, en una pequeña casa segura, y la vida es la misma, un día tras otro. —Un brazo fuerte le rodeó la cintura atrayéndola hacia un cuerpo fuerte y esbelto—. Ahora estoy aquí y ya no podrás sentirte segura ni un minuto sobre lo que pueda ocurrir después.

—He ido a casa de Loretta hoy —gritó ella.

—Cuando yo no estaba allí. Lo siento, Amy. Te di una oportunidad. Ahora lo intentaremos a mi manera.

Con esto, sus labios reclamaron los de ella. Por un instante de locura, el beso la deslumbró de tal manera que no pudo pensar, mucho menos sentir miedo. Se apoyó en sus hombros para apartarse. Terciopelo contra acero. Así era como se sentía en sus brazos. Luchó por mantener los labios cerrados y perdió la batalla. Él se inclinó y su boca encontró la manera de introducirle la lengua en lo más profundo. Fue demasiado tarde cuando ella quiso darse cuenta de que tenía la boca abierta.

Intentó decir su nombre, soltarse, pero él la sujetaba de tal modo que no tenía escapatoria. Y su boca. Veloz inclinó la cabeza y la besó hasta que todo le dio vueltas. Cuando él se apartó para tomar aliento, ella se agarró a él como sin vida, con las piernas temblando y la respiración entrecortada sobre la curva de su cuello.

Entonces el miedo le corrió por las venas. La puerta. Había echado los dos cerrojos. Estaba encerrada allí con él y se colgaba de sus brazos como un fardo inconsciente, invitándole a besarla de nuevo. Y posiblemente algo más. Algo más...

Poniéndole las manos en el pecho, le dio un golpe para apartarlo y se sorprendió al notar que él retrocedía. Sabía que tenía fuerza de sobra para inmovilizarla si quería hacerlo. Se alejó de él balanceándose. Al menos, eso esperaba, porque lo cierto era que no podía verlo.

—Por favor, Veloz, qui... quiero que te vayas. —Como si emergiesen de la oscuridad, notó unos nudillos que le rozaban la mejilla, asustándola de tal modo que dio un salto. Fue una caricia suave, tan increíblemente suave que le cortó la respiración—. Por favor, Veloz.

Le temblaba la voz. Él apartó la mano. Tragando saliva y cerrando los ojos, esperó a que él sacase el brazo de la oscuridad y la agarrase de nuevo. Pero lo que oyó fue el sonido de los cerrojos. La puerta se abrió de par en par, y ella pudo ver su alta silueta contra la luz de la luna que iluminaba el porche.

—No más juegos de escondite, Amy. Volveré. —Su voz le llegó como una ráfaga de aire frío, aunque en realidad no contuviese ninguna amenaza, sino solo una promesa cálida y vibrante—. Una y otra vez. Hasta que te olvides de rechazarme, hasta que te olvides de tener miedo, hasta que lo olvides todo salvo la certeza de que me amas.

Moviéndose como si fuese una sombra sin sustancia, salió y cerró la puerta, dejándola hundida en la oscuridad de su casa. Amy se tambaleó al chocar con los paquetes y correr hacia la puerta para echar el pestillo. Cuando los hubo cerrado, dejó caer la frente contra la madera, aliviada y débil, sintiendo la rapidez con la que le latía el pulso.

Por las grietas de la puerta, pudo oír su voz.

—¿Ahora te sientes más segura? —Creyó oír una risa del otro lado. La furia le hizo levantar la cabeza—. Una puerta cerrada no me detendrá, Amy. Sabes condenadamente bien que no lo hará. ¿Así que para qué te molestas?

Amy pegó el oído a la puerta. ¿Se habría ido? Le retumbaban las sienes. Se dio la vuelta y aguzó el oído por si podía captar cualquier sonido que proviniese de las ventanas. Sabía demasiado bien que si Veloz quería entrar, lo haría tan silenciosamente como un gato.

Los segundos fueron convirtiéndose en minutos. Amy apoyó la espalda contra la pared. ¡Demonios! Esta era su casa. Lo era todo para ella. Él no tenía derecho a entrar en ella de ese modo.

Temblorosa y desorientada, se dirigió hacia la mesa, encendió la lámpara y se arrastró hasta el dormitorio. La colcha de la cama estaba removida, como si él se hubiese tumbado allí, lo que para Amy era una última prueba de la invasión de su privacidad. Había un platillo de la cocina sobre la mesilla de noche y una colilla encima.

Lentamente, giró sobre sí misma para observar la habitación. Las cosas que tenía sobre el escritorio habían sido movidas: el cepillo del pelo, el espejo, el perfume. Fijó la atención en la ropa interior que había lavado la noche anterior y que había puesto a secar sobre los barrotes de la cama. Creyó recordar que había colgado los pololos con la cintura hacia la cama y las perneras hacia el suelo. Ahora estaban puestos al revés. Se sintió furiosa. E impotente.

Encendiendo la lámpara de la mesilla, se hundió en la cama con la vista puesta en el techo. Imaginó las manos de él tocando su ropa interior. ¿Qué otra cosa podía esperar de un hombre capaz de matar sin pestañear, de un hombre que había cabalgado con los comancheros? Los hombres como Veloz se guiaban por sus propias reglas, siempre a merced de su estado de ánimo.

Amy se abrazó en un intento por dejar de temblar. Conocía a Veloz demasiado bien. Le había declarado la guerra. ¿Por cuánto tiempo se contentaría solo con las burlas? No demasiado, si no estaba muy equivocada. Si lo demás no funcionaba, trataría de doblegar su voluntad de una manera o de otra. Ese pensamiento le aterraba como ninguna otra cosa en el mundo. Ser su mujer, su propiedad, forzada a obedecerle, a pasar su vida cumpliendo sus deseos, tratando de complacerlo para que no se enfadase, sin leyes a las que recurrir...

La rama del árbol que tocaba la ventana de la habitación golpeó el cristal haciéndole dar un brinco. Temblando, se tapó los ojos con la mano. ¿Cuánto tiempo podría resistir este estado de tensión continua? ¿Por Dios bendito, qué podía hacer? Veloz se había criado como comanche. Toda su vida había visto cómo los hombres poseían a las mujeres contra su voluntad, Cazador incluido. Hacerla desaparecer durante la noche sería para él como un juego de niños. ¿Y después? El recuerdo de los comancheros pasó por su mente. Este recuerdo y aquellos otros...

«Otra vez no, por favor, Dios, otra vez no.»

Unas gotas de sudor le cayeron por la frente. Un año antes, nunca hubiese pensado que Veloz fuera capaz de hacerle daño, pero ya no era la misma persona que había conocido. La vida lo había endurecido, lo había convertido en alguien seco e implacable. Ahora le tenía miedo, un miedo que le helaba los huesos, y detestaba que la hiciese sentir tan indefensa.

Y

La luz grisácea de la mañana se coló por la ventana. Bostezando, Amy se acurrucó entre las mantas, disfrutando del placer de poder remolonear por las mañanas y despertar con el olor a panceta de cerdo y café. Loretta estaba ya levantada y preparando el desayuno.

Con los ojos abiertos, se quedó mirando la ventana, tratando de acostumbrarse a la realidad del nuevo día. Las cortinas de encaje blanco, el papel de flores, el barrote del cabezal de su cama. Se desperezó. Esta era su casa.

Ya completamente despierta, Amy se levantó de la cama, echó mano del chal y corrió hacia la puerta. Silencio. Se aventuró por el salón hasta la parte trasera de la casa, pisando sin hacer ruido el suelo con los pies descalzos y haciendo una mueca cuando las maderas crujían. Apoyada en el marco de la puerta, escudriñó la cocina. La habitación estaba a oscuras, salvo por la débil luz que entraba por el ventanuco superior.

—¿Quién anda ahí? —preguntó—. Índigo, ¿eres tú?

Nadie. Frunciendo el ceño, traspasó el umbral, con la vista puesta en la mesa. Había tres rosas rojas en uno de los jarrones. ¿Del jardín de Loretta? Los arbustos de detrás de la casa de los Lobo tenían aún unas cuantas flores. Con la piel de gallina, se dio la vuelta y vio que su sartén de hierro fundido descansaba sobre el hornillo, llena de patatas fritas, tiras de panceta y huevos. Tocó el lateral de la tetera. Estaba caliente.

Amy volvió corriendo al salón y miró hacia la puerta. Los cerrojos seguían echados.

—¿Hola? —Le dolía la garganta—. Veloz, tienes que ser tú. —No obtuvo ninguna respuesta.

Recorriendo la casa, Amy registró rápidamente todos los rincones, terminando en el dormitorio. Perpleja, hundió los pies en la alfombra y puso los brazos en jarras. ¿Cómo era posible que hubiese entrado, preparado el desayuno y salido por la puerta que aún permanecía cerrada?

Una mancha roja sobre la almohada llamó su atención. Era una rosa. Se acercó para verla mejor. No la había visto antes, al levantarse.

Veloz. Había entrado, de algún modo, y después se había ido. A pesar de la pureza perfecta de la rosa, Amy estaba segura de que no era un gesto romántico. Era más bien un mensaje para ella. «Cierra puerta y ventanas. Esto no me detendrá. Nada lo hará. Estuve aquí mientras dormías, y no te enteraste de que estaba aquí.»

Se oprimió el pecho con la palma de la mano, tratando de respirar. Tenía que hacer algo para detenerlo, y tenía que hacerlo pronto.

Veloz blandió el hacha, atravesando con la hoja el tronco que pretendía partir. El sudor le chorreaba por las sienes, pero seguía trabajando, tan frustrado que empezaba a dudar de que la remesa de leña que Cazador le había dado para cortar fuese suficiente para calmarle los nervios.

¡Menuda cobarde! Se había ido a la escuela como si nada hubiese pasado, sin dedicar siquiera una mirada a la casa de Cazador. ¿Cuánto tendría aún que presionarla antes de conseguir que reaccionara? Veloz apretó los dientes, blandiendo de nuevo el hacha con un gruñido de disgusto. Había esperado más de ella. Algún tipo de enfrentamiento, al menos. Incluso que al hacerlo temblase.

Le dolían los brazos y sentía que se quedaba sin pulmones, así que dejó el hacha clavada en vertical sobre el tocón y dirigió la vista hacia la escuela. «¿Qué es lo que te pasa, Amy?» ¡Se había escondido en su casa durante cuatro días! Era como si algo vital en su interior se hubiese quebrado. Podía entender que se sintiese intimidada por él, pero no hasta ese punto. ¿Qué había sido de su orgullo? ¿Y del increíble temperamento que había mostrado una vez? Ahora parecía que su respuesta para todo era ponerse pálida y temblar.

Una sonrisa triste le curvó la boca. «Admítelo, López. En tu interior, esperabas que le gustasen las rosas, que en vez de enfrentarse a ti, viniera para darte las gracias y firmar una tregua.»

—¿Señor López?

López se dio la vuelta hacia la voz que le hablaba, incómodo por haber dejado que alguien se le acercara sin que él se diera cuenta. Sería hombre muerto si dejaba que esto le ocurriese con frecuencia. Se centró en el hombre alto y corpulento que caminaba hacia él, sorteando las gallinas de Loretta que picoteaban el suelo en busca de semillas. La luz del sol iluminaba la placa que el hombre llevaba en la camisa. Veloz contuvo una maldición.

—Usted debe de ser el comisario Hilton.

El representante de la ley asintió y se detuvo a unos metros de Veloz, mirando con reticencia sus pistolas.

—Siento comparecer de esta manera. Pero se ha presentado una queja contra usted.

Veloz se limpió el sudor de la barbilla, con la vista puesta en la escuela.

—Me lo imaginé en cuanto vi su placa. Me amenazó con que iría a verlo. No pensé que hablase en serio.

—Pues se equivocó. —El comisario Hilton frunció el ceño—. Tengo entendido que entró anoche en casa de la señorita Amy sin su permiso... dos veces. ¿Lo niega?

Veloz agarró con más fuerza el mango del hacha.

—No.

—A mi parecer, un hombre podría encontrar mejores cosas que hacer que atormentar a una mujer indefensa.

¿El desayuno y las rosas se consideraban ahora un tormento? Veloz cambió el peso de su cuerpo de un pie a otro.

—¿Indefensa? Usted no conoce bien a la señorita Amy, comisario. Puede ser un verdadero torbellino cuando se enfada.

El comisario se frotó la barbilla.

—Voy a tener que insistir en que debe dejarla tranquila. ¿Tengo su palabra sobre esto?

Veloz se irguió de hombros.

—No, señor, no la tiene.

El comisario dirigió otra mirada nerviosa a las pistolas de Veloz.

—O me da su palabra, o tendré que meterlo entre rejas. Sé que Amy es una mujer muy bonita, pero existen formas más apropiadas de cortejar a una dama. Entrar en su casa no es una de ellas. —Mordiéndose el labio, el hombre lo miró a los ojos—. Conozco su reputación. —Su voz temblaba ligeramente al hablar—. Sé que puede matarme ahora mismo, porque yo no soy un tirador rápido. Pero tengo que hacer cumplir la ley. No puede molestar a una mujer indefensa en mi pueblo y andar por ahí como si nada.

Veloz respetó sus palabras.

—Nunca he disparado a un hombre que no me hubiese disparado primero —contestó, con los dientes apretados.

El comisario se relajó un poco.

—No soy estúpido.

Furioso, Veloz volvió a clavar la hoja del hacha en el tocón y estiró el brazo para coger su camisa.

—Cuando la señorita Amy le puso la denuncia, ¿le mencionó por un casual que ella y yo estamos prometidos?

Los ojos del comisario se llenaron de sorpresa.

—¿Prometidos?

Veloz se dirigió tranquilamente hacia él, poniéndose la camisa y abrochándose los botones.

—Desde hace quince años. Según la ley comanche, ella es mi mujer.

—No recuerdo que ella lo mencionara. Por supuesto, la ley comanche no es de mi incumbencia, por lo que significaría una gran diferencia. La ley de los blancos prohíbe a un hombre aterrorizar a una mujer.

—¿Aterrorizar? ¡Le preparé el desayuno y le llevé rosas rojas recién cortadas!

El comisario parecía confundido ahora. Trató de digerir esta información y suspiró.

—A veces es imposible entender a las mujeres.

Veloz llegó hasta él. Pretendiendo una indiferencia que estaba lejos de sentir, le dijo:

—Supongo que puede encerrarme. Pero ¿por cuánto tiempo? ¿Un día, quizá dos?

—Creo que un día será suficiente para bajarle los humos. Aunque sería mucho más fácil si accediese a dejarla en paz.

—No puedo hacer eso. —Solo el pensamiento de estar encerrado le hacía sentir un nudo en el estómago—. Y en cuanto a bajarme los humos, está equivocado. En cuanto vuelva a salir, voy a ir directamente a su casa y hostigarla hasta que le tiemblen los dientes. Ha llevado las cosas demasiado lejos al meterle en esto. ¡Por unas rosas! No me lo puedo creer.

El comisario se aclaró la garganta.

—Señor López, no la amenace delante de mí. Lo encerraré y tiraré la llave al río.

Veloz se puso a andar en dirección a la cárcel, metiéndose la camisa por debajo del pantalón.

—No es una amenaza, es una promesa. —Se dio la vuelta, arqueando una ceja en dirección al comisario—. Bueno, ¿viene o no?

Amy nunca había visto a Cazador tan enfadado. Corrió hacia donde él estaba tratando de hacerle entrar en razón.

—No puedo dejar de este modo la clase. A Veloz no le pasará nada porque espere a que termine la clase.

—Está esperando en una celda —protestó Cazador—. ¡Y tú sabes cómo la gente de nuestro pueblo se siente entre barrotes, Amy! Índigo y Chase pueden ocuparse de la clase hasta que vuelvas.

Amy estuvo a punto de tropezar con las enaguas.

—Nunca fue mi intención que terminara en la cárcel, Cazador. Tienes que creerme.

—Fuiste a ver al comisario.

—Sí, pero solo para pedirle que interviniera. Pensé que en cuanto hablase con él, Veloz me dejaría en paz. —Amy se levantó la falda satinada de rayas grisáceas para subir el escalón de la acera—. De todas formas, es un condenado pistolero cabezota —murmuró—, ¿por qué no ha podido prometer que no se acercaría más a mi casa? El comisario no lo habría encerrado si Veloz hubiese sido razonable.

—¿Razonable? —Cazador la fulminó con la mirada—. También es su casa. El comisario no entiende esto, pero tú sí.

—Según vuestras creencias —le recordó ella.

Cazador se detuvo. Sus ojos echaban chispas al mirarla.

—Hasta ahora, habías respetado nuestras costumbres. El día que dejes de hacerlo, dejarás de ser parte de nuestra familia. ¿Lo entiendes?

Amy no podía creer lo que estaba oyendo.

—Cazador —susurró—, no lo dices en serio.

—Lo digo muy en serio —contestó él—. Veloz es mi amigo. Vive en mi casa. Y, por tu culpa, ahora está en la cárcel.

—¿Qué otra cosa podía hacer? No puedo enfrentarme a él de otra manera, y tú lo sabes. Tú has hecho oídos sordos y te has negado a protegerme.

Cazador apretó la mandíbula.

—¿Te ha hecho daño? ¿Te ha sujetado acaso por el brazo y apretado hasta causarte dolor? —Hizo una pausa, esperando una respuesta—. Responde, ¿sí o no?

Las lágrimas nublaban la vista de Amy. Con la boca seca, consiguió decir débilmente:

—No.

—¡Más alto!

—¡No!

Cazador asintió.

—Y sin embargo, está en la cárcel. Arreglad vuestras diferencias entre vosotros. Pero nunca metas al comisario Hilton en esto. ¿Entendido?

Con esto, se puso a andar calle arriba, en dirección a la cárcel. Amy le siguió, sintiéndose más sola que nunca. Cazador abrió la puerta de la cárcel con tal fuerza que se estampó contra la pared. Entró y gritó:

—¡Comisario Hilton!

Cruzando el umbral, Amy escudriñó la penumbra del lugar. En la parte trasera de la pequeña cárcel, vio al comisario de pie junto a la única celda, con el hombro apoyado en los barrotes. Cazador no habló, lo que la llevó a pensar que esperaba que ella lo hiciese. Amy dejó caer la mirada en el hombre oscuro que estaba reclinado en el camastro de la celda. Cada poro de su cuerpo emanaba lo atrapado que se sentía.

Humedeciéndose los labios, dijo:

—Comisario, creo que ha malinterpretado mis intenciones cuando vine a verle esta mañana. Yo, esto…, nunca quise que el señor López fuera encarcelado. Solo quería disuadirlo de que siguiera molestándome.

—No es fácil de disuadir —contestó el comisario con voz divertida—. El hecho es que aún no ha accedido a mantenerse lejos de usted. Al contrario, sus amenazas son mayores.

A Amy se le pusieron los pelos de punta. Miró a Cazador pero él seguía expectante. Se le quedó la garganta seca. Con los ojos puestos en Veloz, se agarró las manos. Sus pupilas brillaban al mirarla, prometiéndole una represalia que era incapaz de imaginar.

—Amy... —La voz de Cazador era un gruñido bajo.

—Yo, esto... —Amy miró a Veloz a los ojos. El mensaje en ellos era evidente. Le temblaban las piernas—. A mi parecer, el señor López no puede culpar a nadie sino a sí mismo. Si él... él solo quisiera... —Dudó, consciente de que tenía a Cazador al lado—. Si prometiese que va a dejarme tranquila, podríamos dejarle en libertad.

—¡*Ai-ee!* —exclamó Cazador.

Amy esperó, implorando con los ojos a Veloz. Su única respuesta fue acomodarse la cabeza sobre los brazos, cerrando los ojos, como si estuviese preparado para permanecer allí hasta que el infierno se congelase.

—Supongo que... —Amy se calló, su mente trabajaba a toda velocidad para afrontar el momento inevitable en el que tendría que vérselas con él... a solas. Pero no tenía otra opción. Cazador se lo había dejado claro, y él y Loretta eran su única familia. Respirando profundamente, volvió a intentarlo—. Supongo que será mejor que lo deje libre, comisario Hilton. —Se volvió y dedicó a Cazador una mirada acusadora, después dio media vuelta y salió de la habitación.

Veloz abrió los ojos y vio cómo se marchaba, la mandíbula tensa. Esforzándose por no mostrar lo impaciente que se sentía por salir de su confinamiento, se levantó, cogió el sombrero de la percha y se encaminó a la puerta de la celda. El comisario le entregó el cuchillo y los revólveres.

Abrochándose el cinturón de las pistoleras, Veloz dijo:

—Un placer conocerle, Hilton. Espero no tener que volver a verle en mucho tiempo.

Después, Veloz se ajustó el sombrero y siguió a Amy hacia la puerta, con Cazador detrás.

Capítulo 7

Con los nervios a punto de devorarla por dentro, Amy se marchó más temprano de la escuela y se fue directamente a casa; tan pronto entró, echó el cerrojo de la puerta y se aseguró de que las ventanas estuvieran bien cerradas. Sabía que Veloz vendría, era tan solo cuestión de tiempo. Caminó intranquila de un lado a otro de la habitación y notó cómo los nervios empapaban de sudor todo su cuerpo. Estaría enfadado. Seguramente hasta furioso. No había posibilidad alguna de saber qué estaba dispuesto a hacer en tales circunstancias.

El tiempo pasaba mientras Amy clavaba su mirada en el reloj, pero había momentos en los que ni siquiera podía recordar dónde estaban las manecillas antes, por lo que era incapaz de saber cuántos minutos habían transcurrido ya. Cazador se había puesto en su contra. No se lo podía creer. Cazador y Loretta eran su única familia, el único apoyo que tenía. La llegada de Veloz había puesto incluso eso en peligro: sí, lo odiaba.

Alguien llamó suavemente a la puerta. Amy saltó sobresaltada y se dirigió hacia ella, con la mirada fija en el cerrojo.

—¿Qui... quién es?

—Adivínalo —dijo con voz grave.

Amy se agarró el estómago, como si de repente tuviera ganas de vomitar.

—Ve... vete de aquí, Veloz.

—No pienso irme a ningún sitio. Amy, abre la puerta para que podamos hablar. Solo quiero eso, hablar. —Su tono suave y aparentemente tranquilo no sirvió para engañarla.

—Estás enfadado. No voy a cruzar ni una sola palabra contigo mientras tengas ese mal humor.

—Y yo no voy a dejar de estarlo hasta que no hablemos —respondió con un tono de voz un poco más elevado—. ¡Abre el condenado cerrojo!

Amy dio un paso atrás, mirando desesperadamente a su alrededor.

—No. Vete y cálmate. Después, hablaremos. —Ella escuchó sus injurias y, después de un largo silencio, él gritó:

—No pienso tranquilizarme; al menos no hasta que hablemos. Me has metido entre rejas. ¿Tienes idea de cuánto odio eso? Sé que eres capaz de cualquier cosa, Amy, pero ¿ir a hablar con el comisario?

—Fue por tu culpa. ¿Por qué no puedes ser una persona razonable?

—¿Razonable? ¿Ir a hablar con el comisario te parece razonable?

—Yo... yo no pretendía meterte en prisión —musitó Amy con voz temblorosa—. De verdad que no quería.

—Abre la puerta y dímelo a la cara —contestó en un tono no tan alto como esperaba.

Se quedó paralizada.

—Amy… —Ella lo oyó suspirar—. Escúchame con atención, ¿de acuerdo? No te voy a hacer daño. Solo quiero que hablemos.

—Estás furioso, lo sé —gritó.

—Sí, así es como me siento ahora mismo.

—¿Y esperas que te abra la puerta?

—Te lo voy a exponer de la siguiente manera: si no lo haces, la voy a echar abajo; y cuando entre ahí, habré enloquecido aún más. Sería lo que tú llamas una mala mano, o comoquiera que lo llames. Por tu bien, hazlo ya.

Cerró los ojos tratando de dejar de temblar.

—¿M... me prometes que no me vas a tocar?

—Prometo no hacerte daño. ¿Acaso no es eso suficiente?

Amy se retorció las manos.

—Quiero que me prometas que no vas a ponerme ni un dedo encima.

—Preferiría ir al infierno metido en una canasta antes de no hacerlo.

—Lo sabía. ¿Piensas que soy tan estúpida?

—Brillante no es precisamente tu apellido. Vamos, Amy. Si echo abajo la maldita puerta, tendré que pasarme todo el día de mañana arreglándola. ¿Qué sentido tiene eso?

Amy dio otro paso hacia atrás mientras escuchaba. Oyó cómo golpeaba pesadamente las botas contra el suelo y supo que lo estaba haciendo a propósito, para que supiera que se estaba alejando de la puerta para echarla abajo.

—¡E... espera! Yo, esto... —Se llevó una mano a la cabeza, sujetándose el moño de trenzas. Tenía que salir de allí, ¿pero dónde podía ir? Cazador no la ayudaría. La única solución era esconderse. Quizá en el granero, o en el bosque. Teniendo en cuenta el humor de Veloz, no había forma alguna de predecir su reacción—. No estoy vestida.

—¿Por qué no llevas ropa a estas horas de la tarde?

—Yo, pues... —Retrocedió un paso más—. Un baño, me estaba dando un baño.

—Amy, si me estás mintiendo, voy a desollarte viva.

—No, no te estoy mintiendo. Dame dos minutos. Tan solo dos y te abriré la puerta, ¿de acuerdo?

—Está bien. Dos minutos, pero ni un segundo más.

Amy se dio la vuelta rápidamente y corrió hacia la cocina. Tratando de alcanzar la ventana, se puso de puntillas para girar el pasador y abrirlo. Al mirar hacia arriba, se preguntó si habría espacio suficiente para salir por allí, aunque tampoco tenía otra alternativa. Con el corazón en un puño, e intentando ser lo más silenciosa posible, arrastró una silla hasta la ventana y se subió.

Su falda, larga hasta los pies, estuvo a punto de hacerle perder el equilibrio al tratar de poner una pierna en el alféizar. Se agarró al marco de la ventana y tomó impulso para subir hasta que logró sentarse a horcajadas. Se encogió todo lo que pudo y agachó la cabeza en su afán por pasar los hombros a través de aquel espacio tan pequeño. Con un gesto de dolor, trató de levantar la otra rodilla. Después de estirarse al máximo y de retorcer cuanto pudo la pierna que tenía doblada, consiguió subirse al alféizar completamente. Ahora lo único que tenía que hacer era darse la vuelta de tal modo que pudiera saltar.

—Solo un minuto más, Veloz.

—Probablemente necesites cinco —dijo una voz desde el jardín—. Creo que te has quedado atascada.

Amy se asustó y a punto estuvo de caerse de espaldas desde la ventana. Una mano grande la empujó agarrándola firmemente del trasero y se pudo poner derecha de nuevo.

—¿Veloz? —musitó mientras giraba la cabeza para tratar de ver por encima del brazo, que ceñía en la rodilla.

—¿Quién diablos piensas que puede ser?

—Oh, Dios…

Veloz le rodeó fuertemente la cintura con las manos para tirar de ella a través de la ventana. Un dolor agudo le recorrió el cuerpo, desde las rodillas hasta los hombros, pasando por las caderas. Si antes había logrado no quedarse atrancada al pasar por el agujero, ahora sí que lo estaba. Lanzó un grito.

—¡Maldita sea! Te has quedado atascada —dijo desde abajo—. Amy, ¿por qué diablos has escogido esta ventana? No es lo bastante grande.

—Era la única que no podías ver.

—No necesitaba ver nada. Con todo el jaleo que has armado, no fue demasiado difícil adivinar lo que estabas haciendo. Y ahora mira dónde estás. Es un milagro que no te hayas caído y te hayas roto el maldito cuello. —Tiró de ella una vez más—. Ahora sí que te has metido en un buen lío. ¿Puedes poner dentro aquella pierna de nuevo?

Con la cabeza pegada al pecho, apenas podía respirar.

—La tengo atrancada.

Veloz le quitó las manos de la cintura y le dijo:

—¿Sabes qué? Debería dejarte ahí.

—Pues entonces márchate. Ni necesito ni quiero tu ayuda.

—Eres toda una atracción para la vista, mostrando tus enaguas al mundo. ¿Qué pensaría Peter Crenton si pudiera verte ahora mismo? Estoy seguro de que una señorita correcta no escala por las ventanas.

Amy apretó con fuerza los ojos.

—Oh, Dios mío, no me digas que se me ven las enaguas. ¡Bájame la falda!

—Ni lo sueñes, querida —dijo sonriendo—. Son las enaguas más bonitas que he visto en mi vida.

Amy apretó los dientes con fuerza.

—¡Te odio a muerte, no te puedo ni ver! ¡Estás convirtiendo mi vida en una pesadilla! ¿Cómo te puedes quedar ahí parado, mirándome como si nada, cuando se me está viendo la ropa interior?

—Tienes razón, es de muy mal gusto. Me fumaré un cigarrillo mientras te miro.

Furiosa, tiró fuertemente del pie haciendo un gran esfuerzo para tratar de volver a poner la pierna dentro. De su garganta brotó un sollozo de frustración.

—¡Tú, maldito bastardo! Te limitas a mirar, ¿por qué demonios no haces nada?

Veloz no contestó. Amy trató de girar la cabeza para verle, pero no pudo.

—¿Veloz? —Nada. Se quedó quieta un instante para escuchar mejor. ¡Se había ido! Movió bruscamente el pie, presa de la furia. Se hizo daño en los hombros con el marco de la ventana y no pudo evitar que se le cayeran las lágrimas.

—Quédate quieta. No vas a parar hasta que te quedes sin piel como una serpiente en fase de cambio, y yo no pienso estar ahí para cogerte.

Se sobresaltó al darse cuenta de que la voz provenía del interior de la casa, por su lado derecho.

—¡Tú sigue dándome esos sustos de muerte! Pensé que te habías ido.

—No soy tan incorrecto como para hacer eso —dijo riéndose. Amy oyó cómo arrastraba la silla haciendo ruido contra el suelo—. Era algo tentador, para qué negarlo. Si no tuviese miedo de que te pudieras romper ese cuello larguirucho que tienes, lo hubiera hecho. —La agarró por el tobillo y tiró de ella—. Relájate, Amy. Estás más tiesa que una tabla. Si quieres que te saque de aquí, tendrás que relajarte.

—Decirlo es muy fácil para ti. Mi pompis está encajado en el marco de la ventana.

—¿Tu pompis? Suena como si estuvieras empolvándote la nariz. ¿Qué tal trasero o nalgas? ¿O…?

—¡Por el amor de Dios, ayúdame!

Veloz volvió a reírse y tiró de nuevo de su pie con fuerza. Consiguió liberarle la pierna y, al mismo tiempo, la parte de arriba de su cuerpo se inclinó hacia la dirección contraria. La cogió por la cintura y la empujó hacia él para sacarla de allí y, una vez que la tuvo bien sujeta, se bajó de la silla.

—O simplemente culo —acabó diciendo con un resoplido antes de dejar a Amy en el suelo, dándose la vuelta con ella aún en brazos.

Amy, todavía tambaleándose y con las mejillas coloradas, se estiró el corpiño y se colocó bien la falda.

—No me di cuenta de que habías echado la puerta abajo.

—Es que no lo hice. Entré por la ventana del salón.

—Estaba cerrada.

—La he abierto.

—Espera un momento, si has podido… —Se detuvo y lo miró fijamente—. Entonces, ¿por qué montaste todo ese escándalo por la puerta?

En el rostro de Veloz se dibujó una sonrisa burlona que dejó a Amy entrever sus dientes blancos.

—Porque estaba enfadadísimo. Conseguir abrir el cerrojo de la ventana no me hubiese dejado satisfecho. Romperla quizá sí. Lo que pasa es que, si hubiera hecho eso, te hubieras quedado sin cristal en la ventana hasta que consiguiese pedir uno nuevo y nos lo trajeran.

Amy no daba crédito a lo que estaba escuchando.

—Todo esto no es más que un juego para ti.

—Y tú vas perdiendo.

De eso no cabía duda. Amy miró hacia otro lado.

—Bueno, pues ya estás dentro. ¿Y a… ahora qué?

—Había pensado en darte una patadita en ese precioso *pompis* que tienes.

Amy lo fulminó con la mirada.

—Hazlo y déjame un moratón si te atreves, desvergonzado. Deja una sola marca en mi cuerpo y Cazador te matará.

Veloz se detuvo ante aquella mirada aniquiladora y volvió a sonreír.

—¿Le enseñarías el trasero para que pudiera ver los moratones? Apuesto lo que sea a que, aunque te lo dejase completamente negro y morado, no lo harías. En todo caso, sería algo que no me perdería por nada del mundo: la señorita Amy con la falda levantada y su brillante trasero al descubierto.

—Eres repugnante.

—Y tú me sacas de quicio. Amy, ¿la cárcel? Cuando el comisario Hilton apareció, no me lo podía creer.

Se inclinó un poco hacia él temblando.

—Si no hubiese sido por Cazador, habría dejado que te pudrieras ahí dentro.

—Esto ya se parece un poco más a la verdad. ¡Me dijiste que no querías encerrarme!

Se adelantó unos pasos, con los puños cerrados.

—Te mentí. Cualquier idiota que no dé el brazo a torcer cuando el comisario le llama la atención merece estar entre rejas.

Veloz se mantuvo firme y siguió observándola. Parecía lo suficientemente furiosa como para pegarle y, de hecho, deseaba que lo hiciera; solo necesitaba que ella tuviera el valor de hacerlo. Amy se quedó lejos de él. Sus ojos azules y sus mejillas ardían por la ira, y se mordía los labios, enfurecida, por todo lo sucedido.

—No sabía que un desayuno y unas rosas pudieran enfadarte tanto. —Alzó la cabeza mirándola con una actitud desafiante. Se tocó el mentón y dijo en tono de mofa—: ¿Quieres pegarme? Vamos, Amy. Esta es tu oportunidad. ¿Acaso eres una cobarde? Te dejo que me golpees una vez.

—No se trata ni del desayuno ni de las rosas. Has entrado en mi casa sin permiso. Simplemente estoy cansada de que me acoses, me atormentes y me amenaces.

—*Nuestra* casa.

—*Mi* casa, mexicano arrogante sin cerebro.

Después de estas palabras, Amy se lanzó a golpearle. En menos de un segundo, Veloz vio un puño ante su cara. En un instante, perdió toda noción del tiempo y solo fue consciente del dolor inmenso que le cubría la nariz. Inmediatamente se tocó la cara.

—¡Por Dios!

—Y no vuelvas a entrar en mi casa.

Amy volvió a golpear con el pie a Veloz, esta vez en la rodilla. Él perdió el equilibrio y cayó hacia atrás, tambaleándose hasta chocar contra la cocina. Algo caliente empezó a correrle por los dedos mientras se tocaba la nariz. Parpadeó unas cuantas veces intentando abrir los ojos. Pensó que quizá ella le volvería a golpear, acostumbrada como parecía a hacerlo de repente, así que se quedó con los hombros encogidos. La sala se quedó en silencio.

—¿Veloz? —Amy pronunció su nombre con voz temblorosa. Él volvió a pestañear y pudo comprobar que ya podía ver con un poco más de claridad—. Veloz, ¿estás bien?

—¡No! ¡Diablos! Pues claro que no estoy bien. Me has roto la maldita nariz.

Veloz sintió que Amy inhalaba aire rápidamente y, al mismo tiempo, oyó ese frufrú peculiar que hacía al mover la falda.

—¡Oh, Dios mío! ¡Oh, Dios mío! ¡Tu sangre está por todo el suelo!

Veloz se cubrió la nariz con la otra mano y dijo:

—No puedo saber si deja de sangrar o no —le dijo con voz apagada—. Pásame un trapo.

Escuchó el agua correr. Instantes después, sintió un paño mojado que se deslizaba por detrás de sus manos. Lo sujetó bien y lo colocó de tal forma que le tapara los orificios nasales.

—Ay, Veloz, lo siento mucho. Ven, siéntate aquí y déjame echarle un vistazo.

—Estaré bien, no te preocupes —protestó mientras dejaba que lo agarrase del brazo y le insistía para que se sentara en la silla.

Finalmente, lo obligó a sentarse y se inclinó sobre él, con aquella pequeña cara mostrando preocupación a medida que retiraba el paño. Cuando Veloz la vio, se dio cuenta de que una nariz rota no era nada si con eso había podido ver a Amy perder los papeles. Aunque le caían las lágrimas, no pudo evitar esbozar una sonrisa. Amy le tocó la nariz, estremeciéndose de tal manera que parecía ser ella la que sufría.

—Ay, Veloz, me temo que está rota.

—Un caballo me dio una coz una vez. Mi nariz nunca volvió a ser la misma desde entonces, así que no hay gran diferencia. —Se limpió la sangre que se le había quedado en el labio, quejándose cada vez que ella le tocaba la parte fracturada—. ¡Con cuidado! Me duele una barbaridad.

Amy retiró la mano hacia atrás con expresión preocupada.

—No quería hacerte daño.

Veloz no pudo contenerse y se volvió a reír.

—Pequeña mentirosa. Casi consigues que la nariz me atraviese el cerebro.

Sus miradas se encontraron. Ella lo observó incrédula.

—¿No estás furioso conmigo?

—Yo te provoqué para que lo hicieras. ¿Por qué iba a estar enfadado? —Con cuidado, se agarró el puente de la nariz con el índice y el pulgar, e intentó ponerlo en su sitio—. De todos modos, debo decir que pensé que me golpearías en el mentón. Tendría que haberme dado cuenta de que irías a por la sangre si te hacía perder los estribos. —Veloz aspiró fuerte para comprobar que el aire seguía corriendo por la nariz y después se dirigió hacia ella—. Yo la curaré. No es la primera vez que me la rompo, ni creo que sea la última.

Tras coger otra silla de la mesa del comedor, Amy se dejó caer sobre ella como si sus rodillas hubieran dejado de responderle. Suspiró en un gesto de agotamiento y se cubrió los ojos con las manos.

—Ah, Veloz.

Él se volvió a limpiar el labio con el paño, sin dejar de mirar ni un solo momento su dorada cabellera.

—Ya no puedo más —admitió con voz temblorosa—. De verdad que no puedo. Tienes que parar.

—Cásate conmigo y acabaré con todo esto.

Amy levantó la cabeza, y lo miró a los ojos con tristeza.

—¿No ves que no puedo hacerlo?

—Amy, si quisiera, podría zanjar el asunto cogiéndote conmigo por la fuerza y sacándote de aquí a caballo. —Se le puso la tez blanca—. ¿Por qué te crees que no lo he hecho ya? Te diré por qué. Quiero hacerte feliz. ¿No piensas darme una oportunidad? Haría todo lo que estuviese en mis manos para demostrarte que casarte conmigo no es un error, te lo juro.

—No existe ninguna otra cosa en el mundo que aborrezca más que la idea de ser tu esposa.

—No será así, te lo prometo.

—¿Cómo podrías hacerme feliz, Veloz? —preguntó ella con voz débil—. ¿Estás pensando en oficios como robar o matar?

—Sabes que no.

—¿Ah, sí? Y no solo es tu pasado lo que me molesta, sino que tampoco quieres cambiar. Mírate, sigues llevando esas pistolas encima, sigues vistiendo de negro como la muerte, sigues intimidando a la gente. Ya no vives en Texas, con los comancheros. Ahora estás en Oregón, en el mundo *tosi*, y si quieres quedarte, no puedes comportarte como si fueras un pagano.

Veloz le sostuvo la mirada.

—Hoy accedí a acompañar al comisario Hilton. ¿Es así como se comporta un pagano?

—Y hace cinco segundos, me amenazaste con atarme al caballo y llevarme contigo. —Le brillaban los ojos, llenos de lágrimas—. Estabas furioso porque te metí entre rejas, ¡porque odias estar encerrado en un lugar! ¿Cómo te crees que me estás haciendo sentir tú a mí? ¡Me siento de la misma forma: atrapada! —Amy alzó la mano señalando la casa—. Has invadido mi hogar y apareces de repente entre la oscuridad. Has conseguido poner a mi familia en mi contra, los has puesto de tu lado, y ahora tampoco puedo pedirle ayuda al comisario para que me proteja. No hay ningún lugar en el que esté a salvo de ti.

—Amy, estás a salvo de mí y estás a salvo conmigo, en este momento. Eso es lo que he tratado de hacerte ver. —Cogió el trapo y se lo mostró—. ¿Qué crees que quería cuando entré aquí?

Se mordió el labio, los párpados mojados por las lágrimas.

—No quisiste prometerme que no me tocarías.

—Porque tengo el derecho de hacerlo. Amy, te quiero. ¿Crees que voy a desperdiciar la única ventaja que me queda sobre ti? El hecho de que no quiera renunciar a ese derecho no significa que lo vaya a poner en práctica.

—Estabas enfadado. Pensé que lo harías.

—Pues te equivocaste. Sin embargo, pongamos por caso que estabas en lo cierto. ¿Qué pasaría si hubiera decidido, aquí y ahora, ponerte encima de mis hombros y llevarte a la cama? ¿De verdad crees que te haría daño? —Veloz la acercó hacia él—. Mírame y dime que piensas así.

Le empezó a temblar el borde del párpado izquierdo.

—¿Hacerme daño? Veloz, las personas pueden sufrir por dentro, más allá de lo que tú puedes ver.

Su voz se hizo más grave y su tono más bajo.

—Sé que estás asustada, pero si confiaras en mí, podría hacer que ese sentimiento se esfumase para siempre.

—No, ahora te equivocas tú. Nada logrará borrarlo.

—Hubo un tiempo en que no pensabas de esa manera.

—En aquel entonces, todavía era una niña. Ahora soy mayor y más lista.

Después de limpiarse el labio una vez más, Veloz siguió con el dedo una de las líneas de su falda de raso de color gris.

—Sé que no me tienes en muy alta estima y que tampoco estás orgullosa de todo lo que he hecho, pero todavía confías en mi palabra, ¿no es así? ¡Por los viejos tiempos al menos!

Ella lo examinó con cautela.

—Supongo que si hicieras una promesa, sabiendo, como sé yo, que un día fuiste un comanche y nunca mentiste, podría confiar en ti.

Veloz apoyó las manos sobre las rodillas.

—Si es así, entonces escúchame bien y recuerda esta promesa para siempre: pase lo que pase, por muy enfadado que esté, o incluso aunque te lleve conmigo, nunca te haré daño o te trataré de forma violenta. No te pido que pienses que todo irá bien entre los dos porque no creo que ni siquiera puedas hacerlo, pero te juro por mi vida que no te pasará nada malo.

Por un instante, Amy pensó en Cazador y en Loretta, y en todo lo que tenían, deseando de todo corazón que ella y Veloz pudieran compartir algo tan especial, que pudiese existir la posibilidad de que tuvieran su propia casa y sus propios hijos. Sin embargo, aquellos eran los pensamientos de la niña que todavía vivía en su interior, en un mundo lleno de sueños; la realidad casi nunca tenía ese toque mágico.

—Veloz, ¿por qué no lo olvidas? Aunque no hubiera pasado nada entre nosotros, ahora pertenecemos a mundos diferentes. Nuestro matrimonio nunca funcionaría.

—¿Y si cambio? Si lo intento, ¿tú también lo harías?

Ella se puso nerviosa y, al instante, se dio cuenta de que su mirada estaba fija en las rosas que había encima de la mesa.

—No sé si podría.

—Vamos, ¿qué puedes perder? Creo que yo lo he dejado bien claro. Si las cosas no funcionan entre los dos, no tendré más remedio que hacerlo a mi manera. ¿Por qué no intentarlo por la vía fácil? Venga, ¿lo intentarías al menos? No te estoy pidiendo que te rindas, simplemente te pido una tregua. Así estaremos en igualdad de condiciones.

Amy pensó en todo lo que podría ocurrir si se decidiese a intentarlo, pero, ante todo, pensó en cuáles serían las consecuencias si rechazase la propuesta de Veloz.

—Su... supongo que puedo hacer un esfuerzo, aunque tampoco sé cómo eso va a ayudar a que...

—¿Lo prometes?

Ella suspiró, dándose cuenta de que había perdido terreno.

—Prometo intentarlo, nada más.

—Eso es más que suficiente —concluyó.

Tan pronto como salió de la casa de Amy y bajó por la calle principal hacia la casa de Cazador, Veloz se sintió invadido por un profundo sentimiento de determinación. Tenía que cambiar. Cuando aceptó hacerlo, le pareció sencillo, pero ahora que lo pensaba con más detenimiento, no tenía ni idea de por dónde empezar. Solo estaba seguro de una cosa: Amy no quería saber nada de un pistolero vestido como un comanchero. Si quería conquistarla, y eso era precisamente lo que ansiaba, tendría que cambiar de aspecto.

Cuando Veloz entró en la casa de Cazador, lo encontró sentado en la mesa de la cocina, concentrado con un libro de grandes dimensiones en cuyas páginas se dibujaban columnas verdes y unos cuantos garabatos. Levantó la cabeza y miró a Veloz con expectación.

— ¿Qué te ha pasado?

—El mapache salió de su guarida —musitó Veloz, mientras se acercaba a la cocina por una taza de café—. ¿Dónde está todo el mundo?

—La señora Hamstead está enferma, y Loretta ha ido a ver qué tal estaba. Chase e Índigo se han ido con ella para ayudarla a cortar madera y recoger la casa.

—¿Qué le pasa?

—Ha tomado té de boñiga de oveja de su suegra. —Cazador sonrió cuando Veloz se dio la vuelta y pudo verle la cara—. ¿Pero con qué te ha golpeado tu mapache? Esa nariz tiene toda la pinta de estar rota.

—Porque lo está… Aunque el estúpido he sido yo por haberle ofrecido la cara y haberle dicho que me pegase un guantazo.

A Cazador se le puso una sonrisa de oreja a oreja. Se recostó en la silla y dejó el lápiz sobre la mesa.

—Hace años que no veo a Amy perder los papeles de esa manera. Felicidades.

Después de tocarse la nariz, Veloz trató de inhalar aire y comprobó que sus fosas nasales estaban ya completamente obstruidas.

—No cantes victoria todavía. Solo porque me ha dado un puñetazo no significa que haya conseguido lo que quería. —Veloz volvió a suspirar y arrastró una silla hasta él para sentarse. Tras tomar un sorbo de café, dijo—: Ya no sé qué hacer, Cazador. ¿Todo lo que he hecho hasta ahora ha servido para algo o únicamente ha servido para empeorar las cosas?

—Veloz, las cosas tienen que ponerse peor para ella; de esa manera, se dará cuenta de que tiene que cambiar. —Cazador volvió a coger el lápiz, jugando con él como un niño pequeño—. Creo que has hecho lo correcto. A no ser que se vaya de Tierra de Lobos, este es su único refugio. No le queda más remedio que adaptarse a la nueva situación.

—Me gustaría hacer lo que verdaderamente espera de mí y llevármela conmigo. Las cosas serían más fáciles y más rápidas de ese modo.

—Sí, pero hacerlas rápido no significa hacerlas bien, y más conociendo el sufrimiento por el que ha tenido que pasar Amy. —A Cazador se le enterneció la mirada por los recuerdos que aquella frase le trajo a la mente—. Conseguir que Loretta confiase en mí me costó lo suyo, pero al final la espera valió la pena.

Veloz rebuscó en el bolsillo de su camisa para coger su petaca de tabaco, pero en unos instantes se olvidó de lo que estaba haciendo y sacó la mano del bolsillo.

—Da igual, estoy hablando por hablar… Como si me la pudiese llevar aunque quisiera. Me odiaría a mí mismo más de lo que ella podría aborrecerme.

—Puede ser.

Veloz lo miró con cierta duda.

—¿Alguna vez has forzado a una mujer?

—Un poco.

—¿Qué significa un poco?

Cazador lo miraba como si la conversación que estaba a punto de comenzar le divirtiese.

—Durante un rato sea quizá lo más apropiado. Lo hice hasta que mi mujer dejó de luchar; de todas formas, era Loretta. La historia de Amy es mucho más complicada. —A continuación, estudió con detenimiento la punta del lápiz, como si la respuesta a todos los misterios del mundo se escondiesen bajo aquel trozo de carbón—. Loretta vio cómo martirizaban a su madre, y eso la marcó para siempre. Amy no solo contempló la escena, sino que también fue víctima de veintitrés hombres crueles. Ya han pasado muchos años pero, aun así, vivir con miedo cada día no es algo agradable. Escondió todos sus recuerdos del pasado en algún lugar desde el cual le fuese imposible sentir nada, y ahora, con tu llegada, esos recuerdos han vuelto.

Veloz se pasó la mano por la cabeza, como si ya añorase su melena.

—Me ha pedido que cambie. —Una especie de aceite azulado se dejó ver en la superficie del café. Inclinando un poco la taza, trató de ver lo que había en el fondo—. No le gusta mi aspecto, ni tampoco le agrada que lleve mis pistolas. No creo que ella piense que lograré ofrecerle un buen porvenir sin que mi pasado salga a relucir de una manera o de otra.

—¿Podrías hacerlo?

Veloz empezó a sentir el sudor que se deslizaba por su cuello.

—Podría trabajar contigo o conseguir una granja. Yo no soy un vago, Cazador.

—Podría tener un compañero en la mina. Chase le ha echado el ojo al sector de la madera, y espero que algún día se dedique a ello. De todas maneras, ¿es tu capacidad para ganar dinero lo que verdaderamente le preocupa a Amy? ¿O simplemente se trata de que eres un bicho raro para ella?

—¿Te refieres a si no encajo aquí? Podría comprarme un par de camisas nuevas y dejar de llevar el sombrero. No soy tan diferente del resto de la gente que vive aquí.

Cazador negó con la cabeza.

—No lo estás entendiendo bien. La ropa es una cuestión sin

importancia. Lo que importa es la persona que la lleva. —Con un suave gesto, señaló el libro que tenía frente a él—. Para ser mi compañero de trabajo, tienes que saber leer y escribir, y de momento no sabes.

—¿Esperas que aprenda a leer? —Veloz se quedó perplejo, sin poder creer que Cazador fuese de los que daban importancia a los libros—. No sé leer, Cazador. Ni siquiera soy capaz de deletrear mi nombre.

—Yo era un comanche tonto y aprendí. —Cazador pasó los dedos por encima de su caligrafía—. Mis libros me dicen cuántas riquezas poseo. Y aquí es donde pongo todas las cifras. Si yo puedo hacerlo, tú también. ¿Y tú hablas de un par de camisas nuevas? Todo el mundo puede comprarse una camisa, Veloz. ¿Qué le demostrarías a Amy con eso?

—Pues que quiero intentarlo.

—Sí, pero que estás haciendo pocos esfuerzos. Estás en el mundo de los blancos, Veloz. Nuestro mundo, tal y como tú dices, ya no existe, excepto en nuestros corazones. Tú quieres una mujer blanca, casarte con ella y vivir en su mundo, pero, para hacerlo, tienes que tratar de convertirte en un hombre blanco y demostrarle que te preocupas por ella.

Veloz tragó saliva mientras su mirada se clavaba en las hojas escritas de aquel libro. Eso no era lo que había imaginado.

—No me hace falta leer para cuidar de ella. Maldita sea, Cazador, eso es pedir demasiado. Creo que ya es suficiente con que tenga que renunciar a mis pistolas para siempre. Nunca se sabe cuándo me pueden descubrir y venir por mí.

Cazador se encogió de hombros de una forma un tanto elocuente. Veloz masculló entre dientes:

—¡Me va a llevar años aprender a leer y escribir! —gruñó.

—Será mucho menos si estudias en serio. Yo aprendí muy rápido.

—Ya, bueno, pero a lo mejor tú eres más listo que yo.

Cazador volvió a encogerse de hombros.

—Tienes razón. Es un precio demasiado alto que pagar simplemente por una mujer.

—No se trata de eso, y lo sabes.

—¿Y entonces de qué? ¿Tienes miedo de intentarlo?

Veloz se irritó todavía más.

—Yo no tengo miedo a nada, y mucho menos a un puñado de letras escritas en un papel.

—Eso está por ver.

—¿Me estás poniendo a prueba?

Cazador lo miró desconcertado.

—¿Yo, Veloz? Eres tú el que ha venido a mí, yo solo he expresado mi opinión. Eso es todo. A ti no te gusta lo que pienso, y lo respeto, pero sigue siendo mi opinión, y eso no va a cambiar. Amy es maestra de escuela y le gusta leer y escribir. Creo que le encantaría ver que muestras interés por aquello que es importante para ella. Tú solo pídele que cumpla su promesa; el resto es cosa tuya. Si lo haces, pronto se dará cuenta de que estás haciendo un gran esfuerzo por ella.

—Está bien —añadió finalmente Veloz, todavía a regañadientes—. He dicho que lo intentaría y eso haré. Tú me enseñarás.

Cazador sonrió de nuevo.

—Yo no puedo enseñarte, Veloz. Tengo que trabajar en la mina para alimentar a mi familia y Loretta está demasiado ocupada con su trabajo. Podrías estudiar con Chase e Índigo por las noches, pero eso te llevaría mucho tiempo.

—Entonces, ¿dónde demonios puedo aprender?

—Quizá la solución es que vayas a la escuela.

Veloz se quedó absorto, incapaz de creer lo que estaba escuchando. ¿Te refieres a que vaya a la escuela con los niños?

Capítulo 8

Veloz observó cómo el sol de la mañana se adentraba en el aula de la escuela por el tejado. Caminó arrastrando las botas, sin mostrar demasiada ilusión por llegar al final de las escaleras del porche. En aquel momento, se sentía como la primera vez que se acostó con una mujer. Como entonces, se sentía inseguro de sí mismo, con miedo a fracasar. Con el paso del tiempo, hacer el amor se había convertido en una de sus mejores habilidades, pero dudaba de que en el mundo académico pudiera triunfar de la misma manera.

¿Y si *era* estúpido? ¿Qué pasaría si, por mucho que lo intentase, no pudiera ni siquiera entender las letras? Amy lo vería y se daría cuenta. Jamás podría volver a mostrarse orgulloso frente a ella. Hace años, la había impresionado con sus incontables habilidades, pero ahora ya no significaban nada para ella. ¿No sería más sensato no intentarlo, en lugar de dejar entrever su incapacidad para aprender? A lo mejor, si se esforzaba verdaderamente en hacer bien todo lo demás, ella no le prestaría atención a ese detalle sin importancia.

Las carcajadas de los niños retumbaban en todo el edificio. Veloz pensó que él era el motivo y juntó las manos. Podría enfrentarse en un tiroteo ante cualquier hombre que se le apareciera en la calle, pero esto era diferente. Por primera vez en su vida, quiso salir corriendo, pero su orgullo no se lo permitió. ¿Qué pensaría Cazador si se enterase? Veloz podría reconocer cualquier cosa, pero nunca el haber sido un cobarde.

Subió despacio las escaleras. Amy estaba de pie, delante de toda la clase, con su esbelta figura dibujando una línea recta perfecta. Mantenía la cabeza erguida y, con esa voz suya característica, instruía a sus alumnos en el ámbito de los problemas aritméticos. Sus ojos sorprendidos advirtieron la llegada de Veloz, quien se sentía como un pez fuera de la pecera.

—Buenos días, señor López. —Miró a los niños y repitió la frase en sintonía con ellos—. Buenos días, señor López.

Que los niños le hubieran dejado de tener cierto recelo le sirvió de consuelo. Veloz se balanceaba de un lado al otro, y mientras agarraba el sombrero, dijo:

—Buenas.

—¿Qué le trae por aquí? —preguntó Amy, al mismo tiempo que recorría con la mirada la figura de Veloz, desde la pistolera hasta el sombrero.

Veloz se lo quitó, tragó saliva y miró a los jóvenes que lo observaban.

—Yo…

Carraspeó y continuó diciendo:

—He venido porque… —Ella lo observaba con determinación—. ¿Hay sitio para un alumno más?

—Por supuesto. ¿Para quién?

—Para mí —dijo Veloz entre dientes.

—¿Para quién?

Volvió a tragar saliva y repitió en un tono de voz más alto:

—Para mí.

—¿Para ti? —Ella lo observaba confusa.

—Quiero aprender a leer y a escribir —dijo Veloz con más convencimiento. Uno de los niños se rio por lo bajo.

Amy no mostró demasiada euforia al escucharlo y así se lo hizo ver, pero ya estaba allí y se condenaría a sí mismo si tuviera que dar marcha atrás.

—Es usted ya un poco mayorcito para ir a la escuela, ¿no cree, señor López?

—Soy de los que lo dejan todo para el último momento —dijo mientras se dirigía al perchero. Colgó su sombrero y a continuación se quitó el cinturón, consciente en todo momento de que todos los que estaban en el aula lo observaban. Dejó sus pistolas también colgadas de uno de los ganchos y se dio la vuelta. Con una sonrisa burlona, se atrevió a decir—: Quizá aprenderé más rápido por ser mayor.

No había ningún pupitre vacío al lado de Chase o de Índigo. Peter, el pequeño pelirrojo, le devolvió la sonrisa a Veloz. Como había uno sin ocupar detrás de aquel muchacho, Veloz se encaminó hacia él. Aunque consiguió sentarse finalmente, tenía dudas sobre si podría salir de allí más tarde. El recuerdo de Amy atrapada en la ventana le vino a la mente y no pudo evitar una nueva sonrisa. De inmediato, ella se fijó en su nariz, todavía hinchada. Como estaba casi seguro de que Amy no podía leer sus pensamientos, pensó que a lo mejor reírse iba en contra de las reglas. Se mordió el labio y trató de mostrarse serio.

El silencio empezaba a ser incómodo. Veloz se preguntaba si Amy recobraría la compostura o si se quedaría embelesada mirándolo todo el día. Se puso cómodo recostándose en el banco y se fue relajando poco a poco. Puede que no fuese a aprender nada, pero las vistas desde allí eran impresionantes. No podía imaginar una mejor manera de ver pasar los días. Una vez más, la examinó de arriba abajo, sin quitarle los ojos de encima.

Transcurridos unos instantes, Amy llamó la atención de sus alumnos con un par de palmadas, y no dudó en situar sus manos justo donde terminaban los botones de su corpiño, como si hubiera adivinado dónde tenía él puesta la atención. Se sonrojó ligeramente, lo que creó un bonito contraste con la sobriedad de su vestido gris.

—Bueno, pues…

Amy parecía desconcertada, como si hubiese olvidado lo que estaba diciendo. Sus ojos se enfurecieron y adquirieron un tono azul de tormenta, y él sabía lo que aquello significaba. Cuando se enfadaba, sus ojos siempre se volvían más oscuros y rebeldes.

—Lo último que haría en este mundo sería mandar a un nuevo alumno de vuelta a su casa, así que, señor López, si en verdad desea aprender, este es el mejor lugar para hacerlo.

No había duda de que incluso ella desconfiaba de la sinceridad de sus palabras. Veloz se olvidó de que reírse podría ir en contra de las reglas. La verdad es que, a medida que pasaba el tiempo, se lo pasaba cada vez mejor. Pasar horas y horas coqueteando con Amy Masters y hacer que se sonrojase era mucho más de lo que un comanche podía soñar.

Amy hizo ademán de recuperar la normalidad y volvió a su

mesa. Buscó con energía sus apuntes, que probablemente se habían quedado debajo de aquel sinfín de hojas de deberes que sus alumnos le acababan de entregar. Sí, aritmética. Pero ella ni siquiera podía recordar la lección de hoy. ¿Veloz López en su clase? Notó que volvía a aterrorizarse sin razón alguna. Él se sentaría allí, delante de ella, mirándola todo el día… Estaba segura de ello. Quería aprender a leer y a escribir con el mismo entusiasmo con el que los cerdos desean volar.

Finalmente, Amy logró encontrar sus notas. Las sujetó bien con una mano y se aventuró a dirigirse de nuevo a la clase. Veloz la recorría despacio con los ojos desde el pecho hasta la cintura, para continuar descendiendo con total naturalidad. Volvió a sentirse furiosa. Lo único que buscaba era atormentarla. Muy bien, pues entonces cortaría de raíz aquella situación sin sentido. Le pondría tantos ejercicios para hacer en casa que se tendría que quedar despierto hasta altas horas de la madrugada para terminarlos. En poco tiempo, comprendería que aquel era su territorio y que, a diferencia de su casa, aquel lugar era sagrado, a no ser que de verdad quisiera sacrificar su vida por aprender.

Todavía sin saber cómo, Amy consiguió recobrar el ritmo de la clase de aritmética y se alegró al ver que cada grupo había comprendido las instrucciones y que estaban concentrados en resolver los problemas. Después, se acercó al señor López con el libro de aritmética en la mano. Su decisión de perturbarlo y cansarlo se vino al traste cuando se dio cuenta de que apenas podía reconocer ni un número, excepto los que aparecían en las cartas de póquer. Decidida a no bajar la guardia, cogió una silla y se sentó a su lado.

—Lo mejor será que empecemos por el principio —afirmó con severidad, convencida de que no dejaría que su mirada guerrera se cruzase con la suya.

Veloz dejó de observarla y miró hacia las páginas del libro. Cuando vio a lo que se tendría que enfrentar, no pudo evitar soltar por lo bajo un «¡Diablos!».

Ella le lanzó una mirada reprobatoria, por lo que él se dio la vuelta hacia los otros alumnos y pidió disculpas por aquel desliz.

—Está usted en la escuela —le recordó—. Nunca lo olvide.

—Sí, señorita. —Veloz vio que aquella mirada podía matarle y sonrió—. Pues empiece con la primera lección, señorita Amy.

Amy no sabía cómo lo había conseguido, pero Veloz hizo que aquellas palabras sonasen en su cabeza con un cierto tono sensual. De inmediato, comenzó con el primer tema, sin apenas mostrar compasión por él, obligándole a hacer ejercicios durante y después de las horas de clase. Uno de ellos, por ejemplo, consistió en escribir cien veces los números del uno al veinte. Como Veloz jamás había cogido un lápiz, pensó que solo aquel ejercicio le llevaría unos cuantos días, probablemente hasta la semana siguiente. Por primera vez, se sintió superior ante él y dejó esbozar una vengativa sonrisa en su rostro.

—¿Qué pretende? ¿Que leas el Nuevo Testamento en una semana? —le preguntó Loretta aquella tarde al ver cómo Veloz trataba laboriosamente de escribir todos aquellos números—. ¿Cien veces el primer día? No podrás pegar ojo en toda la noche.

Veloz estiró los dedos después de haberlos tenido tanto tiempo apretados, mientras observaba la horrible «J» que acababa de terminar.

—He pasado noches en vela muchas veces. Es bueno que me mande tanto trabajo; aprenderé rápido.

Loretta hizo un gesto de desaprobación.

—Yo creo que lo que intenta es desanimarte, eso es exactamente lo que busca. Lo que está haciendo no es propio de ella. Normalmente es una profesora muy entregada a su trabajo. —Loretta aprovechó aquel momento para darle una palmadita en el hombro—. No te preocupes. Hablaré con ella.

—No. Esto es entre ella y yo, Loretta.

—Pero…

—No —repitió educadamente—. No sería justo. ¿A quién acudiría ella para pedir ayuda? A ti, a Cazador, al comisario. Loretta, es nuestra pequeña batalla personal. Déjanos luchar en nuestro terreno.

—Pero esto es diferente. Tienes el mismo derecho a aprender que los demás, y está convirtiéndolo en algo imposible deliberadamente.

—Sobreviviré —le garantizó Veloz—. Y no pienso rendirme. Déjame hacer esto a mi manera. Cuando Amy se dé cuenta de que quiero aprender, me enseñará como es debido, pero tiene que verlo con sus propios ojos.

Amy caminó lentamente hacia su cama y se detuvo en la ventana. Frotó una esquina del cristal empañado y miró detenidamente a la casa de los Lobo a través de la oscuridad. Todavía se podía vislumbrar un rayo de luz que provenía del salón. Sonrió y se fue a la cama, contenta al saber que Veloz jamás podría terminar todos aquellos ejercicios para el día siguiente, no en una noche. Más aún, jamás admitiría su derrota frente a toda la clase. Sabiéndose casi libre, al menos en su mente, de tener a Veloz López en su clase, Amy se acomodó cuidadosamente y cerró los ojos. El sueño se apoderó de ella casi de inmediato.

A través de una tumultuosa neblina, Amy volvió atrás en el tiempo. Y no solo a su pasado. Con las muñecas atadas a los radios de la rueda de un vagón, se vio a sí misma observando a su clase, y no al horizonte que dibujaba la pradera. Desesperada, y sabiendo que los comancheros llegarían pronto, luchaba tratando de desatar el cuero que la mantenía apresada.

—¡Ayúdame, Jeremiah! —gritaba—. ¡Chase, Índigo, que alguien me ayude!

Unas manos la agarraron de forma cruel por los muslos, apretándolos fuertemente con los dedos. Echó la cabeza hacia atrás. Veloz sonreía desde arriba, mientras sus ojos desprendían un destello malicioso.

—¡Veloz, no! ¡Tú no!

—Eres mía —dijo él, riéndose de ella ante sus inútiles esfuerzos de escapar de sus manos—. Te lo advertí, ¿no? Me prometiste que lo intentarías. No me volverás a dar tantos ejercicios, ¿verdad, Amy?

Le dolía el cuerpo. Movía la cabeza de un lado al otro y gritaba con fuerza; era su única forma de defenderse contra aquella agonía que la corroía…

Amy se despertó agitada; apenas podía respirar, y sus manos estaban enredadas en el edredón. Durante unos instantes, realidad y ficción parecieron fundirse. Al mirar a su alrededor, la magia del sueño se rompió. Se sentó, incorporando el cuerpo y, llevándose las manos a la cara, se asustó todavía más.

—Oh, Dios.

Amy se encogió una vez más y supo que aquella pesadilla era fruto de sus remordimientos. Obligar a Veloz a hacer tantos ejercicios no había estado bien. Tenía la obligación de enseñar a cualquiera que viniera a ella para pedírselo y lo único que estaba consiguiendo era desanimar a Veloz. Si dejaba que su vida personal se inmiscuyese en su trabajo, dejaría de ser una buena maestra. Y enseñar era su vida.

Veloz se daba golpecitos en la cabeza, mientras escuchaba un sonido que se repetía una y otra vez. Observó a Cazador al otro lado de la mesa, que estaba reduciendo el fuego, y le preguntó:

—¿Tenéis felinos grandes en estas tierras?

—Pumas —respondió Cazador, sin dejar de atender lo que estaba haciendo.

—Creo que he oído uno. —Veloz examinó a Cazador, preguntándose cómo él se había dado cuenta y su amigo no—. ¿Lo has oído? Se asemejaba a una mujer gritando. Lo suficiente como para ponerte los pelos de punta, si no supiera que se trata de un animal.

—No era un puma.

—¿Entonces qué demonios era?

Cazador dejó el hacha anclada en un trozo de madera.

—Son sonidos que escuchamos a veces, pero no es nada de lo que tengas que preocuparte, Veloz.

—¿De qué tipo de animal se trata?

Loretta dejó de balancearse en la mecedora y paró de observar su ovillo de lana para lanzar una mirada inquieta a su marido.

—No es un animal —afirmó Cazador con tono solemne.

Veloz dejó caer el lápiz, como si un cosquilleo extraño le recorriese el cuerpo. Observó las caras de preocupación de ambos y, al instante, se levantó sobresaltado de la silla.

—No —le dijo Cazador, sin levantar la mirada de su hacha—. Ahora está despierta, y pronto se le pasará. Es más fácil para ella si hacemos ver que esas pesadillas no existen. No puede evitar gritar y le avergüenza que los demás la oigan.

—¿Más fácil? —respondió Veloz mientras cerraba los puños—. Jamás he oído a nadie chillar así. ¿No debería estar alguien con ella?

Finalmente, Cazador levantó la cabeza, si bien no para dirigirse a Veloz, sino para mirar el chisporroteo de las llamas.

—Tú tampoco sabes el motivo por el que grita de esa manera. Si pudieras estar con ella, en sus sueños, quizá podrías
ayudarla, pero no es así. Y ahora la pesadilla se ha terminado.

A la mañana siguiente, Amy pudo saber en qué momento
entró Veloz en la escuela. Se respiraba un aire distinto; era
como ese extraño sentimiento que llega justo antes de la tormenta, cuando el aire resulta demasiado denso como para respirar normalmente, cuando todos los animales se quedan en silencio, esperando. Incluso los niños permanecían callados, algo
demasiado extraordinario. Amy no levantó la mirada de su
mesa hasta que vio una mano de piel oscura que pasaba por delante de su cara.

—Mis deberes —dijo con cariño.

Casi temblando, Amy aceptó aquellos folios. Les echó un
vistazo rápidamente para comprobar si los ejercicios estaban
hechos. Todo estaba terminado. Con miedo de mirarle, pero incapaz de no hacerlo, alzó la mirada y observó su rostro cansado.

Su nariz parecía estar mejor hoy, pero esa era la única me-
joría. Aunque no hubiese reflejado su cara la larga noche sin
dormir que había pasado, hubiera sabido de igual modo que no
había pegado ojo simplemente porque los había entregado. Incluso el menor esfuerzo, teniendo en cuenta su experiencia, le
habría llevado horas. Al mismo tiempo, Amy se dio cuenta de
que había venido sin sombrero ni pistolas.

—Creo que los he hecho bien —afirmó.

Sin poder apenas pronunciar palabra, Amy asintió con la
cabeza. Veloz esperó unos instantes, como si aguardase algún
comentario, pero pronto se dio la vuelta y volvió al pupitre
donde se había sentado el día anterior. A Amy le llevó un rato
corregir su trabajo. Dos mil seiscientas letras perfectamente di-
bujadas. Las lágrimas empezaron a descender por sus mejillas.
A continuación revisó los números. Sabía, sin ni siquiera con-

tarlos, que había escrito los dos mil. Veloz, ¿el guerrero comanche, el cazador, el bandolero? Se había humillado a sí mismo yendo hasta allí el día anterior, situándose al mismo nivel que los niños... pero jamás pensó que llegaría tan lejos.

Al ver que no tenía otra alternativa, Amy lo buscó entre la clase con la mirada y dijo:

—Lo ha hecho todo perfecto, señor López. Es más, yo diría que se merece una matrícula de honor en cada uno de los ejercicios.

—¿Y eso es bueno?

Algunos de los niños soltaron una pequeña carcajada, pero Amy los miró recriminando su comportamiento.

—Es la mayor nota que puede conseguir un estudiante. Significa que el trabajo que ha hecho es más que excelente.

Veloz buscó una posición más cómoda en su banqueta. Los ojos le brillaron de orgullo al escuchar las palabras de Amy. Ella le respondió con una leve sonrisa. Escribir letras y números podía parecerle un juego de niños, pero para Veloz suponía toda una proeza.

Emocionada, se levantó de la mesa. Al margen de todo aquello, ella era, por encima de todas las cosas, una maestra. Y Veloz quería aprender. Ningún hombre se habría comportado como un esclavo por capricho. Podría rechazarlo sin ningún remordimiento cuando él se acercase a ella como un pretendiente, pero no podía hacerlo ahora que había venido sin sombrero ni pistolas a pedirle que hiciera lo único para lo que Dios la había dotado en este mundo. Parecía que a partir de ahora, habría un alumno más en la clase.

Amy le asignó a Veloz muchos menos deberes aquel día. Cuando se terminó la clase, él esperó a que los niños se fueran para acercarse hasta su mesa. Ella, por su parte, permaneció inmóvil, sin ni siquiera poder mirarlo, deseando que se hubiera marchado con los demás y le hubiera ahorrado la necesidad de hacer lo que sabía que debía hacer.

—Veloz, yo, esto... —Amy levantó la cabeza—. Te debo una disculpa. Ayer te puse tantos ejercicios porque pensé que, de ese modo, no volverías a la escuela. —Esperó unos instantes por si él tenía algo que decir, pero no abrió la boca—. Lo siento en el alma, de verdad. A partir de ahora, te trataré como a los demás.

—Te lo agradezco. —La miró con ternura, mostrando un brillo distinto al de la burla del día anterior—. Es verdaderamente importante para mí aprender a leer y a escribir.

—Yo… Yo nunca pensé que…

—Bueno, pues ahora ya lo sabes. —La examinó por un momento—. Cuando me dijiste que yo ya no vivía en Texas…, tenías razón. Si quiero cuidar de ti, tengo que buscar un hueco en estas tierras.

—Es un maravilloso esfuerzo por tu parte, teniendo en cuenta que no sabes si tendrás alguna recompensa.

Al instante, le devolvió una sonrisa.

—Eso es lo que tú piensas, pero yo sí que tengo alguna garantía. Dos, de hecho.

—¿Dos?

—Por un lado, me prometiste que te casarías conmigo y, por otro, la otra noche me prometiste que pondrías de tu parte y lo intentarías si yo también lo hacía. Cuando subí las escaleras de esta escuela, yo puse ya de mi parte.

—¿Qué esperas de mí en realidad, Veloz?

—Es a ti a quien corresponde responder a esa pregunta. El cuándo también depende de ti. No te voy a forzar más, al menos no como lo he hecho hasta ahora. Jamás he querido hacerte sentir atrapada en un callejón sin salida.

Se detuvo y carraspeó para aclarar la voz.

—Me diste tu palabra de que lo intentarías, y confío en que eso harás.

A lo largo de los siguientes días, Amy pudo darse cuenta de cuánto maldecía el día en que tomó la decisión de dejar que Veloz entrase a formar parte de su grupo de alumnos, y empezó a detestar su trabajo como jamás lo hubiera imaginado al aceptar el desafío. Veloz se esforzó por aprender con la misma tenacidad con la que una vez se había implicado en la guerra comanche. Aunque ni por un instante pensó en dudar de su sinceridad, Veloz no era un hombre de ideas fijas. El principal motivo por el que quería aprender era ganarse su aprecio; de hecho, ese seguía siendo su único objetivo, por encima de todo, al igual que al principio.

Como estaban todo el tiempo rodeados de niños, las tácticas de Veloz eran más sutiles, pero tenían el mismo efecto devastador en Amy. Mientras daba su clase, él observaba cada uno de sus movimientos y nunca desperdiciaba cualquier oportunidad que se le presentase para tocarla. En una ocasión, se inclinó hacia él para ayudarle con sus ejercicios, y Veloz giró la cara para que una de sus mejillas rozase con su pecho. A veces, Amy se preguntaba si necesitaba realmente ayuda a la hora de escribir, o si simplemente quería sentir cómo sus dedos apretaban los suyos.

Si bien la maestra que había en su interior no podía evitar admirar la determinación de Veloz de aprender y, aunque se sentía orgullosa de ser testigo de sus avances, Amy también lamentaba la capacidad que aquel hombre tenía para cambiar su vida por completo. Jeremiah, quien había demostrado ser un alumno ejemplar, ahora se dedicaba a molestar durante las clases, fruto de sus celos de Veloz. El pequeño Peter Crenton, cuyo padre lo maltrataba, llegó al colegio lleno de moratones una mañana y no acudió a ella para buscar refugio, tal y como solía hacer habitualmente. Las jovencitas incluso habían empezado a decir cosas sin sentido delante de Veloz, a fin de ganarse la atención del chico más atractivo de la clase.

Y por si todo aquello fuera poco, un día después de clase, un grupo de madres visitó a Amy haciéndole saber su preocupación por el carácter más que cuestionable de Veloz y la influencia que estaba ejerciendo en sus niños. Además de garantizarles que el comportamiento de Veloz en las clases era ejemplar, Amy se dio cuenta de que incluso estaba defendiendo su derecho a gozar de una educación como los demás, lo que contribuyó a confundir sus sentimientos todavía más. ¿Estaba poniendo en riesgo su puesto como maestra en la escuela por dejar que Veloz asistiese a las clases?

Amy se pasó un buen rato reflexionando acerca de por qué se había rebelado contra aquel grupo de madres. ¿Podía ser que estuviera empezando a sentirse nuevamente atraída por Veloz? Se estremeció tan solo de pensarlo. No le molestaba que quisiera tener una educación, pero no podía evitar desear que fuese a la escuela en Jacksonville, lejos de ella.

El miércoles, justo una semana después de que Veloz empezara a ir a las clases, era el día del juego de las letras, que se celebraba cada mes en el colegio. Como Veloz no tenía ni la experiencia ni el nivel necesario para ser rival en el concurso, Amy quiso justificarlo delante de todos para que no participara en el juego antes de que los niños escogieran los dos capitanes y comenzasen a dividirse en grupos. Sin embargo, cuando anunció que él no participaría, los niños empezaron a refunfuñar y quejarse diciendo «¡Eso no es justo!». La regla de oro siempre había sido que todos los alumnos de la clase debían participar en el juego de las letras, y los niños no querían que esta vez se hiciese una excepción.

—No se preocupe, señorita Amy —interrumpió Veloz cuando ella trataba de explicar la situación—. Las reglas son las reglas.

Amy sabía que Veloz no tenía ni la más remota idea de dónde se estaba metiendo y estuvo a punto de volver a insistir en que, por esta vez, no participase. No obstante, se le ocurrió que quizá este era el momento que tanto estaba esperando. Había intentado convencer a Veloz de que no lo hiciera, pero había sido él quien había insistido...

—Está bien, chicos —anunció finalmente—. Escojamos a los capitanes.

No hizo falta esperar demasiado tiempo para ver en qué dirección se decantarían las cosas. Veloz fue el último en ser elegido, y Jeremiah no tuvo más remedio que aceptarlo en su equipo por ser el único que quedaba. Veloz se colocó del lado de la clase capitaneado por Jeremiah, donde su alta silueta se dibujaba en contraste con la fila de niñas con trenzas que estaban a su lado. Parecía dispuesto a cualquier cosa, aunque su cuerpo seguía en tensión. Lo cierto es que, en verdad, no tenía ni el menor presentimiento de lo que iba a suceder durante el juego. Él siempre había logrado ser el vencedor en duelos y batallas por medio de la fuerza, la agilidad, la velocidad y el ingenio, pero, desafortunadamente, la agudeza de Veloz no estaba acostumbrada a lidiar con este tipo de justas.

—Las preguntas deberían ser fáciles para el señor López —sugirió Jeremiah—. De lo contrario, no sería justo.

El rostro de Veloz cambió drásticamente. Amy sabía que, hasta el momento, nadie había hecho tales concesiones acerca de su persona, y ahora era un niño el que estaba hiriendo su orgullo. Amy se odiaba por haber permitido que las cosas llegasen tan lejos. Veloz se sentiría arrollado incluso por la palabra más simple, y ella había permitido que se encontrase en aquella situación, como un cordero al que están a punto de degollar.

El juego de las letras comenzó. La expresión de Veloz se alteró cuando Amy pronunció la primera palabra. El primer turno fue para el equipo de Índigo, la mejor alumna en ortografía. Sin problemas, deletreó la palabra «hurón». A continuación, Amy se dirigió al equipo de Jeremiah, con la vista puesta en Veloz. Él la correspondió con un gesto solemne que, con todo, dejaba adivinar su nerviosismo. La expresión que se ocultaba tras su mirada solo se podría describir como dolida. Incluso quizá acusadora. Parecía que empezaba a comprenderlo todo.

Muy a mérito suyo, Veloz mantuvo su entereza habitual y se enfrentó a aquella humillación que seguro que caería sobre él como el guerrero que era y que siempre había sido. Cuando por fin llegó su turno y Amy tuvo que pedirle que deletreara una palabra, se sintió como ese enemigo que está a punto de destruir a su mayor rival. Él levantó la cabeza, con mirada orgullosa, y la miró. Mientras buscaba una palabra, cualquier palabra de la que al menos conociera su ortografía, a Amy se le ocurrió decir su nombre, ya que él mismo lo había escrito muchas veces en cada uno de los ejercicios que ella le mandaba para practicar en casa.

—«Veloz» —dijo Amy, casi temblando.

Uno de los niños se rio. Amy se sonrojó y sus mejillas se volvieron de un rojo ardiente.

—Es una palabra totalmente válida. Significa rápido y de pies ligeros.

Veloz tragó saliva y mantuvo la compostura, sin despegar la vista de Amy.

—B-E-L-O-Z —deletreó rápidamente.

Amy sintió que se le caía el alma al suelo cuando algunos niños comenzaron a reírse a carcajadas.

—Ni siquiera es capaz de deletrear bien su nombre —gritó uno de ellos.

—¡Beeeeeeeloz! —añadió otro burlándose de él mientras imitaba el balido de una oveja.

Una de las niñas salió en su defensa.

—Casi lo dice perfecto. Tan solo confundió la «v» con la «b».

—Esto no es justo —dijo Jeremiah con rabia—. Nuestro equipo va a perder porque uno de los nuestros es estúpido. ¿Qué está haciendo aquí, en la escuela, además? Si quería aprender de verdad, tendría que haberlo hecho hace mucho tiempo.

Antes de que Amy pudiera reaccionar, Veloz se hizo a un lado y se apartó de la pared. Durante un instante, sus miradas se cruzaron y permanecieron inmóviles el uno frente al otro. Fue entonces cuando supo que Veloz estaba más dolido por su traición que por haber hecho el ridículo. Se quedó en la misma posición unos instantes y, después, sin mediar palabra, se fue de la clase y cerró la puerta con cuidado, como si no hubiera pasado nada. Amy se quedó paralizada, sujetando con fuerza su libro y repitiéndose mil y una veces lo mismo: esta vez había ganado, pero ¿a cambio de qué?

Las carcajadas de los niños se multiplicaron en su cabeza. Por un lado, Amy comprendía lo gracioso que les podía haber resultado Veloz: un tipo alto, grande y peligroso, atrapado en un pupitre demasiado pequeño para él y luchando por agarrar adecuadamente el lápiz con sus enormes manos. Sin embargo, aquella actitud burlona no tenía perdón.

—¡Basta! —gritó.

Toda la clase se quedó en silencio. Índigo también se separó de la pared, con sus grandes ojos azules bien abiertos. Se acercó a su pupitre y cogió sus libros de la escuela. Después, volvió a mirar a Amy y dijo:

—Esto es lo más rastrero que he visto en mi vida. Lo más rastrero. —Y tras esas palabras, salió corriendo de la escuela, cerrando la puerta con tal fuerza que el portazo resonó en toda la clase.

Sin saber verdaderamente qué hacer, Amy decidió dar el juego por terminado y acabar las clases antes, lo que una vez más, dio pie a que Jeremiah soltase otro de sus comentarios.

—Mi papá dice que salimos antes de la escuela desde que el señor López está aquí, así que a lo mejor ya no vendremos más.

Y dijo también que la junta de la escuela va a contratar a una nueva maestra si esto sigue así.

Una vez más, Amy se quedó paralizada al ver cómo sus alumnos salían uno a uno por la puerta. Quizá Tierra de Lobos debiese contratar a una nueva maestra, a alguien que supiera separar su vida personal de su vida profesional.

—¿Tía Amy?

La voz ronca de Chase devolvió a Amy a la realidad. Se dio la vuelta, aunque se sentía extraña al estar de nuevo en el mundo real, y se fijó en las bellas facciones de Chase. Por fin, sus miradas se encontraron.

—Índigo no quiso decir eso —le advirtió.

Amy dio un paso inseguro hacia su mesa.

—Me temo que sí, pero no la puedo culpar. Fue muy cruel por mi parte dejar que la situación llegase tan lejos.

—Él también ha sido cruel contigo.

Desconcertada, observó a Chase como nunca lo había hecho. Hasta aquel momento, siempre lo había visto como un niño, pero ahora, mirándolo a los ojos, se dio cuenta de que aquel pequeño al que había entretenido con historias infantiles durante tanto tiempo se había convertido en todo un jovencito.

Chase se ruborizó y se encogió de hombros.

—En el fondo, yo sé que él no quiere actuar de esa manera, solo que para él es… —Apartó la mirada—. Índigo es demasiado pequeña para entender estas cosas, así que ni siquiera ha entendido lo que está pasando. Sé que el tío Veloz te ha estado haciendo pasar malos momentos.

Las lágrimas casi le impedían ver con claridad.

—Gracias por tu apoyo, Chase —dijo tratando de controlar sus emociones.

Él se volvió a encoger de hombros, incómodo por el nuevo papel de chico adulto que estaba desempeñando, incluso aunque fuera durante un par de minutos.

—Mamá nunca nos ha dicho exactamente qué es lo que te ha pasado, pero los he oído murmurando cuando ella y mi padre creían que ya estaba durmiendo. —Se humedeció los labios y prosiguió—. Sé que sientes que hemos dejado de cuidar de ti, pero yo… —pestañeó y se acercó a ella— yo te quiero, tía Amy.

Segundos después, Amy se vio abrazada por Chase, un abrazo poderoso que casi la levantó del suelo. Pasándole el brazo por el cuello, le devolvió el abrazo, con lágrimas en los ojos, pero también con una bonita sonrisa. La idea de desahogarse con él era tentadora, pero Amy no se lo podía permitir. Cazador había dejado bien claro que estaba del lado de Veloz. No podía enfrentar a padre e hijo.

—Yo también te quiero, Chase —le dijo apenas susurrando—. Agradezco tu comprensión, pero merecido o no, le acabo de hacer una cosa muy fea a tu tío Veloz. Y tengo que arreglarlo de alguna manera.

—Lo sé —dijo mientras la rodeaba con sus brazos una vez más—. A veces, la forma de actuar de mi padre hace las cosas todavía más difíciles. Me alegro de que seas mi tía, porque llevamos la misma sangre. Lo que no parece justo es que Veloz diga ser mi tío cuando no lo es. Al menos no cuando nos hace elegir entre tú y él. Solo quería que supieras que yo no estoy enfadado contigo y que Índigo es demasiado pequeña para entenderlo. Iré a buscarla y hablaré con ella. Creo que cuando el tío Veloz reflexione sobre lo que ha pasado, también dejará de estar enfadado contigo.

Amy cerró los ojos apretándolos bien fuerte. Sabía que Veloz no estaba enfadado, sino dolido.

—Hablaré con él.

—¿Quieres que vaya contigo?

Amy se alejó, secándose las lágrimas y limpiándose la nariz.

—No, gracias. Esto es algo que tengo que hacer yo sola.

—¿Estás segura? Sé que le tienes un poco de miedo.

La mirada preocupada de Chase hizo que Amy no sonriese. ¿De verdad pensaba que se sentiría más segura con él a su lado delante de un hombre de la talla de Veloz? Sería como lanzar un pedazo de carne a la jaula de los leones.

—En realidad, Chase, tu tío Veloz y yo somos viejos amigos.

No era ninguna mentira. Ella y Veloz habían sido amigos una vez. Grandes amigos, como solo los niños pueden serlo. Ahora él se había convertido en un hombre, ella en una mujer, y sus vidas, tan diferentes, conformaban el muro que los separaba. Aunque, con muro o sin él, entre ellos todavía existía el recuerdo. Amy sabía que Veloz había confiado en ella cuando lo dejó participar en el juego. Ella lo había traicionado, no por lo que había dicho o hecho, sino por lo que había dejado de hacer o de decir.

Capítulo 9

$\mathcal{A}$my encontró a Veloz en las afueras del pueblo, sentado a la sombra de un madroño, con la espalda apoyada en su tronco rojizo, una pierna extendida y sus brazos musculosos alrededor de la otra rodilla, que tenía flexionada. Al verlo rodeado de naturaleza, con su oscura melena al viento y con la mirada fija en el horizonte, volvió atrás en el tiempo. Durante unos instantes, aunque breves, pudo ver a aquel joven al que una vez había amado con locura: su rostro majestuoso, aquella sabiduría que llenaba sus ojos, el gesto pensativo y solemne de su expresión. Antílope Veloz era ahora un orgulloso empedernido, a veces intolerablemente arrogante, educado para ser un guerrero, un cazador, un jinete sin igual. Y ella había permitido que un grupo de niños lo humillase.

Para él, haberse rebajado a que le tratasen como a un estudiante más, a sentarse durante horas delante de una profesora que apenas le enseñaba nada, había supuesto un gran esfuerzo. Al pensar en ello, Amy incluso dudaba de si, en verdad, había podido enseñarle algo. Ella podía haberlo evitado todo. Tenía tiempo suficiente después de las clases como para darle clases particulares y, en lugar de eso, lo había obligado a admitir públicamente su ignorancia, algo que ni siquiera un hombre blanco hubiese estado dispuesto a aceptar jamás. El hecho de que Veloz lo hubiese hecho, y que, además, lo hubiese hecho principalmente por ella, le hizo sentirse avergonzada: terrible y profundamente avergonzada.

Se acercó a él despacio, observando una vulnerabilidad en su amigo de la infancia que jamás había visto hasta aquel momento. No podía marcharse a vivir a Jacksonville con blancos desconocidos y acudir a la escuela. Hacer algo así le sería tan fácil como a ella empezar a frecuentar la taberna y ganarse la vida como lo hacía May Belle.

Al caminar, pisó unas cuantas ramas y hojas secas propias del otoño, sabiendo el ruido que estaba haciendo para acercarse a él. Y sabiendo también que él se había dado cuenta de que estaba allí, aunque no hiciese nada por demostrárselo.

—¿Veloz?

Él no cambió de posición y mantuvo su mirada fija en el horizonte. Tragándose su propio orgullo y con una gran desazón, se sentó a su lado. El viento hizo volar las hojas a su alrededor, formando una espiral de tonos anaranjados y amarillentos, maravilloso y triste al mismo tiempo, pues para ella el otoño suponía el fin de la primavera, y en su vida suponía el fin de la niñez y la belleza.

Durante un buen rato, permanecieron sentados en silencio. Amy no estaba segura de lo que iba a decir y cuando por fin encontró el valor para hablar, sus palabras le parecieron penosamente inadecuadas.

—Lo siento, Veloz.

Finalmente, él reaccionó, pero ni siquiera se molestó en mirarla.

—Lo sé.

A Amy le dolió esta actitud. Se esperaba cualquier cosa menos eso. Le respondió que su intención no había sido hacerle daño, pero no era del todo cierto y, si había algo que tenían en común los dos, era su amor por la honestidad.

—Era tan incómodo para mí tenerte en clase. Quería deshacerme de ti.

—Y lo has conseguido. No pienso volver.

Amy se mordió los labios hasta que sus ojos se llenaron de lágrimas, pero, esta vez, el dolor no pudo con ella.

—Veloz, te podría dar clases particulares, después de la escuela.

—No servirá de nada, Amy —suspiró, mostrando un gesto de derrota que hirió todavía más a Amy—. Jeremiah tiene razón. Soy demasiado estúpido para aprender. No tienes ni idea de lo mucho que me he esforzado para hacer los ejercicios correctamente. Nunca me los aprenderé de memoria, de manera que pueda deletrear cualquier palabra. Me he dado cuenta hoy mismo. Tengo suerte de haber aprendido a hablar inglés tan bien, pero tampoco eso fue fácil para mí. Tuve que practicar todo el tiempo mientras cabalgaba de un lado a otro de la frontera.

—¡Tú no eres estúpido! —le gritó—. Y no pensarías que lo eres si te hubiera dado una oportunidad.

Él seguía sin querer mirarla. Mientras lo observaba, Amy se dio cuenta de que ella no era la única que se había sentido avergonzada. ¿Qué le había hecho? Desde su llegada a Tierra de Lobos, únicamente se había preocupado de sus propios problemas y sentimientos, olvidándose de los de Veloz. Cuando quizá tenía la misma capacidad para hacerle daño que la que él había tenido con ella.

—*Suvate*, se acabó —dijo suavemente. Sus ojos oscuros miraron hacia el campo abierto donde antes habían estado las hojas secas y que ahora el viento había barrido. Después de unos instantes, tragó saliva y añadió—: Antes que yo, otros muchos hombres de gran peso han tenido la sabiduría suficiente como para decir estas palabras. Incluso Quanah las acabó pronunciando.

—¿Quanah?

—Él luchó durante la gran batalla en defensa de nuestro pueblo y aceptó la derrota cuando Mackenzie mató a nuestros caballos. Lo apoyé durante la batalla de Adobe Walls y sé que preferiría haber muerto antes que rendirse, pero a veces la muerte no llega cuando la deseas. El invierno, por el contrario, siempre llega. Los recién nacidos empezaban a llorar de hambre, y Quanah se rindió para darles la oportunidad de llevarse quizá algo a la boca. —Al hablar se le dibujó una sonrisa en la cara—. No lo vencieron en el campo de batalla, sino dejándole sin comida para su gente. Fue uno de los grandes guerreros de todos los tiempos, y fue el llanto de los niños lo que le hizo abandonar las armas. Es curioso, ¿no crees? —Se llevó los dedos de la mano a la oreja, como si estuviera escuchando algo, saboreando el aire—. Y yo he sido derrotado por unas líneas escritas en un papel. No sé por qué vine aquí, Amy. El mundo al que yo pertenezco ya no existe.

—No —susurró con un tono un tanto brusco.

Él sonrió, pero sin que hubiera en sus ojos rastro de la calidez de otras veces. De hecho, Amy nunca había visto una mirada tan vacía. Él la examinó por un momento, como si estuviera viendo tan solo un recuerdo y, a continuación, volvió a desviar la mirada hacia el horizonte.

A Amy se le hizo un nudo en el estómago.

—Veloz, al menos tienes que intentarlo. No puedes rendirte así como así.

—Lo intenté, pero he fracasado.

Aquel barco estaba a punto de naufragar. Amy adivinó que iba a persistir en la idea de abandonar con la misma tozudez que había mostrado para otras cosas: no había forma de hacerle cambiar de parecer. Ella sabía lo que tenía que hacer... si quería que se quedase. La pregunta era: ¿de verdad lo quería?

Durante unos instantes, el miedo paralizó por completo a Amy. Hasta aquel día, siempre había deseado que se marchara, rezaba para que así fuese. Las razones que tenía para hacerlo seguían siendo las mismas. Aquel hombre tenía la capacidad de desestabilizar la seguridad de su mundo y construir otro bajo su poder despótico, imponiendo reglas a su antojo. Si se quedaba, eso es justo lo que haría. Era tan inevitable como que lloviese durante la más fuerte de las tempestades. Lo que nadie sabía era que, ocho años atrás, ella había sido víctima de una auténtica pesadilla y se había jurado a sí misma que jamás permitiría que nadie la dominase. ¿Iba a dejar que ese vacío que sentía en los ojos de Veloz le hiciese olvidar su promesa?

La desesperanza pudo con Amy, ya que sabía que todas esas preguntas tenían una respuesta desde hacía mucho tiempo, toda una vida, cuando un apuesto joven había acogido a aquella niña llorona de doce años entre sus brazos.

Cerrando sus manos en un puño, se inclinó hacia él.

—No seas estúpido, Veloz. Has empezado algo y ahora debes terminarlo. Eres la última persona a la que pensé que podría ver sintiendo pena por sí mismo.

Al instante, él la miró, y ella se dio cuenta de inmediato de que había escogido la táctica correcta, la única táctica posible. Evitó pensar en el lío en el que se estaba metiendo. Lo importante ahora era que había cometido una gran injusticia con él, y deseaba desesperadamente tener una segunda oportunidad para remediarlo.

—Nunca pensé que fueras de los que se rinden a la primera de cambio.

A Veloz empezaron a brillarle los ojos.

Ella se rio a medias.

—No puedo creer que me hayas tenido tan atemorizada. No trates de sentirte mejor comparando tu situación con la de Quanah. Él tenía niños que lloraban, pero en este caso, el único que llora eres tú. Mírate, absolutamente abatido después de una mísera semana, rindiéndote porque no has conseguido aprender en cinco días lo que a otros les lleva años.

Tenía los ojos en llamas.

—No soy un perdedor, y lo sabes.

—¿En serio? Mírate una vez más, lloriqueando por las esquinas porque unos cuantos niños se rieron de ti. ¿No perteneces a este mundo? ¡Gallina! ¿Qué vas a hacer entonces, Veloz? ¿Volver a Texas y morirte de hambre en una reserva, soñando cada día con los tiempos pasados? ¿O quizá volver junto a los comancheros? Supuestamente, has venido aquí para empezar de cero. Hoy las cosas no han ido bien, y lo lamento. Te he ofrecido incluso clases particulares, y ni siquiera lo has aceptado. En mis libros, eso se llama ser un perdedor.

—Ten cuidado con tus palabras, Amy.

Se levantó de un salto.

—Ah, claro, cómo no: intimídame y demuestra lo macho y valiente que eres. Librar una batalla física conmigo es lo más fácil que hay en el mundo pero, claro, aprender no lo es. Se necesita valor para ponerse delante de un libro cada día. Tu problema no lo tienes entre las orejas, sino entre el pecho y la espalda.

Finalmente, él también se levantó poco a poco.

—Amy, te lo advierto, no estoy de humor para esto. Me puedes acusar de muchas cosas, y lo entiendo, pero no me llames cobarde.

—Cobarde, perdedor, fracasado… todo es lo mismo. —Sus miradas se cruzaron de nuevo—. Estaré en mi casa mañana a las tres en punto, con los libros sobre la mesa. Si es verdad que no eres un cobarde, no me falles.

Y

A la tarde del día siguiente, Amy caminó de un lado a otro del salón, mirando repetidas veces al reloj. Pasaban cinco minutos de las tres. Veloz no vendría. Suspiró y se hundió en el sofá de terciopelo azul oscuro. «El mundo al que pertenezco ya no existe.» Si no había conseguido convencer a Veloz de dar a los libros una segunda oportunidad, se llevaría aquellas palabras a la tumba.

Se habría sentido mal por desanimar a cualquier persona que hubiera acudido a ella para aprender, pero se sentía doblemente mal por haberle fallado a Veloz. Por mucho que le costara admitirlo, él había sido su salvación en una ocasión, la única persona que se había preocupado por ella lo suficiente como para pasar horas y horas en su compañía, dándole esperanzas cuando pensaba que ya no las había, orgulloso de haberla sacado de allí y de ayudarla a recobrar su autoestima. Y él le había obsequiado con todo aquello con una caballerosidad inigualable y con una actitud increíblemente comprensiva y adulta, impropia de un chico de su edad.

A cambio, cuando él huyó de su vida en Texas y vino a Tierra de Lobos en busca de sus viejos amigos, ella lo había despreciado, rechazado y, por encima de todo, lo había humillado con desdeño. Poco importaba ya en lo que se hubiese convertido en los últimos años ni lo que hubiese hecho; no se merecía nada de eso, y menos de ella.

Amy se levantó del sofá, cogió un chal y se cubrió los hombros. Quizá si hablase con él una vez más, reconsideraría las cosas. Se acercó hasta la puerta y miró fijamente los cerrojos, con el corazón en un puño y consciente de las posibles consecuencias de lo que estaba a punto de hacer. Si dejaba las cosas como estaban, lo más probable era que Veloz dejase Tierra de Lobos y volviera a Texas. Sería una estupidez hacer algo para evitar que eso sucediese. Pero ¿cómo iba a dejar de hacerlo?

Decidida, abrió los cerrojos y, cubriéndose con el mantón para protegerse de la brisa fresca de otoño, salió hasta el porche. En cuanto lo hizo, observó que algo se movía a su lado. Al girarse, se encontró frente a frente con Veloz, que acababa de posar una de sus botas negras en el último escalón del porche. Sus miradas se encontraron, intercambiando mensajes que ninguno de los dos podía pronunciar; la de él mostraba su enfado y la de ella, una profunda sensación de alivio.

—Has venido —dijo finalmente.

Sin ofrecer respuesta alguna, continuó subiendo el último escalón que le faltaba, pasó por delante de ella y entró en la casa. Amy lo observó con la boca casi seca. Se había acostumbrado a controlar sus nervios cuando la trataba bien. Lo siguió hasta dentro y cerró la puerta sin echar el cerrojo, por si acaso.

Él se dirigió a la cocina. Cogió una silla, la giró y se sentó en ella apoyando los brazos sobre el respaldo. Amy caminó tambaleándose hacia él, pretendiendo sin éxito no parecer afectada por aquel comportamiento huracanado. Le lanzó una mirada penetrante y volvió la cabeza hacia la otra silla. Con el corazón a punto de estallar y habiendo entendido el mensaje, la cogió y se sentó. Se colocó bien su falda azul marino y abrió el libro por la primera lección. Tenerlo aquí era lo que ella quería, ¿no? Esta era su segunda oportunidad para enseñarle algo, y no iba a permitirse un fracaso. No podría estar enfadado de por vida, de todas formas.

Con gran determinación, Amy comenzó con la clase utilizando tarjetas de letras escritas por ambas caras que ella misma había preparado para este ejercicio. Levantó la que contenía la letra A, le explicó lo que tenía que hacer y después esperó mientras él la observaba en profundo silencio.

—Veloz, sé que puedes reconocer esta letra —le reprendió—. ¿Te vas a poner manos a la obra de una vez o no?

—¿Cuál de los dos es más cobarde, Amy? —Se inclinó ligeramente hacia ella—. Tú me llamas cobarde por querer abandonar esto de aprender, y aquí estoy, deseando que me enseñes. Pero ahora soy yo el que te llama cobarde, por haber renunciado a la vida. ¿Tienes el valor suficiente como para que sea yo el que te enseñe un par de cosas?

Amy lo miraba sin pestañear, todavía con la tarjeta en la mano.

La alcanzó y se la arrancó de las manos.

—Es una A, como la de Amy.

Tratando de recobrar la compostura, vio cómo Veloz posaba la carta sobre la mesa.

—También puede llevar una H delante y tener el mismo sonido, como en habitación. O ir al final de palabra, como en cintura.

De repente, Veloz fijó su mirada en ella.

—Creo que podría rodearla tan solo con mi manos, si algún día me dejas acercarme a ti.

Amy trató de actuar con normalidad y cogió otra carta al azar. Él la examinó con cierta indiferencia y dijo:

—Esa es una T, como en trasero o tetas. Clavó los ojos en su corpiño y arqueó una ceja—. Interesante, muy interesante.

—¡También es una T como en tarugo! —Amy se levantó bruscamente de la silla, absolutamente decepcionada, avergonzada y llena de odio—. Ya veo que no has venido aquí para aprender. Si piensas que me voy a quedar aquí una hora aguantando este abuso verbal, estás muy equivocado.

—¿He dicho algo mal? T es la letra que conforma el sonido inicial de tetas. Creo que lo he dicho bien.

Amy dejó las tarjetas encima de la mesa con tal enfado que tiró algunas al suelo. Veloz se agachó para recogerlas.

—Y esta es la M de miel, seguro que así sabe tu piel. —Se rio de esa manera que exasperaba a Amy—. Sí, toda como la miel, hasta el último centímetro.

—Creo que ya es suficiente.

—No, cariño; así es la vida.

—A lo mejor en tus libros. Pero yo soy feliz sin esa parte de la vida, gracias.

—Porque vives acobardada día y noche, por eso. La Amy que yo conocía era una luchadora nata. Te escapaste y te enfrentaste a un grupo de comanches cuando tenías doce años, cargando un rifle más grande que tú. ¿Te acuerdas?

—La vida de Loretta estaba en peligro. No me quedaba otra.

—Y ahora es tu vida la que corre peligro, Amy, y la mía también. Y en esta ocasión, tampoco te queda otra porque no pienso dártela, ¡maldita sea! La Amy que yo conocí no tenía miedo de su propia sombra ni renunciaba a lo que quería. ¿Vas a permitir que lo que te hizo Santos arruine tu vida? Ya han pasado quince años, y sigue torturándote cada día y cada noche. Lucha, Amy. Entiérralo para siempre.

Amy respiraba a trompicones, con fuerza. Dio un paso atrás.

—¿Cómo te atreves a decir que sabes lo que quiero? Todo lo que deseo, ya lo tengo, Veloz. —Señaló la casa con la mano, temblorosa—. Una casa, un trabajo que me gusta, amigos. ¿Y quieres que lo tire todo por la borda? ¿Para qué? ¿Para que puedas decirme qué decir y cuándo? ¿Qué hacer y cómo hacerlo? A lo mejor mi vida no es como tú piensas que debería ser, pero yo soy feliz así.

—¿De veras? ¿Sabes siquiera lo que te estás perdiendo ahí afuera? Déjame mostrarte tan solo un pedazo de lo que podrías tener. ¿Nunca has visto a Cazador y a Loretta, y has deseado tener eso? ¿Una casa, fuego en la chimenea, niños y sonrisas?

Dejó las tarjetas que había recogido sobre la mesa.

—Y esta es la Q, como la que hay en Te quiero. Y yo te quiero más de lo que jamás podré expresar con palabras. Quiero demostrártelo de otra manera, Amy. De la forma en que te beso. De la forma en que te acaricio. De la forma en que te abrazo. ¿Me dejarás decírtelo a mí manera, aunque sea solo una vez?

Amy observó la tarjeta que estaba boca arriba.

—Esa no es una Q; es una O.

Él sonrió.

—A veces no te entiendo.

—Pues ya somos dos. Deberían lavarte la boca con jabón.

—Mírame, Amy.

Ella sabía que no debía hacerlo, que su actitud era peligrosa, y se sentía especialmente vulnerable, pero aquel tono de súplica pudo con ella. En el momento en que sus miradas se encontraron de nuevo, un sinfín de extrañas sensaciones la invadieron por completo.

—Te prometí que lo iba a intentar porque ahora vivo en el mundo de los blancos y porque quiero... —Hizo una breve pausa y la miró fijamente a los ojos—. Porque quiero tener una vida, Amy. Una vida de verdad. Y tú eres mi última oportunidad. Tierra de Lobos es mi última oportunidad. ¿Lo entiendes? Si no puedo conseguirlo aquí, entre amigos, ¿dónde diablos puedo hacerlo?

—Oh, Veloz, no...

—¿No qué? ¿Que no te diga la verdad? ¿Que no te haga sentir lástima por mí? Por Dios, Amy, podría ganarme tu simpatía en cuanto quisiera.

Amy cerró los ojos apretándolos bien fuerte.

—No, por favor.

—¿Crees que he cabalgado más de tres mil kilómetros por capricho? He venido en busca de mi vida, ¡maldita sea! ¡De mi vida!

Se levantó a medias de la silla, con las manos apoyadas todavía en el respaldo. El sonido que hizo al moverse la sobresaltó.

—Y cuando llegué aquí, te encontré, viva y tan hermosa como en mis sueños. No puedo cerrar los ojos y actuar como si nada. ¡No puedo! Y no porque sea un maldito cabezota y testarudo, sino porque no existe nada más para mí. Nada. ¿Lo entiendes?

Lo peor de todo era que sí lo entendía.

Veloz se señaló a sí mismo.

—Nada de cintas nacaradas, nada de pistolas, nada de espuelas y nada de poncho. Me he afeitado. Loretta me cortó el pelo anoche. Y estoy aquí para intentar, una vez más, aprender a leer y a escribir. ¿Y tú? ¿Qué has hecho para cumplir tu parte del trato? Me prometiste que lo harías. Dime, ¿qué has puesto de tu parte?

—Nada —admitió ella. Y rápidamente añadió—: No sé cómo cumplir mi promesa. Cada vez que lo pienso, me siento…

—¿Te sientes cómo?

—Atrapada —dijo con un suspiro.

—Prometiste que lo intentarías —le recordó—. Y he esperado paciente, algo impropio de mi naturaleza. Quiero que tengamos el mismo tiempo para cumplir nuestras promesas, Amy.

—¿Qué?

—El mismo tiempo. Aprenderé a leer y a escribir, pero a cambio, tienes que hacer un esfuerzo para volver a confiar en mí.

Lo primero que se le pasó a Amy por la cabeza fue decir que no, pero, de pronto, se dio cuenta de que, en realidad, estaba hecha un mar de dudas. Estas dos últimas semanas, Veloz había hecho verdaderamente un esfuerzo por cambiar, tratando de hacer todo lo que estaba en sus manos por hacer las cosas bien por ella. Pero lo más importante era lo que no había hecho: no la había puesto encima de su caballo y se la había llevado con él, como ella había temido en un principio. Por no haberlo hecho, su actitud hacia él iba cambiando poco a poco, algo que la atormentaba y la hacía dudar. ¿El Veloz que un día había conocido seguía vivo bajo aquel peligroso y duro Veloz López? Si así era, Amy ansiaba encontrarlo. Aunque indecisa, y pese a que le costaba admitirlo, nunca había dejado de amarle.

—El mismo tiempo —se aventuró a decir con tono dubitativo—. ¿A qué te refieres con eso exactamente?

—El mismo tiempo, tal y como suena. Por cada hora que pase delante de un libro aprendiendo, quiero que tú pases una hora conmigo.

Ella se mordisqueó el labio mientras lo observaba, tratando de leer sus facciones, pero no pudo adivinar nada.

—¿Me prometes que no vas a…?

—¿Que no voy a hacer qué? —le preguntó cariñosamente.

Ella se armó de valor y se lanzó a decírselo.

—A no tocarme mientras estemos juntos.

Sus ojos se clavaron en los suyos.

—No más promesas, Amy. La gracia de todo esto es que confíes en mí.

—Creí que la idea era volver a empezar desde cero.

Él sonrió.

—Exactamente. Y no quiero que miles de reglas entorpezcan el camino.

Amy cometió el error de volver a mirarlo directamente a los ojos y sintió como si el aire absorbiese todas las chispas que surgían entre ellos en aquel momento, haciendo que se le pusieran los pelos de punta.

—Dí que sí —le pidió—. Confía en mí, Amy; solo una vez más. Lo hiciste una vez, hace mucho tiempo, ¿te acuerdas? Y nunca he perdido la fe. ¿Puedes apostar por mí una vez más?

Su corazón comenzó a palpitar con fuerza.

—Ya te he prometido que nunca te haré daño —le recordó—. Si te detienes un instante a pensarlo, ¿no crees que eso es suficiente como para perder el miedo que tienes a que te pase algo?

Desde el punto de vista de Amy, aquella promesa era, en verdad, suficiente. Lo único que la aterraba era que Veloz y ella pudiesen tener ideas diferentes de lo que significaba hacer daño.

—Sí.

—¿Pues entonces?

Se humedeció los labios, sintiendo que estaba a punto de cometer una imprudencia, como si hubiera algo maravilloso esperándola al otro lado y tan solo tuviera que dar un paso hacia delante.

—Si digo que sí, ¿me darás la posibilidad de tomarme mi tiempo si no me siento totalmente cómoda?

Veloz dudó por un momento, como si estuviera meditándolo, y luego sonrió.

—Me parece justo, siempre y cuando no tires la toalla cuando todavía me debas tiempo. ¿De acuerdo?

—De acuerdo.

Durante un buen rato, él la observó con detenimiento y, a continuación, le susurró de tal forma que apenas pudo escucharle:

—No te arrepentirás de esto, Amy. Te lo prometo.

Con las piernas todavía temblando, Amy se sentó con cierta rigidez en la silla y reunió de nuevo todas las fichas. Veloz la observaba con aires de suficiencia, sintiéndose a gusto consigo mismo, y ella deseó que no se tratase de una mala señal.

Amy había preparado una clase de una hora, pero de un modo o de otro, Veloz consiguió alargar la hora hasta que fueron dos. Ella sospechaba que lo había hecho a propósito, sospechas que se confirmaron cuando acabaron de hacer el trabajo. Al momento, él le pidió las dos horas que le correspondían.

—¿Ahora? —dijo Amy mientras observaba la pequeña ventana que había por encima de ellos—. Pero si ya se ha hecho de noche. Loretta estará esperándote para cenar. Además, ¿qué vamos a hacer durante dos horas?

—Podemos ir a dar un paseo… y hablar. Le dije a Loretta que llegaría tarde.

A Amy le gustó mucho menos el momento de indecisión de Veloz antes de pronunciar la palabra «hablar» que el guiño pícaro y ruin que le había lanzado.

—No puedo ir a dar un paseo después de que anochezca. Ni pensarlo. Si la gente nos ve, ya sabes lo que van a pensar. Tengo que pensar en mi puesto como maestra.

—¿Quién nos va a ver a estas horas? ¿Crees que todo el

mundo observa lo que haces y vigila lo que sucede alrededor de tu porche a través de sus ventanas?

—Pero seguro que nos verán caminando. La gente sí que camina por el pueblo después de que anochezca.

—No tengo ninguna intención de pasear por el pueblo.

Sus ojos se abrieron como platos.

—¿Entonces por dónde pretendes que caminemos?

—Por el bosque.

—¿Qué?

—Confía en mí, Amy. —La rodeó con su chal y la encaminó hacia la puerta—. De eso se trata, ¿recuerdas? Confianza. ¿De verdad crees que no pienso en tu bienestar?

—Simplemente tengo miedo de que tengamos ideas diferentes de lo que es bueno y lo que no para mí —admitió.

Él se rio y cerró la puerta tras de sí. Amy caminaba a tientas en la oscuridad, odiándolo cada vez más.

—Veloz, pronto será noche cerrada, y ya sabes lo ciega que me vuelvo cuando está todo escuro.

—Yo puedo ver perfectamente. —Apoyó la mano en su hombro—. No voy a dejar que te caigas, Amy. Relájate. Acuérdate de cuando éramos niños, corriendo libres por la orilla del río al oscurecer. Te agarrabas a mi cinturón para poder seguir el camino cuando no veías.

—También recuerdo que tropezaste y nos caímos al río.

La guio a través de los árboles. La escuela, a aproximadamente doscientos metros de allí, brillaba como un fantasma entre las tinieblas.

—Te hice tropezar a propósito.

—Eso es mentira.

—Es verdad. —Él le mostró su mirada más cálida—. Te robé un abrazó junto a la orilla, ¿te acuerdas?

Amy entrecerró varias veces los ojos para tratar de ver lo que había delante de ellos.

—Veloz, el bosque está tan oscuro. ¿Por qué no paseamos cerca del camino?

—No, no. Quiero que caminemos solos, lejos de donde nos puedan escuchar.

A Amy le empezaron a temblar los labios.

—¿Por qué?

La acercó a él cuando vio que se aproximaban a un árbol. Aprovechando el momento, le levantó el brazo y coló el suyo alrededor de su codo. Su mano, grande y cálida, se deslizó por debajo de su chal hasta parar al otro lado de la cintura, con los dedos pidiendo a gritos alcanzar su pecho derecho. Amy se puso más rígida y le agarró instintivamente la muñeca.

—Confía en mí, Amy —le recordó—. Esa mano no se va a mover de su sitio.

Al instante, observó el pueblo mirando por encima del hombro, al mismo tiempo que se le encogía el corazón al comprobar que estaban ya demasiado lejos como para que alguien la oyera si gritaba. Sintió tensión en la garganta. En contra de su voluntad, dejó de agarrar la muñeca de Veloz.

Dos largas horas se le avecinaban y prometían ser las más angustiosas de toda su vida. Al momento, deseó no haber ido en busca de Veloz el día anterior, ni haber desafiado su orgullo para conseguir que se quedara. Pero, tonta de ella, allí estaba, pateándose el bosque con él, tan pequeña como era a su lado, ciega como estaba, e indudablemente estúpida por haberle permitido cometer esta locura.

Veloz la guio hasta el riachuelo Shallows, aunque eso de «guiar» era simplemente en teoría, ya que era tal la oscuridad que ya no podía se veía nada. Un búho ululó a su paso y descendió con un aleteo hasta donde ellos estaban, poniéndole casi los pelos de punta. Por instinto, se pegó todavía más a Veloz y, cuando la tuvo agarrada más fuerte, se negó a volver a soltarla de nuevo. Sus caderas iban rozando los muslos de él a medida que caminaban.

Amy pudo reconocer pronto el sonido del agua. Llegaron a un claro, bañado por la luz de la luna de aquella noche, un resplandor que hacía que los árboles parecieran torres de plata y sus sombras se proyectasen temerosamente en la oscuridad. Veloz la guio hasta un gran tronco caído y, sujetándola por la cintura, la elevó para que se sentara. Ella extendió bien las manos a cada lado, mirándolo nerviosa allí abajo, inquieta al ver que los pies le colgaban en la nada sin saber lo que había debajo de ellos.

Como una sombra más en ese bosque amenazador de sombras, Veloz dio un salto y se sentó a su lado, abrazándose las rodillas. Los rayos de la luna se reflejaron en su rostro. Le brillaba el cabello del color del ébano, justo por donde le cubría la frente. Al verlo, solo podía pensar en lo inconsciente que había sido por haber accedido a semejante locura.

Después de mirar el agua durante un buen rato, él se volvió y la miró con atención, con aquellos ojos negros que se fundían con el tono de su rostro.

—Bueno, señorita Amy, ha llegado el momento que tanto temías, ¿no es así? Estás completamente a solas conmigo. No hay nadie a quien puedas acudir. ¿Qué se supone que tiene que pasar ahora? Desde luego, detestaría decepcionar a una dama.

Ella tragó saliva y jugó nerviosa con los bordes del chal.

—Yo, eh… —Lo miró de nuevo—. Creo que eso es cosa tuya. Esa era la idea, ¿no?

Su blanca dentadura brilló a la luz de la luna al sonreír. Una sonrisa pequeña y engreída que le hizo estremecer.

—Pensaba en hacer algo que nunca esperarías, algo que te cogiese absolutamente por sorpresa ahora que te tengo a mi merced.

—¿Có... como qué? —le preguntó con voz trémula.

—Como hablar. —Su sonrisa se hizo más expresiva—. Eso es lo último que esperarías de mí, ¿no?

El alivio que la invadió la hizo sentirse aturdida.

—Sí —admitió ella con una risa un tanto forzada—. ¿De qué quieres que hablemos?

—No sé. ¿Qué te gustaría saber de mí?

Su sonrisa desapareció.

—De acuerdo. ¿Qué te movió a empezar a llevar siempre contigo una pistola? Nunca has sido de los que matan por matar, o que luchan sin motivo. ¿Qué pasó para que matar formase parte de tu vida diaria?

—No era mi pan de cada día exactamente, Amy. A veces pasaban semanas, incluso meses, sin que tuviera que utilizar mi arma. —Suspiró y cambió de posición con cuidado—. Y en cuanto a llevar la pistola conmigo, creo que principalmente fue cosa del destino. Sabes la relación que hay entre las armas y yo. Rowlins, mi jefe, me enseñó a disparar con un revólver. —Se encogió de hombros y continuó—: Es algo que hay que saber cuando eres un vaquero. Y una vez que me enseñó lo básico, practiqué día tras día, hasta que sentí que ya sabía hacerlo bien.

Ella recordó la habilidad que Veloz tenía para las demás armas y lo importante que estas habían sido para él como guerrero.

—Y, cómo no, te convertiste en un as.

—Eso es.

—Veloz, leí el reportaje en el periódico. Dicen que eres el pistolero más rápido y ágil de Texas, quizá del mundo entero.

Él frunció el ceño en medio de la oscuridad.

—Después del primer tiroteo, tuve que aprender a ser rápido. Cuando matas a un pistolero, ya no hay vuelta atrás. Tu reputación te sigue allá adonde vas, y siempre hay alguien que quiere probar sus habilidades ante ti. O muestras las tuyas, o mueres. En mi primera batalla, tuve la mala suerte de matar a un hombre de renombre en la zona. Una noche de sábado, fui al pueblo con unos amigos; él me vio, no le gustó mi aspecto y me retó. Desde aquella noche, mi vida se convirtió en una auténtica pesadilla.

—¿Y si alguien te sigue hasta aquí?

Suspiró.

—Espero que nadie lo haga.

—Pero ¿y si alguien lo hace?

Se volvió para mirarla, y en su rostro ya no había rastro de sonrisa.

—El cobarde que hay en mí le dispararía. ¿Te acuerdas de lo que te dije sobre lo de desear morir con todas tus fuerzas y no poder? Sé lo que es eso. He intentado no buscar mi pistola en la cartuchera al menos una docena de veces, prometiéndome que no lo haría. Pero cuando el humo se disipaba, yo seguía vivo. —Volvió a examinarla—. ¿Sabes? No eres la única que siente miedo a veces. Todos lo sentimos en alguna ocasión. Lamentablemente para aquel que me reta, cuanto más asustado estoy, más rápido desenfundo mi pistola.

—Estoy segura de que eso no es lo que quisieras. —Ella trató de leer su expresión, pero no pudo a causa de la oscuridad—. Esos hombres te hubiesen matado si no lo hubieras hecho. ¿Por qué ibas a permitírselo?

—No siempre eran hombres, Amy. —Veloz dirigió su mirada hacia los árboles, con el cuerpo totalmente paralizado; por un momento, parecía incluso que había dejado de respirar—. Ya viste los ojos de Chase la primera noche, cuando me preguntaba acerca de los tiroteos en los que había participado. Algunos de mis rivales eran simplemente niños, Amy, tan solo algo mayores que Chase. Quizá, legalmente, se podría decir que eran hombres… dieciocho, veinte, algunos de más edad. Pero eso no te sirve de consuelo cuando los miras a la cara.

Agitó las manos como si no pudiera encontrar las palabras adecuadas para expresar lo que había sentido.

—Había muchachos que se pasaban el día aprendiendo a desenfundar a tiempo sus armas, hasta que pensaban que estaban listos para derrotarme. Pero estaban equivocados. —Tragó saliva y, cuando prosiguió con la historia, su voz pareció apagada y vacía—. Yo o ellos, en eso consistía el juego, y a veces… créeme que, a veces, hubiese deseado ser yo.

Amy clavó las uñas en la corteza de aquel tronco. Apartando la cara, le dijo:

—Lo siento, Veloz. No te debería haber hecho preguntas sobre algo tan doloroso para ti. —Ella se moría de ganas por saber por qué se había convertido en un comanchero, cómo la había podido traicionar de aquella manera, pero ahora, después de haber sentido el dolor en su voz, no se veía capaz.

Su voz se hizo todavía más grave.

—No te preocupes. Creo que es algo que tenías que saber. Nunca quise ser un pistolero, simplemente sucedió. —Veloz se perdió en sus pensamientos por un momento—. ¿Y qué más quieres saber?

Sentía tanta pena por él… Finalmente, suspiró y le miró a la cara.

—¿Quién te hizo eso?

La expresión de su boca cambió.

—Yo mismo.

Ella lo miró sorprendida.

—¿Tú? Pero ¿por qué?

—Es una cicatriz de luto —dijo con voz ronca.

Amy sabía que los comanches solo se cortaban la cara, dejando una cicatriz para siempre, cuando sus familiares o sus mujeres fallecían.

—Entonces, ¿has perdido a un ser querido?

—He perdido a todos mis seres queridos —le respondió—. Esta cicatriz es por la mujer a la que amé. A causa de la guerra, tuvimos que separarnos. Cuando me enteré de que estaba muerta, me hice esta marca en la cara.

Amy cerró los ojos. De algún modo, siempre había sabido que, en el fondo, Veloz había sido capaz de encontrar a otra persona. Quince años eran mucho tiempo. Respiró profundamente, tomó aire y abrió de nuevo los ojos.

—Lo siento mucho, Veloz. No lo sabía… ¿teníais niños?

Se tocó la sien, observándola con detenimiento.

—Todavía no los hemos tenido.

Estuvo a punto de asentir con la cabeza, hasta que se dio cuenta de lo que Veloz acababa de decir.

—Pero yo pensé que ella estaba… —Amy abrió los ojos todavía más y fijó su mirada en aquella cicatriz. Todo el cuerpo le empezó a temblar de una forma horrible—. Oh, Dios mío. Veloz, no.

—Sí —afirmó con voz solemne—. Estás loca si piensas que he querido a alguien más en esta vida. Ha habido más mujeres, no te lo voy a negar. Muchas a lo largo de todos estos años, pero jamás sentí nada más por ellas que cariño. Todo el mundo tiene solo un gran amor, y ese fuiste tú.

Los ojos de Amy se llenaron de lágrimas.

—Jamás pensé que… ¿Por qué no me lo dijiste la primera noche? ¿Por qué has esperado hasta ahora?

—No quería que te pareciese que lo estaba utilizando en tu contra. Te habrías sentido fatal. ¡Maldita sea! Así es como te sientes ahora. Simplemente pensé que contártelo no era justo.

—No me siento mal —dijo con la voz en tensión—. Me siento absolutamente conmocionada. Eras tan… tan guapo.

La miró de lado, como sorprendido.

—¿Guapo? Tú sí que eres guapa, Amy.

—Y tú también lo eras. —Se mordió los labios—. Quiero decir, y sigues siéndolo, pero de un modo diferente. Esa cicatriz te confiere un aire especial; «carácter» es la palabra.

—Eso es porque tu nombre está escrito en ella.

Las lágrimas caían ahora por sus mejillas.

—Oh, Veloz… me querías de verdad, ¿no es así? Tanto como yo te quería a ti.

—Y te sigo queriendo, Amy. Si te murieses ante mí, me cortaría la otra mejilla. Sería tan horrible que ninguna otra mujer me amaría. Y tampoco me importaría. Tú eres la única a la que he querido, la única mujer que querría. —Rebuscó en su bolsillo y sacó su petaca de Bull Durham—. ¿Y sabes qué? —le preguntó mientras se liaba un cigarrillo—. Tú me sigues queriendo tanto como me has querido siempre. Pero estás tan condenadamente asustada que no puedes admitirlo.

Ella se secó las lágrimas.

—Amo tu recuerdo —dijo susurrando—. Nunca he dejado de amarlo. Incluso cuando supe que te habías convertido en un comanchero, no pude quemar tu dibujo porque seguía queriendo a aquel muchacho que un día fuiste.

Veloz encendió su cigarrillo frotando una cerilla. La lanzó hacia el río y, tras darle una calada, soltó lentamente un hilo de humo.

—Ojalá pudiéramos volver atrás. —Se volvió hacia ella, con una mirada de angustia—. Ojalá pudiera deshacer todo lo que hice, Amy. Pero no puedo. No soy el chico que conociste una vez. Nunca podré volver a serlo. Solo puedo ser quien soy ahora.

—Ambos hemos cambiado.

Veloz asintió.

—Sé que me negué a aceptar eso cuando llegué, pero es la verdad, y solo un idiota niega lo evidente. He cambiado, y tú también. Tanto que, a veces, dudo de que alguna vez haya existido aquella niña que eras antes. En un primer momento, traté de obligarte a ser aquella jovencita que vivía en mis recuerdos. Pero esa ya no eres tú. Al final me golpeaste la nariz, pero solo porque no te dejé otra opción.

Amy sintió un escalofrío y se cubrió mejor con el chal.

—Por aquel entonces, era una niña alocada, con más temperamento que cerebro algunas veces.

Él soltó una risita inocente.

—¡Eras gloriosa! Si existía alguien con un corazón comanche, esa eras tú, con tu cabello dorado y tus ojos azules, todo. Incluso en los peores momentos, cuando más miedo me tenías, podía distinguir la valentía en tus ojos. ¿Qué han hecho contigo, Amy? ¿Alguna vez te lo has llegado a preguntar?

Ella inclinó la cabeza hacia atrás, sonriendo al vislumbrar aquellos recuerdos, sin por ello dejar de tener aquella tristeza que no podía evitar.

—La vida es así —dijo suavemente—. La niña ha crecido y descubrió por las malas cómo incluso toda la valentía del mundo no sirvió de nada para enfrentarse a un hombre.

Veloz la observó con atención, dándose cuenta de la expresión amarga que habían adquirido sus facciones, viendo que sonreía porque la única otra posibilidad era llorar, algo que jamás haría.

—¿Santos? Dímelo, Amy. Pensé que, bueno, después de lo de Santos... pensé que lo habías superado, que estabas bien.

Amy se estremeció de nuevo y respondió hablando lentamente.

—Una persona nunca se recupera completamente después de algo como aquello. He sobrevivido y he sabido mantener la cabeza lúcida. ¿Acaso no es suficiente?

Sus ojos, todavía húmedos por las lágrimas, se encontraron con los suyos una vez más, atravesándole el corazón y también el alma.

—Siento ser una fracasada para ti. Pero, al igual que tú, yo no puedo dar marcha atrás en el tiempo. Soy lo que soy.

—Cariño, no me pareces una fracasada. No quiero que se te pase eso por la cabeza.

—Sí que lo soy —dijo, tensa—. A veces incluso yo pienso que lo soy. Pero, así es la vida, ¿verdad? Se acabó la función. Soy como soy y no hay más que hablar.

—Yo simplemente quiero conocerte tal y como eres, Amy —le dijo con ternura—. La otra noche, cuando me golpeaste, cuando me describiste cómo te hacía sentir, me di cuenta de que estaba haciéndolo todo al revés. Y lo lamento. Pero con o sin defectos, te quiero, Amy. La niña que fuiste y la mujer que eres ahora.

Ella negó con la cabeza.

—No. No sabes quién soy en realidad, Veloz. Tú querías a una jovencita gloriosa. Tú mismo lo has dicho. Ya no hay nada de glorioso en mí. Solo soy una maestra rutinaria que vive en un pueblo pequeño y seguro, en una casita pequeña y segura, con una vida pequeña y segura. —Caminó lentamente en la oscuridad, dirigiéndose hacia él—. Deberías buscar a una mujer gloriosa. ¡Eso es lo que deberías hacer! Una mujer a la que admirar, luchadora, como Índigo será un día. A una mujer como yo solo le queda luchar contra sí misma, nada más.

—Pues, entonces, déjame ayudarte en esa batalla, Amy —le dijo con voz ronca.

La luminosidad de sus ojos se fundió con la de la luna, convirtiéndolos en dos luceros cautivadores.

—Hasta que llegaste tú, no había batallas que librar. Y me gustaba así.

Él lo reconoció haciendo un gesto con la cabeza. Observó el extremo anaranjado de su cigarrillo y dijo:

—Te he dejado que me hicieras preguntas. Ahora es mi turno, ¿de acuerdo?

Ella dudó, pero finalmente aceptó a regañadientes.

—Mi vida ha sido bastante aburrida, pero supongo que es lo justo.

Veloz levantó la cabeza, dio una última calada a su cigarrillo y se bajó del tronco. Colocándose delante de ella, acercó su pecho hasta las rodillas de Amy y abrazó su cintura, cubriéndola con los brazos. Después de dirigir su mirada hacia arriba, ensimismado por su belleza durante un buen rato, le preguntó:

—¿Con qué sueñas, Amy?

Ella sonrió.

—¿Con qué sueña todo el mundo? Pues con un montón de cosas.

Veloz la observó de nuevo, sintiendo que la tensión se apoderaba de su cuerpo.

—Esto no es justo, Amy. He respondido a tus preguntas con sinceridad. Yo solo te he hecho una y quiero la verdad, una respuesta de verdad.

Aún en la oscuridad, pudo ver cómo palidecía.

—Tengo malos sueños con Santos y sus hombres. Y, en ocasiones, también con… —le tembló la comisura de los labios— a veces, con mi padrastro, Henry Masters.

Veloz supo por el dolor que vio en su rostro que le había dicho la verdad.

—¿Y qué pasa en tus pesadillas?

—¿Cómo sabes que las tengo? ¿Te lo dijo Cazador?

—Sí —mintió. No quería avergonzarla diciéndole que había oído sus gritos—. ¿Qué pasa en ellas, Amy?

Parecía inquieta entre sus brazos y trataba de evitar su mirada.

—Sabes perfectamente con lo que sueño. Una y otra vez, siempre sucede lo mismo.

—¿Y en los sueños en los que aparece tu padrastro?

Ella volvió a dudar, sintiéndose cada vez más incómoda con cada pregunta que le hacía.

—Ya sabes cuán estúpidos pueden llegar a ser los sueños. A veces, ni tienen sentido.

Veloz empezó a sentirse inquieto también. Trató de formular la siguiente pregunta con total naturalidad, sin forzarla a desvelar información que no quisiese contar, pero con ganas de saber más.

—¿Cuántos años tenías cuando tu madre murió, Amy?

—Dieciséis. —Ella se apartó el pelo de los ojos y el temblor de sus manos delataba que estaba ocultando algo—. El cólera se la llevó. Le dio muy fuerte y, en dos días, estaba cavando su tumba.

Veloz recordó el grabado de la cruz, cómo había acariciado aquellas letras con sus dedos.

—¿Y cuántos años tenías cuando viniste aquí?

Lo miró intranquila y respiró profundamente, aunque sin dejar de temblar.

—Esto… Creo que tenía diecinueve. —Su sonrisa era poco convincente—. Es increíble, qué rápido pasa el tiempo, ¿verdad? Parece imposible que hayan pasado ocho años.

El aire había dejado de llegarle a la garganta, y le costó formular la siguiente pregunta:

—¿Por qué no me esperaste en Texas, Amy, como habíamos acordado?

Ella no quería que sus miradas se cruzasen de nuevo.

—Pues… —Arrugó la nariz—. Texas nunca me gustó demasiado. Al menos no el lugar donde vivíamos. Y a Henry le empezó a gustar el alcohol más de lo debido, así que, una noche, mientras seguía bebiendo, me harté y me fui.

Veloz sintió, una vez más, el encanto de aquella mirada sin malicia, el orgullo frágil que se escondía bajo aquella barbilla, y el sentimiento de culpa que lo invadió fue tal que casi le hizo perder la razón. Seguía sin saber con certeza qué le había pasado a Amy. De lo único que estaba seguro era de que le había prometido que volvería a buscarla, y la guerra se lo había impedido. Mientras él luchaba con valentía por su pueblo, Amy libraba sola sus propias batallas.

Capítulo 10

Con la cara de Amy entre sus manos, Veloz recorrió con los dedos sus frágiles mejillas y, al roce, algunos mechones de color plateado se movieron casi electrificados. La luz de la luna la bañaba y la hacía distinguible en la oscuridad: su cabello parecía el halo; su piel, plata bruñida, y sus preciosos ojos refulgían con tal profundidad que Veloz se sintió perdido al mirarlos. Le parecía increíble que alguien hubiese podido hacer daño a su querida Amy. Sin embargo, así era. ¿Henry Masters? Y si había sido él, ¿qué era lo que le había hecho? Después de tanto tiempo, Veloz pensó que quizá ya no mereciese la pena pensar en eso. El aquí y el ahora es a lo que se tenía que enfrentar en estos momentos. Y, aun así...

—¿Dices que decidiste marcharte de Texas por la noche?

Ella se encogió de hombros.

—Bueno, no por la noche exactamente. Fue por la tarde. Todavía había luz.

—¿Y qué pretendías? ¿Llevarte uno de los caballos de Henry?

Su boca empezó a temblar.

—Pues... No teníamos ningún caballo. Henry lo vendió. No era de mucha utilidad para su trabajo. Y la bebida acabó arruinándolo. Se quedó sin ahorros y se vio obligado a vendérselo a uno de esos vendedores ambulantes.

—Ah. —Reflexionó sobre lo que acababa de decir Amy, deseando poder dejar las cosas tal y como estaban—. Entonces cogiste una de las mulas.

Veloz notó cierto atisbo de resistencia en Amy.

—Me marché a pie.

—¿Qué?

—Me marché a pie —repitió—. Una noche, después de que se hubo emborrachado, cogí un par de zapatos extra que tenía guardados en la buhardilla y me marché caminando.

Veloz tragó saliva al sentir en su cuerpo una ráfaga de pánico que, desgraciadamente, llegaba ocho años demasiado tarde.

—¿Y qué les pasaba a las mulas?

—Una de ellas estaba enferma.

—Había dos. ¿Qué sucedió con la otra?

—La otra, esto… —Se pasó la lengua por los labios, tratando de evitar su mirada—. Él le disparó un tiro.

El corazón de Veloz empezó a latir con fuerza.

—¿Por qué diablos mató a la mula?

Amy le giró la cara, sintiéndose atrapada, y miró a su alrededor como buscando una escapatoria.

—Pues… esto… Está empezando a hacer fresco aquí afuera. —Se arropó con el chal y sintió un escalofrío, todavía tratando de evitar que sus miradas se cruzasen—. Está llegando el invierno. Ya se siente en el aire. ¿Tú no lo notas?

Veloz se echó hacia atrás, queriendo darle un poco de espacio, pues sentía que lo necesitaba, quizá desesperadamente.

—Sí, se va a quedar una noche fría. —Esperó unos instantes y se imaginó a Amy cruzando las interminables llanuras de Texas. De repente, se dio cuenta de que no era totalmente consciente del significado de la palabra «valor»—. Amy, ¿por qué Henry le pegó un tiro a la mula? ¿Estaba enferma? ¿O simplemente tenía un mal día?

Con una mirada llena de pánico, se apartó de él y casi se cayó del tronco. Veloz consiguió agarrarla antes de que se cayera. Cuando la volvió a colocar en el suelo, Amy se escabulló y escapó de sus brazos. Veloz la siguió con miedo de que fuera a tropezar en la oscuridad.

—Quiero volver a casa ahora —dijo con voz débil—. Me estoy quedando helada. De veras que lo estoy. Y, además, yo… —Hizo una pausa un momento y tomó aire—. No me hagas más preguntas, Veloz, ¿quieres?

Él se puso frente a ella para que pudiera verle la cara.

—Amy, ¿podrías mirarme un momento?

Ella emitió un sonido de protesta y apartó la cara.

—Quiero irme a casa ahora mismo.

—Amy…

—Quiero irme a casa.

—Está bien. Pero mírame, aunque solo sea un minuto.

—No. Me harás más preguntas y no quiero hablar más de ello, ni ahora ni nunca. Jamás quise que supieras nada y ahora quiero que actúes como si no hubieras oído nada de esto.

Veloz no estaba del todo seguro de lo que sabía exactamente. Solo podía hacer suposiciones, y algunas de ellas incluso le empezaban a repugnar.

—No puedo hacer como si nunca hubiéramos tenido esta conversación.

—Entonces mantente lejos de mí.

—Tampoco puedo hacer eso. Amy, no mires al suelo.

—No empieces de nuevo.

—¿Empezar el qué?

—A sermonearme.

Veloz hizo un gesto fútil con las manos.

—Soy la persona menos indicada para dar sermones. Yo solo digo la verdad.

—Lo sé todo acerca de tus verdades… Mañanas en el horizonte y estrellas en el paraíso. Siempre con la mirada al frente.

—Veo que tienes buena memoria.

—También sé lo que sucede cuando caminas sin mirar por donde pisas. No gastes saliva diciéndome cosas bonitas, Veloz.

Él le estrechó la mano y le acarició la cabeza.

—Amy, ¿qué sería de nosotros si no existiesen las cosas bonitas?

—Veríamos la realidad. —Se limpió la nariz y, finalmente, lo miró—. ¿Y ahora me puedes llevar a casa?

Veloz sabía que el simple hecho de que creyese que la llevaría a casa era, para ella, una pequeña victoria. Al menos por aquella noche, tenía que conformarse con lo que había conseguido.

—¿Antes puedo decir una cosa más?

Amy mostró un gesto de resignación.

—Supongo que lo acabarás diciendo de todas maneras, así que suéltalo de una vez.

—Siento no haber estado allí.

Su boca se tensó y el dolor llenó su mirada.

—Yo también lo siento.

Veloz pasó el brazo por su hombro e inició el camino de vuelta a casa, guiándola a través de la oscuridad de la misma manera que le habría gustado guiarla a lo largo del resto de su vida. Amy se había convertido en mucho más que en una chica con ceguera nocturna.

Cuando pudo divisar su hogar, Amy se sintió aliviada. Veloz ni siquiera había intentado besarla cuando estaban en el bosque. Se preguntó si había sido por lo que le había contado. Se deshizo rápidamente de aquel pensamiento, decidida a no permitir que le hiciese daño. Estos días apenas había dado tregua a las pocas fuerzas que le quedaban.

De todas maneras, no quería que nadie la besara. Ni él ni nadie. Especialmente él. Solo pensarlo la aterraba. Una vez que se acostumbrara a ello, la obligaría a ir más allá. Si había conseguido asustarlo esa noche, mucho mejor. Su vida podría volver a la normalidad. Cuando se hubiera marchado, no tendría que volver a preocuparse de que un hombre quisiera imponerse a ella. Podría dejar de sentirse amenazada, podría dejar de sentirse al borde del abismo, podría dejar de sentir, a secas.

Para ella, Veloz era peligroso en muchos sentidos. Siempre había sido un soñador, luchando por alcanzar cosas bellas más allá de un horizonte que, en realidad, no existía. Cuando era niña, se había dejado maravillar por aquellos sueños y los había creído… durante un tiempo. Sin embargo, los sueños se esfumaban tan rápido como aparecían y, cuando eso sucede, es muy difícil hacerlos reaparecer.

Cuando Amy subió al porche, él sacó su reloj del bolsillo y lo miró a la luz de la luna.

—Calculé el tiempo perfectamente —dijo—. Todavía nos quedan diez minutos.

Amy se cubrió aún más con el chal.

—¿Cómo puedes calcular el tiempo si no sabes contar?

Él cerró la tapa del reloj y lo puso de nuevo en el bolsillo.

—No siempre lo puedo calcular con exactitud, pero lo que

sé, me lo enseñó Rowlins. Entiendo mejor los números alargados que los tuyos redondeados.

Se levantó brisa, fresca y enérgica, y sintió que unos dedos congelados le rozaban el cuello del vestido. Se estremeció y encogió los hombros.

—¿Redondeados? —Pensó en ello unos instantes—. Sí, podría decirse que los míos son en cierta forma redondeados, ¿de verdad?

Él no parecía demasiado interesado en seguir la conversación. Descendió un escalón y se puso con la cara a la altura de la de Amy. A ella le gustaba esa postura, hacía que Veloz la intimidase menos.

—Bueno, pues... —Ella se estremeció de nuevo—. Gracias por el agradable paseo. Me imagino que tenemos suficiente como para decir buenas noches.

—Nunca en mi vida me ha llevado diez minutos desearle las buenas noches a alguien.

—Siempre hay una primera vez para todo.

Veloz le puso una mano en la cintura y la acercó a su pecho. Con la otra mano, la sujetó por la parte de atrás de la cabeza. Cuando vio que la miraba a los ojos, Amy supo que quería besarla. Y la rapidez con la que todo estaba sucediendo la asustó. Intentó escabullirse de alguna manera, pero Veloz enredó sus dedos en su cabello y consiguió mantenerla inmóvil, desplazando la mano desde la cintura hasta la parte inferior de su espalda. Amy sintió su fuerza y supo que resistirse no serviría de nada. De hecho, nunca le había servido.

—Veloz, por favor, no.

—Todavía estamos dentro del tiempo que me corresponde, Amy. Diez minutos más. No estás cumpliendo con tu parte del trato.

Ella clavó su mirada en la boca de él. De repente, le costaba respirar.

—¿Qué puede pasar en el umbral de tu puerta? —le preguntó con voz ronca, acercando su boca cada vez más a la de ella—. Relájate y comprueba por ti misma a qué saben mis besos. Ahora puedes sentirte segura, tienes la seguridad de estar al alcance de las personas del pueblo.

No le faltaba razón. Mientras nadie los viese, era mejor que la besase aquí, si de verdad quería hacerlo, que allá lejos, al lado del riachuelo. Ella echó la cabeza un poco hacia atrás con cuidado, abrazándose a sí misma, casi segura de que su boca estaría tan hambrienta y exigente como reflejaba aquel brillo en sus ojos.

Su aliento cálido se fundió con el de ella. Amy tragó saliva y cerró los ojos, manteniendo los dientes apretados. Y después, los labios de él rozaron los suyos, con tanta suavidad, con una ternura tan asombrosa, que el contacto pareció un susurro dócil y delicado. Lo hizo con tanta dulzura, con tanta... que le robó el aliento de un suspiro y casi la hizo llorar. No había exigencia alguna en aquel beso, ni un atisbo de aquel hambre de deseo que la aterraba, tan solo había una promesa de cariño profundo que le hizo separar los labios, deseosos y expectantes. Ella le agarró con fuerza la camisa, ahora más cerca, pero él se mantuvo firme y rechazó complacer aquel anhelo que ella buscaba. No le importaba, pues lo cierto era que ni ella misma estaba segura de lo que quería, aunque...

—Amy... —Su nombre fue como una caricia en su boca. Le rozó la mejilla con los labios hasta llegar a su oreja, y después exploró la curva de su cuello—. Amy, mi dulce y preciosa Amy. Te quiero.

Y, de repente, se dio cuenta de lo que él había querido decir al pedirle que le diera una oportunidad para expresarlo a su manera. La mano de Veloz temblaba mientras le acariciaba el cuello. Sus labios eran dignos de veneración. No había ejercido ninguna muestra de fuerza ni de brusquedad; no se había aprovechado de la situación. Simplemente le había enseñado la ternura que escondían los besos, tan suaves que le erizaron la piel y despertaron todos sus sentidos. Le flojeaban las piernas y tuvo miedo de caerse, pero su cuerpo musculoso estaba allí para evitarlo, cálido y fuerte, con el corazón palpitándole con fuerza, pero a un ritmo firme, a diferencia del suyo, que latía de forma salvaje en su interior.

Cuando, por fin, levantó la cabeza, Amy sintió que no podía moverse de allí. Recorrió sus brazos con las manos, le tocó la barbilla, la punta de su nariz, el rizo que le caía por la sien, tratando de tranquilizarla, como si supiera cuán fuertes eran las sacudidas de su corazón y la flojera de sus piernas. La expresión que adquirió su rostro cuando la miró la hizo sentirse querida y, al mismo tiempo, vulnerable.

—Prométeme una cosa —murmuró él.

—Cada vez que me descuido, me pides que haga una nueva concesión —susurró ella.

—Lo sé, pero esta es importante. —Le sujetó con suavidad la barbilla y la miró profundamente a los ojos—. Cuando te acuestes esta noche y cierres los ojos para quedarte dormida, llévame contigo. Si vuelven tus pesadillas, sueña que estoy ahí para protegerte. —Unió su barbilla a la de ella y sintió su piel húmeda—. No te enfrentes a ellos sola nunca más.

Aunque lo hubiese querido, no habría podido pronunciar palabra; simplemente asintió con la cabeza. Se dio la vuelta y se marchó, adentrándose en la oscuridad. Amy se quedó allí, mirándolo durante un buen rato y, a continuación, todavía con manos temblorosas, se secó la lágrima que le caía por la mejilla.

Veloz comprobó que todavía había una luz encendida en el salón mientras subía las escaleras de la casa de Cazador. Sin saber si había sido Loretta la que la había dejado encendida para él o si alguien estaba despierto todavía, abrió la puerta principal lo más silenciosamente que pudo. Loretta levantó la mirada desde su mecedora, con la aguja de tejer ligeramente en el aire.

—¡Ah, hola! —susurró mientras le sonreía.

—Me sorprende que todavía sigas despierta —le respondió, también con un susurro—.

—Quería terminar esto primero. ¿Tienes hambre?

—La verdad es que no. —Veloz cruzó la sala hasta la chimenea y giró el taburete de Cazador hacia ella para sentarse y calentarse las manos delante del fuego. La lámpara que estaba sobre la mesa, al lado de Loretta, emitió un siseo que, por alguna extraña razón, resultaba tranquilizador—. Se ha quedado una noche fría ahí fuera. El invierno no tardará en llegar.

Dejó lo que estaba haciendo sobre su regazo para examinarlo durante unos instantes.

—¿Por qué traes esa cara?

Él forzó una sonrisa.

—¿Qué cara traigo?

—¿Amy está bien?

—Como una rosa. Acabamos de volver tras un agradable paseo.

Loretta arqueó una ceja, mostrando una expresión de incredulidad.

—¿Amy salió a dar un paseo? ¿Sola contigo? ¿Por la noche?

—Solo fuimos hasta el riachuelo, pero es un buen comienzo.

Loretta sonrió y sus ojos adquirieron un brillo especial.

—Más bien, yo diría que estás consiguiendo grandes progresos.

—Me doy con un canto en los dientes, en cualquier caso. —Se apoyó con las manos en el taburete y cambió de posición—. Simplemente nos dedicamos a hablar y a ponernos un poco al día después de todos estos años. —Veloz dudó por un momento—. Hasta esta noche, no sabía que Amy se había quedado en Texas con su padrastro tras la muerte de su madre.

Loretta asintió con la cabeza.

—Sí, unos tres años. —Mientras hablaba, cruzó la aguja de arriba abajo varias veces por el talón del calcetín que estaba zurciendo y después tensó bien el hilo—. En cuanto supimos de la muerte de tía Rachel, Cazador y yo le enviamos dinero a Amy para que viniese a Oregón. A los pocos días, nos lo devolvió, acompañado de una bonita letra que decía que estaba inmensamente feliz en Texas y que Henry la necesitaba en la granja. Creo que no se sentía cómoda con la idea de abandonarlo justo después de la muerte de tía Rachel y no la culpo por ello. Las familias deben permanecer unidas en momentos así.

—¿Solía escribiros a menudo?

—Bastante a menudo, sí. Eso nos tranquilizaba.

—¿Y eso por qué?

Moviendo la aguja con más rapidez, Loretta apoyó los pies en el suelo para detener la mecedora.

—Hubo un tiempo en el que Henry no era exactamente lo que se dice fácil de llevar. Al principio, Cazador y yo estábamos preocupados por que Amy estuviera viviendo sola con él. —De repente, miró hacia arriba—. La tía Rachel siempre decía que había algo de bueno en él y que, si buscábamos en lo más profundo de su ser, encontraríamos esa bondad. —Se rio entre dientes—. Me imagino que al final tenía razón. Tras la muerte de tía Rachel, él se portó muy bien con nuestra Amy y eso nos hizo pensar que debíamos hacer borrón y cuenta nueva.

Veloz se rascó detrás de la nuca.

—Entonces, ¿vosotros dos no os llevabais bien?

Loretta sintió que se le congelaban las manos mientras seguía zurciendo. Tras unos instantes, acabó las últimas puntadas.

—Se podría decir que, cuando yo era una jovencita, Henry quiso que nos llevásemos todavía mejor, no sé si me entiendes —dijo arrugando la nariz—. Supongo que, al yo ser su sobrina política y él ser el segundo marido de tía Rachel, no me veía como sangre de su sangre. Se le iban los ojos detrás de las mujeres, lo que hacía que visitara el prostíbulo de Jacksboro una vez al mes. —Su boca se puso tensa—. Con los años, cuando crecí, mi tío pensó que podría conseguir lo que quería sin salir de casa.

—Eso de vivir en la misma casa debió de ser una auténtica pesadilla para ti.

—Por suerte, Cazador estaba allí cuando Henry trató de ir más allá y, antes de que volviera a suceder, me sacó de aquella granja.

Veloz se agarró al borde del taburete.

—Y, por lo demás, ¿cómo era Henry?

Ella clavó la mirada en el calcetín y le dio unas cuantas puntadas más.

—Después de haberse portado tan bien con Amy, odio hablar mal de él. Lo arregló a su manera. Debemos ser capaces de perdonar y olvidar.

—No se lo diré a nadie.

Ella suspiró.

—Bueno, para ser sincera, hubo un tiempo en que estaba de mal humor constantemente y echaba mano de su cinturón.

—¿Qué significa de mal humor?

Una vez más, detuvo la mecedora, y su mirada pareció más distante.

—Oh, nada serio, supongo. Aunque, cuando lo usaba conmigo, era horrible, especialmente cuando no había hecho nada tan malo como para merecerlo. —Sus miradas se cruzaron, y su rostro se suavizó por los recuerdos que recorrían su mente en aquel momento—. Si bien es cierto que fue Amy quien lo sufrió más. Su infancia no fue fácil. Durante un buen periodo de tiempo, la tía Rachel parecía tener miedo de enfrentarse a Henry. Y yo me quedé sin habla después de la masacre que se llevó la vida de mis padres. Amy era la única que se atrevía a hablar con él. Ella nunca lo consideró verdaderamente un padre. Él tenía la costumbre de discutir con tía Rachel y utilizar los puños de vez en cuando. Y ya sabes la pequeña fiera que hay dentro de Amy. Siempre saltaba para defenderla. Henry no tenía tanto descaro, pero esa palabra describía perfectamente a Amy en aquella época.

Veloz sonrió.

—Ella dice que tenía más temperamento que cerebro.

—Sí. De hecho, has dado en el clavo. Daba igual las veces que Henry le pegase con el cinturón: nunca supo mantener la boca cerrada cuando pensaba que él estaba haciendo algo malo. Y, como le daba por ponerse todavía más insistente en el almacén de leña, supongo que no era una buena combinación. En cualquier caso, supongo que nunca le hizo demasiado daño. Sin embargo, sí hubo ocasiones en las que tuve que intervenir cuando consideraba que ya había sido suficiente.

Loretta aflojó un poco los hilos y ladeó la cabeza para meter dos hebras al mismo tiempo. Posó el calcetín que acababa de arreglar sobre su regazo una vez más y miró hacia él.

—Bueno, resulta difícil explicarte cómo era Henry entonces. —Frunció el entrecejo y añadió—: Yo siempre tuve la impresión de que… —Hizo una breve pausa y sonrió—. No tiene importancia, lo pasado, pasado está.

—Loretta, ¿la impresión de qué?

—¡Ay!, no sé. La impresión de que estaba ocultando algo, de que todavía sería más irritable si no se contuviese. Creo que, de alguna manera, sabía que solo podía llegar hasta aquellos extremos con la tía Rachel.

—¿Quieres decir que él mismo se reprimía?

—En cierto modo, sí. Las cosas empeoraron cuando supo que estaba embarazada de Chase Kelly. Amenazó con matar al bebé cuando naciese porque Cazador era comanche. Al final, la tía Rachel se enfrentó a él y le enseñó a comportarse como era debido apuntándolo con una carabina Sharps. Acorralado por tres mujeres luchadoras y de gran temperamento que ya estaban hartas de sus formas, su actitud mejoró de forma increíble. —Volvió a sonreír—. Supongo que se acostumbró a ser agradable y le gustó la sensación, ¿no crees?

El rostro de Veloz se puso rígido.

—Sí, supongo que sí. —Tras haberse quedado absorto observando las llamas de la chimenea, preguntó—: Amy nunca mencionó que Henry hubiera mostrado su mal genio con ella después de la muerte de su madre, ¿no? Me refiero tanto en sus cartas como después de haber llegado aquí.

—No. ¿Por qué? ¿Sabes algo que yo todavía no sepa?

—No, no te preocupes. Era simplemente curiosidad. —Veloz elevó los hombros y echó la cabeza hacia atrás, recordando la mirada de desesperación de Amy cuando insistió en que no quería que nadie supiera nada sobre lo que él había descubierto. El problema era que aún no sabía lo que supuestamente había descubierto.

—Pues… —dijo apartando las manos del cuello—. Supongo que si nunca dijo nada, la ha debido de tratar bien.

—Estoy segura de que nos habría escrito y habría venido a Oregón si no hubiese sido así.

Veloz no podía negar aquella afirmación.

—Y en sus cartas, ¿todo parecía estar bien?

—¡Más que bien! Escribía siempre unas cartas muy alegres, en las que nos contaba las reformas que Henry estaba haciendo en la casa y en el jardín, y nos hablaba de lo que estaba preparando para el invierno sobre sus proyectos de costura. Parecía feliz.

—Y si estaba tan contenta allí, ¿entonces por qué querría marcharse?

—Creo que por la soledad que sentía. Los vecinos más cercanos vivían a kilómetros de distancia. Nos escribió diciéndonos que se quedaría trabajando en Jacksboro hasta que nosotros le enviásemos dinero para el viaje. Decía que estar aislada en la granja la estaba volviendo loca y que Henry parecía bastante recuperado tras la muerte de la tía Rachel. Me imagino que consideró que ya había pasado el tiempo suficiente con él y que ya era hora de marcharse.

—¿Cómo consiguió ir de la granja hasta Jacksboro?

—No me acuerdo de todo lo que nos contó. Supongo que la llevó Henry. ¿Por qué?

—Por nada, solo es curiosidad. Jacksboro está bastante lejos de la granja, si no recuerdo mal.

—¿Hay algo que me quieras contar? —le preguntó con suavidad y una mirada llena de preocupación.

Veloz forzó otra risita.

—Ah, no. Simplemente trato de encajar las piezas de la historia de todos estos años. Solo eso. Amy ha cambiado mucho. A veces me pregunto si le pasó algo, algo de lo que nunca os haya hablado.

Las facciones de Loretta se relajaron.

—Amy no tiene secretos conmigo. —Lo observó por un momento—. No esperes demasiado, Veloz. Amy vivió una auténtica pesadilla con los comancheros, ya lo sabes. No puedes esperar que no haya sufrido en estos años.

Veloz tragó saliva y alzó la vista, con la mirada perdida en el horizonte.

—No, supongo que no.

—Dale tiempo. Las cosas buenas se hacen de rogar. En el fondo de su corazón, Amy nunca ha dejado de quererte, y eso la hace vulnerable. Creo que se siente aterrada cuando reflexiona sobre ello.

Veloz respiró hondo y exhaló el aire lentamente.

—Estoy tratando de ser paciente, créeme.

Sonriendo, guardó aguja e hilo en su cesta de costura y se levantó de la mecedora.

—Es como si la hubieran encantado, ¿sabes? Amy tiene que volver a conocerte desde el principio. —A continuación, le puso una mano sobre el hombro—. Deja que lo haga a su ritmo.

Él asintió, todavía con la mirada perdida. Después la oyó bostezar.

—Bueno, creo que es hora de que esta abuelita se vaya a descansar. Buenas noches, Veloz.

—Buenas noches, Loretta.

—Me alegro de que hayas convencido a Amy de ir a dar un paseo.

—No más que yo.

Al pasar por detrás de él, le dio una palmadita en la espalda. Veloz se dio la vuelta y volvió a clavar los ojos en el fuego. Escuchó el suave clic de la puerta de la habitación cuando Loretta la cerró. En el ir y venir de ese sonido, pudo percibir el eco de la voz de Amy. «Me marché a pie. Una noche me harté de aquella situación y me marché caminando.» Cerró las manos en un puño al recordar aquellos ojos angustiados en la cara de Amy.

A lo largo de la semana siguiente, Amy tuvo que modificar su ritmo de vida diario para hacer un hueco para las clases particulares de Veloz. Por cada hora de clase, Veloz le pedía que le devolviese una hora en su compañía, durante la cual ella no tenía más remedio que cumplir con lo pactado. Como por las mañanas ella enseñaba en la escuela y él trabajaba en la mina, casi siempre daban los paseos por la noche, después de una hora de estudio. Amy pronto consiguió perder el miedo a que alguien pudiera verlos y extraer conclusiones erróneas, sino todo lo contrario. Empezó a preocuparse de que nadie podía verlos a aquellas horas, y por que, quizá alguna noche, después de alejarse lo suficiente del pueblo, Veloz quisiera aprovecharse de su soledad en el bosque.

A Veloz parecía divertirle que ella no confiara en él y casi cada tarde comentaba algo al respecto, haciéndole saber que podría aprovecharse de la situación si le apetecía, pero que todavía no había decidido qué noche ocurriría. Tenía cuidado con la forma en que lo decía, de manera que ella no confundiera las cosas y entendiese que él jamás haría una cosa así. Amy no tenía ni idea de qué podía suceder de un momento a otro.

Sin embargo, a Veloz esto no le preocupaba lo más mínimo. Es como si dijese: «Piensa lo peor. A mí no me importa. Fíjate en cada uno de mis movimientos. Tarde o temprano, bajarás la guardia». Amy todavía no sabía por qué jugaba con ella de aquella manera. A veces, deseaba que él le dijese que jamás la tocaría, aun cuando se tratase de una mentira; solo así se tranquilizaría y disfrutaría del tiempo que pasaba con él.

No obstante, Veloz no ofrecía garantía alguna.

Las experiencias que estaba viviendo con él eran muchas y muy distintas. A veces parecía hablar con seriedad y, al minuto siguiente, ya se estaba metiendo de nuevo con ella. Los recuerdos del ayer se convirtieron en sus compañeros de viaje día tras día. En ocasiones, podía ver al antiguo Veloz, aquel joven despreocupado al que tanto había amado. Pero, por lo general, quien estaba ahí era Veloz López, un hombre de rasgos duros y sombríos, de mirada apagada y con unos ojos llenos de dolor por un sinfín de penas que no podía siquiera mencionar. Lo único que podía adivinar en ellos era el tremendo dolor por el que tenía que haber pasado, los seres queridos que había perdido y la desesperanza que había sentido.

El sábado siguiente, iba a tener lugar un baile social en Tierra de Lobos. Veloz le pidió que acudiese.

—Nunca voy a esos actos sociales, Veloz —le respondió nerviosa.

—Solo he tenido la oportunidad de conocer a unas cuantas personas aquí. Por favor, Amy, vayamos. Solo un rato. ¿Con quién voy a estar yo allí?

—Pues no vayas.

—Quiero ir. Me gustaría conocerlos a todos mejor. Veo a gente por la calle, pero no es lo mismo. Y, con la imagen que tienen de mí, siempre me miran con recelo. Ir al baile me daría la oportunidad de demostrarles que soy un hombre normal, como los demás, como ellos; que quiero formar parte de la comunidad.

—Veloz, ¿un hombre normal? Me lo pensaré —dijo finalmente.

—Piénsalo de verdad, Amy. Simplemente se trata de un estúpido acto social. Si no te gusta, no tendrás que ir nunca más.

Amy le dio mil vueltas al asunto durante tres días, indecisa sobre si acudir a aquella cita o no, con el corazón en un puño cada vez que se imaginaba a sí misma bailando con Veloz. A lo largo de toda su vida adulta, jamás había ido a un baile de verdad y solo de pensarlo el estómago se le llenaba de mariposas revoloteando. ¿Y qué pasaría si ella decidiese ir finalmente y Veloz no aparecía? ¿O qué sucedería si ella no iba y él sí? Quizá se tendría que quedar allí de pie, solo, tratando de evitar a toda la gente del pueblo. O quizá conocería a otra mujer…

Aquel pensamiento la aterró, aunque no quiso reflexionar en el porqué. Si conociese a alguien, las cosas serían mucho más fáciles para ella, ¿no? Finalmente, decidió acudir a Loretta en busca de consejo y esta abrió inmediatamente el armario para buscar un vestido para Amy.

—¡Este es perfecto! —gritó Loretta, bailando con un vestido de seda azul ante ella por toda la habitación—. Es justo del color de tus ojos, Amelia Rose. Con tan solo verte, Veloz pensará que ha muerto y que ha entrado directamente en el paraíso.

—Pero, Loretta… —Amy señaló el llamativo escote del vestido—. No puedo ponerme eso. Es precioso, pero sencillamente… no es para mí.

—Santo Cielo, Amy, ¿crees que Veloz no sabe que tienes dos pechos? Este vestido es muy modesto en comparación con la mayoría de los que se llevan ahora. Sé un poco atrevida por una vez en tu vida. Te echaré una mano con el pelo. Estarás tan hermosa. Y ¿sabes qué? Apuesto lo que quieras a que pagará una fortuna para comprar tu cesta con la cena para poder comer contigo.

—No pienso llevar ninguna cesta a la puja.

—Pero, Amy, todas las mujeres solteras la llevan. O preparas una tú misma, o lo haré yo. ¿Quieres que él compre la de otra mujer?

—Nunca he ido a un acto social como este antes y sobra decir que jamás he llevado una cesta para la puja. Y no pienso hacerlo ahora. Es totalmente inaceptable que las mujeres permitan que los hombres pujen por su compañía.

Amy arrugó la nariz.

—Lo que pasa es que tienes miedo de que otro hombre que no sea Veloz compre tu cesta.

—A lo mejor tampoco quiero ni que él lo haga. Si paso la tarde con un caballero, quiero que sea porque yo lo he querido así, no porque él haya pagado cinco dólares que le han costado sudor y lágrimas ganar. Me sentiría obligada a pasar la tarde entera con él solo por eso.

—Vamos, Amy, ¿qué haría Veloz si te marchas antes? Me gustaría que esa tarde fuera todo bien para él. ¿Por qué no vamos todos? Lleva una cesta para la puja. Veloz estará hambriento después de todo un día de trabajo.

—Puedo preparar una cesta y no someterla a subasta —le recordó Amy, tratando de alisar las arrugas del vuelo del vestido.

—¿Y qué gracia tenía eso? No eres una vieja y aburrida mujer casada como yo. Se supone que tiene que ser emocionante ver cómo un hombre se deja un riñón en una cesta de comida para pasar una noche contigo.

—Pregúntale a May Belle la de la taberna, a ver lo emocionante que es.

—Dios mío, Amy, qué mente más retorcida. ¿Cómo puedes comparar la puja de un par de cestas de comida con la profesión de May Belle?

—Porque una puja de cestas es lo mismo. ¿Crees que esos hombres las compran solo para sentarse y comer tranquilamente lo que hay dentro? Si quisieran, podrían comer la comida de sus madres.

Loretta se rio.

—Supongo que tienes algo de razón. Ahora que lo pienso, creo recordar a Cazador engullendo con rapidez los primeros platos y luego mirándome como si yo fuese el postre.

Amy también se rio.

—Ponte este vestido el sábado por la noche y verás como quiere tomarse el postre antes de la cena.

Loretta se puso colorada.

—Con dos niños en el salón, solemos tomar el postre mucho después de la cena, eso te lo aseguro. —Al instante, emitió un suspiro nostálgico, pasando los dedos con suavidad por encima del vestido de seda.

—Oh, Amy, ojalá aceptases llevar la cesta y dejar que Veloz pujase por ella. Hasta ahora, te has estado perdiendo todo lo divertido, ¿sabes?

—Con todos mis respetos, Loretta, pero tener a un hombre delante mordisqueando un muslo de pollo sin quitarme un ojo de encima no es precisamente mi idea de diversión. No quiero que se pague dinero por mí y punto.

—Está bien, pero ¿te llevarás al menos el vestido?

Amy se mordisqueó el labio, pasando la mano delicadamente por una de las mangas.

—Es maravilloso, ¿verdad?

—Y perfecto para ti.

—Y, si yo me pongo esto, ¿tú que te pondrás?

—Mi vestido de seda rosa. Es el favorito de Cazador. —Loretta le puso el vestido a Amy en los brazos—. Llévatelo.

—Ni siquiera estoy segura de querer ir.

—Si no vas, te voy a despellejar viva.

—¿Y si el viudo señor Black me pide un baile?

Loretta se estremeció.

—Dile que no bailas. No es una mentira. Excepto aquí, en casa, nunca te he visto mover las caderas.

El sábado por la mañana, Amy se adentró en el corral que había en la parte trasera de la casa de Loretta y trató de coger una gallina. Como eran Cazador y Chase los que lo hacían normalmente, no tenía demasiada práctica. Su falda larga complicaba la tarea aún más, haciéndole ir más despacio y asustando a las gallinas. Antes de que se pudiera dar cuenta, ya se había quedado sin respiración y estaba empapada de sudor. Hasta se le había deshecho la trenza y se le había clavado una piedra en el zapato. Pero, por encima de todo, estaba muy disgustada.

Odiaba la idea de tener que retorcerle el cuello y cortarle la cabeza a aquel animal. Desde lo que le había sucedido con los comancheros años atrás, tenía una absoluta aversión a la violencia, incluso aunque se tratara de una necesidad doméstica. Pobres gallinas indefensas. Había comido más de las que tenía ahora delante pero, cuando lo había hecho, se había prometido no pensar en la procedencia de aquella carne de ave.

—Venid aquí, pitas, pitas, pitas —las llamó, con la esperanza de agarrar a una gallina de hermoso plumaje que no estaba demostrando demasiado entusiasmo por querer acabar en la cazuela—. Ven, gallinita mía. Ven aquí con Amy.

—No creo que le caigas bien —dijo alguien con voz grave.

Amy se enderezó y se dio la vuelta de repente, llevándose las manos a la cabeza.

—¡Veloz! Pensé que estabas en la mina.

—Y lo estaba. Pero tengo que ir a la tienda para comprar una camisa nueva, así que he salido antes del trabajo.

Lo único en lo que Amy podía pensar en aquel momento era en por qué querría él gastarse dinero en otra camisa. Con la negra que llevaba puesta, desabotonada hasta la mitad del pecho y con las mangas dobladas hasta los antebrazos, parecía el hombre más guapo y atractivo que había visto en su vida.

—Amy, a no ser que pretendas acabar hecha una piltrafa,

¿qué es lo que intentas en realidad? —Veloz la siguió con los ojos desde su trenza deshecha hasta el dobladillo, ahora sucio.

—Necesito una gallina para mi cesta de la cena. —Le ardían las mejillas, no quería que Veloz supiera nada—. Para que te enteres, no es para la puja. Simplemente es para llevarla conmigo, por si me entra hambre.

Veloz no dejaba de mirarle el cabello, haciéndole sentirse inquieta y con ganas de recolocarse la trenza. Cuanto más la movía y recolocaba en su sitio, más suelta se quedaba. Finalmente, decidió dejarla tal y como estaba, consciente de que él la estaba observando con manifiesta curiosidad. Probablemente por lo estúpida que parecía.

—Así que vas a ir a la fiesta después de todo, ¿verdad?

—Pensé que podría ir un rato y ver cómo es.

—Estoy orgulloso de ti, Amy. Sé que no es precisamente una prioridad en tu vida. —Se quedó mirando el corral—. Si quieres, puedo atrapar yo la gallina.

—No. —Si iba a ser él quien la acompañase en la cena, no le parecía oportuno que la ayudase a prepararla—. Quiero decir, no te preocupes. Puedo hacerlo. De hecho, me estoy divirtiendo.

—Estás hecha un desastre. —Se quitó el sombrero y lo dejó sobre una de las pilas de madera. Remangándose todavía más, se fijó en una gallina de las gordas—. Hay un truco para atrapar a las gallinas, ¿sabes?

—¿Ah, sí?

Caminó despacio a través del corral, serpenteando los dedos como si estuviera echando semillas al suelo. Todas las gallinas se pusieron de repente alrededor de él.

—Las mujeres son iguales. Si las persigues, corren; así que lo mejor es dejarlas —se inclinó con delicadeza hacia un lado, con la mano abierta— que te persigan a ti, hasta atraparlas.

—Y con esas palabras, trató de atrapar a la gallina, falló en su intento y se cayó directamente en el barro.

—Vaya, es el truco más ingenioso que he visto nunca —dijo Amy con un sonrisita—. ¡Caramba, caramba! Me imagino que un hombre tan listo como tú tiene que tener a miles de mujeres comiendo de su mano.

Él la miró por el rabillo del ojo.

—Lo cierto es que, últimamente, la suerte no me acompaña demasiado en ese aspecto.

Amy soltó una última carcajada y centró su atención de nuevo en las gallinas. Veloz se unió a ella. Sin apenas darse cuenta, los dos estaban corriendo por todo el corral, riéndose como locos, con las gallinas saltando de un lado para otro, haciendo que la caza fuese divertida. Cuando se quedaron sin aliento, Veloz se tumbó en uno de los bloques de madera, con los brazos alrededor de las rodillas. Sonrió mientras la miraba.

—¿Perseguirías a una vaca?

Amy se agarró el estómago, dolorido de tanto reír, y sonrió de nuevo.

—¿Una vaca? Necesitaría una cesta demasiado grande. Y dudo de que una vaca sea fácil de atrapar.

—Al menos podría dispararle. Si le pego un tiro a una de esas gallinas, no creo que quede demasiado de ella para comer.

La puerta trasera se cerró dando un golpe. Amy se dio la vuelta y vio a Loretta un tanto encorvada, con las manos apoyadas en las caderas y unos ojos brillantes que reflejaban el sol de octubre que se colaba por entre los árboles.

—Esas gallinas no me van a dar huevos durante semanas si vosotros dos seguís persiguiéndolas así.

Veloz señaló con la mano a los animales.

—Está bien, pues entonces ven tú aquí y cógenos una, Loretta Jane.

—Para eso primero hay que ponerlas en el corral, señor López. Ya veo que no tienes ni idea sobre lo que se cuece en una granja. Y Amy no asoma la nariz fuera de un libro, al menos no lo suficiente como para preocuparse por lo que sucede a su alrededor. ¿Cómo os las vais a arreglar vosotros dos solos? —Loretta se agarró el mandil y bajó las escaleras—. ¿Veis? Me siguen derechitas hasta adentro.

Veloz arqueó una ceja.

—Yo no tengo mandil.

—Lo que no tienes es sentido común, eso es lo que a ti te falta. ¡Anda que perseguir a las gallinas hasta que pierdan todas las plumas!

Algo después, Loretta salió del gallinero, sujetando por el pescuezo a una frenética gallina que se debatía a graznidos. Se dirigió hacia Veloz y le dio la gallina. Él se levantó del tronco en el que estaba sentado y se puso de pie, con la gallina en las manos.

—¿Y ahora qué?

—Retuércele el pescuezo.

Veloz miró a Amy y no había ninguna duda: era imposible pasar por alto la pena que se reflejaba en sus ojos al ver a aquel animal chillando y moviéndose. Había visto el proceso miles de veces y sabía cómo hacerlo: con un movimiento rápido y seco. El cuello de la gallina parecía cálido y frágil entre los dedos de Veloz. Sabía perfectamente que podía retorcerlo cuando quisiera, ágil y fácilmente. Sin embargo, ¿cómo se iba a atrever a hacerlo con Amy allí, mirándolo?

Lo único que podía imaginar en aquellos momentos era la voz de Amy reprochándoselo la próxima vez que se encontraran, temblando de miedo, llamándole comanchero inútil, pistolero y asesino de gallinas.

—¿Lo vas a hacer o no? —le preguntó Loretta.

Veloz sabía que Amy tenía los ojos fijos en él. Esos enormes ojos azules, llenos de preocupación. Él la volvió a mirar. Se estaba mordiendo el labio. Comenzó a sentirse bastante estúpido, allí de pie, sujetando a una gallina desesperada, moviendo el brazo de arriba abajo mientras dos mujeres lo observaban, una con terror, la otra con impaciencia. A lo largo de toda su vida, había arrancado cabelleras, preparado el cuero, destripado búfalos y mutilado a ciervos, osos, lobos y todo tipo de criaturas vivientes. Matar a una gallina sin cerebro tendría que ser fácil.

—Mejor vayamos a dispararle a una vaca.

Amy no daba crédito a lo que veían sus ojos y cogió la gallina.

—Dios Santo, Veloz, creo que con todo lo que has hecho, matar a una gallina debería ser pan comido.

¿Acaso no era ese el problema? No necesitaba que nadie más se lo repitiese.

—Nunca le he retorcido el pescuezo a una pobre ave.

Amy se inclinó ligeramente, preparándose para girar el brazo. Sin embargo, miró después a la pobre gallina y se le quitaron las ganas.

—Oh, vamos, ¡por el amor de Dios! —Loretta les pidió que le dieran la gallina, con las mejillas coloradas por la indignación que sentía—. Con todo el pollo que comes, Amelia Rose, creo que deberías ser un poco menos delicada.

Amy se echó hacia atrás, arrugando la nariz, abrazándose a la altura del vientre. Loretta se preparó para hacer un buen giro con el brazo, a continuación dudó por un instante y clavó sus grandes ojos azules primero en Amy y después en la incansable gallina.

—¡Por todos los demonios! No podemos matar a esta gallina. Es Henrietta. Va a ser una de mis mejores ponedoras. Cazador me perseguiría hasta la muerte.

Veloz soltó una carcajada.

—Creo que nos quedamos con la vaca.

Loretta liberó a la gallina y la espantó con el mandil.

—¿Qué tal jamón? ¿Te gusta el jamón, Veloz?

—No es para mí. Es para la cesta de la cena de Amy. —Veloz le guiñó el ojo a Loretta con cuidado—. ¿Tú qué opinas, Amy? ¿Servirá el jamón?

Al recordar la primera noche de Veloz en Tierra de Lobos y el gran trozo de jamón que él había dejado encima del plato, Amy lo miró con ojos inquisidores.

—Pues… esto, ¿a ti…? Es decir, si fueras un hombre, ¿qué te gustaría más, el pollo o el jamón?

Veloz arqueó una ceja.

—¿Un hombre?

Ella se sonrojó.

—Bueno, claro, tú eres un hombre, Veloz. Quería decir un hombre que fuese a cenar en un acto social del pueblo. ¿Qué preferirías, pollo o jamón?

—Supongo que cualquiera de los dos. A no ser, claro está, que tuviera que matar a la gallina. Si ese fuera el caso, entonces me decantaría por el jamón sin dudarlo.

Capítulo 11

$\mathcal{A}$my se sentía como un lomo embuchado en el vestido de seda azul. Loretta había insistido en que llevase corsé, lo que había distribuido sus curvas por lugares que nunca pensó que tuviese. El sonido de los violines se le clavaba en las sienes, y un retumbo de pies producía vibraciones por el suelo del salón comunitario. Amy deseaba estar en casa, en la tranquilidad de su hogar y con la certeza de saber lo que ocurriría después.

—Él vendrá —aseguró Loretta inclinándose sobre ella para que pudiera oírla—. Él y Cazador deben de haber trabajado hasta tarde. Seguro que ya están en casa, lavándose.

Amy se mordió el labio.

—Creo que me voy a casa. No es tan divertido como pensaba.

Loretta la cogió por la muñeca.

—De eso nada.

Índigo pasó ante ellas dando vueltas, un poquito demasiado abrazada a su pareja de baile, con unos zapatos negros de tacón que relucían debajo de su vestido rosa. Loretta siguió a su hija con la mirada.

Con un suspiro, soltó a Amy del brazo y dijo:

—Qué desperdicio que lleve ese vestido para tipos como ese.

Amy estudió a Brandon Marshall, el compañero de Índigo. Era un rubio alto de ojos azules y vivarachos, el sueño perfecto de cualquier chica. Guapo, bien vestido y sofisticado. Podía entender por qué Índigo lo miraba con ojos soñadores y por qué Loretta estaba tan preocupada. Brandon Marshall parecía tener unos veinte años, demasiado mayor para cortejar a Índigo.

—No pude hablar con ella esa noche, cuando fui a buscarla —admitió Amy—. Y luego, he estado tan liada con mis propios...

Loretta perdió a su hija en el bullicio de los bailarines.

—No pasa nada —le dedicó una sonrisa—. Algunas veces me olvido de que aquellos a los que quiero deben también vivir sus propias experiencias. No puedo prohibirle nada. Sería un error. —La mirada de Loretta pasó de los bailarines a Amy—. Ya lo hice contigo también, ¿sabes?

A Amy se le encogió el corazón al ver la cara de tristeza de Loretta.

—No seas boba, Loretta Jones. Fuiste maravillosa conmigo.

—¿Lo fui? Mírate, aterrorizada por un estúpido acto social.

Amy entornó los ojos.

—Creo que el término «aterrorizada» es un poco exagerado. No todo el mundo se divierte con estas tonterías.

—Veamos cómo te sientes cuando llegue Veloz.

—Quizá ha pensado que todo el mundo iba a observarlo.

—Amy, se compró una camisa nueva para esta noche. Desde luego que vendrá. Relájate, ¿quieres?

—¿Por eso se compró una camisa nueva? ¿Para esta noche?

Loretta sonrió.

—¿Por qué si no iba a comprarse una camisa nueva?

El viudo señor Black se acercó. Amy se sintió como un insecto clavado con un alfiler a un panel al ver cómo la miraba. Deseó ponerse el chal y desvió la mirada hacia el perchero que había junto a la puerta, tentada de ir a cogerlo.

—Señorita Amy, no suele usted honrarnos con su presencia en este tipo de eventos. ¿Me concede este baile?

—Yo no bailo —contestó Amy suavemente, tratando de no ofenderle. Además de ser el juez, el señor Black era carpintero y formaba parte del comité del colegio—. Me gusta mirar, simplemente.

Su rostro demacrado forzó una sonrisa.

—He visto que trae usted una cesta. Desde luego, pujaré por ella. —Su mirada descendió hasta el pecho de Amy.

—Creo que no ha leído bien la etiqueta. No es una cesta para la puja.

Loretta se acercó a un grupo de mujeres. Amy la siguió con

la mirada. Su prima sabía lo mucho que le desagradaba el señor Black. Tenía unos ojos de sapo que la hacían sentir como una mosca a punto de ser comida.

—He oído que tiene un nuevo alumno, el señor López, el pistolero. Me lo han dicho algunas madres preocupadas en la última reunión. Y me alegra saber que ha empezado a darle clases después del colegio. Es raro que un pistolero asista a clase. Por supuesto, con una maestra tan bonita como usted, hasta yo iría a que me refrescara el alfabeto también.

Amy tragó saliva, empezaba a perder la paciencia.

Loretta volvió y tomó parte en la conversación.

—El señor López es un amigo de la familia, en realidad es casi como un hermano. Ahora trabaja en la mina, por lo que Amy le está dando clases todos los días.

—En privado, entiendo. —El señor Black levantó una ceja, como si de algún modo le pareciera inadecuado.

Amy se movió nerviosa. ¿Les habría visto alguien caminar por el bosque durante la noche? Le dolía el estómago. Su trabajo era su independencia.

—Darle clases en privado es la única forma, señor Black. Estoy segura de que no querrá negarle al hombre una educación.

—Desde luego que no quiere. —Loretta sonrió, como si Black acabase de anunciar que la Segunda Venida era inminente—. El señor Black pertenece al comité de la escuela. La educación para todos es su misión. ¿Me equivoco, caballero? Apuesto a que le complace ver tu dedicación, Amy.

Black resopló lleno de orgullo.

—Desde luego que sí. —Colocó su mano fría en el hombro desnudo de Amy—. Soy ciertamente un admirador de esta jovencita. Es una excelente maestra.

Amy hubiese deseado apartarse. Él le pasó los dedos por la piel, unos dedos fríos y húmedos. Mirándolo de reojo, se preguntó cómo reaccionaría si le diese un manotazo para apartarle la mano.

Los violines dejaron de sonar, y toda la atención fue a parar a la parte delantera del salón. El señor Black se tomó aún más libertades con el dedo. ¿Estaba animándolo ella para que se quedara? Y lo cierto es que, aparentemente, la mano en su hombro era de lo más inocente.

Randall Hamstead, que era el dueño de la tienda de textiles, se subió al escenario con una cesta de comida en alto.

Loretta se acercó a Amy.

—Te apuesto la paga en huevos de la próxima semana a que a él no le han dado el té de boñiga de oveja de su madre.

Amy empezó a reír y después se quedó helada, la vista fija en la cesta de mimbre azul que Hamstead tenía en la mano. Miró horrorizada a Loretta y después miró al perchero. Su cesta no estaba donde ella la había dejado.

Al descubrir donde tenía Amy puesta su atención, Loretta hizo un pequeño sonido de exasperación.

—Deberían de estar ya aquí.

—Loretta Jane... —Amy se olvidó por completo de los dedos del señor Black y se agitó nerviosamente bajo su mano—. ¿Dónde diablos has ido y qué es lo que has hecho?

Al verse descubierta, sus ojos se desviaron hacia los platos puestos para la cena.

—No era mi intención molestarte, Amy. Todo esto lo hago para que nos divirtamos. Veloz dijo que vendría.

A Amy le dieron ganas de dar un buen azote a su prima.

—Loretta Jane, ¿cómo has podido? ¡Es un truco de lo más sucio y ruin!

Loretta echó un vistazo a la puerta.

—¿Dónde se han metido estos hombres?

—Atención, señores —exclamó Hamstead—, empezamos con un premio. Jamón, ensalada de patatas, pan y pastel de manzana.

—¡Al grano! —gritó un hombre. Algunos hombres que había a su lado se rieron y le palmearon en la espalda.

El señor Hamstead rio.

—Esta cesta pertenece a... —leyó la etiqueta y parpadeó—. La señorita Amy, nuestra maestra.

Como Amy no había asistido nunca a un acto social, y mucho menos participado en una puja de cestas, varios de los solteros ulularon entusiasmados y se acercaron al escenario.

—Siete dólares —gritó alguien.

A Amy se le encogió el estómago. ¿Siete dólares? Era vergonzoso.

—Ocho —dijo otra voz.

—Diez. Un hombre no puede escatimar en una mujer que puede enseñarle el alfabeto.

Amy dirigió otra mirada de terror a Loretta. Los ojos de su prima se hicieron aún más redondos.

—No es culpa mía. Deberían haber llegado ya.

—¿Que no es culpa tuya? —gritó Amy—. Me robaste la cesta y la pusiste en la puja, ¿y dices que no es culpa tuya?

—Once dólares —gritó alguien.

El señor Black rugió.

—Quince dólares. Veamos si puedes superar eso.

Amy miró al señor Black de refilón, resignada a su sino. El señor Hamstead gritó.

—Quince dólares. Quince. ¿Quién da más? Quince a la una, quince a las dos...

—Cien dólares —dijo una voz profunda.

Se oyó un murmullo de admiración entre la audiencia. Amy sintió que iba a desmayarse. ¿Cien dólares? Al mirar hacia la puerta vio a Veloz en el vestíbulo, con Cazador y Chase detrás. Llevaba una camisa azul claro que pronunciaba sus anchos hombros y sus musculosos brazos, un color que contrastaba con la oscuridad de su piel. A Amy se le aceleró el pulso con solo mirarlo. Él avanzó por la sala, alto y seguro de sí mismo, quitándose el sombrero con una floritura que solo Veloz podía hacer de manera airosa. Colgando el sombrero en una percha contigua a donde ella tenía el chal, se detuvo para observar a los que lo rodeaban, hasta que fijó la mirada justo en ella. Un mechón rebelde de pelo negro le caía por la frente.

—¿Perdóneme, señor? ¿Ha dicho cien dólares?

—Así es, cien. —Veloz se abrió paso entre la gente y puso una talega de piezas de oro en la mesa. Después se dio la vuelta y miró a Amy, como hicieron todos los demás que había en la sala. Cien dólares era una barbaridad de dinero para que un hombre se lo gastase en una cesta, era una locura, casi embarazoso. Las malas lenguas lo comentarían durante años. Si la May Belle de la taberna hubiese sacado su negocio a la calle, no habría conseguido más murmuraciones.

El señor Hamstead parecía tan impresionado que se apresuró a decir:

—Cien a la una, cien a las dos, adjudicada.

Un hombre podía asistir a todos los eventos sociales y comprar cestas durante cinco años con cien dólares. Hamstead le dio la cesta a Veloz, ganador indiscutible.

Loretta empujó a Amy hacia delante.

—Vamos, boba. ¿Cuánto tiempo crees que va a estar ahí de pie esperándote?

Amy no sentía los pies. Caminó hacia Veloz, con el vestido de seda haciendo frufrú a cada paso y las mejillas coloradas al sentir su mirada. A diferencia del señor Black, Veloz no le miraba al escote. Nunca dejó de mirarle a los ojos.

Cuando llegó por fin hasta Veloz, él le ofreció el brazo, con una chispa de posesividad en los ojos difícil de obviar. Amy sabía que todos los que estaban en el salón tenían la mirada puesta en ellos. La señorita Amy y ese hombre. Casi podía oírlos.

Se agarró a su brazo. Pensarían que estaba tonteando con él. Perdería su salario, su independencia. ¿Adónde la conduciría esto? A buscar a un hombre que pudiera cuidar de ella, como todas las demás estúpidas del pueblo, allí es a donde la conduciría todo esto.

El brazo de Veloz era duro como una roca, tenía la tela de la manga ligeramente húmeda y caliente. Sabía que se había lavado y se había puesto rápidamente la camisa, cuando aún estaba mojado, para llegar allí. Mientras se abría paso entre la gente, Amy bajó la cabeza, ruborizada.

—¿Cien dólares, Veloz? ¿Por qué has hecho algo tan extravagante? Vas a arruinar mi reputación.

—¿Arruinar tu reputación? —Se puso tenso—. ¿Arruinar tu reputación, dices? Es un honor para ti que haya ofrecido cien dólares. Cazador dice que nunca nadie había pagado tanto dinero.

Entonces Amy lo entendió. Los comanches mostraban consideración por sus esposas según el precio nupcial que pagasen. Cuantos más caballos dejasen frente a la tienda de su futuro suegro, mayor sería el honor. Veloz había visto la puja como una manera de expresar la alta consideración que le tenía. Y lo había hecho. De forma irrevocable.

—Ay, Veloz, tú no lo entiendes. La gente pensará que hay algo entre nosotros. Se preguntarán qué es lo que vas a obtener de mí después de pagar cien dólares, ¿no lo ves?

Él se detuvo en el perchero para coger el chal y después se lo colocó sobre los hombros. Sus ojos oscuros chisporroteaban al mirarla.

—¿Qué es lo que voy a conseguir? ¿Una reprimenda? Eres la mujer más hermosa del pueblo. Si no sonríes, iré allí y pondré otros cien sobre la mesa.

—¿Dónde has conseguido tanto dinero? —gimió ella—. No lo habrás robado, ¿verdad?

—Yo no robo dinero a la gente. —Se ajustó el sombrero, la cogió del brazo y la llevó hasta la puerta—. Lo conseguí honradamente.

—¿Cómo?

—Vendiendo caballos y vacas. Cuando dejé la reserva, planeaba empezar con una finca. Trabajé y ahorré dinero. —Bajó la mirada—. El plan se vino abajo. Nunca gasté ese dinero.

Al adentrarse en la noche, un aire frío envolvió a Amy. Respiró hondo, contenta de estar lejos de todas esas miradas suspicaces.

—Gracias a Dios. Odiaría pensar que compraste mi cesta con dinero fraudulento. —Le dirigió una mirada de soslayo, tratando de ver algo con ayuda de la luz que provenía del edificio—. ¿Dónde conseguiste todos esos caballos y vacas?

—Mira por dónde pisas.

Amy no veía nada, pero estaba acostumbrada a que fuera así en la oscuridad. Entonces tropezó.

—¿Me vas a contestar o no?

—Cuidado, Amy. —La atrajo hacia él.

—¡Por todos los diablos! ¿Los robaste, verdad?

—No digas palabrotas. ¿Quieres que te lave la boca con jabón? —Ladeó la cabeza, con el rostro ensombrecido por el ala del sombrero—. ¿Dónde quieres comer?

Amy entornó los ojos.

—¿Cuánto dinero tienes, Veloz?

—Amy, si vas a colgarme por robar ganado, tendrás que colgar a todos los hombres de Texas. Esas vacas que vendí han pasado Río tantas veces que no necesitan ni que las guíen.

—¿Cómo es eso?

—Los tejanos roban a los mexicanos y viceversa. Las vacas aprenden el camino muy rápido. —La condujo junto a un gran roble—. No te enfades. Antes de que yo las robase, esos caballos y esas vacas ya habían sido robados. Hoy es una noche especial. Incluso me he comprado una camisa nueva.

—¿Cuánto dinero fraudulento te queda todavía, Veloz?

Él puso la cesta en el suelo. A la luz de la luna, Amy vio una hoja que caía lentamente y se posaba con suavidad en los hombros de Veloz. Él se la quitó con la mano.

—El suficiente como para surtirte de pololos de encaje durante una buena temporada.

Amy sintió un cosquilleo en el cuello.

—Yo no uso calzones de encaje.

—Pues deberías. Aquel día que pusiste a secar tu ropa interior en la ventana, lo único en lo que podía pensar era en que le faltaban los encajes. —Se echó el sombrero hacia atrás y sonrió, con la luz de la luna reflejándose en sus dientes—. ¿Podrías dejar de reñirme?

—¿Qué voy a hacer si pierdo mi trabajo?

—Puedes casarte conmigo y tener hijos.

—No quiero. Quiero mi trabajo de maestra y tener mi propia vida, sin un hombre que me diga lo que tengo que hacer y cuándo.

Veloz se cruzó de brazos.

—Yo no voy a decirte lo que tienes que hacer ni cuándo tienes que hacerlo. Siéntate, Amy, para que podamos comer. —Al ver que no le obedecía, se inclinó hacia ella—. No robaré más caballos y vacas. Te lo prometo.

—Veloz, no me importa si robas. No es de mi incumbencia.

—Entonces, ¿por qué te enfadas?

—Porque gastaste ese dinero en mi cesta. Por no mencionar que gastaste demasiado. Si no pierdo mi trabajo, será de milagro.

—Te preocupas demasiado por ese trabajo.

—Ese trabajo me paga el pan y la mantequilla.

—Si lo dejas, yo te conseguiré más pan y más mantequilla de lo que puedas comer. Te pondrás gorda si te lo comes todo. Y te prometo que no te diré lo que tienes que hacer ni cuándo hacerlo. Ahora, siéntate. No he comprado la cesta para que discutamos. ¿Te gusta mi camisa?

Ella lo observó durante un momento, desilusionada al darse

cuenta de que, a pesar de haber prometido que no iba a darle órdenes, lo primero que había hecho era decirle que se sentara.

—Sí, me gusta. Te queda muy bien.

Él volvió a sonreír.

—Estás tan bonita con ese vestido que casi olvidé pujar cuando oí que decían tu nombre. ¿Quién era ese hombre que estaba de pie junto a ti?

—Gracias por el cumplido. Se llama Black y está en el comité de la escuela.

—Vaya, pues entonces ya puedo olvidarme de que vayas a quedarte sin trabajo o de que algún día tengas que venir a mí para que cuide de ti. Ese hombre está loco por ti.

Algunas otras parejas salieron del salón y fueron a sentarse bajo los árboles para comer, siguiendo su ejemplo. Amy se sentó en la hierba, con cuidado de no ensuciar el vestido de Loretta. Veloz se sentó a su lado. Ella se mordió el labio.

—Ay, Veloz, siento ser tan seca. Sé que no lo hiciste con malicia cuando pagaste tanto por la cesta.

—Pues claro que no. ¿Tengo yo la culpa de que la gente tenga ideas tan locas? —Extendió el brazo y levantó el paño que cubría la cesta—. Mmm, Amy, esto parece delicioso.

Ella se inclinó, con los ojos entrecerrados para ver mejor. El sonido de una risa flotó en la oscuridad de la noche. La risa de una mujer. A Amy se le encogió la garganta. Estaba segura de que ningún hombre había pagado cien dólares por su cesta como había sido su caso. El pobre Veloz había pagado esa fortuna y a cambio solo se llevaba una reprimenda.

—He hecho pastel de manzana. ¿Te gusta?

—Me encanta el pastel de manzana. —La miró—. Sobre todo el tuyo.

—Pero si nunca has probado el mío.

—No lo necesito.

Sintiéndose torpe y del todo fuera de lugar, Amy empezó a sacar la comida, consciente de que Veloz observaba todos sus movimientos. Comieron en silencio. Para Amy, fue uno de esos silencios incómodos, sobre todo al oír que las otras mujeres no paraban de reír y hablar. La ensalada de patatas se convirtió en una bola de enormes dimensiones en su boca.

Oyó a Elmira Johnson decir:

—¡Ah, Samuel! ¡Quita de aquí!

Veloz levantó los ojos del plato.

—Amy, ¿quieres tranquilizarte?

Ella se tragó de un golpe la ensalada, preguntándose si a él le habría sabido tan seca como a ella.

—Nunca había venido a un baile antes. Tendrías que haber comprado la cesta de Elmira para divertirte un poco.

—Suena como un pato.

Sin pensarlo, Amy se echó a reír.

—Y lo que es peor, también parece un pato. ¿Alguna vez te has dado cuenta de cómo se le infla la falda en el trasero cuando camina?

—Eso es un polisón, Veloz, y es la última moda. He oído que todas lo llevaremos dentro de un año o así. Elmira tiene una tía que viaja al extranjero.

Él arqueó una ceja.

—Ni se te ocurra ponerte uno. Cuando camina por la calle, su trasero se levanta tanto que hasta se podría poner un plato encima. —Le dirigió una sonrisa traviesa—. ¿Y quién ha dicho que tú no eres divertida? Hasta puede llegar a gustarme que me regañen si lo hace la mujer adecuada.

Se sirvió un gran trozo de pastel de manzana haciendo un ruido de apreciación.

—Amy, tienes que casarte conmigo y hacerme pastel de manzana todas las semanas. ¿Dónde aprendiste a hacer así la base?

—Mi madre. —Se le entristeció el rostro. Trató de apartar esos recuerdos—. Tenía muy buena mano con la cocina y la repostería.

Veloz limpió el plato en un tiempo récord y después se estiró sobre la hierba. Una a una, las otras parejas empezaron a regresar al salón de baile. Amy terminó de comer y volvió a poner en la cesta la comida que había sobrado, con los platos sucios encima para lavarlos más tarde. Deseó que alguna pareja se hubiese quedado fuera. En cualquier momento, sabía que Veloz podría sugerir que también ellos volviesen dentro. Y, después, querría que bailase con él.

Veloz observó a Amy con el rabillo del ojo. Los rayos de la media luna iluminaban su pequeña cara, convirtiendo sus ojos en esferas brillantes y su boca en un luminoso rubí. La diadema que llevaba en la cabeza refulgía como la plata, y los rizos que le caían por las orejas y la nuca eran una tentación. Ella tenía la mano colocada sobre su falda, y sus dedos delgados se movían al compás de la música. Era tan hermosa que Veloz deseó acercarse a ella, sentir su calidez, oler su dulce perfume.

—¿Te parece bien que entremos y bailemos? —preguntó él, haciendo un gesto hacia la luz que salía del salón. Una línea de bailarines pasó ante la puerta, golpeando el suelo con las botas y las faldas arremolinándose—. Parece que se lo están pasando bien.

—Ah, no, no sé. —Incluso con la escasa luz, él pudo ver el sonrojo en sus mejillas—. Me basta con escuchar. —Dirigió la mirada hacia un carruaje cercano y el grupo de caballos que lo conducía—. Mira ese viejo caballo. Apuesto a que está siguiendo el ritmo de la música con las pezuñas delanteras.

Veloz se tumbó de costado, sujetándose la cabeza con la mano. Tenía la sensación de que Amy se había pasado la vida limitándose a escuchar. Por la forma en que se movía, sospechó que le habría gustado hacer mucho más. Imaginó que a su edad, debía de ser muy embarazoso estrenar su primer baile frente a medio pueblo.

—¿Sabes? Siempre quise que una dama me enseñase a bailar. —No era mentira. Las únicas mujeres con las que Veloz había bailado no eran damas—. ¿Podrías hacerlo, Amy?

—Sé un poco, pero no lo suficiente como para enseñarte.

—¿Puedes enseñarme ese poco que sabes?

Ella fijó la vista en dirección al salón.

—Todo el mundo nos mirará.

—Allí no. —Se puso en pie—. Vamos. Será divertido.

Sin estar del todo segura, tomó su mano y dejó que la ayudase a levantarse, lejos de las sombras del árbol y justo bajo la luz de la luna. Él le quitó el chal de los hombros y lo puso junto a la cesta.

Con el ceño fruncido, le miró los pies, concentrada.

—Espero no enseñarte mal. O lo que es aún peor, espero no meter un pie en un agujero y caerme. —Se movió hacia un lado, mordiéndose el labio—. ¿Puedes al menos verme?

—Te veo perfectamente. ¿Y tú a mí?

—Digamos que no lo suficiente como para leer los titulares si fueras un periódico.

Veloz contuvo una carcajada. Había bailado prácticamente en todos los salones de Texas y, fuera cual fuera el paso que Amy estuviese tratando de dar, nunca lo había visto de esa manera. Ella suspiró.

—Me temo que no soy muy buena enseñando a nadie. —Se desplazó con gracia hacia su izquierda. Veloz la siguió y ella se rio—. Creo que esa es la parte de la dama.

La música se detuvo. Ella se quedó de pie ante él, con los brazos separados del cuerpo, a la espera. Después se oyó el son cadencioso de un vals. Veloz dio un paso hacia delante y colocó la palma de la mano en la cintura de ella, buscándole la mano. Ella se tensó al sentir la manera tan próxima como la cogía.

—Relájate, Amy, y sígueme.

Cuando él la hizo girar, ella miró preocupada por encima de su hombro para tratar de ver el suelo oscuro.

—Yo veo bien. Ponme la mano en el hombro.

Ella lo hizo y echó atrás la cabeza para verle la cara.

—¡Veloz, bailas muy bien! ¿Dónde aprendiste?

—Tú eres como el aire en mis brazos —susurró, atrayéndola hacia él—. Cierra los ojos, Amy. Deja que la música te lleve.

Ella cerró los ojos, juntando las pestañas, y una expresión extasiada inundó su rostro. Veloz la imaginó debajo de él con una expresión similar y perdió el paso. Amy, inexperta como era, no notó nada. A Veloz se le encogió el corazón. En muchas cosas, ella era aún una niña. Hubiese querido poder tenerla entre sus brazos para siempre.

El vals terminó, pero Veloz siguió bailando. Amy era la única música que necesitaba. Entonces empezó otro vals.

—Me siento como si volara —susurró ella, con los ojos aún cerrados—. ¡Ay, Veloz, es maravilloso!

Quería besarla. Lo quería tanto que le dolía. Quería llevarla entre las sombras y bajarle el vestido de seda por los brazos, sentir la calidez de su piel, oírle decir lo maravilloso que él la hacía sentir. Quería convertir sus pesadillas en sueños, hacer que su ayer fuera un recuerdo enterrado, construirle una vida llena de amor y de risas. Quería sentir cómo su vientre crecía con un hijo suyo, ver cómo la cabeza morena de ese niño se dormía en su pecho, ver el amor que sabía que ella sentía reflejado en sus ojos. Lo quería más que nada en el mundo. Hasta el momento, parecía que nadie lo había seguido hasta Oregón. Había hecho lo que parecía imposible y había escapado de su pasado. Ahora tenía que ayudar a Amy a escapar del suyo, para que pudieran construir un futuro entre los dos.

Pero en este momento, la noche era de Amy. Para que bailase, ya que nunca antes lo había hecho. Para que riese, ya que lo hacía con tan poca frecuencia. Este era su regalo, ya que para todo lo demás aún no estaba lista. Y si no llegase a estar lista nunca para lo otro, Veloz sabía que cogería lo que ella pudiera darle, aunque solo fuese una sonrisa, porque un pedacito de Amy valía más que mil mujeres dándole todo lo demás.

La amaba. Había amado a la niña delgaducha que fue hace quince años, amaba a la hermosa mujer que era hoy y amaría a la anciana con arrugas que sería. Sencillamente, porque la esencia de Amy iba más allá de su físico. Amy era su sol. La única alegría perfecta que había tenido en la vida y a la que había perdido durante tanto tiempo. Ahora que la había vuelto a encontrar, no podía imaginar la vida sin ella.

Capítulo 12

$\mathcal{A}$my no creyó que nada pudiese estropear esa noche. Bailar. Bailar de verdad. Poco importaba que estuviesen girando bajo el roble, solos los dos. No necesitaba observadores para hacerlo oficial. Un hombre la llevaba en brazos y ella lucía un hermoso vestido de seda, alzándose en un vals. Era más de lo que nunca hubiese soñado. Quería bailar y bailar y bailar, hasta que la luna dejara de verse y el amanecer iluminara el cielo.

Con la vista puesta en el rostro oscuro de Veloz, decidió que era el hombre más guapo del mundo. Pensar que había sido él quien le había comprado la cesta. Y por la escandalosa cifra de cien dólares. Se sentía flotando. Maravillosamente bien. Era una noche mágica, Veloz era mágico, todo era mágico.

Incluso había dejado de importarle que hubiese ganado los cien dólares robando. Criado como comanche, Veloz había crecido aprendiendo a ser un ladrón de caballos. El hecho de que hubiese aprendido este oficio tan bien no debería sorprenderla. Su promesa de que no volvería a robar le permitía a Amy olvidar que lo había hecho.

Cuando notó una punzada en el costado, intentó no hacerle caso. Esta era una noche única en su vida y quería disfrutarla al máximo. Cuando Veloz aminoró el ritmo y la balanceó contra su pecho, ella intentó protestar, pero no tuvo fuerzas para hacerlo.

—Estás cansada.

—Ah, Veloz, ¿tenemos que parar? Me siento tan bien.

—Habrá otras noches, Amy.

Él bajó la cabeza. Amy se dio cuenta demasiado tarde de que se había derretido contra él como una bola de mantequilla en una galleta caliente. La sensación de magia se rompió. Solo por unos minutos, había caído bajo su hechizo, como lo había hecho muchos años atrás, olvidando su pasado, olvidando que era una mujer en un mundo en el que los hombres tenían todo el poder. Pero nadie podía quedarse para siempre en un mundo de ensueño.

Ella echó la cara hacia atrás, asustada por el brillo que vio en sus ojos y la firmeza de su brazo rodeándola, atrayéndola hacia él, lo que ponía de manifiesto su deseo, incluso a través de las capas de tela vaquera, seda y muselina. Aunque la noche la cegaba, la luz de la luna iluminó la cara de él, mostrando la dureza de su rostro, la sonrisa determinada de su boca, la suave línea de su nariz. Amy había visto esa mirada en la cara de los hombres antes, pero nunca en la de Veloz.

Su pasión se habían enardecido al bailar con ella. Y, cuando a los hombres les sucedía esto, afloraba el animal que había en ellos. Ella podía oler el cambio en él, ver la capa de sudor que cubría su cara, oír la respiración rápida e impaciente. De repente se dio cuenta de que estaba de pie entre ella y el salón comunitario.

Él le pasó el brazo por el cuello y soltó la mano para ponérsela en la cintura. Pero no se detuvo allí. Mientras la reclamaba con los labios, hizo descender la mano por sus costillas, tanteándola con los dedos, frustrado al encontrar la red de huesos de ballena del corpiño de Loretta. Detuvo la mano en la suavidad de sus pechos, que se hinchaban bajo el corsé, cubiertos con la tela difusa de su combinación y la seda del vestido.

Amy hizo un movimiento brusco. El calor de la mano de Veloz le quemaba. Cuando ella gimió, él le metió su lengua, caliente y sedosa, en la boca, invadiéndola con un ritmo que ella conocía demasiado bien, empujando hondo, sin dejarle escapatoria. Él encontró la cima de su pecho y la capturó con sus dedos a través de la seda. Un huracán de sensaciones hizo que se estremeciera. Y la estela que dejó vino cargada de un pánico irracional.

Trató de apartar la cara, intentó librarse de sus brazos. Eran esbeltos y musculosos. La sostenía con tanta facilidad como si ella fuera una niña con una pataleta. Su cuerpo se encorvó alrededor de ella, tan duro como el acero, y su beso se hizo más exigente y decidido, como si forzándola pudiera convencerla de que lo que le estaba haciendo le gustaba. Ella intentó decir su nombre, le suplicó que se detuviera, pero las palabras se quedaron en su boca, en una confusión de gemidos.

El mundo se convirtió en un torbellino de rayos de luna y locura. Veloz había dejado de ser Veloz; era solo otro hombre malvado, consiguiendo lo que deseaba. Ella había dejado de ser la señorita Amy, segura en Tierra de Lobos, bajo un gran roble en las afueras del salón comunitario y con la música flotando en el aire. El instinto animal la guio de la misma forma que guiaba a Veloz, y luchó por sobrevivir.

Durante tan solo ese instante en el que Amy pasó de ser una mujer a un animal atrapado, Veloz susurró su nombre, aflojó su abrazo y le quitó la mano del pecho. Pero Amy no pudo percibir el cambio. Apartó violentamente la boca y trató de zafarse, ciega de pánico, pensando solo en irse lo más lejos que pudiera. Y lo cierto es que lo consiguió, aunque sin saber muy bien cómo. El ataque inesperado de Veloz la había sumido en una especie de secuencia de estímulo-reacción.

Él la liberó y ella salió corriendo.

—¡Amy!

La voz de Veloz, tenue de deseo, sonó como la de un extraño, y la alentó a seguir corriendo. No sabía adónde iba, pero no le importaba siempre y cuando fuera lejos de él.

—Amy, cariño, vuelve. No te adentres en la arboleda. ¡Amy, no!

De pronto se vio en un camino reducido a un túnel. Solo podía oír el ruido áspero de su respiración, el golpeteo de su corazón, los gemidos que rasgaban su garganta. Apenas podía oír el sonido de sus pies en el suelo. Una rama le golpeó la cara. Se tambaleó. El bosque apareció imponente frente a ella, con fantasmas más negros que la oscuridad, capaces de rasgarle la ropa, de cogerle por las piernas.

Y entonces oyó el sonido de unas botas, como un trueno, aproximándose detrás de ella, duras y rápidas. Se le puso la piel de gallina. Se obligó a correr hacia delante con mayor velocidad, frenética, fuera de sí. «Ay, Dios, ay, Dios.» Ningún lugar era seguro. Nadie podía hacer que se sintiera segura. Veloz era como todos los demás, corriendo detrás de ella, con el peso de toda su fuerza sobre ella. No podría luchar contra él ni detenerlo. Él terminaría por emprenderla a golpes con ella, temblando de satisfacción, y caería sobre ella, como un ancla inamovible de carne sudorosa que penetraría su terror. «Otra vez no..., otra vez no.»

—¡Amy, ten cuidado! Hay un tronco... Cariño, ¡ten cuidado!

Algo le golpeó por detrás. Amy gritó al caer, esposada en un lío horrible de brazos y piernas duras. Veloz la cogió a medio camino y cayó él primero en el suelo amortiguando el impacto. Pero Amy apenas pudo darse cuenta de esto. Gruñó y se revolvió, tratando de escapar de él. Al ver que no podía, se dispuso a atacarle de frente, golpeándole en la cara.

Sin parar de injuriar, lo agarró por las muñecas. Agitando el cuerpo, se levantó del suelo y aprovechó la reacción violenta de ella para inmovilizarla bajo él. Ella pataleó, pero las faldas se le engancharon en las piernas. Él le puso un muslo sobre los de ella y tiró de sus brazos para ponérselos bajo la cabeza.

Con la respiración acelerada y la cara encima de ella, dijo en alto:

—Ya está, Amy. Todo está bien.

Pero no estaba bien. Él la tenía. Las copas de los árboles, sus siluetas negras imponentes y cambiantes contra el cielo, eran como centinelas testigos de su afrenta. No podía moverse, no podía respirar. Él le ancló las muñecas con una mano, dejando libre la otra. Amy sabía lo que vendría después. Un grito manó dentro de ella, rasgándole la garganta hasta surgir como un maullido lastimoso.

—Perdóname, Amy. Lo hice sin querer. Cariño, lo hice sin querer. —La mano que ella pensaba iba a rasgarle el vestido, se posó con temblorosa suavidad en su pelo—. Ya está, Amy. Te lo prometo. No voy a hacerte daño.

Las palabras le llegaban como de muy lejos, las mismas palabras, una y otra vez, pero el cuerpo duro y pesado que había sobre el suyo hablaba con mucha más fuerza. Ella forcejeó hasta que quedó empapada de sudor, hasta que sus músculos dejaron de responder a las órdenes que les daba el cerebro, hasta que el miedo cedió un poco, contenido, esperando a reclamarla. Tembló y forcejeó, llorando, incapaz de formular los ruegos de clemencia que se arremolinaban en su cabeza.

—No pasa nada —volvió a decir Veloz—. Lo siento, Amy. Perdí la cabeza un momento. No tenía que haber pasado. Lo siento. No voy a hacerte daño. Te lo prometo. Ni ahora ni nunca.

Él pasó la mano de la cabeza al cuello, tocándole la nuca con sus cálidos dedos, acariciando los rizos ralos y húmedos que caían contra su piel mojada.

—No... no me to... toques. No...

La mano que tenía en la nuca se tensó.

—Cariño, no voy a hacerte daño. Te lo prometo. Tranquilízate. Esa es mi chica. Respira hondo.

Amy lo hizo y rompió en sollozos. Eran unas lágrimas salvajes e histéricas. Veloz perjuró y se movió para no estar encima de ella, llevándola con él al círculo que formaban sus brazos hasta que la tuvo encima de él. A Amy le pareció que tenía manos temblorosas por todos lados, en el pelo, en la espalda, en los brazos..., acariciándola, calmándola, obligándola a que la tensión cediera.

—Lo siento mucho —decía una y otra vez—. Por favor, no llores. Preferiría que me dieran latigazos antes de verte llorar. De verdad. Iré contigo al granero de Cazador. Puedes partirme en dos con la correa si quieres. Me lo merezco. Pero por favor, no llores.

Tumbada encima de él como estaba, Amy podía sentir el latido de su corazón. Tenía una mejilla sobre su camisa. Se estremeció y se quedó sin fuerzas, arrullada por la sinceridad de su voz y el temblor de arrepentimiento que notó en su cuerpo delgado.

Pasaba el tiempo y ella podía medirlo en cada uno de los latidos erráticos que daba su corazón. El viento susurraba, doblaba los árboles, haciendo crujir las ramas y las hojas resecas. Amy cerró los ojos, con la garganta demasiado seca para hablar, exhausta. Estaba segura de que debía de haberse vuelto loca, porque no tenía ningún sentido correr en estampida para alejarse de un hombre y tumbarse después sobre él, tranquila e inmóvil. Pero tumbada así como estaba, sentía una paz que no era capaz de entender y para la que tampoco tenía fuerzas con las que racionalizarla.

De todas formas, sus sentimientos hacia Veloz nunca habían tenido mucho sentido.

Después de un rato durante el que él se dedicó a pasarle los dedos por la trenza deshecha y jugar con ella entremetiéndosela por los nudillos, dijo:

—Quería que esta noche fuera perfecta para ti.

La voz vibró en su pecho y también en el de ella, ronca de emociones. Amy se acarició la mejilla con el pecho de él, sintiendo cierta tranquilidad al hacerlo por el olor a limpio de su piel, a jabón y a cuero.

—Nunca quise perseguirte de esa manera —susurró él—. Por favor, créeme. Surgió así y sucedió tan rápido que no me diste la oportunidad de detenerme antes de que salieras corriendo.

Ella apretó los ojos para contener las lágrimas.

—Ah, Veloz, desearía con todo mi corazón que los hombres no fueran algo que superar, sobre todo tú. —Tragó saliva y tembló—. Pero te convertiste en un desconocido. Y me asusta pensar que ese extraño está dentro de ti ahora, listo para saltar sobre mí cuando menos me lo espere.

—Supongo que me lo merezco. Pero, Amy, no hay ningún extraño dentro de mí. Te deseo de esa manera todo el tiempo. Es solo que ese deseo se hizo más grande durante un segundo. Era un sentimiento tan dulce, tenerte junto a mí.

Sus palabras la hicieron sentir muy incómoda. Estaba sobre él ahora. Con un suspiro, Veloz le puso la mano en la mejilla.

—No tengas miedo. —El tono era ronco—. Creo que prefiero oírte llorar, por mucho que eso me mate.

Hundiendo los hombros en el pecho de Veloz, Amy se levantó para mirarlo, aún aterrada por lo que acababa de admitir.

—Cre... creo que deberíamos volver al salón comunitario.

—No podemos. Mira como estás. Tu reputación se iría al traste si te vieran así. —Él le apartó un mechón de la cara—. Y no es que no estés preciosa, con ese pelo suelto cayéndote por los hombros como rayos de plata y oro. —Le acarició la mejilla con los nudillos y después pasó la punta del dedo por sus labios—. Bésame, Amy. ¿Podrías hacer eso por mí?

Amy se dio cuenta en ese mismo momento de que ella no era la única que se había vuelto loca.

—¿Qué?

—Bésame —repitió él amablemente—. No voy a sobrepasarme. Solo un beso. Una vez. Un beso verdadero, con los labios abiertos y tu lengua tocando la mía. Un beso bonito y duradero. Me gustaría que conocieras al extraño que hay en mí y que lo mirases de frente. Si no lo haces, desconfiarás de este lado mío para siempre, y no quiero que eso suceda.

Tal y como Amy veía las cosas, era mucho más inteligente seguir desconfiando. Era un truco, lo sabía. Empezó a moverse para alejarse de él, pero Veloz la cogió por la cintura, abrazándola con rapidez.

—Por favor. No te obligaré a que lo hagas otra vez si te resulta horrible. ¿Qué te parece ese trato? Un beso. Si lo odias... —Se calló y pareció considerar lo que estaba a punto de decir—. Si lo odias, te liberaré de la promesa de matrimonio.

Esto llamó su atención. Puede que fuera un truco, pero nunca lo había tenido como a un mentiroso. Apenas podía creer lo que estaba oyendo.

—Si odias besarme, seremos simplemente amigos de ahora en adelante —añadió en un suspiro contenido—. No volveré a molestarte.

Amigos. Eso sería un sueño hecho realidad..., ser capaz de estar con Veloz y no tener que preocuparse nunca más. Se le aceleró el pulso al pensar en besarlo. Pero si de verdad iba a librarla de la promesa de matrimonio, sería una locura no considerarlo. Porque estaba segura de que odiaría hacerlo.

—¿Lo... lo dices de verdad?

—¿Te he mentido alguna vez? Dime una vez en que lo haya hecho, Amy.

Veloz la observó, con el corazón en un puño, temiendo que ella se negara y más aterrado aún de que no lo hiciera. Si le besaba y lo detestaba, la perdería. Había mucho en juego..., el resto de su vida. Dada su inexperiencia, temía que incluso sus mayores esfuerzos se quedasen en un mero roce de labios y no en aquello de lo que los besos de ensueño estaban hechos. Pero era un riesgo que tenía que correr. Si dejaba que saliera del bosque con la imagen de sus jadeos y sus manoseos en la mente, nunca podría volver a acercarse a ella a menos de dos metros, a menos que fuese a por ella y la obligase.

La expresión en la cara de Amy dejaba entrever cada una de sus emociones y pensamientos, la mayoría de ellos desagradables. Pero había también un brillo de determinación en sus ojos. El que pudiera librarse de la promesa del matrimonio era sin duda una tentación muy poderosa. No tenía más remedio que aceptarlo. Tumbado aún, inmóvil, bajo ella, esperó.

—¿Me... me prometes que no te sobrepasarás? —preguntó con voz dubitativa y miedosa.

Veloz se había sobrepasado con la simple visión de Amy desde que la había visto por primera vez, un pequeño demonio furioso, con un glorioso pelo rubio y unos ojos azules que echaban chispas. Era todo tan extraño. Se había enamorado de ella por ese coraje salvaje que tenía y ahora la amaba incluso más porque no lo tenía. Esta Amy, que había sufrido tanto y por eso huía de él con un terror irracional, hacía aflorar su instinto de protección. Lo único que quería era protegerla del resto del mundo. Excepto, por supuesto, de él mismo.

—Te prometo que no perderé la cabeza —corrigió—, si es eso lo que quieres decir. Porque a eso te refieres cuando hablas de sobrepasarme, ¿verdad?

Ella se puso tensa y pareció que estaba a punto de saltar lejos de él. Veloz apretó el brazo con el que la rodeaba.

—Amy, es natural. Algunas veces, simplemente te miro y sucede. O huelo tu cabello y ocurre. Me sobrepaso casi siempre que estoy contigo.

Una expresión de auténtico terror inundó sus ojos.

—Ay, Dios. Veloz, vamos. —Le puso las manos en el pecho y empujó para levantarse—. Ahora, por favor.

Él siguió abrazándola para que no se moviera.

—No hasta que me beses. ¿No quieres hacerlo? Piensa en ello, Amy. Si no te gusta, seremos solo amigos, como tú y Cazador. Eso es lo que quieres, ¿no es así?

—Sin embargo, no sería así. Mi pelo no inquieta a Cazador. Yo... me quiero ir. Ahora mismo.

—Amy, escúchame. No hay nada que temer. Un hombre puede sufrir por el deseo de una mujer de vez en cuando, y yo sufro por ti. Sufrí esta noche cuando estábamos bailando. Y cuando te pegaste a mí, lo olvidé todo excepto eso, solo por un segundo. La gente se besa todo el tiempo sin que ocurra nada. Inténtalo. Vamos. No puede ser tan difícil después de todo. Piensa en lo que puedes ganar. —Y en lo que él tenía que perder.

Ella volvió a mirar sus labios con intensidad. Y entonces, agarrándole la camisa con los puños, dobló la cabeza y le tocó los labios con los suyos. Él abrió la boca unos centímetros, lo suficiente para dejar que ella entrara en él, pero no tanto como para asustarla.

Ella lo besó más profundamente, con un contacto tan ligero, tan húmedo, dulce y tímido, que el corazón de Veloz empezó a latir con fuerza y todo su cuerpo se contrajo de deseo. Veloz extendió la mano por la espalda de ella, total y absolutamente sobrepasado cuando la punta de su pequeña lengua le penetró como una flecha y rozó la zona sensible de su paladar. Dejó que ella experimentase con el acercamiento y el alejamiento, con cuidado de no hacer nada que pudiera ponerla nerviosa.

Por fin, cuando pareció sentirse segura de lo que estaba haciendo, pegó los labios a los de él, pasando con timidez la lengua por el borde de sus dientes. Él luchó por mantenerse pasivo, pero este beso lo estaba enloqueciendo de tal manera que tuvo que poner la mano por detrás de la cabeza de Amy para no perder el control. Al presionar con la mano, sus bocas se ajustaron con más firmeza, él arqueó la cabeza y tocó con cuidado su lengua. Ella se estremeció, pero Veloz afianzó su abrazo hasta ver cómo se relajaba.

Cuando notó que la tensión desaparecía, él pudo también relajarse en cierta manera, y el instinto le dijo lo que estaba pasando. Sabía que había ganado por la manera en que el cuerpo de Amy se moldeaba contra el suyo. Amy, su Amy. Casi con reverencia, Veloz exploró su boca, haciendo uso de toda la experiencia que tenía con las mujeres y del amor que sentía por ella para hacer que este beso fuera maravilloso.

A Amy, todo le daba vueltas. La boca de Veloz tiraba de la de ella, caliente y húmeda, jugando con la lengua, retirándose, con una sensación tan tentadora que se envalentonó y empujó con la suya hacia delante, deseando más. Un deseo que él le concedió con un gemido profundo en el pecho.

En algún lugar de su inconsciente, Amy trató de recordarse que era crucial que no le gustase eso. La libertad que tanto ansiaba tenía que hacer que no le gustase. La independencia y el sentimiento de supervivencia tenían que hacer que no le gustase. Porque, si le gustaba, podía despedirse de cualquier esperanza de recuperar el control sobre su vida.

Cuando sucedió, ella sintió el cambio en él, del mismo modo que lo había sentido antes. La pasión cubriéndole el cuerpo como una capa fina de sudor, la urgencia de su respiración, la tensión en la manera de sujetarla. Pero esta vez la sujetaba con cariño. Sus manos flotaban sobre ella como el aire, tan suavemente que la piel se le erizaba y revivía con expectación. No se sentía amenazada, sino adorada.

Y sentirse adorada fue su perdición. Veloz gimió de nuevo y rodó con ella, poniéndose encima. Todo giraba ya de tal manera que no le importó. Esta vez él no tocaba sus pechos. Le tocaba todo lo demás. Esa caricia eléctrica era tan maravillosa que no quería que parase.

—Amy…

Su nombre era una plegaria en sus labios. Mareada y arrobada de calor, movió las pestañas, apenas consciente de que su boca había dejado la de ella y se había aventurado por su garganta. Se sentía tan arrebatada de emoción que no tenía fuerzas para protestar. Unos labios como plumas trazaron la línea de su cuello, después siguieron por el hueco de sus pechos. Amy parpadeó, pero esto no hizo que Veloz fuera más despacio, y, antes de que pudiera pensar en una forma de mostrar su desacuerdo por las libertades que se estaba tomando, él la persuadió de que al fin y al cabo le gustaba lo que estaba pasando.

Él hundió la lengua por el borde de su vestido, tirando de la puntilla, deslizándose por debajo, rozando la punta de su pecho. Ella gimió y le agarró el pelo con los puños para apartarle. Antes de poder hacerlo, su pecho, ensalzado por el corsé y excitado por su lengua, se soltó del endeble encaje y fue directo a su boca. Conmocionada por la sensación que le golpeó el vientre, arqueó la espalda en rebeldía y Veloz se aprovechó de ello, tirando con fuerza de su pezón.

Cualquier pensamiento desapareció de su cabeza. Amy olvidó dónde estaba, lo que estaba haciendo, todo. Veloz y su boca caliente, implacable y exigente, eran su única realidad. Amy protestó y después gimió al sentir el mordisqueo en el pezón, hasta hincharlo, hasta que su aureola se hizo firme y el deseo se convirtió en cosquilleo.

Dulce tortura. Mordisqueando y pellizcándola suavemente con los dientes, pronto la tuvo temblando de frustración, presionándole el pecho con la cabeza, suplicando con su cuerpo para que le diera el calor total de su boca. Pero él se negó. Amy creyó que iba a derretirse, que sus huesos se habían convertido en líquido caliente que chorreaba por su cuerpo.

—Veloz…Veloz, por favor…

En el instante en que puso voz a su súplica, él dejó caer todo el peso de su boca sobre la de ella, sin cuidado esta vez, con una fuerza tan hambrienta, tan caliente, que tembló y se agitó con cada arrastre de su lengua. Un dolor de deseo empezó a crecer dentro de ella, un dolor agudo, insaciable e inflamado.

Era como estar entre una espiral divina y las llamas del infierno al mismo tiempo. Amy sentía una extraña necesidad dentro de ella, dañándola, poseyéndola. Deseaba. No encontraba una definición en su mente de qué era lo que deseaba, solo una noción primaria de una necesidad tan antigua como la feminidad, y se sentía presa de ella con una impotencia estremecedora, demasiado irracional como para poder analizar lo que estaba pasando.

Sobre ella, Veloz luchaba por recuperar el control sobre sí mismo, sabiendo que podía ahora conseguir más, tomarla como lo había deseado todo este tiempo. Pero era arriesgado. Se había prometido no tomarla, maldita sea. Y aquí estaba, a punto de romperle el vestido y hacerlo en el suelo duro y frío. Ella era suya. Estaba tan cerca.

En toda su vida, Veloz nunca había traicionado una promesa. En estos últimos años había ido abandonando todos sus principios, excepto el honor, algo que nadie podía robarle a menos que fuera él quien lo abandonase. Si ahora rompía la promesa que había hecho a Amy, cuando cada ápice de su confianza en él dependía de su palabra, el daño sería irrevocable. Si algo iba mal, el más mínimo descuido, como que ella se asustase en el momento de la unión, haría que lo que parecía tan perfecto se convirtiese en una pesadilla.

Él tragó saliva, trató de tranquilizarse y respirar más despacio. Con la cabeza levantada, bajó la mirada hacia su dulce rostro, impresionado del anhelo que había provocado en ella y que solo él podría saciar.

—Amy, amor… —Su voz temblaba—. Amy…

Ella tembló, agarrada a su camisa. Veloz bajó la cabeza hasta su pecho, suavizó los besos, haciéndola volver poco a poco. Volvió a meter su pecho redondo y perfecto en el escote de encaje y lo cubrió a su vez con la tela de seda…, una de las cosas más difíciles que había tenido que hacer en su vida.

—Amy…

La besó desde el cuello hasta la boca, susurrando su nombre hasta que la cordura volvió lentamente a sus ojos. Con la cordura llegó la incredulidad. Veloz se echó hacia atrás para que ella pudiera sentarse. Con las manos en la rodilla, la observó en reverencial silencio, sin estar muy seguro de cuál iba a ser su reacción.

Tocándose la mata despeinada y dorada de su cabello, miró a su alrededor como perdida, y dijo:

—Yo…ay, Dios mío…

No era exactamente lo que Veloz había esperado, pero al menos no era un reproche.

—¿Estás bien?

Ella lo miró como si no creyese que nada pudiese estar bien de nuevo y se puso una mano en el corpiño. Incluso en la oscuridad de la noche, Veloz pudo ver el doloroso rubor que subía por sus mejillas.

—Amy… —La rodeó con el brazo y, colocándose, tiró de ella para ponerla en su regazo. Con la cabeza de ella en el hombro, la besó en la frente—. Está bien, cariño. Confía en mí, todo irá bien.

—No —susurró ella—. ¿No ves que no?

Él cerró los ojos, inhalando el aroma de su cabello, dejando que los mechones le hicieran cosquillas en la nariz.

—¿No te ha gustado?

Notó su temblor, un temblor horrible y paralizante. Un miedo que se volvió contra él.

—¡No! Claro que no.

Él le pasó el brazo por los hombros y le tocó la oreja con los labios.

—¿Recuerdas cuando solía cogerte de este modo?

Amy lo recordaba, y los recuerdos la hicieron llorar.

—Sí. —Se mordió el labio, luchando por detener el horrible

temblor que se había apoderado de su cuerpo. Ay, Dios, él había ganado. Se había derretido bajo su boca, había temblado y suplicado. Se estaba traicionando a sí misma, se estaba condenando. Ahora él insistiría en que se casaran. ¿Cómo había podido ser tan estúpida para aceptar su apuesta y besarlo? Debería de haber sabido que él estaba seguro de ganar, porque de otro modo nunca hubiese hecho semejante oferta. Y ella, como una boba descerebrada, se había puesto a sí misma en una situación en la que su consciencia no tenía la fuerza suficiente.

—De verdad, me gustaría que volviésemos a casa, Veloz.

Veloz le acarició el brazo, deseando encontrar las palabras apropiadas.

—Si quieres irte, te llevaré.

Ella clavó sus ojos azules en él, unos ojos que reflejaban un temor completamente distinto, un temor que ya no era provocado por él, sino por sí misma. Veloz no podía entenderlo, o saberlo, pero estaba allí de todas formas. Amy se acababa de enfrentar a su propia pasión y, por alguna razón que estaba lejos del alcance de Veloz, esto hacía que se sintiera aún más vulnerable de lo que se había sentido antes.

Capítulo 13

*D*e camino al pueblo, Veloz solo podía pensar en una cosa. Amy le había mentido acerca del beso y lo había hecho abiertamente al decirle que lo había odiado. Él trataba de entenderlo, trataba de ponerse en su lugar y comprender la razón. Ella no era de las que mentían, no en las cosas importantes. Tal vez sí en las cosas pequeñas, en medio de una discusión o cuando se sentía amenazada. Pero nunca en algo como esto.

No sabía cómo enfrentarse a ella. Parecía tan asustada. Y no sabía por qué. Hasta ahora había pensado que lo que le aterraba era el sexo. Ahora comprendía que aunque sus temores se hubiesen centrado en eso, podía haber otras muchas razones, razones que hasta ahora no había considerado y que existía la posibilidad de que nunca llegase a comprender.

De camino a casa, Amy se volvió a él.

—Supongo que vas a ser el típico y arrogante hombre, e insistir en que me gustó lo que acaba de pasar.

A punto de caer, Veloz bajó la mirada, sin saber muy bien qué decir.

—Nunca me habías mentido en las cosas importantes, Amy. Si tuviese que elegir una sola cosa en este mundo en la que puedo confiar, sería en tu palabra.

Ella se puso tensa y apartó la cara como si él la hubiese golpeado. Veloz supo por su reacción que había dado en el clavo. Cerrando los ojos, respiró con fuerza por la nariz, dejando que el aire ventilase sus pequeños orificios nasales. Él la miró y vio que tenía los puños cerrados. Después de un momento empezó a llorar:

—Te crees muy listo. Vas a apelar a mi honor y hacerme admitir que me gustó, ¿verdad? En vano. Nunca lo admitiré, nunca.

—Amy, no estoy intentando…

—No me mientas. —Ella puso sus angustiados ojos en él—. Crees que me has ganado con un pequeño beso. Hemos vuelto al compromiso. Insistirás en que me case contigo. Sé que lo harás…, no creas que no lo sé.

Veloz apretó los dientes.

—¿Ves? No puedes negarlo, ¿verdad? Todos los hombres sois iguales. Queréis el control y de una manera o de otra, lo conseguís. Sabías lo que pasaría. Y me engañaste diciéndome que me liberarías de tu promesa, sabiendo que yo caería en la trampa. Sabías que ibas a ganar incluso antes de retarme.

Veloz no quiso dejar patente que ella acababa de admitir que le había gustado el beso.

—Amy, esto no tiene ningún sentido. ¿Por qué iba a engañarte yo?

—¿Por qué? —Le clavó la punta del dedo índice en el pecho—. Entiende algo. Esta mujer nunca besará tus botas. ¡Nunca!

Veloz tragó saliva.

—¿Mis botas? Amy, cuándo te he pedido yo…

—Ya me he humillado lo suficiente. Nunca nadie volverá a tener ese poder sobre mí de nuevo. ¡Nadie!

Con estas palabras, dio media vuelta y cruzó el jardín corriendo. No vio una raíz de árbol que sobresalía de la tierra y tropezó. Tambaleándose, llegó a la puerta y luchó con ella como si pensase que él la perseguía. Veloz la observó, con miedo a presionarla ahora que estaba tan enfadada.

—Buenas noches, señor López, ¡adiós y hasta nunca! —le dijo por encima del hombro.

Entró en la casa y cerró de un portazo. Un segundo después, Veloz oyó un ruido de cristales al romperse y un «¡Maldita sea!» que le encogió el corazón. Se acercó hacia la puerta y pegó la oreja a la madera para oír mejor.

—Amy, ¿estás bien?

—Estaré bien ecuando te vayas de mi casa.

Oyó un golpe y un «¡Ay!» que lo hizo temblar. Un momento después, se hizo la luz. Veloz se apoyó en el árbol que había en el jardín, sin saber si debía intentar solucionarlo ahora o dejarlo para otro momento. Ella solía sincerarse más cuando estaba enfadada. Pero un enfrentamiento en este momento sería inevitablemente desagradable.

Mientras sopesaba las opciones, Amy se acercó a la ventana del salón y apoyó las manos en el cristal, escudriñando la oscuridad. Miró a través de él directamente y después suspiró aliviada, prueba de que no lo había visto y de que ella pensaba que se había ido. Veloz sonrió con ternura.

La luz de la lámpara pasó del salón al dormitorio. Las cortinas de encaje dejaban ver todo lo que había en el interior. Veloz supuso que un hombre blanco no se habría quedado allí a espiarla. Al menos no un caballero. Él había estado en su dormitorio por las noches, y sus cortinas parecían mucho más discretas desde dentro.

Amy hizo una contorsión para desabrocharse el vestido de seda azul. A Veloz le excitó la manera en que se sacaba las mangas por los esbeltos brazos, de la misma forma en que él se había imaginado muchas veces haciéndolo. Se dobló para deshacer los nudos de la parte trasera del corsé y puso la prenda a un lado. Mientras caminaba hacia la cómoda, dio una patada para deshacerse de los pololos sobre la marcha. Poniendo un camisón encima de la cómoda, se quitó la combinación por arriba. Veloz se preparó al ver que la prenda salía volando lejos de ella. Tenía la boca como si se hubiese comido un puñado de tierra.

Era tan hermosa, tan condenadamente hermosa.

Su cuerpo parecía ondularse bajo la capa de encaje, un resplandor blanco delicioso, y su estrecha espalda terminaba en una diminuta cintura para culminar en el trasero más bonito que hubiese visto en su vida. Su mujer. Los blancos tal vez lo condenasen por estar allí espiándola, pero desde su punto de vista, lo que él hacía era una gran concesión. Si mirar era pecado, entonces se iría al infierno sonriendo.

Y entonces las vio. Cicatrices. Difuminadas, pero aún allí: una red de líneas blancas que le cruzaban la espalda y el trasero. Se sentía como si un caballo le hubiese dado una coz en las entrañas. Creyó que las piernas no le sostenían. Si no hubiese sido por el árbol, se habría caído. Alguien le había dado latigazos. No había sido Santos. Una vez, años atrás, Veloz había visto la espalda de Amy mientras se bañaba y no había visto ninguna marca después del tiempo pasado con los comancheros. Quería vomitar.

«La niña creció y supo lo que significaba tener una vida difícil. Ya sabes cómo son los sueños. Algunas veces no tienen ningún sentido.» Recordó la voz de Amy, aparentemente contenta de esconder su dolor. Y después sus propias palabras también le vinieron a la mente, rompiéndole casi el corazón por haberlas dicho. «Ya no te quedan agallas para defenderte si alguien te ataca. ¿Qué te ha pasado, Amy? ¿Te lo has preguntado alguna vez?» Ella lo había mirado con sus luminosos ojos, sin rencor, sin un signo de reproche. «Siento haberte desilusionado. Sobreviví y me mantuve cuerda, Veloz. ¿No es eso suficiente?»

Las lágrimas rodaron por sus mejillas, lágrimas de impotencia, de rabia. «Ya me he humillado lo suficiente. Nadie volverá a tener nunca ese tipo de poder sobre mí. ¡Nadie!» Veloz se agarró el estómago con el brazo y cayó con la espalda apoyada al árbol hasta el suelo. «¿Por qué no me esperaste en Texas, Amy, como convinimos?»

Allí, solo en la oscuridad, lloró… de vergüenza al saber que ella lo había esperado allí en esa granja polvorienta, creyendo que volvería, como le había prometido…, y de arrepentimiento, porque había sido tan ciego que no había podido ver que la gloriosa y valiente niña que él había conocido seguía siendo igual de gloriosa y valiente, aunque de una manera diferente. «¿Quieres pegarme? Vamos, Amy. Esta es tu oportunidad. ¿Acaso eres una cobarde? Te dejo que me golpees una vez.» Y, que Dios la bendiga, ella había aceptado el reto y lo había hecho, incluso aunque debía de haber estado aterrada.

Cada recuerdo le partía en dos. Había sido tan cruel con ella sin quererlo… «Podría limitarme a subirte por la fuerza a mi caballo.» Se tapó los ojos con la mano. «No, así es la vida, cariño. ¡No tienes alternativa! ¡Eres mía! Estoy aquí, voy a quedarme, y será mejor que empieces a acostumbrarte a la idea de que tendrás que vértelas conmigo.»

El tiempo dejó de tener sentido para él. La lámpara se apagó, dejando a oscuras la habitación. El viento cambió, soplando en su pelo, cortándole a través de la camisa. Y él siguió sentado allí, mirando, castigándose con cada palabra sin sentido que le había proferido desde su llegada a Tierra de Lobos.

Amy lo vio por la mañana, nada más salir de la cama. Allí, sentado bajo el pino, sin abrigo, con la camisa azul sucia, y a su lado la cesta de la cena y el chal. Se acercó al cristal de la ventana y miró a través de los encajes. Parecía deshecho, como si alguien hubiese muerto.

Tuvo miedo. Salió corriendo hacia la puerta. El aire frío de la mañana le traspasaba el camisón.

—¿Veloz? Ay, Dios, ¿qué ha pasado?

Lo primero que pensó fue en la familia de Loretta, que alguno de ellos había resultado herido y que lo habían mandado a él para decírselo. Su cara no era para menos. Bajó corriendo los escalones del porche y salió al jardín.

—¿Veloz? ¿Qué... qué ha ocurrido?

—Nada, Amy. Solo he estado aquí sentado, pensando.

—¿Pensando? —repitió ella—. ¿Has estado aquí toda la noche?

—Sí. Tengo que hablar contigo.

—Ah. —Se puso tensa, de repente incómoda—. ¿No tienes frío?

—No me vendría mal una taza de café.

—Estoy segura de que Loretta tiene ya una tetera caliente.

—Quiero una taza de tu café. ¿Puedo entrar?

—Pues... —Amy miró a su alrededor, incómoda—. ¿De qué quieres hablar?

—De nosotros. De muchas cosas.

—Deja que me vista.

Él miró el camisón.

—Estás bien así.

—Tonterías.

Recogiendo sus cosas, se levantó del árbol, entumecido y torpe.

—No es ninguna tontería. Vamos a por algo de café a la cocina.

Luego, caminó con pasos inestables hacia la casa. Mirándose, lo siguió intranquila. Podía oírlo ya trajinando por la cocina.

—Estaré contigo en un momento.

Él sacó la cabeza por el marco de la puerta.

—Amy, estás cubierta de pies a cabeza. Ven aquí junto al hogar, cariño. Estás temblando. El carbón está caliente, y ya he puesto algo de leña. En un par de minutos tendremos fuego.

Ella permaneció inmóvil, no muy segura de querer acercarse a él. Después de la noche anterior, ¿qué estaba planeando ahora?

—Amy…

Ella avanzó poco a poco, decidiendo cada paso que daba hacia la puerta. Él alzó la vista de la cafetera cuando ella apareció en la entrada. Conduciéndola hacia una silla, dijo:

—Siéntate. Es hora de que hablemos como es debido.

A ella no le gustó cómo había sonado eso.

—¿Podré alguna vez tener paz y tranquilidad en mi casa de nuevo?

—Tal vez antes de lo que piensas.

Amy se sentó en la silla, cubriéndose las rodillas con el camisón y enredando nerviosamente la tela que cubría el busto, temerosa de que él pudiese ver algo a través del tejido.

—Relájate. Vi mucho más anoche y no vine a abrir la puerta de una patada. Creo que ahora puedo controlarme como un hombre civilizado.

Giró una silla y se sentó a horcajadas en ella, suspirando. Amy volvió a pensar en sus palabras, tomando consciencia de ellas.

Como si supiera lo que estaba preguntándose, Veloz dijo:

—Me quedé bajo el árbol anoche y vi cómo te desvestías.

Ella le preguntó indignada.

—¿Que hiciste qué…?

—Yo… —Hizo una pausa—. Ya me has oído.

—¡Cómo te atreves!

—Soy una sabandija sin sentimientos.

—Desde luego que lo eres.

Se abrazó al respaldo de la silla y puso la frente sobre sus muñecas.

—Lo siento. Sé que no vale de mucho, pero lo siento. Por una parte, lo siento de veras. Pero, por otra, me alegro de haberlo hecho.

—¿Tengo que aceptar tus disculpas cuando ni siquiera te estás arrepintiendo de verdad?

—No importa. —Levantó la cabeza, poniéndose una mano en la cara—. Diablos, ya nada importa.

Amy nunca lo había visto así.

—¿Veloz?

—Me voy —dijo suavemente.

—¿Te vas?

—Sí.

—¿Cu... cuándo?

—Hoy —suspiró otra vez—. Finalmente has ganado, Amy. No voy a hacerte cumplir la promesa. Eres libre.

Amy no daba crédito a lo que estaba escuchando.

—¿Por lo que pasó anoche?

Él levantó la mano y se la llevó al flequillo.

—Sí, pero no por la razón que tú imaginas. —Sonrió con ternura—. No perdí la apuesta, y lo sabes. No odiaste lo que pasó, odiaste la posición en la que te dejó. La promesa de matrimonio se la ha llevado el viento…, ha terminado. Ahora puedes ser honesta.

Ella sintió que le ardían las mejillas.

—¿Es esto un truco?

Él rio suavemente.

—No necesito trucos. Si quisiese ser un sinvergüenza, lo sería sin más. Te llevaría a la habitación, te quitaría la ropa y reclamaría lo que es mío. —Él arqueó una ceja, como si esperase su reacción—. Y no tomes esto como una amenaza. Solo estoy diciendo la verdad. ¿Por qué tendría que tomarse esa molestia?

Amy no lo sabía.

—Entonces, ¿por... por qué te vas?

—Porque estoy haciéndote la vida imposible y ahora sé por qué, y no te culpo ni siquiera un poco. —La miró fijamente a los ojos, con lágrimas en los suyos. Se aclaró la garganta—. Vi las cicatrices, Amy.

Amy se quedó helada en la silla. Se le agudizaron los sentidos. Pudo oír el crepitar del fuego, el goteo del agua hirviendo, el viento susurrando en el exterior. No podía hablar, no podía apartar la vista de la de él.

—No te estoy pidiendo que hables de ello —dijo en voz baja—. Ni lo hago ahora, ni lo haré nunca. No creo que se lo hayas contado a nadie, ¿verdad? —Al encontrar su silenciosa mirada, continuó—: ¿Cómo has conseguido que Loretta no te vea la espalda?

Amy tenía la boca seca.

—Me baño en mi habitación.

Él asintió.

—Así que ese ha sido tu secreto. Es un peso muy grande para soportarlo tu sola, ¿no crees? Sobre todo teniendo en cuenta que solo tienes diecinueve años y estás aterrorizada.

—Nunca he tenido miedo de Cazador. Y no había mucho con lo que cargar. Pero sí mucho que explicar. Así que no lo hice.

Veloz pensó en esto.

—Porque estabas avergonzada.

—No es nada de lo que alguien pueda sentirse orgulloso.

Sus ojos se clavaron en los de ella. Tenía la horrible sensación de que podía ver demasiado en ella, leerla demasiado bien, y sentía que no podía ocultarle ningún secreto. Sabía que Henry le había hecho mucho más que golpearla.

—Anoche, cuando dijiste que nunca besarías mis botas, creía que era solo una metáfora, pero no lo era, ¿verdad? Ese bastardo te hizo hacerlo, ¿no es así?

A Amy se le hizo un nudo en la garganta. Le vinieron a la mente un centenar de mentiras, pero supo antes de pronunciarlas que mentir a Veloz era tan imposible como mentirse a sí misma. Así que no dijo nada.

Veloz se agarró a la silla con más fuerza, observándola mientras ella levantaba la cabeza con los ojos llenos de orgullo quebrado.

—Amy, algunas veces la vida se hace más grande de lo que somos, y hacemos cosas que nunca hubiésemos soñado que podríamos hacer para sobrevivir. No hay que avergonzarse de ello. Si crees que eres la única persona que ha tenido alguna vez que ponerse de rodillas, te equivocas.

Amy se sentía desnuda y tan avergonzada que quería morirse. «Eras gloriosa.» Nunca volvería a pensar que era gloriosa. Más lágrimas rodaron por sus mejillas, calientes y gruesas.

—No quiero que Loretta y Cazador lo sepan —dijo temblando.

—No se lo diré. Tienes mi palabra.

Él murmuró algo para sí, mirando al cielo por un momento; después fijó esos ojos que parecían verlo todo en ella de nuevo.

—Una pregunta. Loretta dijo que le escribías cartas, diciendo que todo iba bien. ¿Por qué, por el amor de Dios? ¿Dudaste por un segundo de que Cazador fuera a rescatarte? Él hubiese ido al fin del mundo para salvarte.

Amy tragó saliva, y después encontró la voz.

—Esto… Henry permanecía detrás de mí y me decía lo que tenía que escribir. Hasta la muerte de la última mula, llevaba él las cartas a los vecinos y hacía que ellos las enviaran. No podía escribir sola sin que él lo supiese. —Se obligó a mirarlo a los ojos, después lo observó, sin palabras durante un instante—. ¿Cu... cuándo dijiste que ibas a irte?

—Hoy. Estás deseando verme desaparecer, ¿verdad?

Amy vio el dolor en su expresión. Se puso las manos en el regazo y contuvo una negación.

—Hubiese deseado que te sinceraras conmigo —dijo él con un suspiro—. Cuando pienso en todo lo que he dicho y hecho, yo… —Se calló y retiró la cafetera del fuego para que no hirviera más—. Te habría entendido mucho mejor.

Ella inclinó la cabeza, con la mirada perdida en las maderas del suelo. Una mancha roja junto al fogón había decolorado la superficie.

—No necesito que me entiendan. Solo necesito que me dejen tranquila.

—Ahora me doy cuenta. —Emitió otro suspiro—. Sobre anoche…

—Mentí. —Levantó la mirada y sus ojos se encontraron. El silencio se apoderó de ellos—. Mentí porque tenía miedo.

—Lo sé.

—No, no puedes saberlo. —Cerró los ojos, incapaz de soportar su mirada—. Eres un hombre. Las cosas son diferentes para ti.

—Creo que puedo entenderte. —Veloz deseaba secarle las

lágrimas, rodearla con sus brazos, abrazarla mientras lloraba. Pero ella luchaba por contener las lágrimas, trataba de alejar sus recuerdos, por razones que a él se le escapaban, incapaz de compartirlos con él. Y, hasta que no lo hiciera, no se atrevería a tocarla—. Tenías miedo de admitir que te gustó el beso porque pensabas que te pediría más, que te pediría que nos casáramos. Y entonces tu vida nunca volvería a pertenecerte.

Ella hizo un sonido extraño, mitad sollozo, mitad risa.

—¿Qué vida? —Levantó las pestañas y se restregó para limpiarse las mejillas con dedos temblorosos—. ¿Te das cuenta de que esta casa y todo lo demás pasarían a ser de tu propiedad si me caso contigo? ¡Incluso mi ropa! Si decidieses venderlo todo y repartir el dinero, no podría decir absolutamente nada.

—Desde luego que podrías.

—No según la ley.

—¿Es eso lo que te preocupa? ¿Tus propiedades?

Unos puntos de rojo carmesí coloreaban sus pálidas mejillas.

—No, es el ser propiedad de alguien. ¡De ti! ¡De cualquier otro!

Las palabras salieron disparadas de sus labios, crudas y feas, creando un abismo entre ellos. Por su expresión, Veloz supo que no había querido decirlas, que deseaba poder hacerlas desaparecer.

—¿Propiedad, Amy?

—¡Sí, propiedad! ¿Tienes idea de cómo se siente uno siendo propiedad de alguien?

Veloz sabía que por fin había conseguido que ella le dijese la verdad, pero ahora él se sentía más confuso que nunca. Desde luego él la sentiría de su propiedad si se casaban, del mismo modo que él sería propiedad de ella.

—No estoy seguro de entender lo que quieres decir.

—Es sencillo. Si me caso contigo, te perteneceré. Si tengo hijos, te pertenecerán. ¿Sabes lo que dijeron los vecinos cuando escapé de Henry y les pedí asilo?

Veloz la miró fijamente.

—No. Dímelo.

—Dijeron que él era mi padre. Y que tenía que volver a casa. Que debía intentar no irritarlo. ¡Como si yo fuera la culpable! —Una mirada de ave enjaulada apareció en sus ojos—. No estaba en condiciones de caminar para escapar de allí aquella noche, te lo aseguro. Fue lo único que pude hacer para llegar hasta ellos. El hombre ensilló su caballo y me llevó a casa, como si eso fuera lo más noble que podía hacer.

Veloz no quería oír el resto.

—¿Qué ocurrió?

—¿Qué crees? Henry estaba furioso. Y borracho, como de costumbre. ¿Crees que me dio una palmadita en la cabeza y me dijo que había sido una chica mala por ir a casa de los vecinos?

—Amy, Henry era el peor bastardo del mundo. Un hombre entre un millón.

—¡No! —Sacudió la cabeza y se levantó de la silla. Caminando, pasó las manos por los objetos, el molinillo del café, la batidora de mantequilla, un plato decorativo que había colgado en la pared, sin poder enfocar ninguno de los objetos que iba tocando—. Incluso aquí en Tierra de Lobos ocurre. El hombre tiene todo el poder. Los hombres hacen las leyes y hay muy pocos que protegen a las esposas y a los hijos. Dios prohíbe que puedan perder el control sobre sus familias.

—Eso es una exageración.

—Piensa lo que quieras.

—Después de todo lo que has pasado, imagino que debe de darte mucho miedo volver a ponerte en esa posición de vulnerabilidad de nuevo.

—¿Miedo? No, Veloz. Miedo es cuando algo salta sobre ti y tu corazón da un vuelco. —Se pasó la mano por el pelo—. ¿Viste los moratones de Peter cuando fuiste al colegio?

Veloz trató de recordar.

—Sí..., sí..., uno en la mejilla.

—Su padre, Abe Crenton, se calienta bien en su taberna y cuando llega a casa pone el punto final.

—¿Se lo has dicho al comisario?

—Le dije a Alice Crenton que lo hiciera.

Había un mundo de corazones rotos en sus ojos. Veloz la observó.

—¿Y qué hizo el comisario Hilton?

—Metió a Abe en la cárcel durante cinco días.

—¿Y?

—Cuando Crenton salió, se fue a casa, a *su* casa, y golpeó a su mujer por haberlo metido en la cárcel. —Cogió un trapo y limpió la mesa, aunque a Veloz le parecía que estaba completamente limpia. Después de acabar, clavó las uñas en el trapo—. La golpeó de verdad, por lo que nunca ha vuelto a atreverse a decir nada.

—Se podría marchar, Amy. Nadie tiene por qué soportar eso.

Ella bajó la mirada hacia el trapo un momento, después levantó la vista hacia él.

—¿En serio? ¿Y adónde iría, Veloz? No tiene forma de ganarse la vida y mantener a cinco hijos. No puede echarle de casa. Es su casa. Vive bien. Sus hijos no se mueren de hambre. Unos cuantos golpes no son tan malos.

—¿Me estás diciendo que Cazador permanece ajeno y deja que algunos hombres de este pueblo peguen a sus mujeres e hijos, y no hace nada para remediarlo?

—Nunca he hablado con Cazador de esto. ¿Qué podría hacer él? ¿Pegar a Crenton? Existen leyes en contra de eso. —Se rio suavemente, amargamente—. Cazador terminaría en la cárcel, y algo más de cinco días. —Levantó las manos—. Así funcionan las cosas. Peter viene a verme para que yo le consuele cuando ha tenido una mala noche. —Su voz era un hilo fino—. Y yo lo abrazo y le curo las heridas. Y le digo algo imperdonable: «Él es tu padre, Peter. Tienes que volver a casa. Intenta con todas tus fuerzas no irritarlo». Y él lo intenta, hasta que vuelve a ocurrir otra vez.

Veloz cerró los ojos.

—Me odio por decirle eso, pero así es la vida, ¿verdad? Tú me lo dijiste, ¿recuerdas? Así es la vida…

—Amy, lo siento. No puedes dudar de que te quiero.

—No, pero… —Hizo un sonido de frustración y tiró el trapo sobre la mesa. Cerrando los puños a ambos lados de su cuerpo dijo—: Sencillamente, no puedo tener la fe ciega que otras mujeres tienen. No puedo, Veloz. Después de mi madre, yo fui el poste de los tormentos de Herny durante tres miserables e interminables años, sin escapatoria. ¿Sabes qué fue lo que por fin hizo que me escapara? ¡Había mandado venir a un cura! ¡Iba a casarse conmigo! No hubiese habido escapatoria para mí en la vida. Hubiese preferido morir de sed antes que eso. Así que me marché y me juré que nunca volvería a dejar que nadie me dominase de esa forma.

—Entiendo. —Y lo que le rompía el corazón era que de verdad la entendía.

—Tú tienes un lado oscuro, Veloz, un lado que nunca dejas que vea, pero sé que está ahí.

—Sí, claro que hay un lado oscuro. ¿Acaso no tenemos todos uno?

—Sí, y ese es el problema. No podemos escapar al hecho de que somos todos seres humanos, con defectos y debilidades. —Las lágrimas caían por sus pestañas de nuevo, brillantes, convirtiendo sus ojos en lagos luminosos—. No te estoy condenando, te lo aseguro.

—¿Ah, no?

Su carita se torció.

—¡No! Sé que la situación en la que estabas era imposible, que sobreviviste de la única manera que pudiste. Es solo que… —Se quedó sin respiración y después volvió a respirar de manera acelerada—. Si me caso contigo, puede que sea maravilloso. Pero, después de que pase la novedad, tal vez no lo sea tanto. No existen garantías en la vida. El matrimonio, especialmente para una mujer, es una gran apuesta. Y el riesgo es demasiado alto para mí.

—Nunca te pondría la mano encima. Estoy seguro de que sabes eso.

—Sé que tú crees que no lo harías. Pero la magia se acaba, Veloz. La vida diaria se vuelve aburrida y frustrante, y vienen los apuros. La gente discute y pierde los nervios. Los hombres beben. Vuelven a casa de mal humor. Sucede. ¿Puedes prometerme que no pasará? Has llevado una vida violenta. Has matado a tantos hombres que has perdido la cuenta. ¿Puedes de verdad dejar todo eso atrás?

A Veloz le hizo un tic el músculo de la mandíbula.

—Amy, no puedo prometerte una vida sin momentos difíciles, si eso es lo que quieres. No puedo prometerte que no perderé los nervios. Lo único que puedo prometerte es que nunca te haré daño. No importa lo loco que me vuelva. Si de verdad me enfado, puede que ponga la casa patas arriba, o que grite y amenace. Pero nunca te pondría la mano encima.

Ella se mordió el labio, con la mirada fija en él. Veloz sabía que estaba luchando consigo misma. Sabía también que el miedo que había dentro de ella superaba a todo lo demás. Después de un rato, susurró.

—Desearía tener el coraje de darte la oportunidad de que me lo demostrases. Pero no lo tengo. Lo siento. Sé que no lo entiendes…

—Pero sí lo entiendo. Estuve mucho rato pensando anoche. —Respiró profundamente y miró hacia la ventana, dejando que sus ojos se cerrasen por un instante—. Por eso me voy. —Volvió a mirarla—. No quiero que te sientas amenazada. Nunca seremos amantes, pero nunca jamás habrá habido una amistad tan bonita como la nuestra. No se debe convertir en un infierno la vida de una amiga, no si puedes evitarlo.

Se levantó y cogió dos tazas del mueble. Ella se dio la vuelta para mirarlo con los ojos llorosos. Después de llenar las dos tazas de café, le entregó una a ella, haciendo un gran esfuerzo por sonreír como si su corazón no estuviera roto en mil pedazos.

—¿Te tomarás un café con este viejo amigo?

Amy cogió la taza, mirándola fijamente un momento.

—¿Adónde irás? —le preguntó con voz insegura.

—No lo sé. A donde me lleve el sol, supongo.

—¿Vol... volverás alguna vez?

Veloz evitó su mirada.

—¿Para qué? ¿Para discutir contigo? ¿Para hacerte la vida imposible otra vez? Te quiero, cariño. Me gustaría que pudiésemos ser solo amigos, pero eso es imposible, y lo sabes. Quiero más. No puedo evitar querer más. —Se encogió de hombros—. Me gustaría volver de vez en cuando y verte, pero seguramente no lo haré.

—Éramos tan buenos amigos. —Se agarró a la taza de café, temblando de tal manera que el líquido oscuro alcanzó el borde de porcelana—. Nos lo pasábamos tan bien.

—Éramos niños. Ya no soy un niño, Amy. Necesito más de lo que tú puedes darme. Anoche, cuando estábamos bailando, me dije a mí mismo que podría establecerme aquí solo por verte sonreír. —Se pasó una mano por el pelo—. Y si fuera solo en mí en quien tengo que pensar, quizá podría. Pero ¿y si no soy tan noble? No soy yo el único que sufriría. Tú sufrirías también. Y no podría soportarlo.

Temblando, Amy puso la taza en la mesa, con la cabeza llena de recuerdos, recuerdos tan dulces que solo deseaba recuperarlos. Se quedó allí de pie, rígida y temblorosa.

—¿Por qué no puedes simplemente amarme? ¿Por qué tiene que ser sucio?

A Veloz se le contrajeron las entrañas y estuvo a punto de derramar el café. Tragó saliva.

—Amy, no es sucio. Es hermoso con la persona adecuada.

Una expresión constreñida apareció en su rostro.

—¿Có... cómo de lejos crees que irás?

Él suspiró y echó mano de la silla.

—No lo sé. Hasta que la necesidad me haga detenerme y colgar el sombrero, supongo. —Levantó los ojos hacia ella—. ¿No vas a sentarte conmigo, cariño? Por última vez, como amigos.

Ella se hundió en una silla, aún con la cara compungida. A Veloz le dolía esa expresión. En el fondo había esperado que ella le pidiese que se quedase, que el amor que él sabía que sentía por él pudiese darle un poco de coraje para arriesgarse.

Se bebieron el café en silencio, bastante lejos de la camaradería que un día les uniera. Cuando Veloz apuró el último sorbo, se quedó mirando los posos y abandonó toda esperanza de que ella fuese a decir las palabras que deseaba oír. Por su mente pasó la imagen de su espalda, la red de cicatrices que eran testimonio de todo lo que había sufrido, y entendió que lo dejase marchar. Lo entendía, pero eso no lo hacía menos doloroso.

—Bueno...

Ella no levantó los ojos de la taza de café. Se agarró con las manos a la porcelana, con los nudillos blancos y rojos. Veloz tenía la horrible sensación de estar abandonándola y, sin embargo, ¿cómo no hacerlo?

—Será mejor que vaya a ver mi caballo y a recoger mis cosas —dijo suavemente.

Ella seguía con la mirada baja. Él se levantó de la silla, dejó la taza en el fregadero, lentamente, pidiendo a Dios que ella saliese volando de la silla y se lanzara a sus brazos. Pero no lo hizo. Y nunca lo haría.

—Adiós, Amy —dijo con voz ronca.

—Adiós, Veloz.

Ella mantuvo la cabeza baja, sin moverse. Veloz fue hacia la puerta, dejándose el corazón en cada uno de los pasos que daba. Cuando llegó al vestíbulo, miró hacia atrás. Ella seguía donde estaba, agarrada a la taza de café como si le fuera la vida en ello.

Cazador estaba sentado en una pila de heno, observando a Veloz mientras ensillaba el caballo. Había llegado el momento de decirse adiós, algo que ninguno de los dos quería hacer. Eran los únicos que quedaban de su pueblo, en un mundo extraño y a veces hostil.

—Espero que el sol brille para ti —dijo Cazador.

Veloz sonrió a pesar de la tristeza.

—Mi sol está al otro lado de la calle, Cazador. Cuida bien de ella, ¿lo harás?

—Siempre lo he hecho.

Veloz apretó la cincha de la silla. Ya se había despedido del resto de la familia. Era hora de partir.

—Cazador… —Veloz puso la mano en el cuello de *Diablo*—. Hay cosas sobre Amy que no sabéis.

Los ojos azules de Cazador se entrecerraron.

—¿Sí?

—Le prometí que nunca te lo diría.

—Amy no tiene secretos con nosotros.

—Sí…, sí los tiene, Cazador. Secretos horribles. —La garganta de Veloz se contrajo. Nunca había roto una promesa en su vida—. Dijiste que le habías construido un mundo seguro y que habías hecho algo malo. Te pido que dejes que ella se quede aquí escondida y que sueñe sus sueños, por tanto tiempo como puedas. No dejes que nada la amenace. Para Amy, el mundo que le has dado es su única supervivencia.

El rostro de Cazador se tensó.

—¿Qué secretos son esos?

—No puedo decírtelo. Y no la presiones para que te lo diga. —Veloz guio a *Diablo* en un círculo para dirigirlo hacia la puerta—. Algunas cosas es mejor enterrarlas.

—Henry… —Cazador susurró ese nombre, con un brillo de furia en los ojos.

—No insistas, Cazador. —Veloz dudó, mirando por encima de la silla hacia su amigo—. No traicionaré su confianza. Ya la han traicionado bastante a lo largo de su vida. Simplemente, estate aquí para ella.

Cazador pareció enfermar. Cerró los ojos, con la garganta seca.

—Pero las cartas… todo parecía ir bien.

Veloz no le dio ninguna explicación. Se lo había prometido a Amy.

—Creo que debo ir a Texas —susurró Cazador.

Las manos de Veloz empezaron a temblar.

—¡Diablos! No puedes hacer eso. No digas tonterías, Cazador.

Cazador encontró su mirada.

—¿Adónde vas a ir tú?

Veloz evitó su mirada.

—Te lo dije, a donde me lleve el viento.

—Tal vez a Texas.

—¿Quién lo dice?

—Si vas allí, nunca volverás. Lo sabes, y yo también lo sé. ¿Lo sabe Amy? Esa es la cuestión.

—Lo que yo haga no es asunto suyo.

Cazador se levantó del fardo de paja.

—Recogeré mis cosas.

Veloz profirió una palabrota.

—No harás nada de eso. Loretta y tus hijos te necesitan aquí y, maldita sea, también Amy.

Cazador apretó las manos.

—¿Qué fue lo que le hizo?

—Será mejor que no lo sepas, amigo mío.

Con movimientos rápidos, Cazador cruzó el granero, agarró a Veloz por la camisa y le puso contra la pared. El ataque cogió tan desprevenido a Veloz que por un instante levantó el puño con intención de pegarle. Después se centró en la cara desencajada de rabia de su amigo y se obligó a relajar el cuerpo.

—¿Qué le hizo?

—No voy a luchar contigo, Cazador.

—¡Dímelo! ¡Ella es parte de mi sangre!

—No. Se lo prometí y no puedo traicionarla. Si de verdad eres mi amigo, no puedes pedirme algo así.

—¿Por qué no me lo dijo ella misma? ¿Por qué?

—Porque ella… —Veloz apartó a Cazador con un empujón, alisándose la camisa. Pasándose la mano por el pelo, se puso a andar y después se dio la vuelta—. Algunas cosas son difíciles de contar. Ella tampoco me lo dijo a mí, si eso es lo que te consume. Yo lo averigüé y… —Veloz dejó caer las manos—. Ella no quiere que nadie lo sepa. Os lo ha ocultado todos estos años. Y ahora no me corresponde a mí decir nada.

—¿Entonces te vas a Texas?

—Nunca he dicho eso.

—Tus ojos lo dicen. Vas a vengar su honor. Él la violó, ¿verdad?

Veloz recogió el sombrero que se había caído durante el enfrentamiento. Ajustándoselo en la cabeza, guio al caballo fuera del establo. Cazador lo siguió, rígido de furia. Su mirada iba de Veloz a la pequeña casa de Amy, al otro lado del pueblo.

—No le digas nada —dijo Veloz—. Promete que no lo harás. Sería como matarla si se enterase de que lo sabes.

—¿Por qué?

Veloz suspiró, dudando al poner un pie en el estribo.

—Por vergüenza, supongo.

—¡Vergüenza! —Cazador palideció—. ¿Vergüenza? ¡Henry es el que debería tener vergüenza, no ella! ¡Nunca ella!

—Según nuestra forma de pensar. Pero Amy no se crio como nosotros. Déjalo pasar, Cazador. La herida se curará.

—¿Qué curará? El hombre al que ama se va de su vida.

Veloz se sentía como si alguien le hubiese clavado un cuchillo en el estómago.

—Si me ama o no, eso es algo completamente diferente. Ella ya no confía en mí, ¿y quién puede culparla? Sacarlo todo a la luz, avergonzarla, no hará que sienta de manera diferente.

Veloz saltó a la silla. Cazador cogió el caballo por la brida.

—Veloz, si te vas, llévatela contigo. Cabalga hasta su casa, súbela a tu caballo, átala si es necesario, y llévatela contigo. No la dejes aquí para que siga viviendo una vida llena de pesadillas.

—Cazador, yo soy su pesadilla.

Con esto, Veloz azuzó a su montura. Los cascos del animal golpearon la tierra al bajar la calle y pasar al galope.

Capítulo 14

$\mathcal{A}$my se agarró al marco de la ventana, mirando fijamente por el cristal empañado a Veloz, que cabalgaba en su corcel negro calle abajo. Lloraba y le temblaba todo el cuerpo. Vio que él ponía el caballo al paso cuando estuvo a la altura de su casa. La vista de Amy se deslizó de la cartuchera que colgaba de sus caderas a la cinta de nácar de su sombrero negro y después fue a parar al petate de lana negra que había enrollado en la parte trasera de su silla, el odiado poncho.

Un comanchero, un pistolero, un asesino. Se obligó a repetir estas palabras en su mente, para recordar quién era y lo que era. Pero ya no podía seguir sintiendo el temor que había sentido antes. Él era simplemente Veloz, una mezcla curiosa de pasado y presente, un hombre duro y amargo con una capacidad para la violencia que ella no podía obviar, pero también con una gran capacidad para la ternura.

Veloz cabalgó hasta lo alto de la colina e hizo girar a su caballo para mirar lo que dejaba atrás. Ella tuvo el presentimiento de que podía verla detrás de la ventana, pero no cerró las cortinas ni se movió de donde estaba. No podía. Quería beber de esta imagen de él, memorizar cada detalle, porque sabía, en lo más profundo de su corazón, que desaparecería y que nunca más volvería a verle.

No podía dejar de llorar. Deseaba que se fuera para dejar así de sentir ese dolor que se había instalado en su pecho. Pero él permaneció allí, inmóvil sobre el caballo, vapuleado por el viento de octubre, mirando hacia su casa como si la esperase, como si le diera una última oportunidad. «Confía en mí —parecía decirle—. Sal de la casa, Amy. Corre a mis brazos. Dame una oportunidad.»

—No puedo, Veloz —susurró a la soledad—. No puedo.

Dando la espalda a la ventana, Amy se puso una mano en la boca y cerró los ojos. No lo veía. Pretendería que nunca había estado allí. Seguiría con su vida. No podía desear cosas que no podía tener.

«El mundo al que pertenezco ha desaparecido. Tú eres mi última oportunidad.» Rígida, se quedó allí de pie, midiendo los segundos con cada pulsación, segundos que eran una agonía porque sabía que podía haberse ido ya, que, si se giraba y miraba, la colina podía muy bien estar vacía.

Tan vacía como su vida.

Veloz puso a *Diablo* al trote, aferrándose con fuerza a las riendas. El viento le golpeaba la mandíbula, le atravesaba la tela de la camisa. Echó el brazo hacia atrás para alcanzar el poncho, dubitativo. Después lo sacó de las cuerdas con las que lo tenía atado. Ya no importaba que lo llevara puesto. No volvería a importar nunca. Dando rienda suelta a su montura, se quitó el sombrero para pasar la cabeza por el hueco de la prenda de abrigo. La capa protectora de lana no lo resguardó del frío. Porque el frío que sentía estaba en su interior.

Cogiendo otra vez las riendas, fijó la vista en el horizonte, una extensión infinita de árboles y montañas. «Un hombre cuyo pasado permanece fijo en el horizonte recorre un gran camino hacia ninguna parte».

Diablo rebufó y enderezó las orejas. Veloz aguzó el oído, sin oír nada. El caballo volvió a resoplar. Haciéndolo ir al paso, se dio la vuelta sobre la silla para mirar hacia atrás. «Estás soñando —se dijo a sí mismo—. Sigue cabalgando y no te tortures». Pero siguió aguzando el oído de todas formas. Y entonces lo oyó. Un grito, elevado por el viento, tan débil que apenas podía oírlo.

Entonces ella apareció en lo alto de la colina, con las faldas grises alborotadas, los mechones de pelo dorado al viento tapándole la cara. Él parpadeó, con miedo a estar imaginándolo.

Amy. Recogiéndose las faldas, bajaba la ladera a tanta velocidad que pensó que iba a tropezar y caer.

A unos seis metros de distancia, se detuvo balanceándose. Las lágrimas cubrían su rostro. Sus ojos parecían doloridos; el azul intenso hacía contraste con la palidez de su piel, imprimiendo a su mirada mayor profundidad. Se puso las manos en la cintura, sin aliento, sollozando.

—Veloz... —gimió y tragó saliva, esforzándose por hablar—. Espera hasta mañana... ¿sí? Solo un día más.

Veloz sintió como si le estuvieran estrujando el corazón.

—¿Qué diferencia puede haber entre hoy y mañana, Amy?

A ella se le contrajo la cara. Se puso una mano en los ojos.

—No te vayas, por favor. No te vayas.

Veloz bajó del caballo, con el poncho al viento y el flequillo cubriéndole la cara. Debería habérselo quitado. Sabía lo mucho que ella lo odiaba. Pero, como ella dijo, un hombre no puede borrar su pasado por mucho que lo intente.

—Amy, mírame.

Ella dejó caer la mano y lo miró con ojos húmedos y labios temblorosos.

—¿No te quedarías conmigo un día más?

Veloz dejó que su vista recorriera los árboles, intentando no dejarse vencer por el tono de súplica de su voz.

—¿Por qué, Amy? ¿Para que tengamos que pasar por esto otra vez mañana? Es mejor así, rápido y limpio.

—Nunca volverás —dio unos pasos hacia él—. No quiero que te vayas.

—¿Por un día?

—No quiero que te vayas nunca.

Él la miró.

—¿Por qué? Dilo, Amy.

Ella cerró los ojos y se abrazó a sí misma.

—¡Ya sabes por qué, maldita sea! ¡Ya sabes por qué!

—Eso no es suficiente. Quiero que me lo digas.

—Porque... ¡te quiero!

A Veloz le dio un vuelco el corazón.

—Mírame cuando lo dices. No soy un dibujo en la chimenea. No puedo volver y convertirme en el chico que conociste. Tienes que quererme como soy ahora. Mírame.

Ella abrió lentamente los ojos. Deslizó la mirada de la diadema nacarada de su sombrero al poncho, pasando por sus revólveres y terminando en las espuelas. Después, se quedó pálida y lo miró directamente a los ojos. Suspiró profundamente, como si el viento pudiese balancearla.

—Te quiero.

En sus palabras no había convicción. Él la miró, consciente de que su futuro, si tenían alguno, dependía totalmente de ella y de esta pequeña muestra de coraje que le quedaba.

—Si de verdad me amas, Amy, entonces da los tres pasos que te pedí que dieras la primera noche. Pero entiende que si lo haces, habrás perdido tu libertad. Puedes llamarlo propiedad, pero yo lo llamo amor. Y lo quiero todo: tu amor, tu vida y tu cuerpo. No me quedaré por menos.

Ella se frotó las manos, mirándolo fijamente.

—Ho... hoy, ¿quieres decir?

Era tristemente obvio que su atención había recaído en solo una parte de lo que él había dicho. Veloz apretó los dientes. Tan asustada de hacer el amor como estaba ella, no podía permitir que esto la separase de él de nuevo. Terminarían en el mismo punto donde empezaron. Él sabía ahora que la idea de que alguien pudiera tener poder sobre ella la aterraba. Quizá nunca podría superar esto a menos que él la obligara a rendirse a él. Solo entonces podría probarle que sus temores eran infundados.

Con un esfuerzo sobrehumano, Veloz consiguió por fin hablar.

—Quizá hoy. Quizá ahora mismo, aquí mismo. Esa no es la cuestión. Sabes que no lo es. ¿Qué importa cuándo sea, Amy, si confías en mí, si de verdad crees que te amo? Cuando amas a alguien, te importan sus sentimientos. Si no crees, con todo tu corazón, que a mi me importan los tuyos, entonces haznos un favor y vete a casa.

—Lo creo.

—Entonces sabes lo que tienes que hacer. —Mantuvo la mirada, odiándose a sí mismo, pero convenciéndose de que no tenía otra opción—. Es tu elección. Te he dado tu libertad. Si eso es lo que quieres, cógela y corre. Si no, tendrás que dar tres pasos, y yo no puedo ayudarte a hacerlo.

Ella se quedó allí de pie, como si los pies se le hubiesen clavado en la tierra. Veloz esperó. Fue la espera más larga de su vida. Y aun así, ella no se movió.

Dándose la vuelta hacia su caballo, dijo:

—Adiós, Amy.

—¡No! —gritó ella.

Veloz miró hacia atrás y la vio correr hacia él. Apenas tuvo tiempo de darse la vuelta antes de que ella se abalanzase sobre él como una catapulta. Veloz la cogió, balanceándose por el impacto de su peso. Después la rodeó fuerte con los brazos. Ella tembló, colgada de él. A Veloz le quemaban los ojos por las lágrimas. Bajó la cabeza, poniendo su cara en la dulce curva de su cuello, deleitándose en el sentimiento de tenerla contra él, ahora ya sin ninguna reserva. Había soñado con este momento, lo había esperado con tantas ganas…, pero nada podía compararse con la realidad de tener a Amy en sus brazos.

—No... no me dejes —balbució ella—. Por favor, no lo hagas, Veloz. Me arriesgaré. Cambiaré. Lo haré, de verdad. Solo tienes que darme una oportunidad, ¿lo harás?

Soltándose de una mano, le puso el poncho por los hombros para protegerla del viento y después la atrajo hacia él una vez más. Ella se dejó abrazar. Veloz sufría por ella, deseaba poder deshacer todo lo que le había hecho. Pero no podía.

—Ah, Amy, amor mío, no quiero que cambies. No me importa si vienes a mí con miedo —le susurró torpemente—. No me importa si hacen falta años hasta que las cosas funcionen entre nosotros cuando hagamos el amor. Lo único que me importa es que has venido a mí libremente. —Él dudó, por miedo a presionarla, aunque sabía que debía hacerlo—. Di que eres mía, Amy. Quiero una promesa de matrimonio. No la que hicimos hace quince años, sino una nueva, una que hagas desde el fondo de tu corazón. ¿Puedes hacerlo?

La tensión en su cuerpo le indicó lo mucho que le costaba decir esas palabras.

—Soy tuya. Me casaré contigo. Te... te lo prometo.

—¿Y si elijo hacerte el amor en este momento, bajo uno de estos árboles? ¿Seguirías manteniendo tu promesa?

Un temblor la sacudió.

—Sí... sí.

A Veloz le fallaron los brazos y los apretó alrededor de ella. En su inconsciente, supo que debía tener cuidado. Ella era muy delicada. Podría estar haciéndole daño. Pero, maldita sea, la quería tanto. Oírla decir que sí, aunque fuera con esa voz trémula, era tan maravilloso que quería abrazar hasta su último hálo de aliento, fundir sus cuerpos en uno, para que nunca tuviera que temer volver a perderla. Luchó por controlarse, luchó para que sus brazos se relajaran. Poniéndole una mano en el pelo y otra en la espalda, se balanceó con ella a merced del viento, calmándola con sus caricias, aliviado al ver que la tensión en ella cedía.

—Nunca te arrepentirás de esto, Amy. Nunca.

Él la elevó en sus brazos y la subió al caballo. Poniéndola en la silla, le colocó las faldas y después montó detrás de ella, rodeándole la cintura con el brazo. Ella dirigió una mirada de aprensión hacia los árboles, pero no preguntó por sus intenciones. Él sabía que guardar silencio no estaba resultándole fácil.

Veloz la atrajo hacia él y bajó la cabeza hacia ella. El ala de su sombrero detenía el viento.

—¿Recuerdas cuando te decía que parecías tener un corazón comanche?

Ella asintió, sin decir nada. Veloz le rozó la mejilla con los labios.

—Aún tienes un corazón comanche, Amy. Más aún, creo que más que nadie que haya podido conocer nunca.

—No —dijo con una voz profunda—. Ya no.

Las lágrimas le enfriaron las mejillas.

—Ah, sí. ¿Crees que ser valiente significa no tener miedo? ¿O atreverse? El coraje, en realidad, significa dar tres pasos cuando eso te aterra.

La luz del fuego jugaba con sus rostros. Estirado sobre la alfombra, Veloz sostenía a Amy en el hueco de su cuerpo, con un brazo en la cintura y una mano abierta unos centímetros solo por debajo de su pecho. El silencio entre ellos dejaba lugar a otros sonidos, como el del viento que golpeaba las contraventanas de la casa, la rama del árbol que tocaba con un crujido la ventana del dormitorio, el latido de sus corazones, la respiración de sus pulmones y el tictac del reloj que contaba los minutos de su futuro, un futuro que se abría ante ellos ahora, lleno de promesas incumplidas.

Veloz pasó los dedos por la tela de su vestido, tocando los pequeños botones que terminaban delicadamente en su cuello. Ella no se apartó y esto le gustó. También lo animó a seguir tocando algo más que los botones.

—Voy a tener que ir a ver a Cazador, a decirle que no me he ido —susurró.

Ella se estiró ligeramente. Veloz pensó que debía de estar cansada después de todo lo ocurrido, y que por eso estaba adormecida. Se quedaba. Era evidente que esto se había convertido en su única realidad, lo único a lo que, por ahora, podía enfrentarse. Este tiempo juntos, al calor del fuego y en silencio, era su calma antes de la tormenta. Tenía que saber que él quería más, que pediría finalmente más, pero por ahora dejó que disfrutase del momento.

Muchos recuerdos le vinieron a la mente. Y sintió que ella también lo recordaba. Con la luz del fuego y el viento fuera, era fácil creer que las paredes que les rodeaban eran de piel, que el viento que silbaba venía del norte, recorriendo las llanuras de hierba. Los niños, congregados alrededor del fuego de la noche, con el estómago lleno, los miembros cansados y relajados de haber estado corriendo todo el día bajo un cielo de verano infinito, la risa y el juego. Este era su lazo de amistad del pasado, un lazo de confianza que los unía ahora. Era un regalo tan precioso, el de la amistad, y habían estado a punto de perderlo...

Veloz se dio cuenta de que tendría que volver al pasado y recuperar algo más que recuerdos, que de algún modo tenía que traer la risa y la magia de vuelta a su relación. Por el bien de Amy. Y tal vez también por su propio bien.

Se levantó lentamente, cuidando cada uno de sus movimientos para no asustarla. Poniéndola en cuclillas junto a él, estudió el azul de sus ojos. Sobre todo parecían asombrados y recelosos, como si no estuviese del todo segura de cómo había llegado a dar este paso y temiera lo que iba a venir después. Al leer estas emociones, Veloz supo lo mucho que debía de quererle. Había renunciado a todas sus defensas para que se quedara, y Amy tenía más razones que nadie para intentar protegerse.

Sentada sobre los talones, con las faldas formando un círculo en el suelo, tenía el aspecto de la niña que había sido una vez. Él le pasó un dedo por el contorno sombreado de las mejillas, sin saber muy bien qué decir.

—¿Tienes idea de lo hermosa que eres?

Fijó la vista en su boca. Era evidente que ella esperaba que él hiciera algún movimiento y que estaba preparándose. Él suspiró y le pasó la mano por el pelo, peinándola lentamente, desenredando los nudos de sus largos mechones dorados que caían en una cortina brillante entre sus dedos. Le excitó el roce de los mechones al caer por su brazo, cálidos y sedosos, e imaginó que era su piel. Tener por fin derechos inalienables y no poder ejercerlos era una auténtica tortura.

—Algún día vendrás a mí llevando solo tu hermoso cabello —le susurró con voz ronca.

A Amy se le tensó un pequeño músculo de la boca. Veloz se llevó uno de los mechones dorados a la cara y rozó con su mejilla.

—Prometo que seré tuya, Veloz. Es lo único que puedo prometerte. No esperes más de lo que puedo darte.

—Eso es todo, Amy. Solo quiero lo que puedes darme.

Sus ojos se oscurecieron.

—¿Qué... qué dices?

Veloz suspiró. No estaba seguro de qué demonios estaba diciendo.

—Lo único que quiero es que no tengas miedo.

—No puedo evitarlo.

—Pero yo sí puedo. ¿Crees de verdad que podría forzarte? —Le cogió la barbilla para que no pudiera evitar su mirada—. ¿De verdad lo crees?

Ella lo miró como un conejo asustado en las garras de un halcón hambriento. Veloz se dio cuenta de que una relación amorosa física no entraba dentro de los planes de Amy, y de que no podía encontrar nada en su pasado que cambiase eso. Ella veía el sexo como algo egoísta, algo sucio que los hombres exigían y que las mujeres estaban obligadas a dar.

La voz de ella se volvió fina e insegura, como la nota desafinada de una flauta.

—Pero yo…, ahora eso no se está cuestionando.

«Eso» era algo que a todas luces la aterrorizaba. Veloz casi sonrió, no porque lo encontrase divertido, sino porque sabía que era un temor del todo infundado. Si Texas no hubiese estado tan lejos, habría ido a hacer una visita a Henry Masters.

Sin espacio para más rencor, Veloz estudió el pequeño rostro que tenía enfrente.

—¿Sabes qué es lo que más quiero ahora mismo? Quiero reírme contigo… como solíamos hacer.

Los ojos de ella se oscurecieron con el recuerdo.

—Nos reíamos mucho, ¿verdad? Creo… —Hizo una pausa y lo estudió, con una expresión de melancolía—. ¿Sabes que eras mi único y mejor amigo? Nunca he tenido otro, porque me crié sin vecinos cerca. Algunas veces, mientras aún estaba en la granja de Texas, cuando me sentía sola, solía sentarme bajo la pacana e imaginaba que tú estabas conmigo.

Veloz sintió un dolor en la garganta.

—Ojalá hubiese estado allí.

—Solía recordar cosas que hacíamos juntos. —Sonrió levemente, con los ojos brillantes fijos en él—. Era casi como si de verdad volviésemos a hacerlas de nuevo. O te contaba mis problemas e imaginaba lo que tú me dirías. Me dabas muy buenos consejos.

—¿Qué te decía?

—Que mirase al horizonte. —Las lágrimas llenaban sus ojos—. Me decías: «Mira al mañana, Amy. El ayer se ha ido». Y yo encontraba el coraje para seguir, solo un día más, porque el mañana podría ser el día en el que tú vendrías a buscarme. —Suspiró y levantó los brazos, encogiéndose ligeramente de hombros—. No podía rendirme, ¿sabes?, porque el mañana siempre estaba a una noche de distancia.

Le destrozaba pensar en las dificultades que ella debía de haber pasado y en no haber podido estar allí para ayudarla. Quizá un día pudiese compartir esas experiencias con él y librarse de ellas. Sabía lo que era esperar un día más. También sabía lo mal que podían ponerse las cosas para alguien que vivía más allá del presente, con solo un elusivo mañana que nunca llegaba como única esperanza.

—Tenemos una segunda oportunidad, tú y yo —le susurró—. La oportunidad de volver a ser buenos amigos otra vez.

—Ya no somos niños —le recordó ella—. No podemos volver atrás.

—¿No podemos? Eso es lo que quiero, tener lo que solíamos tener. Hacer el amor es algo que ocurrirá cuando tenga que ocurrir, cuando nos sintamos bien haciéndolo.

Ella se puso en pie, levantando de forma imperceptible la barbilla.

—Veloz, debo decirte que nunca me sentiré bien haciéndolo. Tienes que entenderlo.

Apreciando su honestidad, sabiendo lo difícil que debía de ser para ella no recurrir a subterfugios, especialmente cuando estaba arriesgando tanto, le dijo:

—Yo sabré cuándo es el momento. Y no es ahora. Así que relájate y disfruta de que estemos juntos.

—Pero… —Se mordió el labio inferior con los dientes, preocupada por un momento—. ¿No lo ves? No puedo relajarme cuando sé que… que puede pasar.

—Entonces te avisaré primero. ¿Qué te parece?

—¿Me avisarás?

—Sí. Y, hasta que lo haga, no hay nada de lo que preocuparse. Así que no debes tener miedo si te toco o si te beso.

Un brillo de esperanza apareció en sus ojos, junto a una fuerte dosis de incertidumbre.

—¿Me lo prometes?

Veloz tenía el presentimiento de que esta era una promesa que tendría que hacer una y otra vez hasta que ella empezase a creerle.

—Te lo prometo, Amy.

Capítulo 15

*E*sa noche, los Lobo tuvieron una gran cena de domingo para celebrar la decisión de Veloz de quedarse. Amy estuvo allí, como siempre había hecho todos los domingos antes de que Veloz llegase a Tierra de Lobos. Y por primera vez desde su llegada pudo ser ella misma, rodeada de aquellos a los que amaba, riendo, hablando y bromeando. Consciente de cómo su presencia la había confinado esos días, arrebatándole a la familia y su apoyo, Veloz se sintió en más de una ocasión arrepentido.

Hacia el final de la cena, Amy sorprendió incluso a Veloz cuando de repente se levantó y dijo que tenía una noticia que dar. Todos la miraron. Cuando unió su mirada a la de Veloz a través de la mesa, sus mejillas enrojecieron con timidez y sus ojos se volvieron de un azul más intenso. Era evidente que no tenía muy claro lo que iba a decir. Tenía el cuerpo tenso. Antes de hablar, Veloz adivinó su intención, y apenas pudo creer que hubiese reunido el coraje para dar un paso tan irrevocable, y con tanta rapidez.

—Sé que Veloz tal vez no os lo diga por consideración hacia mí —dijo con voz temblorosa—, pero después de todo el jaleo que he montado desde que llegó, creo que es justo que os diga que he renovado mi promesa de matrimonio con él.

El silencio se apoderó del salón, un silencio inmóvil, de respiración contenida, como si todos en la mesa se hubiesen quedado helados al mismo tiempo. Los músculos de las piernas de Amy se entumecieron. Se puso una mano en la falda. Ya está, ya lo había dicho. Ahora ya no había vuelta atrás. Echando mano de todo el coraje que le quedaba, miró a Veloz a los ojos.

Él parecía un tahúr que acabase de enseñar cuatro ases en una jugada de póquer.

Después de un momento, Cazador dijo:

—Espero que el sol brille para los dos.

Con un gritito, Loretta se levantó de la silla y dio a Amy un emotivo abrazo.

—Sabía que se solucionaría. Lo sabía.

Otra ola de incertidumbre sobrecogió a Amy al devolver el abrazo a Loretta. Nada se había solucionado todavía. Podía sentir la mirada de Veloz. Se preguntó en qué estaría pensando, por qué no hablaba, por qué sonreía de esa manera.

—¿Así que os vais a casar? —preguntó Índigo con entusiasmo infantil—. ¡Ah, es estupendo! Creo que deberíamos dar una gran fiesta para celebrarlo. Tal vez Brandon Marshall pueda venir. —Clavó sus ojos azules en Loretta—. ¿Puedo invitarlo, mamá?

Soltando a Amy, Loretta miró a su hija con nerviosismo.

—Deja primero que se organice la fiesta, Índigo. Luego hablaremos de las invitaciones.

Veloz levantó una mano.

—No habrá ninguna fiesta. —Su voz sonó con determinación—. No por el momento, al menos.

—¿Por qué no? —preguntó Loretta.

Veloz levantó la ceja izquierda.

—Porque no quiero que nadie fuera de estas paredes lo sepa hasta que decidamos que estamos preparados.

Cazador lo interrumpió.

—Esas no son nuestras costumbres, Veloz. Los compromisos siempre se anuncian públicamente.

—Es mi costumbre. —Veloz se recostó en la silla y rodeó la taza de café con los dedos. Su mirada, oscura e indescifrable, se encontró con la de Amy—. Tenemos mucho que hacer. Casarse pronto no es una prioridad.

—Un compromiso largo no tiene nada de malo —le aseguró Loretta—. Pero ¿por qué no anunciar el compromiso de forma oficial?

Veloz volvió a mirar a Amy, con una misteriosa sonrisa.

—El trabajo de Amy es muy importante para ella. Me gustaría que pudiera conservarlo.

Amy parpadeó, intentando entender lo que él acababa de decir, pero antes de poder asimilarlo, Loretta gritó:

—¿Por qué un anuncio así iba a poner en peligro el trabajo de Amy?

Una vez más, Veloz parecía tener solo ojos para Amy.

—No soy lo que se dice la persona más popular en Tierra de Lobos. Si las lenguas empiezan a murmurar…, bueno, no hay que ser un genio para saber lo que ocurriría. No quiero correr ese riesgo. Si no decimos nada, daremos a la gente la oportunidad de que me conozcan mejor. Quizá entonces no les importará que su maestra se case con un antiguo pistolero.

—Pero las malas lenguas hablarán aún más si no saben que estáis comprometidos —replicó Loretta.

—No, si tenemos cuidado y no dejamos que nos vean juntos demasiado. Hasta el momento, lo hemos conseguido bastante bien.

Veloz echó todo el peso de su cuerpo sobre el respaldo de la silla, con los hombros relajados, un brazo encima del respaldo y la otra mano puesta encima del muslo. Amy casi podía sentir la calidez de esos fuertes dedos sobre sus pechos, la fuerza de su brazo alrededor de ella.

—Si os vais a casar, tía Amy no necesita trabajar —dijo Chase, interviniendo en la conversación—. Ella se quedará en casa y cocinará y cuidará de los niños.

—¿Quién lo dice? —Aún balanceándose en la silla con el impulso de los pies, Veloz miró al muchacho—. ¿Por qué tiene ella que dejarlo todo porque se case?

—Sí, Chase, ¿por qué? —preguntó Índigo—. Las mujeres pueden hacer otras cosas además de limpiar la casa y lavar la ropa.

Chase levantó los ojos al techo.

Riendo, Veloz levantó una mano.

—No era mi intención empezar aquí una discusión. Es solo que la forma de los blancos de hacer las cosas no me parece justa. De hecho, sé que puedo escribir mi nombre, voy a firmar un papel que diga que la casa de Amy sigue siendo de su propiedad y que su dinero es suyo también.

A Amy le dio un vuelco el corazón. Se sentía tan conmovida que tuvo que hacer verdaderos esfuerzos por no llorar. Poniéndose una mano sobre el pecho, dijo:

—¿Qué has dicho?

—Me has oído.

—¿Vas a firmar un papel negando los derechos que tienes sobre mi casa y mi sueldo?

—¡Eso es una locura! —gritó Loretta—. ¿Por qué iba a querer una esposa que se dividieran las propiedades?

—Para mantener su independencia. —Veloz miró a Cazador, divertido—. No te parece bien.

Cazador se encogió de hombros.

—Es una buena costumbre, es la costumbre de nuestro pueblo. No firmamos papeles, pero lo que es de la mujer le sigue perteneciendo después de casada.

—Entonces está decidido. ¿De acuerdo, Amy? —Veloz observó a su futura esposa, esperando pacientemente que hablara. Cuando vio que se limitaba a quedarse allí de pie, mirándolo, dijo—: Bien, ¿estás de acuerdo o no?

Amy trató de hablar y no pudo. Por fin se limitó a asentir. Veloz volvió a sonreír. Durante un momento interminable, Amy olvidó a todos los que estaban en la habitación. Solo existía Veloz y la ternura que veía en sus ojos negros.

Cuando se hubo terminado la cena y los platos estuvieron lavados, Veloz invitó a Amy a dar un paseo nocturno. Ella aceptó sin dudarlo. En cuanto alcanzaron los árboles que había detrás de la casa, lejos de las miradas de los demás, redujeron el paso y empezaron a caminar a un ritmo más tranquilo.

Cuando él le cogió la mano, Amy respiró profundamente, exhalando un suspiro.

—No has cambiado. En muchos aspectos, no has cambiado.

—¿Qué quieres decir?

Ella sonrió y encontró su mirada.

—En un momento estás pidiendo promesas y al momento siguiente cambias de idea. No esperaba… —Se calló y arqueó una ceja—. No tenías por qué hacer ninguna de esas concesiones en la cena. Y sin embargo las hiciste. ¿Por qué?

La expresión de su cara se agudizó.

—No creo que las costumbres de vuestra gente sean justas.

Amy obvió el comentario.

—La mayoría de los hombres quieren tener la ley a su favor. Su casa, su dinero. De esta forma tienen el control.

—Yo no soy como los demás hombres. —Él abrió el puño y tocó ligeramente con los nudillos su barbilla—. Mientras no te pegue una vez a la semana para mantener en forma mi brazo, no necesitarás nunca ese papel. Firmarlo no me cuesta ningún esfuerzo y, sin embargo, a ti te hace muy feliz.

Andando al mismo ritmo que él, apoyó la cabeza en su brazo, mirando los árboles, que se alzaban sobre ellos. Veloz estudió la parte de arriba de su dorada cabeza. Inhaló una buena bocanada de aire y lo dejó salir poco a poco después, como si con ello estuviera librándose de un gran peso.

—Solías hacer eso antes, pedirme las cosas más difíciles para luego tomar muy poco una vez había aceptado hacerlas. —Levantó la cabeza—. Todavía recuerdo las primeras veces en las que me sacaste a pasear después de que Cazador me rescatara de los comancheros. Me llevabas hasta el infierno, a lo largo del río, tan lejos del poblado como fue posible. Sabías lo que estaba pensando.

—No era difícil de adivinar —contestó él con una sonrisa—. Tenías que aprender que no necesitas la seguridad de los demás para estar a salvo conmigo. Esa era la única manera de demostrártelo.

—Lo estás haciendo otra vez. Intentas demostrarme algo. Me haces temer lo peor de ti. Y después no haces nada de lo que me hiciste pensar. Hiciste que aceptase hacer el amor contigo hoy. Pero nunca tuviste intención de hacer algo así, ¿verdad? En cuanto creo que sé dónde estoy, entonces das otra vez la vuelta a todo.

Con un suspiro, la atrajo hacia sí y la apoyó sobre el hueco de su brazo.

Le rozó la mejilla con los labios. Amy sintió un escalofrío en la espalda y se quedó sin respiración cuando sus bocas se juntaron.

—Es muy sencillo, Amy. Lo único que quiero, lo único que siempre he querido, es que confíes en mí. Si tengo eso, todo lo demás vendrá solo. ¿No lo entiendes? Lo demás simplemente sucederá.

Con lágrimas en los ojos, le tocó la cicatriz de la mejilla, y después dejó caer la frente sobre su pecho.

—No es fácil para mí.

Él sonrió y la rodeó con los brazos, contento de poder tenerla tan cerca.

—Lo sé. Pero sucederá si nos damos tiempo.

Cuando Veloz levantó la cabeza, vio que tenía los ojos llenos de lágrimas.

—Te quiero, Veloz —le susurró—. Siempre te he querido.

—Lo sé.

Al mirarla, vio la frágil confianza que había en sus ojos y apenas pudo creer la suerte que había tenido. Se sintió de repente lleno de ansiedad. Durante media vida, cualquier tipo de felicidad le había sido negada. No se había atrevido a soñar. Ahora, sostenía el mundo en sus brazos. Amy. La quería tanto... ¿Qué pasaría si algo salía mal? ¿Qué pasaría si volviese a perderla?

—¿Veloz? ¿Qué te ocurre? —susurró.

—Nada. Todo está bien.

Guardando sus temores para sí, se obligó a sonreír y bajó la cabeza para rozarle una vez más los labios. En la magia de la noche, le bastaba con poder recuperar su amor de juventud. Se las vería con el futuro cuando llegase el momento.

Capítulo 16

*U*na semana después exactamente, más o menos a la misma hora de la noche, Veloz estaba de pie con un hombro apoyado en el porche de Amy, con los labios aún temblorosos por el beso inocente que se habían dado de buenas noches y las entrañas contraídas por el deseo de algo más. Después de siete días de tratarla con pies de plomo, su paciencia era tan frágil que creía que iba a romperse de un momento a otro. Dejarla era lo más difícil que había hecho nunca. Cada uno de sus instintos le pedía que volviese dentro y la hiciese caer entre sus brazos. Ella se habría entregado a él. No le cabía ninguna duda. Y sería la unión más maravillosa de su vida. Lo único que tenía que hacer era volver allí dentro…

Cerró los ojos, con un dolor bajo en el vientre que le cerraba el estómago. Durante toda su vida, los hombres habían tomado a Amy por la fuerza. Esta noche, ella había confiado en él lo suficiente como para dejar que la abrazara. Tenía que pasar por eso para ver el contraste entre ser utilizada y querer hacer el amor. Su unión sería todo lo dulce que prometía y eso bien merecía otra noche de frustración.

Ajustándose el sombrero en la cabeza, se obligó a mover los pies calle abajo, notando con cada zancada la fuerza de voluntad y el sacrificio que le exigía. Pero al final, siguió caminando porque amaba a Amy mucho más de lo que amaba satisfacer su deseo físico por ella.

Como venía siendo ya un hábito esa semana, se encaminó a la taberna con la esperanza de encontrar algo de alivio en una copa de whisky y un amistoso juego de cartas. Sobre todo en el whisky. Con la frustración que le provocaba tener que renunciar a Amy cada noche, le costaba conciliar el sueño, y tenía que estar por la mañana temprano trabajando en la mina de Cazador. Un trago le relajaba.

Randall Hamstead se sentaba solo en la mesa de la esquina de la taberna. Veloz fue a la barra y pidió un trago, sonriendo con educación a May Belle, una rubia descarada sentada en un taburete cercano. La mujer lo miró de arriba abajo mientras esperaba a que le sirvieran. A la luz brillante de la lámpara, las líneas de su cara se agudizaban, haciendo que su piel maquillada pareciese de papel arrugado. Por encima del corpiño negro, sus pechos sobresalían como melones maduros.

Veloz no pudo evitar preguntarse cómo alguien tan atractivo y de buen corazón como ella había podido acabar en un sitio así, como prostituta entrada en años, haciendo galanterías a hombres que seguramente despreciaba. Algunas veces no estaba seguro de quiénes eran los salvajes, si los comanches o los hombres blancos.

Pagó por la bebida y deslizó la vuelta por debajo de la barra hacia ella. Ella miró el dinero con una ceja levantada. Con la copa en la mano, Veloz esquivó las mesas y se unió a Randall Hamstead. Cogiendo una de las sillas que había a su lado, dijo:

—Bueno, Randall, ¿cómo se ha portado hoy el negocio de las telas? ¿Tienes monedas suficientes para jugar al póquer o piensas quedarte ahí mirando toda la noche?

Randall sonrió.

—Solo estaba esperando a que algún desgraciado apareciese. Empezaba a pensar que no ibas a venir esta noche.

—Ah, así que soy el desgraciado al que estabas esperando, ¿eh? —Veloz puso un dólar sobre la mesa—. Apuesta y da las cartas, amigo. Veremos ahora quién de los dos es más desgraciado.

Varias manos después, Veloz volteó dos naipes de un mismo palo, con un as arriba.

—No superan mi escalera —dijo Hamstead, mostrando sus cartas a través de la mesa—. Pierdes, López. Otra vez.

Veloz sonrió.

—Como yo lo veo, no has recuperado aún lo que perdiste conmigo hace dos noches.

Un grupo de mineros de otra mesa oyeron la burla de Veloz y se rieron. Randall les dirigió una mirada de advertencia.

—Solo tengo dos dólares de los que avergonzarme.

—Tres. —Veloz dio una calada al cigarrillo, cogiendo las cartas con una mano para ponerlas juntas—. Estoy aprendiendo a contar, ¿recuerdas? Guárdate tu orgullo para otro día.

Desde una mesa cercana, Abe Crenton enarboló una botella de whisky vacía.

—¡Pete! —gritó—. Tráeme otra.

Randall miró al dueño borracho de la taberna con una expresión de asco.

—Menos mal que no le gusta jugar a las cartas cuando está así.

—¿Es bueno?

Randall sonrió y suspiró.

—Hace trampas. Nunca apuestes tus ahorros cuando él está jugando.

Veloz rezó para que Crenton no fuese a casa bebido y se pusiera a martirizar al pequeño Peter y a su familia.

—Partida de póquer a siete, cuatro mal y sucia —dijo, poniendo la baraja de un golpe sobre la mesa—. ¿Te importa cortarte tu propio pescuezo?

Hamstead cortó.

—Aquí vienen de vuelta mis tres pavos. Puedo sentirlo en los huesos.

Veloz levantó las dos primeras cartas y rio.

—Mi dama se come a tu diez. Veo tu dólar y subo uno.

Crenton se inclinó sobre la mesa, tan bebido que casi se cayó de la silla en la que estaba sentado.

—¿Qué tienes que decir sobre tu dama, López?

Veloz levantó la mirada de las cartas, perdiendo la sonrisa.

—¿Cómo dices?

Crenton enfocó sus borrosos ojos azules y sonrió de forma desagradable, con una barba pelirroja tan mojada de whisky que le olía a varios metros de distancia.

—¿Es tan buena en privado como parece?

—¿Quién?

—La señorita Amy… ¿quién demonios va a ser? No creerás que alguien piensa que estás aprendiendo a leer allí dentro, ¿verdad?

Veloz puso las cartas sobre la mesa. Quería saltar y arrancarle la cara a Crenton. Solo el recuerdo de Amy lo contuvo. Si no manejaba bien la situación, podría dañar de forma irreparable su reputación. Se esforzó por sonreír.

—Ojalá estuviera divirtiéndome tanto como los demás piensan. Esa mujer tiene demasiado almidón en los pololos, podrían echar a andar sin ella dentro.

Crenton echó hacia atrás la cabeza y explotó en una carcajada. Hamstead enrojeció y pareció incómodo.

—La señorita Amy es una buena mujer. Los dos deberían hablar de ella con respeto.

—Yo la respeto —replicó Veloz, tragándose el último sorbo de whisky del vaso y bufó cuando el líquido le abrasó la garganta a su paso hacia el estómago—. Es lo único que se puede hacer con una mujer como ella. Y no es que no lo haya intentado. Es una mujer muy bonita.

—Amén —dijo Crenton, moviendo su vaso vacío en el aire—. Así que dime, López, si no has estado comprometiéndola, ¿por qué demonios pagaste cien dólares por su cesta?

Veloz puso el vaso en la mesa y se echó atrás en la silla.

—Fue la única manera que se me ocurrió de pagar por mis clases. El comité no hubiese aceptado dinero o una donación de un hombre con mi reputación. Y la señorita Amy no aceptará dinero de mí. Pensé que el pueblo debía recibir algún tipo de recompensa.

Era una mala excusa, pero la única que Veloz pudo inventar al instante. Crenton, sin embargo, pareció satisfecho. Asintió y eructó.

—Supongo que a mí me pasaría lo mismo. Porque tú no eres un niño. Y —volvió a eructar— los buenos tipos de Tierra de Lobos seguramente no quieren verte en su piadosa y condenada escuela de todos modos.

En ese momento, las puertas de la taberna se abrieron. Dos hombres entraron sorteando las mesas en dirección a la barra. Cubiertos con el ala de sus sombreros como iban, Veloz no pudo ver sus caras. Su atención se centró en la ropa y no pudo evitar sentir cierto nerviosismo. Motivos de nácar decoraban los pantalones de uno de ellos. El otro llevaba una chaqueta de piel bordada y con flecos. Los dos llevaban cartucheras plateadas. Caminaban con fanfarronería, los hombros erguidos y los brazos ligeramente doblados, como si soportaran mucha tensión en ellos, como si no les gustase dar la espalda a extraños. Veloz conocía ese sentimiento demasiado bien.

—Dos vasos de whisky —dijo el hombre con los pantalones de motivos de nácar—. Y déjanos aquí la botella.

Veloz se levantó lentamente, lamentando no llevar sus armas consigo. Echó un vistazo a los otros clientes de la taberna. Ninguno salvo él parecía pensar que los dos recién llegados parecieran fuera de lugar.

—¿Vas a terminar la partida y sentarte? —preguntó Randall.

Obligándose a recobrar la calma, Veloz cogió las cartas y, con la sangre fría que da la práctica, continuó jugando, aunque siguió sin perder de vista a los hombres de la barra.

—¡Pete! ¿Vas a traer de una vez la botella? —gritó Crenton.

—Estoy en ello, jefe.

El tabernero sirvió a los dos extraños. Mientras corría entre las mesas, llevando la segunda botella a su jefe, el extraño que llevaba la chaqueta de flecos se dio la vuelta y plantó el talón de la bota en el reposapiés de la barra, con un codo sobre ella y el vaso en los labios. Recorrió el salón con la mirada, observando a Veloz con sus ojos azules, primero de soslayo y después clavando sus ojos en él sin dudar.

Pete puso la botella sobre la mesa, frente a Crenton. Volviéndose hacia la barra, empezó a conversar con los recién llegados. Veloz prestó atención, esperando sacar algo de información, sin darse cuenta de que Abe Crenton había cogido la botella y caminaba dando bandazos hacia la puerta.

—¿Qué os trae a esta buena ciudad, amigos? —preguntó Pete.

—Hemos estado en Jacksonville —dijo el hombre de la chaqueta—. Hemos oído que había varias vetas por descubrir aquí.

Pete se quitó un paño del hombro y se dispuso a secar con él un vaso.

—Hay mucho oro en estas colinas para quien tenga la paciencia suficiente para buscarlo. —Les dirigió una sonrisa, dando un golpe en la barra—. ¿Estáis pensando en abrir una mina o qué?

Los hombres parecían reticentes a contestar.

—Bueno, en verdad no estamos seguros. Nunca hemos trabajado en una mina antes. Pensábamos hacer algunas averiguaciones antes de ponernos a cavar la tierra.

—Cazador Lobo es el tipo con el que tenéis que hablar. A él no le importa ayudar a los nuevos, no como a otros. Desde luego, su propiedad no parece estar cerca de agotarse, por lo que puede ser generoso. —Pete les dirigió una sonrisa amistosa—. Hay un buen hotel al lado. Es el que está junto al restaurante. No hay mejor comida que la de Tess Bronson.

—Entonces seremos clientes asiduos, supongo.

—¿De dónde sois?

—De por ahí —contestó el otro hombre.

—¿Vas a apostar? —preguntó Hamstead, obligando a Veloz a volver al juego.

Veloz puso otro dólar en el bote.

—Lo siento, Randall. No puedo evitar fijarme en esos dos tipos que acaban de entrar. Me parece que no van a traer sino problemas.

Randall echó un vistazo hacia la barra.

—¿Sí? Bueno, hay todo tipo de mineros por aquí. Lo único que tienes que hacer es gritar «¡oro!», y aparecerán buscadores de todos lados.

—Estos no parecen ser de los que buscan oro.

—Después de ti, nada me sorprende. —Sonrió—. Ya hemos dejado de estar aislados del mundo. La diligencia de Sacramento pasa por Jacksonville de camino hacia Portland todos los días. —Randall estudió las cartas que Veloz le había dado—. Me iré al infierno si mis tres del mismo palo no superan a tu par de damas, amigo. Recojo mis tres dólares y cojo cinco para terminar.

Veloz recogió el dinero y las cartas.

—Es la señal de que debo irme a casa. Buenas noches, Randall. Disfruta del juego.

Levantándose de la silla, hizo una señal de buenas noches a May Belle y dejó la taberna, aliviado al sentir el aire fresco de la noche en la cara. Saliéndose de la acera, se detuvo para observar los dos caballos que estaban atados al poste. Después de echar un vistazo a la entrada de la taberna, se acercó a ellos para fijarse en las sillas con remaches estridentes que llevaban, así como las perillas que relucían a la luz de la luna. Agachándose un poco, levantó el casco de uno de los caballos y pasó la mano por la herradura. Bien puesta. Probó los tendones de la parte delantera del animal y la rodilla para saber si los tenía hinchados, prueba de que habían hecho un largo viaje.

—¿Qué haces, López? ¿Estás pensando en robar caballos?

Reconociendo la voz, Veloz se dio la vuelta y escudriñó el espacio oscuro que había entre la taberna y la tienda de abastos.

—Buenas noches, Marshall. Ha pasado un siglo desde la última vez que nos vimos.

Hilton salió de las sombras.

—He convertido en una costumbre lo de no ser visto. Un servidor de la ley aprende más de esta forma.

—Te tenía por un hombre inteligente. Y veo que no me he equivocado.

Hilton se detuvo junto al caballo.

—¿Y bien?

—¿Y bien qué?

Hilton bufó.

—¿Vienen de lejos o no?

—Lo suficiente —contestó Veloz.

Hilton suspiró y se echó el sombrero hacia atrás para mirar en dirección a la taberna.

—Mi mujer solía decir que no debía juzgar a la gente a primera vista, pero por mi experiencia, no suelo equivocarme con las primeras impresiones. —Miró a Veloz—. Como contigo, por ejemplo. En el instante en que te vi, supe que no eras ni la mitad de malo de lo que tu reputación asegura.

—Espero que eso sea un cumplido.

—Si no lo fuera, tu culo estaría aún detrás de aquellos barrotes. No podría permitir que un antiguo pistolero estuviese molestando a nuestra maestra. Uno respetable sí, eso es diferente.

Veloz empezó a pasar el pulgar por el cinturón de las pistoleras, notando su ausencia. Después movió los pulgares por encima del cinturón del pantalón.

—¿Existe un asesino que pueda ser considerado respetable, comisario?

Hilton se rio.

—Eso es lo que me gusta de ti, López. Siempre franco. —Se quedó en silencio un momento, escudriñando a Veloz a través de la penumbra—. Está en tus ojos.

—¿Cómo dices?

Hilton volvió a reír.

—Puedo leer a un hombre en los ojos. No tienes mirada de asesino.

—Entonces no tienes la vista muy fina. He sido un asesino, Hilton. Y no me siento precisamente orgulloso de ello.

Como si Veloz no hubiese hablado, el comisario sonrió y se rascó la barbilla.

—No, tú tienes la mirada de un hombre que se encuentra entre la espada y la pared. Dispararás si te presionan, pero no vas buscándolo. Nunca lo has hecho, si te he leído bien. Y pocas veces me equivoco.

—¿Adónde quieres llegar?

Hilton pasó la mano por la silla del caballo, con las cejas fruncidas.

—A que no me gusta el aspecto de esos dos de ahí dentro mucho menos de lo que te gustan a ti.

—¿Crees que vienen buscando problemas?

Hilton se echó el sombrero sobre los ojos para mantenerlos en la sombra.

—Tal vez. —Empezó a alejarse, después dudó—. Supongo que lo que en realidad estoy tratando de decir es que, si Tierra de Lobos es donde te vas a encontrar entre la espada y la pared, y los problemas te llegan sin quererlo, aquí tienes a un amigo.

Veloz tragó saliva.

—Recordaré eso.

Hilton asintió y se alejó paseando tranquilamente para desaparecer de nuevo entre las sombras. Veloz se quedó allí un momento, reflexionando sobre la conversación. Después fijó la vista en las puertas de la taberna y apretó la mandíbula.

Capítulo 17

*A*l día siguiente, los dos extraños visitaron la mina, haciendo a Cazador todo tipo de preguntas. Veloz siguió trabajando, pero estuvo en todo momento con la oreja parada. Los hombres parecían verdaderamente interesados en encontrar oro. Cazador les suministró toda la información necesaria y les hizo una lista con los artículos que debían comprar en la tienda de abastos si querían empezar con las perforaciones. Después de que se hubieran ido, Veloz abandonó la caja de lavado que había estado utilizando para separar el oro, rodeó una pila de gravilla y llegó hasta Cazador de una zancada.

—¿Y bien?

Cazador frunció el ceño, con la mirada aún fija en los hombres, que descendían la cuesta que conducía al pueblo.

—Aseguran que son hermanos. Lowdry, dicen que es su apellido, Hank y Steve Lowdry.

—¿Les crees?

—No estoy seguro. Ya veremos, ¿no te parece? Si compran material para hacer las prospecciones, entonces podrás relajarte. Si no…

Veloz se puso firme para que el viento le diese en la cara y dio una palmada en la pernera de su grasiento mono de trabajo.

—¿Parecían estar observándome?

—No. —Dándose la vuelta, Cazador puso una mano en el hombro de Veloz—. Tal vez estás viendo fantasmas donde no los hay, amigo mío. Admito que su aspecto es algo duro y que sus ropas me recordaron a las de los comancheros. Pero Tierra de Lobos está muy lejos de Texas.

—No creo que Texas tenga el monopolio de los hombres duros.

—Tú y yo estamos en Oregón, ¿no?

Con una sonrisa, Veloz volvió al trabajo.

Amy se sentó en los escalones de la escuela para comer el almuerzo a la hora del recreo. Rodeada de la risa de los niños, no pudo evitar hacer una comparación entre la simplicidad de sus vidas y las complicaciones de la suya. A excepción de Peter, los alumnos tenían una vida fácil. Deseó que pudiesen seguir así de inocentes siempre. Sería maravilloso poder confiar y ver solo bondad en los demás.

Mientras paseaba la vista por el patio de recreo, Amy suspiró con un deje de tristeza, sabiendo que estaba pensando en cuentos de hadas. El dolor y la desilusión eran parte de la vida. Índigo, por ejemplo. Su fascinación por Brandon Marshall estaba destinada al fracaso pero, a menos que la chica experimentase ciertos sinsabores, no podría reconocer a un buen hombre cuando finalmente llegase.

Amy buscó a su sobrina entre los grupos de niños y sintió un escalofrío al no verla. Índigo no solía salir del patio durante los recreos.

Sacudiéndose las migas de las manos, descendió los escalones y cruzó el patio para mirar en dirección al pueblo. Nada. Con el ceño fruncido, interrumpió a algunos de los niños que estaban jugando al «corre que te pillo» para preguntarles si habían visto salir a Índigo.

—Sí —dijo la más pequeña de los Hamstead—. Se fue a pasear.

—¿Sola?

—No.

Amy esperó y, al ver que la niña no tenía intención de dar más información, sonrió.

—Anna, si no se fue sola, ¿con quién se fue?

—Con un chico.

Amy cruzó los brazos.

—¿Es usted una mujer de pocas palabras, señorita Hamstead?

Anna parecía perpleja.

—¿Quién era el chico? —preguntó impaciente Amy.

Anna arrugó la nariz y se encogió de hombros.

—No sé.

Amy se inclinó hacia delante.

—¿Puedes decirme qué aspecto tenía?

—Guapo.

Amy se estiró, cada vez más nerviosa.

—¿En qué dirección se fueron?

La niña levantó un dedo en dirección al bosque.

—Por allí.

—Gracias, Anna. Me has sido de gran ayuda.

Corriendo hacia los árboles, Amy se levantó la falda para rodear un charco. No se atrevía a alejarse mucho y dejar a los niños solos. Después de adentrarse un poco en el bosque, se detuvo para escuchar. Le llegó una risa a su derecha. Se fue en esa dirección y se recogió con fuerza la falda para no ensuciarse.

—¡Índigo!

Entonces vio a la chica. Traía el pelo leonado suelto, los ojos chispeantes y las mejillas sonrojadas.

—Hola, tía Amy. ¿Qué estás haciendo aquí?

Amy se hizo a un lado, estirando el cuello.

—La pregunta es, ¿qué estás haciendo tú aquí? Y ¿con quién estabas?

Índigo sonrió y avanzó hacia ella, como si fuera a confiarle un secreto.

—Tengo un pretendiente, tía Amy, ¡Brandon Marshall! Es tan guapo…, mi corazón casi deja de latir cuando lo veo.

El de Amy casi dejó de hacerlo también al ver la expresión de Índigo en los ojos.

—¿Y te escapas del colegio para citarte con él en el bosque? Índigo, eso no es propio de una señorita.

—No he hecho nada malo. Solo estuvimos hablando.

Sin estar muy segura, Amy miró el rostro encantador de Índigo, tratando de no decir algo que pudiera herirla.

—Estoy segura de que no hiciste nada malo, cariño. Eso nunca se me pasó por la cabeza. Pero la triste realidad es que la gente tiene la lengua muy larga.

Los ojos de Índigo se abrieron con indignación.

—Hablas igual que mamá. Es Brandon, ¿verdad? No os gusta porque viene de Boston. No pensáis que pueda fijarse en una chica como yo. Y ahora estáis enfadadas porque sí lo ha hecho.

Amy tocó a su sobrina en el hombro.

—Eso no es cierto. Creo que eres una joven muy guapa, Índigo. Cualquier chico se sentiría honrado de cortejarte, incluso uno rico de Boston.

—Entonces, ¿por qué os oponéis a que hable con él?

—No me opongo. —Amy hizo una pausa—. Pero Brandon es un poco mayor que tú. No quiero que te haga daño.

—Eso es exactamente lo que dice mamá.

Amy suspiró.

—Debes admitir que el vecindario rico de Boston es bastante diferente al de Tierra de Lobos. Y Brandon es diferente también. No solo mayor, también es más sofisticado.

—¿Y eso significa?

—Significa que Brandon volverá seguramente a Boston un día. Tal vez nunca ha tenido intención de hacerte daño al querer que fuerais amigos para luego marcharse, pero te hará daño de todos modos. Y existe la posibilidad de que él piense que está bien revolotear un poco por aquí antes. Tú le has llamado la atención, pero ¿es porque de verdad le gustas o es porque lo que quiere es divertirse un poco?

—Lo que en realidad quieres decir es que él me respeta menos porque soy mestiza. Que jugará con mis sentimientos, tendrá lo que quiere y después se irá sin sentir ningún remordimiento.

—No...

—¡Sí, eso quieres decir! No soy tan buena como las demás, eso es lo que estás diciendo. No le importará hacerme daño porque las chicas como yo no contamos igual que las chicas blancas.

Amy tragó saliva.

—Índigo, no puedes pensar de verdad... —La mentira se convirtió en polvo. Índigo había visto suficientes prejuicios contra su padre, contra los pocos indios que aún quedaban en la zona y contra los trabajadores chinos, para creerse una mentira—. Existe gente ignorante en el mundo. —Hizo un in-

tento—. Eres una joven muy bonita. Hay hombres sin escrúpulos en el mundo, hombres que se aprovecharían de ti sin
pensárselo. Porque eres medio india.

—¡Brandon no es un chico sin escrúpulos!

—Espero que no —susurró Amy.

Los ojos de Índigo se llenaron de lágrimas, enfadada.

—Me siento orgullosa de mi sangre. Orgullosa, ¿me has
oído? Y a Brandon le gusto por lo que soy. Ya lo verás. Tú y mi
madre. ¡Ya lo veréis!

Dicho esto, Índigo corrió adelantando a Amy en dirección a la
escuela. Temblando, Amy la vio irse. Después echó un vistazo a
su alrededor, preguntándose cómo Brandon había desaparecido
tan rápidamente. ¿En qué pensaba un joven para encontrarse se-
cretamente con una chica de la edad de Índigo en el bosque?

Amy jugó con el borde de encaje del cuello de su vestido,
asustada por Índigo e insegura de lo que debía hacer para alejar
a la chica de mayores problemas. Amy solo podía rezar para
que la educación de Índigo le sirviese de algo.

Al apresurarse de vuelta al colegio, recitó en silencio una
plegaria para que Índigo estuviese allí. Al ver que la chica estaba sentada en los peldaños del porche, suspiró aliviada. Mal-
humorada, pero allí estaba. Se prometió que reflexionaría sobre el asunto y que hablaría con Índigo otra vez. Quizá si
cambiaba de táctica, la chica no se pondría tan a la defensiva y
escucharía alguno de sus consejos.

El alivio que sintió Amy al ver a Índigo duró poco. Apenas
cruzó el patio, oyó un grito de dolor. Al darse la vuelta, vio que
Peter estaba en el suelo boca abajo. Echó a correr junto al chico.
Él se puso entonces de rodillas, sollozando y agarrándose la camisa a la altura del pecho.

—No quería empujarlo —gritó Jeremiah—. No quería, señorita Amy, se lo juro.

—No estaba acusándote, Jeremiah —contestó Amy—. Tú
siempre eres muy cuidadoso con los niños pequeños.

Apartando a los niños de su camino, Amy ayudó a Peter a
ponerse en pie y después lo condujo por el patio para, a continuación, hacerle subir las escaleras del porche. Llegó hasta su
escritorio, donde tenía guardados retales de tela limpios, un ro-
llo de vendas y bálsamo medicinal.

—Ven aquí, cariño, siéntate —le dijo Amy suavemente, secándole las lágrimas con el pañuelo y haciendo que se sentara en la silla—. Debes de haberte dado un golpe muy fuerte. Tú eres más duro que la rama de un pino.

Peter levantó los ojos, con la cara tan pálida que sus pecas parecían salpicaduras de barro; y sus ojos azules, enormes. Él colocó un brazo protector alrededor de la cintura.

—Quiero ir a casa a que me curen. Mi mamá sabe cómo hacerlo.

Un gran admirador de Alice Crenton, sonrió Amy, preguntándose si Peter estaba sufriendo un ataque de timidez infantil.

—Estoy segura de que a ella se le da mucho mejor que a mí. Sin embargo, mi conciencia no me permite dejar que te vayas a casa sin saber antes cómo ha sido la caída. Así que, ¿puedo verlo?

—No, señorita Amy. —Peter emitió un chillido, con aspecto abatido.

Amy le dio una palmadita en la cabeza, después estiró el brazo para sacarle la camisa por fuera del pantalón.

—No creas que no he visto antes el pecho desnudo de un joven...

—No, señorita.

—Te diré un secreto, si me prometes que no se lo dices a nadie —añadió Amy buscando su complicidad—. Soy tan vergonzosa, que preferiría tomarme un té de boñiga de oveja de la viuda Hamstead antes que ir a ver al médico. —Peter la miró, claramente incapaz de encontrar la relación. Amy sintió que se le ponían las mejillas rojas—. Solo por si te da vergüenza, pensé que te ayudaría saber que otras personas también sienten vergüenza.

Tan cuidadosamente como pudo, Amy levantó la franela, tratando de quitarle la prenda por la cabeza. Cuando la tela dejó al descubierto su estómago, Amy se quedó hipnotizada al ver los moratones y las costillas hinchadas. No puedo evitar un gemido.

—Ay, Peter...

—Me caí muy fuerte.

Amy sabía que el color rojizo de los moratones de Peter en las costillas no era de hacía unos minutos. Debían de haberse producido el día anterior o la noche anterior. Tragó saliva, sin saber muy bien qué decir. Su miedo era obvio: no quería empeorar las cosas. Sintió una necesidad casi incontrolable de acunarlo y protegerlo. Pero Peter no admitiría que lo tratasen como a un niño pequeño.

—Peter, ¿qué ha ocurrido? —le preguntó suavemente, asaltada de repente por la culpa. Tenía que haber notado las señales de que Peter estaba herido y, sin embargo, había estado toda la mañana en clase y no se había dado cuenta.

—Ya lo ha visto, me caí.

Amy le quitó la camisa por la cabeza, sintiéndose mareada. Se levantó y le miró la espalda. Como temía, también tenía moratones por toda la zona.

—Peter, sé que tu padre te hizo esto.

—No se lo diga a mi madre. Me lo tiene que prometer, señorita Amy.

Amy trató de mantener la voz baja.

—¿Ella no lo sabe?

—No sabe que es así de malo. Le dije que no era nada.

—¿Entonces por qué quieres que sea ella la que te cure?

—No quiero. No quiero que nadie lo haga. Solo empeoraría las cosas. No quiero que me cuiden.

Amy sintió que una gota de sudor le caía por la frente. Quería gritar y maldecir, encontrar a Abe Crenton y pulverizarlo. En vez de eso, respiró profundamente y dijo:

—Pero Peter, me temo que un par de estas costillas están rotas. Hay que vendarlas. Y deberías quedarte en la cama hasta que mejores un poco.

Peter se puso a llorar amargamente.

—¡No! Si se lo digo a mi madre, se enfadará y se enfrentará a mi padre y… —Cerró los ojos, inhalando aire—. Le pegará otra vez. Y mis costillas seguirán rotas de todas formas. Así que, ¿para qué complicar las cosas?

Amy se llevó la mano a la garganta, temblando. Peter estaba muy herido. Si se caía de nuevo, una de esas costillas podría perforarle el pulmón. No tenía otra opción que actuar.

—¿Qué hizo que tu padre se enfadara esta vez? —preguntó.

—Nada. Anoche llegó a casa borracho, como lo hace a veces.

Eso fue todo. No se habría ensañado conmigo si no hubiese sido porque salté sobre él y traté de detenerlo.

—¿Porque quiso golpear a tu madre, quieres decir?

—Sí. Estaré bien, señorita Amy. De verdad.

—No, Peter. Tu padre te ha hecho daño de verdad esta vez. —Amy pasó los dedos por una de las costillas de Peter. Inspiró y expiró aire otra vez, con los labios blancos—. Una costilla rota puede ser peligrosa. Hay que hacer algo.

—¿Como qué? Si habla con mamá, irá de nuevo a hablar con el comisario, y mi padre volverá a casa enfadado después de la cárcel. Es mejor que se quede al margen, señorita Amy. ¡Tiene que hacerlo!

Amy suspiró.

—Entendido, Peter. —Le acarició el pelo con la mano—. Ponte la camisa, ¿de acuerdo? Voy a terminar pronto la clase hoy y te llevaré a mi casa. Lo menos que puedo hacer es vendar esas costillas. Después hablaremos. Quizá si pensamos en ello, podamos encontrar una solución.

Cuando Amy se dio la vuelta, descubrió que Índigo estaba de pie en la entrada. Los miraba preocupada. Dio un paso hacia ellos.

—¿Se va a poner bien Peter, tía Amy?

—Eso espero. —Poniendo una mano en el hombro de la chica, dijo—: Peter no quiere que nadie sepa que está herido. Me gustaría que guardases el secreto.

Índigo asintió.

—Lo he oído. No se lo diré a los otros niños. —Se encontró con la mirada de Amy y susurró—: Sin embargo, creo que su padre se merece una buena paliza.

—Ahora mismo me gustaría ser yo quien se la diera.

La delicada boca de Índigo se convirtió en una línea de determinación.

—Entre las dos, podemos hacerlo.

Amy consiguió sonreír débilmente, recordando la época en que a ella tampoco le había dado miedo nada.

—Algunas veces tienes más carácter que sabiduría, chiquilla. Abe Crenton es un hombre fuerte.

Índigo se tocó el vestido de gamuza, donde llevaba un cuchillo atado al muslo.

—Podría golpearle en los tobillos y derribarlo.

Con una sonrisa nerviosa, Amy pasó de largo y fue a atender a los demás niños.

—Lo tendré en mente.

Una hora más tarde, Amy estaba sentada en el borde de su cama, observando a Peter mientras dormía. Con dedos temblorosos, le retiró los rizos pelirrojos de la frente. Le destrozaba el corazón pensar que debía llevarlo a casa otra vez. Pensó en hacer una visita al comisario, pero ¿qué podía hacer él? ¿Encerrar a Abe unos cuantos días? Al final el hombre volvería a casa, furioso y mucho más peligroso.

Amy hundió la cabeza entre las manos, tan angustiada que lo único que quería hacer era llorar. ¿Por qué no había mejores leyes para proteger a los niños como Peter? ¿O a las mujeres como Alice? La legislación nacional resultaba impotente ante el poder absoluto que los hombres tenían sobre el control del dinero familiar. Incluso cuando las mujeres ponían una denuncia por abuso, ¿qué conseguían? Nueve de cada diez veces, los jueces emitían sentencias ridículas contra los maridos y los padres abusivos. En cuanto se cumplía la sentencia, los hombres obtenían su libertad y volvían a sus hogares, señores incontestables de sus castillos. ¿No se daban cuenta los legisladores de que esas mujeres estaban esclavizadas por su dependencia de necesidades como cobijo y comida?

Amy cerró los ojos, recordando sus muchas batallas con Henry Masters y la degradación que había sentido. No había tenido ninguna oportunidad. Él tenía en la mano todos los ases. Lenta pero de forma segura, había ido perdiendo su dignidad y su orgullo.

Nunca lo olvidaría. Sabía que debía haber otras mujeres y niños sufriendo el mismo trato. Quizá, un día, los Peter del mundo se convertirían en hombres y recordarían las injusticias que se les había hecho. Quizá, gracias a ellos, podrían cambiar las leyes. Pero por ahora, había pocas posibilidades.

Con un suspiro Amy se levantó de la cama. Dio un paso... y se quedó inmóvil. Veloz estaba de pie en el umbral del dormitorio, con el hombro apoyado en el marco de la puerta y la vista fija en las vendas que cubrían el pecho de Peter. Tenía la mandíbula apretada. Recuperando la compostura, Amy redujo la distancia que había entre ellos. Él salió al vestíbulo para que ella pudiera seguirlo y cerrar la puerta del dormitorio.

—¿Es muy grave?

Aún conmovida por sus recuerdos de Henry, Amy no pudo recuperarse lo suficiente como para tener aquella conversación en ese momento.

—Es mediodía —echó un vistazo a sus pantalones llenos de polvo—, pensé que estarías en la mina.

—Lo estaba. Pero Índigo vino a vernos.

Amy pasó de largo y se fue directa a la cocina. Se dispuso a echar agua fresca de la jarra en la cafetera y sirvió varias cucharadas de café que había molido esa mañana.

—No sé tú, pero me vendría bien un poco de café caliente.

Veloz apoyó la cadera contra el mueble de la cocina, observándola.

—Yo diría que te vendría bien un vaso o dos de whisky. Te he hecho una pregunta, Amy. ¿Son muy graves sus heridas?

—Pues… creo que tiene dos costillas rotas.

—¡Santo cielo!

Perdida, Amy sintió que las lágrimas empezaban a quemarle en los ojos y se deslizaban como riachuelos calientes por sus mejillas. Lágrimas de frustración y miedo, lágrimas de un dolor que sobrepasaba la empatía por Peter. Veloz maldijo en voz baja y le rodeó el cuello con la mano, atrayéndola hacia su pecho.

—No llores, cariño. ¿Para qué?

Amy reposó su cabeza en la curva del hombro, buscando refugio en su olor, una mezcla de sudor masculino, tela vaquera secada al sol, pino y aire fresco de la montaña. Deseaba rodearlo con los brazos y no dejarle ir nunca, llorar hasta que ya no le quedasen lágrimas.

—Tengo que mandarlo de vuelta a esa casa. Otra vez. No es justo.

Veloz inclinó la cabeza hacia ella, rodeándole la cintura con el otro brazo.

—Creo que ha llegado el momento de que alguien hable con Abe Crenton. Y de repente, me han entrado unas ganas terribles de echarme un trago.

Amy se puso tensa.

—¡No! No debes interferir, Veloz. Solo empeoraría las cosas. Aprendí esto de la peor manera.

Veloz le pasó la mano por la espalda. Ella casi podía ver la sonrisa de su cara cuando habló.

—Amy, amor mío, cuando tú interferiste, lo hiciste de manera educada. Creo que entenderá mi idioma un poco mejor.

—Te meterás en problemas. A la primera de cambio, acabarás en la cárcel.

—¿Por hablar?

—Hablar no cambiará a Abe, y tú lo sabes.

Él le puso los labios en el oído, transmitiéndole un cosquilleo que le llegó a la espalda.

—Todo estriba en lo que contengan las palabras. Confía en mí, Amy. Alguien tiene que hacer algo. Si no le detenemos, cualquier día llegará demasiado lejos y el daño que haga ya no tendrá remedio.

Amy le agarró la camisa con el puño, sabiendo que estaba en lo cierto.

—No quiero que te metas en problemas.

—No he cabalgado tres mil kilómetros buscando problemas, puedes creerme. —La cogió por los hombros y la apartó de él—. Pero a veces los problemas llegan. Y un hombre no puede darles la espalda. Esta es una de esas veces. ¿Crees que podría dormir por las noches sabiendo esto y no haciendo nada?

—No —admitió con voz triste—. Índigo debería habérselo pensado antes de decíroslo a ti y a Cazador. Es como poner madera seca y encender una cerilla.

—Índigo hizo lo correcto —contestó Veloz, arqueando una ceja—. Ella sabe que tanto su padre como yo tenemos el juicio suficiente como para no hacer nada que se vuelva en nuestra contra.

—Ella es también muy joven e idealista —contestó Amy—, y no os conoce como os conozco yo.

Los ojos de Veloz se llenaron de cariño.

—Amy, confía en mí. Tengo mucha experiencia en estas cosas, créeme. Cuando Peter se despierte, llévalo a casa. No habrá más palizas allí, te lo aseguro, no de forma gratuita al menos.

Amy le tocó el hombro.

—Veloz… podrías acabar en esa celda otra vez. Sé lo mucho que odias estar confinado.

—Odiar no es ni de lejos lo que significa para mí. —Se detuvo en la entrada del salón—. Lo que significa que caminaré dos mil kilómetros para evitarlo. Pero si ocurre, ocurre. Unos cuantos días no me matarán. —Una sonrisa se dibujó en sus labios—. ¿Me traerás pastel de manzana todas las noches?

—Veloz, ¿estás seguro de que no empeorarás las cosas? Si Abe vuelve a casa y… —Se humedeció los labios—. Parece que utilizó las botas con Peter.

Él buscó su mirada.

—¿Confías en mí?

Ella lo miró fijamente, considerando la pregunta.

—Sí.

—Entonces no tengas miedo de llevar a Peter a casa.

Capítulo 18

Veloz cortó la baraja de póquer y le dio una calada a su cigarrillo mientras le lanzaba una sonrisa a Abe Crenton a través de la nube de humo. El dueño del salón recogió la baraja con un habilidoso juego de manos y dio comienzo a una nueva partida de *stud* a siete cartas, dejándole a él y a Veloz un naipe boca abajo. Veloz había jugado partidas de cartas con algunos de los mejores timadores de Texas. Crenton era un descarado novato en comparación con aquellos tipos, lo suficientemente bueno para Tierra de Lobos, pero no lo bastante ávido como para burlar la experiencia adquirida por Veloz. Por lo que había dicho Randall Hamstead, Abe tenía fama de ser un tramposo, y Veloz se alegraba de ver que estaba a la altura de las circunstancias. Sabía que no había una forma más fácil de provocar una pelea con un hombre que acertando en su punto débil.

—¿Me estás amenazando, López? —le preguntó Crenton.

Veloz echó un vistazo a las mesas que estaban alrededor. Los dos extraños, Hank y Steve Lowdry, acababan de llegar de gastarse una cantidad considerable de dinero en la tienda principal para tratar de pasar desapercibidos y ahora se sentaban al otro lado del salón. Veloz tenía el presentimiento de que los dos hombres lo estaban observando, y eso le hizo sentirse incómodo. Por otro lado, pensándolo mejor, creyó que dos espectadores atentos como ellos podrían servirle de ayuda más tarde, así que se obligó a mantener la calma y relajarse.

—¿Amenazarte? ¿Por qué piensas eso? —Crenton lanzó una segunda carta hacia Veloz, con sus ojos azules bien abiertos.

—¿Por qué si no me contarías una historia como esa?

Veloz levantó las cartas por los extremos. Un rey y un cuatro. Siguió observando mientras Crenton cogía una segunda carta para él, esta vez del final de la baraja.

—Me gusta contar historias. No pensaba que te lo tomarías como algo personal.

Crenton se acomodó mejor en su silla.

—¿Me cuentas la historia de un comanche maltratador que mata a su mujer a golpes y después cuelga su cabellera en un poste, y pretendes que no me lo tome como algo personal?

Moviendo la lengua con habilidad, Veloz pasó el cigarrillo de un lado a otro de la boca, con la vista un tanto nublada a causa del humo.

—Tú no eres un maltratador que vaya dando golpes a su mujer por ahí, ¿no?

—Simplemente impongo disciplina. ¿Tienes algo que decir en contra de eso?

Al recordar la pequeña y pálida cara de Peter apoyada en la almohada de Amy, Veloz puso un dólar más en el centro. Crenton sacó dos y subió la apuesta un dólar.

—No soy un hombre al que le guste discutir —respondió Veloz, subiendo la apuesta inicial que había hecho sumando un dólar más—. Si algo me molesta de verdad, suelo ir al grano.

—No voy a permitir que ningún hombre me diga cómo tengo que tratar a mi familia.

Veloz sonrió.

—Te lo tomas todo demasiado a pecho, ¿no crees? Solo era una historia, Crenton. Además, si quisiera que te lo tomaras como algo personal, simplemente te habría dicho que te patearía el trasero la próxima vez que pusieras una mano encima a tu mujer y a tus hijos.

Crenton le dio otra carta a Veloz, esta vez boca arriba. Un tres. Una vez más, el hombre cogió una carta de abajo de la baraja y mostró un as. Veloz examinó la mesa. Solo quedaban cuatro cartas más por descubrir. Tenía que darse prisa. Crenton apostó dos dólares más y estiró los hombros.

—Si me hubieras dicho eso, mi respuesta habría sido que, en el momento en que te acercases a mí, haría que la ley acabase contigo.

Veloz le dio otra calada a su cigarrillo y se dio la vuelta, moviendo también la silla, para subir dos dólares más y así igualar la apuesta. Detrás de él, pudo oír la risita gutural de May Belle. El tintineo de los vasos chocando y el sonido de líquido al caer sobre el cristal llamó la atención de Veloz. Parecía una tarde agradable y tranquila en aquel abrevadero local, y nadie sospechaba que el lugar estaba a punto de convertirse en el infierno. Por un momento, lamentó tener que romper aquella atmósfera.

—Bueno, pues como solo estamos hablando de suposiciones —dijo mientras miraba a Crenton—, y vuelvo a insistir en que solo se trata de suposiciones, mi respuesta sería que si me tuviera que acercar a ti, nunca me verías aproximarme y jamás sabrías qué te habría golpeado. Y en cuanto a la ley, he de decirte que no pueden colgar a un hombre sin probar que es culpable.

—Me estás amenazando —afirmó finalmente Crenton con una sorprendente sonrisa—. Me parece que tu palabrería es demasiado locuaz y atrevida para un pistolero debilucho que tiene todas las de perder.

—Me da la sensación de que eres un hombre de los que pone demasiada carne en el asador, ¿no crees? Aunque, claro, al haber sido criado como un animal asqueroso, creo que te lo puedes permitir. Yo, por el contrario, tengo que compensar esa falta de volumen que a ti no te falta con otras cosas, y utilizar una pistola no es el único talento que tengo. —Veloz se fijó en las fuertes manos de Crenton—. De hecho, si tuviera que elegir un arma, escogería un cuchillo. El truco más habilidoso del que puedo presumir es rajarle el pescuezo a cualquiera antes de que ni siquiera pueda volver a pestañear. ¿Tú has visto eso alguna vez, Crenton? Es una forma bastante silenciosa de terminar con las disputas. Atacas por detrás. Todo ocurre en décimas de segundo y en un movimiento ágil y seco.

Cuando Crenton se dispuso a coger otra carta de abajo de la baraja, Veloz sacó la navaja de la vaina, la lanzó y clavó la carta en la mesa, dejando el cuchillo perpendicular a ella. Crenton se quedó helado, con sus ojos azules clavados en el mango de la navaja, que todavía temblaba tras el impacto.

—Maldita sea, casi me alcanzas la mano, ¡condenado bastardo!

Veloz se levantó de un golpe de la mesa y la agarró bien fuerte por los extremos, apoyándose en ella. Con una voz relampagueante, con la que pensaba seguir la conversación, le dijo:

—Eres un maldito tramposo, Crenton.

Crenton se levantó también, dispuesto a defender su dignidad como jugador.

—¿Qué me estás llamando?

—¡Tramposo, imbécil! ¡Cuántos mineros habrán perdido su paga ante ti en este salón, embustero!

Los hermanos Lowdry se levantaron de las sillas, tomando los vasos y la botella y sentándose en otra mesa más segura para mantenerse al margen.

Crenton se puso rojo de ira.

—Nadie se atreve a llamarme tramposo y se marcha así como así.

Veloz clavó sus ojos en él.

—No creo que haya dicho ninguna mentira.

—No tienes ninguna prueba para hacer tal acusación.

—¿Ninguna prueba? Te he visto mangonear por debajo de la mesa con mis propios ojos.

Tras decir aquello, Veloz giró las dos cartas que Crenton tenía escondidas, poniéndolas boca arriba, y aparecieron tres ases. Arrancando el cuchillo de la mesa, volteó la carta y desveló el cuarto.

—Todos los que están aquí son testigos. Has cambiado la baraja.

Crenton interrumpió a Veloz elevando el puño contra él y lo alcanzó a la altura de la mandíbula. Soltando el cuchillo, Veloz se tambaleó a causa del golpe y se golpeó contra una mesa que estaba detrás de él, haciéndola patinar por aquel suelo resbaladizo debido al peso de su cuerpo. Veloz dobló el codo para apoyarse en ella y levantarse de nuevo, pero antes de que pudiera hacerlo, Crenton saltó sobre él.

Alguien profirió un grito.

A lo que May Belle respondió, también vociferando:

—¡Largaos de aquí, malditos tarados! —Los dos hombres se enfrascaron en una lucha, rodando por el suelo, llevándose una silla por delante a su paso. Veloz sintió un fuerte dolor en las costillas. Agarrándose fuerte a la altura del vientre y todavía con la vista un tanto nublada por el primer golpe, trató de ponerse en pie, tambaleándose e intentando recobrar la respiración.

Crenton embistió de nuevo a Veloz.

—¿Quieres volver a llamarme embustero, hijo de la gran puta? ¡Te voy a enseñar unos cuantos modales, maldito!

La amenaza se agudizó cuando Crenton plantó su bota entre el cuello y la barbilla de Veloz. Con un cierto sentimiento de indiferencia, sintió cómo se iba echando hacia atrás. Después, su cuerpo chocó contra la pared, provocando un estruendo similar al que haría una gran bola de masa de pan sin hornear al caer al suelo. Pestañeó un par de veces, tratando de ver lo que sucedía. En el fondo, pensaba que haber permitido que el otro hombre le hubiese golpeado primero había sido una forma estúpida de empezar una pelea. Y era una forma aún más estúpida de perderla.

Después de aquellas reflexiones, no tuvo mucho más tiempo para pensar. Crenton arremetió contra él como un toro feroz, listo para embestirle con la cabeza en el estómago, con los brazos abiertos y dando un fuerte impulso en las piernas para desplazar con rapidez su gigantesca constitución. Veloz volvió a pestañear y, en el último segundo, recuperó la consciencia lo suficiente como para echarse a un lado. Crenton chocó primero con toda la cabeza en la pared y, a continuación, con las rodillas. Para sorpresa de Veloz, el dueño del salón no cayó inconsciente al suelo, sino que se limitó a mover la cabeza de un lado al otro y se apartó hacia atrás.

—Bueno, López. Tu boca te metió en esto. A ver cómo lo terminas ahora —dijo alguien con una sonrisa de oreja a oreja.

Veloz se pasó la manga por la barbilla, que estaba sangrando, al mismo tiempo que examinaba a Crenton con ojos furiosos. Su intención había sido provocar al dueño del salón para que se enfrascaran en una pelea y así darle una lección. No había contado con que Crenton le fuese a dar un puñetazo tan fuerte o que saltase tan rápido.

Veloz sacudió de nuevo la cabeza y se inclinó hacia delante, con los brazos ligeramente inclinados y los codos hacia afuera. Cuando vio que Crenton se acercaba a él, lo esquivó dando un rodeo, tratando de ganar tiempo para refrescarse un poco. Veloz había tumbado a suficientes hombres como para saber que su rápido juego de piernas y la precisión de sus puños podían ser rivales invencibles cuando se enfrentaba a tipos más grandes que él. El problema era que Crenton se había adelantado a la hora de dar el primer golpe, y había sido uno de los fuertes, seguido de una patada en la mandíbula. Veloz no era capaz de pensar con claridad, y mucho menos de hacer que sus pies pisasen el suelo con firmeza. Si no tenía cuidado, acabaría como un lodazal por el que acababan de pasar un centenar de caballos.

—¿Qué te pasa, Veloz? ¿Eres un gallina?

A Veloz todo le daba vueltas. Después, cuando cesó el movimiento, la sensación de mareo lo hizo tambalearse. Pestañeó por enésima vez y sacudió la cabeza de nuevo. Fijando su atención en Crenton, trató de ponerse en la piel de Peter o Alice Crenton, teniéndose que enfrentar a aquel hombre borracho, noche tras noche, sin esperanza alguna de que aquella pesadilla llegara a su fin. Esos pensamientos, además de saber que Amy confiaba en él, lo animaron a seguir. Era hora de que Crenton probase un poco de su propia medicina, y él se la daría, o al menos moriría intentándolo.

—Estoy aquí, Crenton —dijo Veloz en voz baja, haciéndole señas para que se acercase a él—. Vamos, ven por mí.

Crenton cogió una silla.

—Allá voy, condenado mexicano. —Se preparó para embestirle, y se llevó con él la silla cuando empezó a correr.

Veloz se agachó y lo esquivó, poniéndole la zancadilla cuando el dueño del bar estaba a punto de pasar por delante. Crenton tropezó y cayó dando con el estómago directamente sobre la silla. A Veloz ni siquiera le dio tiempo a levantarse. Abalanzándose sobre él, lo agarró por los hombros, lo inclinó hacia atrás doblándolo casi por la mitad y le clavó el puño en la boca. Crenton perdió el equilibrio, cayó rodando por el suelo y después consiguió volverse a levantar. Haciéndose con otra silla, la giró bruscamente, pero Veloz pudo esquivarla con facilidad. La silla atravesó la ventana del salón y cayó en el extremo opuesto del camino. Una mujer comenzó a gritar desde fuera:

—¡Comisario Hilton! ¡Comisario Hilton! ¡Una pelea! ¡Una pelea! ¡Venga rápido!

Con la mente un poco más despejada, Veloz se dio cuenta de que el jaleo había atraído la atención de mucha gente. Sus años de práctica le habían permitido saber cómo concentrarse únicamente en su adversario y olvidarse de todo lo demás. Dio un rodeo, flexionando los dedos, con el cuerpo listo para un nuevo ataque. Crenton resopló y se tambaleó hacia un lado con poco atino. Trató de recuperar el equilibrio, pero se balanceó otra vez. Veloz cambió de posición y lo agarró por la cabeza, evitando el golpe. Crenton gruñó, se dobló formando un ángulo recto y se preparó para la carga de nuevo. Veloz se apartó de su camino, y el hombre acabó chocando contra la mesa donde habían estado jugando antes al póquer.

Cuando Crenton se levantó de nuevo, Veloz vio que estaba empuñando su cuchillo. Amy, demacrada por la conmoción, llegó justo en el momento en el que Crenton había cogido el arma. Se hizo camino entre el tumulto, dando codazos a su paso, poniéndose de puntillas para poder ver, con el corazón latiéndole con fuerza por el miedo. El comisario Hilton subía la calle corriendo como si le fuese la vida en ello, sujetando el sombrero para no dejarlo atrás.

—¡Crenton tiene una navaja, comisario! —gritó un hombre entre la multitud.

Amy logró hacerse un hueco entre el gentío y, una vez hubo llegado al salón, se asomó por la ventana rota. Veloz daba vueltas alrededor de Crenton, echándose hacia atrás para evitar que lo alcanzara con el cuchillo. Su estómago se encogió al ver la escena. Cuando el comisario Hilton consiguió llegar hasta allí, corrió hacia él.

—¡Tiene que hacer algo! —le gritó—. ¡Crenton va a matarlo!

Hilton analizó la situación, entrecerrando un poco los ojos.

—¡Cálmese, señorita Amy! López puede arreglárselas solito.

—¡Pero Crenton tiene un cuchillo! —Mientras hablaba, lanzó una mirada asustada a través de la ventana, a tiempo para ver cómo Veloz lograba arrancarle el cuchillo a Crenton con una patada.

Hilton se cruzó de brazos y soltó una risita.

—Ahora veremos un par de juegos de piernas de esos que te quitan la respiración.

Amy lo miró, aterrada.

—No pensará quedarse ahí, cruzado de brazos, ¿no?

—¿Qué pretende que haga? Hace mucho tiempo aprendí que es más fácil detener una pelea cuando los dos contrincantes ponen empeño con las pocas fuerzas que les quedan. —Hizo una mueca y movió la cabeza de un lado al otro, inclinándose hacia delante para poder ver mejor a través de la ventana—. Abe lleva mereciéndose que le bajen los humos desde hace mucho tiempo. —Una vez dicho esto, el comisario agarró a Amy y la apartó hacia un lado de la ventana. Al instante siguiente, Veloz y Crenton salían disparados por esa misma ventana, trayendo consigo los pocos cristales que todavía quedaban en su sitio. Cayeron en el borde de la acera y rodaron hasta la calzada. Los espectadores se echaron hacia atrás, situándose a una distancia prudente, formando un semicírculo alrededor de los combatientes; entre ellos, las mujeres no dejaban de dar gritos.

Crenton se abalanzó sobre Veloz y le dio un golpe letal en la cabeza. Amy se estremeció y cerró los ojos, incapaz de mirar. Escuchó el impacto de un puño contra la carne, un gruñido y después una sucesión de golpes rápidos.

—¡Ya basta, López! —dijo Hilton—. ¡Ahora no te eches atrás!

Amy abrió los ojos y vio a Veloz sobre Crenton, abofeteándole la cara con toda la ira que llevaba dentro. Quería cerrar los ojos de nuevo, pero no pudo. El rostro asesino de Veloz la aterró. Dejó a Crenton y se levantó, en una lucha por tomar un poco de aire, tambaleándose un poco antes de conseguir ponerse recto.

—¡Levántate! —le gritó—. ¡Vamos, Crenton! ¡Esto solo acaba de empezar! ¿O acaso no te gusta pelear cuando tienes que enfrentarte a alguien de tus dimensiones?

Crenton rodó sobre su estómago y trató de erguirse apoyando las rodillas. Veloz siguió rodeándolo, esperando a que el hombre se pusiera verdaderamente en pie. En el momento en el que el dueño del salón lo consiguió, Veloz le clavó una patada en el estómago. Crenton se dobló sobre sus rodillas, gimiendo de dolor y abrazándose el vientre.

—¡Y esta es por Peter! —gritó Veloz—. ¿Qué pasa? ¿No te gusta?

El dueño de la taberna consiguió ponerse de pie otra vez y se preparó para embestir de nuevo, esta vez como una bestia rabiosa. Veloz se hizo a un lado, se giró y le dio una patada a Crenton en la cadera, ayudándolo a caer en picado con la cabeza directamente en el barro. Amy se agarró la cintura; se sentía mareada y quería que aquello terminase. Desde que los comancheros la habían atacado, cualquier forma de violencia le parecía nauseabunda. Tal y como había descubierto el día del baile social, incluso algo tan sencillo como matar a una gallina le había revuelto el estómago.

Crenton todavía no quería admitir su derrota. Se enderezó una vez más y volvió a girarse, lo que resultó ser un gran error. Veloz le dio otra patada en el estómago, a pesar de todos los esfuerzos que había hecho por levantarse.

—¡Y esta es por tu mujer, miserable bastardo!

Crenton se vino abajo nuevamente, pero esta vez se quedó tirado en el suelo, gritando de dolor.

—¡Está bien! ¡Me rindo…!

Veloz, que tampoco parecía mantenerse en pie con demasiada estabilidad, se tambaleó un poco alrededor del hombre, se puso de cuclillas y lo agarró por el pelo. Después de darle una sacudida salvaje, le gritó:

—¡La próxima vez que pongas tus asquerosas manos encima del chico o de cualquiera de tu familia, te daré todavía más! ¡Mucho más! ¿Te enteras?

—¡Sí! —gimió Crenton—. No les volveré a pegar. ¡Lo juro!

—¡Acuérdate de esto la próxima vez que te apetezca ensañarte con alguien!

Y con esas palabras, Veloz dejó caer la cabeza del hombre otra vez contra el barro y se puso en pie. Se dio la vuelta hacia la acera, se balanceó un poco y consiguió mantener finalmente el equilibrio, para después volver a entrar en el salón en línea recta de una forma bastante aceptable.

—¡De acuerdo, amigos! Se acabó la función —gritó Hilton, saliendo a la calle y dirigiéndose a Crenton, que seguía enroscado, tirado en el suelo—. Bueno, Abe, parece que esta vez encontraste la horma de tu zapato.

—Quiero a ese hombre entre rejas —dijo Crenton con voz ronca—. Y que pague por todos los desperfectos.

—¿Quieres que lo arreste? —gritó un hombre de entre la multitud—. Yo estaba allí cuando todo empezó, Crenton. Tú estabas haciendo trampas en la partida y fuiste tú el que dio el primer puñetazo. Yo diría más bien que debes ser tú al que pongan entre rejas.

Veloz salió del salón justo después, sujetando el sombrero con una mano y sosteniendo el cuchillo en la otra. Hilton se volvió hacia él.

—¿Quieres presentar alguna queja, López? —Veloz miró a Amy, y sus gestos se endurecieron. Después le lanzó una mirada fría a Crenton—. ¿Y tú qué opinas, Crenton? ¿Tenemos trato o no?

Crenton hizo una mueca tratando de sentarse, poniéndose una mano sobre las costillas.

—¡Él me amenazó, comisario! ¡Usted lo oyó! ¡Amenazó con quitarme la vida hace un minuto!

Hilton frunció el cejo.

—Me imagino que con todo aquel ruido, Abe, me he debido de perder esa parte.

—¡Los demás lo oyeron también! Vamos, ¡que alguien hable! —Crenton lanzó una mirada amenazadora a todos los espectadores. Ninguno de ellos salió en defensa de Abe, y más aún, algunos incluso le torcieron la cara mostrando una expresión de repugnancia. El trato que Abe había tenido con su familia tiempo atrás no le había granjeado demasiada popularidad y, aunque Alice Crenton había decidido no volver a poner en evidencia a su marido, todo el mundo recordaba cómo en una ocasión lo había metido en la cárcel—. ¡Alguien tiene que haberlo oído!

Veloz se limpió la sangre que le caía por la barbilla.

—Lo que cuenta es que me hayas escuchado tú. Vuelve a tocarle tan solo un pelo al chico y veremos si fue una amenaza o una promesa.

Abe miró a Hilton.

—¿Lo ve? Ha oído eso, ¿no?

El comisario asintió con la cabeza.

—Pero nada en concreto. —A continuación, se dirigió a la multitud—: ¿Alguno de ustedes ha oído algo en concreto por lo que deba alarmarme?

Ninguno de los que estaban allí de pie se atrevió a decir nada. El comisario Hilton sonrió ligeramente.

—Creo que nadie ha oído nada, Crenton.

Veloz se acercó a Amy, sacudiendo el sombrero contra sus pantalones para quitarle el polvo y dándole forma a la corona aplastada. Cuando alcanzó la acera, se lo puso sobre la cabeza, situando el ala a la altura de los ojos. Ella lanzó una mirada a sus nudillos, que estaban enrojecidos y llenos de heridas, y al corte que tenía en la barbilla.

—Estás sangrando.

—Estoy bien.

—¡Ay, Veloz! ¡Tus pobres manos!

—Estoy bien, Amy, ¡ya te lo he dicho! —Se le endureció la mirada—. Estoy mucho mejor de lo que puedas estar tú. ¿Qué estás haciendo aquí?

—Oí todo el barullo y…

La agarró por el brazo y la animó sin demasiada gentileza a que dieran un paseo. Tratando de recuperar el aliento, le dijo:

—Que no se te ocurra acercarte de nuevo a una pelea, ¿está claro?

—Pero, Veloz, yo…

Le dio una pequeña sacudida al brazo por el que la tenía agarrada.

—Ni peros ni nada, ¡que no se te ocurra nunca más! ¡Podía haber cogido una pistola en lugar de un cuchillo!

—También había otras mujeres allí.

—¡Me importan un carajo las otras mujeres! Cuando vuelva a suceder algo parecido, no quiero volverte a ver allí. Y, si te veo, te daré una patada en ese bonito trasero que tienes y te mandaré de vuelta a casa.

Amy se quedó observando la dura silueta que dibujaba su perfil, asustada por un momento al pensar en las palabras que le había dicho. Parecía lo suficientemente enfadado como para patearla ahora. Teniendo en cuenta la anchura de sus hombros y su complexión musculosa, era una amenaza que no se podía tomar a la ligera. Lo absurdo de pensar siquiera en ello la hizo despertar, y una pequeña sonrisa se dibujó en su cara. Acababa de darle una paliza a un hombre por haberse sobrepasado con su mujer y sus hijos. No tenía la sensación de que pudiera hacerlo él mismo.

Él la miró con curiosidad.

—¿Qué te parece tan gracioso?

—Yo... —Ella movió la cabeza de un lado al otro, tratando de hacer un valiente esfuerzo por recobrar la compostura y mantenerse seria—. ¡Nada!

Una vez más, entrecerró los ojos.

—¿No habrás pensado que te iba a patear el trasero en serio?

Ella se quedó mirando con atención las tablas de madera de la acera, sorprendida al ver que eso era lo que exactamente había pensado. Por un minuto, no se lo pudo creer. Sabía que no le iba a hacer ninguna gracia. Alzó la mirada para encontrarse con la de él. Aunque sabía que lo que estaba a punto de decir era absolutamente infantil y que aquel no era momento para juegos, no pudo resistirse.

—Creo que para eso tendrás que atraparme primero.

Antes de que él pudiera reaccionar, salió corriendo por delante, aventajándolo unos cuantos metros. Después se volvió y le sacó la lengua. No parecía que Veloz se estuviera divirtiendo demasiado. Caminó hacia atrás un momento y le sacó la lengua otra vez. Él frunció el ceño, y apretó el paso, alargando las zancadas con sus enormes botas resonando en la madera de la acera. Amy fue aminorando el paso a medida que él se acercaba, consciente de que, solo un mes antes, aquella actitud la habría asustado.

Cuando la alcanzó, ella se escurrió y salió corriendo. En cuestión de segundos, Veloz consiguió agarrarla por la cintura y a punto estuvo de elevarla del suelo. Se rio y pasó los brazos alrededor del cuello de él, contenta al ver que había recuperado aquel brillo en sus ojos.

—¿Y ahora qué piensa hacer, señorita Amy? —la retó él.

—Rendirme —dijo ella con una voz suave.

La mirada de él se llenó de ternura.

—Prométeme que nunca te acercarás a una pelea. Si te pasase algo...

—Te lo prometo.

A continuación, él inclinó la cabeza y acercó sus labios a los de Amy, mezclándose en un beso que la hizo flotar y tocar las nubes, para después volver a darse cuenta del lugar en el que estaban y de que alguien podría verlos. Animándola a seguir con su paseo, la guio para salir de la acera y caminar por la calzada. Amy lo rodeó por la cintura y echó la cabeza ligeramente hacia atrás para mirar su barbilla.

—Deberías tener más cuidado —le dijo en un tono un tanto áspero—. Tendrías que saber que perderás tu puesto de maestra si te ven tonteando con un pistolero que se va metiendo en peleas por ahí.

Capítulo 19

*T*ras haber llevado a Peter junto a su madre, Veloz se estiró en el sofá de Amy y se quedó dormido mientras ella horneaba un pastel de manzana de masa gruesa y preparaba la cena. Mientras trabajaba en sus quehaceres, Amy dio marcha atrás en el tiempo, recordando la ternura con la que Veloz había tratado a Peter por encima de todo. Su garganta se puso tensa de la emoción. Amaba tanto a Veloz, y él a ella también. Se lo había demostrado de mil maneras. ¿No era hora de que hiciera ella lo mismo?

Apretó el mango de la cuchara y empezó a remover las verduras con más fuerza. Notó un cosquilleo agradable en el estómago, como si se tratase de mariposas revoloteando, y aquella sensación invadió pronto todo su cuerpo. Saber lo que tenía que hacer y hacerlo eran dos cosas bien diferentes.

Los ricos olores que emanaban de la cocina despertaron a Veloz, y se acercó hasta allí, frotándose ligeramente las costillas y con una mirada que se volvió más cálida cuando divisó la mesa repleta de comida.

—Amy, ¿pastel de manzana?

Ella le respondió con una sonrisa nerviosa.

—No hace falta que un hombre esté en la cárcel para recibir un pastel de manzana. A veces es tan maravilloso que se lo merece a cualquier hora. —Envolviendo las manos en el mandil, trató de mirarlo a los ojos pero, finalmente, no lo consiguió—. Yo, esto… Quiero que esta noche sea especial.

Veloz se aproximó a la mesa todavía más.

—¿Pollo frito?

—Cazador me trajo una gallina ayer.

—¿Puré de patatas con sofrito? Creo que he muerto y acabo de entrar en el paraíso.

Ella esperaba que él no hubiese notado cómo le temblaban las manos cuando posó el cuenco de verduras sobre la mesa.

—Pensaba que no creías en el paraíso.

—Por supuesto que sí. El paraíso comanche, tu paraíso, probablemente sea lo mismo. Los dioses deben mantener a los indios y a los blancos separados para que no acabemos juntos y comencemos una nueva guerra.

Amy arrugó la nariz.

—Eso no es así. No existiría paraíso alguno si no estuviera contigo.

Él clavo los ojos en ella y después sonrió.

—¿Por qué tengo la sensación de que me tienes más aprecio desde la pelea?

—Porque es verdad. —Se dio la vuelta hacia la estufa y se quitó el mandil por los hombros—. No me malinterpretes. Recurrir a la violencia no es la mejor forma de hacer las cosas. Sin embargo, es lo único que funciona con Crenton y no hay ninguna ley que proteja a su familia de él. Se lo pensará dos veces antes de volver a hacerle daño a Peter. Y, además, creo que… —Hizo una pausa, se volvió y lo miró por encima del hombro, con los ojos llenos de lágrimas—. Creo que fuiste maravilloso con Peter…

Veloz cruzó la habitación para llegar hasta ella. La agarró por los hombros, la estrechó en sus brazos y unió sus labios con los suyos, fundiéndose en un dulce y suave beso.

—Casi puede conmigo.

Sus ojos se volvieron más grandes.

—¿De verdad?

—Maldita sea, sí. —Se rio—. Si no hubiera sido tan ágil, habría acabado conmigo.

Olvidándose de sus propias preocupaciones por un instante, Amy recorrió con la yema de los dedos la cicatriz de su mejilla, y recordó lo asustada que había estado cuando Crenton lo amenazó con el cuchillo. Podía haber perdido a Veloz.

—Lo que no deja de hacerme pensar que eres maravilloso.

Veloz mantuvo los ojos clavados en ella, cálidos y absorbentes.

—Si ese es el efecto que va a tener en ti, entonces creo que voy a meterme en una pelea cada día.

Ella le respondió con un empujoncito cariñoso e infantil.

—Siéntate y come.

Él la obedeció y tomó varias porciones de cada plato, incluido el pastel de manzana, halagándola a cada mordisco que daba.

Veloz no pudo evitar darse cuenta de que Amy apenas daba bocado, mirando con frecuencia la oscuridad a través de la ventana, después a la lámpara, con una sonrisa un tanto distraída.

—¿Ocurre algo?

Ella pareció volver en sí.

—No… nada.

Veloz se recostó en la silla para estudiarla mejor.

—Estás nerviosa por algo. ¿Quieres que hablemos?

El gesto de su boca se puso tenso. Tragó saliva, tratando de evitar que sus miradas se cruzasen.

—No, yo… —Le falló la voz y sus grandes ojos azules se encontraron con los él—. ¿Me disculpas un momento?

—Claro.

Veloz la observó mientras salía de la cocina, preocupado por la expresión que había visto en sus ojos. No solo parecía nerviosa, sino también asustada. Pensó en la cena, tratando de recordar si había dicho o hecho algo que no debiera, pero no encontró nada.

Se puso en pie y comenzó a recoger la mesa. Acababa de coger el plato con el pastel de manzana cuando oyó a Amy pronunciar su nombre con voz temblorosa, con un tono suave y difuso. Todavía con el plato en la mano, se dio la vuelta y se quedó perplejo. Ella estaba allí de pie, bajo el marco de la puerta, entre las sombras, con el pelo suelto danzando alrededor de sus caderas, formando una dorada nube resplandeciente. Bajó la mirada y, al mismo tiempo, dejó caer el plato, que chocó contra el suelo en un fuerte estruendo e hizo que el pastel se derramase por todas partes.

—¡Mierda!

Aquella palabra retumbó en el aire, con tanta fuerza que pareció hacer vibrar hasta las paredes. Veloz deseó haberse mordido la lengua. Amy se estremeció y emitió un pequeño grito asustado, cruzando los brazos para cubrirse sus pechos desnudos, con una cara tan pálida que Veloz pensó que se desvanecería en cualquier momento. Dio un paso hacia ella, pisando los trozos de cristal y después resbalando con un trozo de pastel. Se volvió a quedar helado mientras la observaba. Sabía que no debía, pero no pudo evitarlo. Aunque estaba llena de trozos de manzana, era el ser más bello que jamás había visto. Sintió que se quedaba sin respiración. El mundo se hundía bajo sus pies. Y la mirada guerrera le hizo tener miedo de mover siquiera un músculo.

—Amy...

Ella dio un paso hacia atrás.

—No debería..., he sido una estúpida. —Se calló y dio otro paso hacia atrás—. Estoy llena de trozos de manzana.

Veloz se aventuró a dar dos pasos más, haciendo crujir los cristales que había por el suelo. A medida que él avanzaba, ella retrocedía, adentrándose cada vez más en la oscuridad.

—Amy, no... —Pisó un trozo de pastel y maldijo un par de veces—. No has sido ninguna estúpida. —Luego dio un salto para esquivar todo aquel desbarajuste—. Amy, vuelve.

Desapareció como un fantasma entre las sombras y se encaminó hacia su habitación. Veloz maldijo una vez más para sus adentros, se sacudió enfadado los pantalones para deshacerse de un trozo de manzana que se le había quedado pegado y se apresuró a buscarla. Tan pronto como entró en el vestíbulo, la puerta se cerró de un portazo. Sabía que aquella puerta no tenía cerrojo. Agarrando el pomo, lo giró despacio. Cuando abrió la puerta, pudo escuchar suaves sollozos y pequeños gimoteos que provenían de la oscuridad. En esos momentos deseaba abofetearse con todas sus fuerzas.

Él la escuchó moverse por la habitación. Cuando sus ojos se hubieron acostumbrado a caminar en la oscuridad, vio que estaba tanteando los muebles en busca de su ropa, que ella misma había dejado sobre el escritorio.

—Amy —dijo él con un tono suave.

Se sorprendió y se dio la vuelta, agarrando con firmeza sus pololos contra los pechos. Veloz cerró la puerta y se apoyó en ella. Mientras tanto, Amy miró desesperada a su alrededor y después en dirección a Veloz. Él sabía perfectamente que ella no podía verlo. Una tierna sonrisa se dibujó en su boca al imaginarse a Amy dejando la habitación momentos antes, temblando de miedo, cada paso una agonía para ella, pero encaminándose hacia él de todos modos, sin nada más que su precioso cabello, simplemente porque quería agradarle.

Con una voz ronca, llena de emoción, le dijo:

—Eres la mujer más bella que he visto jamás… Perdóname por haber reaccionado de esa manera. —Tragó saliva y continuó—: Yo, esto… el pastel… Me pillaste tan por sorpresa que… Fue como… ¿te cortaste con alguno de los cristales?

—No.

Su voz apenas se podía oír. Veloz sintió un fuerte dolor en el pecho que más tarde le llegó hasta la garganta. Podía ver cómo temblaba.

—Amy, ¿podemos intentarlo una vez más, sin el pastel y sin las palabrotas? De veras que he estado intentando corregir mi lenguaje, sabes que lo he hecho, pero a veces las palabras salen sin pensar.

Entre sollozos, le dijo:

—No podemos intentarlo de nuevo sin el pastel. Estoy llena de trozos de manzana.

—¿Y qué más da? Las dos cosas que más amo en este mundo son el pastel de manzana y tú, aunque no precisamente en ese orden. Tendré que ir comiéndome los trocitos de manzana hasta llegar a ti, no me puedo quejar.

Todavía sollozando, masculló entre resuellos:

—Yo… simplemente quiero olvidar lo que ha pasado. Estoy toda pegajosa.

Veloz se dirigió hacia ella.

—¡Manzana en tus piernas! —Miró hacia arriba, sonriendo en la oscuridad, observándola—. ¡Manzana en el pelo!

Cuando la hubo alcanzado, le secó una lágrima que le caía por la mejilla. Ella dio un salto y retrocedió chocando contra el armario.

—¿Quieres matarme de un susto?

—Lo siento. Me olvidé de que yo sí puedo ver y tú no.

Ella apretó su ropa interior contra el pecho, con los ojos llenos de luz mientras trataba de encontrarlo.

—Estoy aquí, Amy. —Le agarró la barbilla con la mano e

inclinó su cabeza hacia arriba—. Y, si piensas que me voy a olvidar de ti, de pie en el umbral de la puerta, brillando como el oro y la luz de la luna, te equivocas. Nunca me olvidaré, al menos no mientras viva. Y no existe ninguna posibilidad de que pueda vivir como si no hubiera sucedido.

Él sintió que ella se estremecía.

—Hace frío aquí. Vamos junto al fuego.

Ella retrocedió.

—No. Yo… no estoy de humor para… No quiero…

Veloz se inclinó hacia ella con cuidado y la acogió en sus brazos. Allá donde sus manos la tocaban, se sentía languidecer. No podía evitar temblar, pero se sentía de verdad languidecer. Atravesó la habitación, la cambió de posición para poder abrir la puerta y la llevó hasta el salón. Cuando la puso de nuevo en el suelo, dio un paso hacia atrás, todavía aferrada a sus pololos, sujetándolos con tanta fuerza que los nudillos se le habían vuelto de un blanco brillante. Veloz agarró aquella pieza de tela.

—Vamos a quitarlos de aquí, ¿de acuerdo? —Para poder arrebatárselos de las manos, tuvo que dar un pequeño tirón. Ella se resistía, mirando de forma salvaje a las llamas.

—Amy…

—He cambiado de opinión —gritó—. Ya estaba lo bastante nerviosa y después…

—Y después yo reaccioné como un idiota. Lo siento, Amy, amor. Simplemente me cogiste por sorpresa. Dame otra oportunidad, por favor.

Finalmente, le quitó la ropa interior de las manos y la tiró a un lado. Cuando se dio la vuelta, casi se quedó sin respiración. Aunque se abrazaba a sí misma, tratando de esconderse con los brazos cruzados y los dedos bien estirados, tan solo el hecho de verla allí, de pie frente a la luz del fuego, despertó todos sus sentidos. El pezón rosado de uno de sus pechos asomaba puntiagudo entre dos dedos. Incapaz de contenerse, tocó la punta con suavidad, sobrecogido porque ella había encontrado el valor de obsequiarlo con su cuerpo.

Ella inhaló aire con fuerza y apartó las manos, ofreciéndole una mayor visión de su pecho, mientras trataba de decidir qué parte era más importante cubrir. Observándola con una comprensión enternecedora, Veloz entendió lo que sucedía. Sus pechos eran mucho más amplios de lo que escondían sus vestidos remilgados; eso era lo único que podía cubrir con sus pequeñas manos. Veloz deseó que pudieran ser las suyas. Lo que ocurría era que, si solo se tapaba los pechos, dejaría el resto del cuerpo al descubierto.

Finalmente, acabó por taparse con un brazo, cubriéndose exactamente uno de los pechos, dejando el otro a la vista bajo su brazo. Con la otra mano, se tapó rápidamente el brillante triángulo dorado donde culminaban sus muslos. Dado que sus manos eran demasiado delgadas como para cubrir todo lo que quería, se felicitó a sí misma por lo que había conseguido.

—Dios mío, Amy, ¿tienes idea de lo bella que eres? —le preguntó en un ronco susurro.

Sus grandes ojos azules se clavaron en los de él.

—Tu piel es como un rayo de luna. —Curvó la mano alrededor de su pezón, dando un paso más hacia ella—. Y tus pechos… En toda mi vida, no he visto nada igual. Me recuerdas a esas rosas de color pálido, cuando los capullos se abren por primera vez al sol. —Acarició su pelo con los dedos y descendió hasta su hombro, para poder besarla—. Eres un sueño dulce y tierno. Todavía no me creo que seas real.

—Estoy cubierta de manzana.

Veloz ladeó la cabeza, pasando sus labios por la curva de su cuello hasta llegar a la nuca.

—Cuando termine, no quedará ni un solo pedazo de manzana en tu cuerpo, te lo prometo.

—¿Ve... veloz?

—¿Sí? —Atrapó el lóbulo de su oreja entre los dientes y después dibujó la silueta de su oreja con la lengua. Ella se estremeció y agarró su camisa con fuerza, lo que significaba que había desistido en su esfuerzo por cubrirse. Él se echó hacia atrás—. Dime, Amy.

En un intento por abrazarse de nuevo, la sujetó por las muñecas antes de que pudiera continuar. Retrocedió y apartó la mirada. Ella cerró los ojos y los apretó, de nuevo con fuerza, mientras tragaba con dificultad.

Veloz no podía articular palabra. Y, aunque pudiese hacerlo, las palabras no podrían expresar las emociones que en aquellos momentos invadían su ser. Con la mano que tenía libre, alcanzó a tocarle un pecho y después vaciló, temblando. Cuando sus dedos acariciaron su luminosa piel, se puso tenso y dejó de respirar. Cuando apoyó la mano sobre ella, le soltó las muñecas y la abrazó fuertemente.

—Amy… —Su voz temblaba con tan solo pronunciar su nombre—. Eres tan dulce, tan increíblemente dulce.

—Tan dulce… Estoy pegajosa.

—Cariño, no me importa que estés pegajosa. —Aprovechó el momento y saboreó su hombro—. Eres deliciosa.

—Oh… Dios —dijo ella, y después hundió su cara en el pecho de él—. Quiero mi ropa… Fue una idea estúpida. No debería haber… ¿Veloz? —Ella movió el brazo para agarrar su mano cuando notó que la tenía en su trasero—. ¿Qué estás…? ¿Veloz?

Él inclinó la cabeza hacia atrás.

—Amy, mírame.

Finalmente, levantó la cara. Cuando lo hizo, él se inclinó y unió su boca con la de ella. Amy emitió un sonido de protesta y empezó a ofrecer resistencia, soltando el aire como podía por los labios cada vez que respiraba. Él se puso más tenso y le introdujo la lengua. Entonces, ella se quedó paralizada, gimiendo con suavidad, poniéndose de puntillas para alcanzarlo y rodearlo con sus brazos alrededor del cuello.

Se había entregado a él, permitiéndole tocar donde quisiera. Veloz sintió que su corazón empezaba a palpitar con fuerza. Los músculos de sus muslos se tensaron por completo. Sus manos recorrían el cuerpo de Amy, temblando, flotando, doloridas. Agarró con la palma su nalga para poder sentir más cerca sus caderas. La carne cálida de su trasero lo hacía estremecer. Después, sintió cómo sus brazos se enlazaban alrededor de su cuello. Posó la otra mano en su esbelta espalda para mantenerla recta y sujetarla en caso de que le entrase el pánico. Un suave murmullo salió de su garganta y llegó hasta su boca.

Veloz pensó en lo aterrada que debía de estar. A punto estuvo de perder el control cuando ella se acercó más a él y se aferró a su cuerpo casi de forma salvaje, en busca de su calor. La grandeza de lo que estaba a punto de suceder lo atrapó por un instante. Veloz cerró los ojos y los apretó nuevamente con fuerza, temblando casi tanto como ella, tan decidido a hacer que todo aquello fuera bonito para ella que a veces se sentía paralizado. Un movimiento en vano, un descuido en una palabra, y… Tragó saliva y el sonido retumbó dentro de su pecho. Después, separó sus bocas y hundió la cara en el pelo de Amy.

—¿Veloz?

Despegó la mano de su espalda y empezó a recorrerla hacia arriba, siguiendo con las yemas de los dedos las líneas de las cicatrices, con el corazón en un puño, consciente de lo mucho que había confiado en él para presentarse así como lo había hecho.

—Estoy bien, Amy, mi amor —susurró, sin saber muy bien a quién estaba tratando de convencer, si a ella o a él mismo—. Estoy bien.

—Estás tem... temblando.

Él la abrazó con más fuerza.

—Lo sé.

—¿Por qué?

—Estoy aterrado.

—¿Que estás qué?

Se le escapó una risa ruidosa.

—¡Asustado! Estoy tan asustado como un niño en su primer día de colegio. Si lo hago mal, si lo estropeo todo… Te quiero tanto, Amy…

Para su sorpresa, notó cómo el cuerpo de ella se relajaba. Echó la cabeza hacia atrás, tratando de verle la cara. Él se puso derecho y levantó las pestañas para mirarla a los ojos. Dejó de abrazarlo por el cuello y agarró su cara con las manos. Con sus ojos azules llenos de lágrimas, se puso nuevamente de puntillas para besar la cicatriz que tenía en la mejilla, el corte de la barbilla y después la boca.

—Oh, Veloz… no tengas miedo —dijo susurrando, tocando sus labios, con un respirar tan dulce que acabó embelesándolo—.

—Quiero hacerte feliz…

—¿Feliz? Soy feliz —le respondió—. Soy feliz como me prometiste. Dime que me amas, Veloz. Dímelo a tu manera esta vez, sin palabras. No puedes hacer algo mal al decirme que me quieres, ¿verdad?

Poco después, pasó sus labios por un lado de su cuello; le

gustaba la sensación de sentir las manos de ella en su cara. Cuando hubo encontrado la posición adecuada al tocar su boca, introdujo la lengua. Su corazón palpitaba con tanta fuerza y tan rápido que se vio incapaz de seguir el ritmo de los latidos. Deslizó las manos hasta su cintura y la llevó hasta el suelo con cuidado para ponerse de rodillas sobre la alfombra.

Apartándose de ella, se sentó apoyándose sobre los talones y la miró. Ella se había arrodillado antes que él, con la cabeza erguida y la mirada clavada en la suya, con los brazos rodeando todo su cuerpo. Con cuidado, la cogió por las muñecas y colocó sus brazos hacia los lados. Su tez blanca comenzó a adquirir un tono rosado. Veloz le acarició un pecho, levantándolo ligeramente con la palma de la mano. Su piel parecía oscura como la noche en comparación con la de ella. Inclinó la cabeza y tocó con su lengua la punta rosada y erecta del pezón, sonriendo levemente al sentir que también podía sentir su pulso allí. Estaba tan asustada que toda ella era un latido, y la quería todavía más por ello.

Un grito sofocado salió de su boca cuando Veloz le tocó la piel con la lengua, gimió y su cuerpo sensible se encogió, como si esa fuese su única defensa contra aquellas ásperas caricias. Incapaz de contenerse, Veloz tiró de ella hacia sí y la besó, agarrándola por las caderas cuando finalmente cayó sobre sus rodillas. Amy llevó sus manos al cabello de Veloz. Las cerró en un puño, sintiendo que su respiración era cada vez más intensa y superficial y que la lengua de él dibujaba círculos alrededor de su pezón, provocando que despertase cada una de las terminaciones nerviosas que acababan allí. Cuando se puso sobre ella, gimió para sus adentros, echando la cabeza hacia atrás al cerrar la boca.

Después, como si se deshiciese de todo el almidón de su cuerpo, se derritió. Sujetándola con el brazo, Veloz la tumbó en el suelo, prestando ahora atención al otro pecho, agradecido por los profundos gemidos que ella daba mientras le recorría el cuerpo. Amy. Su vida, su amor, un sueño en forma de terciopelo en sus brazos, más dulce que todo lo que había podido imaginar o creer que existiese.

Mirándolo de reojo, Amy observó la oscura cabeza de Veloz al hundirse en su pecho, sus oscuras manos deslizándose por toda su silueta. De repente, una sensación extraña la invadió por completo, pero tan bella que casi le impedía respirar. Su camisa le rozaba el cuerpo, todavía más caliente por el fuego y su piel. Se arqueó hacia él, entregándose, ahora sin miedo alguno. Así es como Dios quería que sucediese. Como un regalo celestial. Un acontecimiento sagrado.

«Te quiero.» Aquellas palabras se reflejaban en la forma en que la sostenía entre sus brazos. «Te quiero.» Sus manos se lo decían, apenas tocándola, sino más bien rindiéndole culto. Cuando se puso sobre ella y se quitó la camisa, la luz de las llamas danzaba en su pecho y sus brazos. Con cierta pesadumbre en los párpados, Amy lo miró y solo pudo ver la dulzura que se escondía bajo aquella masculinidad pura, la amplitud de sus redondeados hombros, las líneas de los músculos de su estómago, el árido cabello oscuro que dibujaba un triángulo desde el pecho hasta su estrecha cintura. Su cuerpo bruñido brillaba cual madera laqueada, rica, sólida y robusta.

Cuando sus brazos alcanzaron su espalda, sus pechos entraron en contacto con su piel cálida, aflorando todos sus sentidos y cortándole el aliento. El amor por Veloz la cubría en su totalidad hasta llegar a hacerla sentir dolor. No tenía miedo. Sintió su mano siguiendo con la yema de los dedos las cicatrices de su espalda y una lágrima que se deslizaba por de su cuello.

A continuación, se aferró a él, invadida por una felicidad que no encontraba forma de expresar, porque Veloz López, el hombre duro y resentido que nunca había dejado entrever ninguna debilidad, el hombre que había sembrado el miedo con tanta facilidad por todo Texas, el que se había enfrentado a la muerte cientos, o quizá miles de veces, la estaba abrazando con una ternura indescriptible y derramaba sus lágrimas por el dolor que ella había sufrido. Si él podía exponerse de tal manera ante ella, no podía negarle absolutamente nada.

Cuando deslizó la mano por su vientre, cuando sintió que sus dedos jugaban con el vello rizado del ápice de sus muslos, no ofreció resistencia alguna, sino todo lo contrario: abrió las piernas, confiando en él como nunca había hecho con otra persona, rindiéndose ante él aunque sabía que le dolería y tranquila al mismo tiempo porque también sabía que él trataría de hacerle el menor daño posible. Deslizó los dedos hasta más abajo, y Amy gimió nuevamente, dejándola fuera de combate por esa sensación eléctrica que le había atravesado el vientre. Esperaba que él se abalanzase sobre ella, para deshacerse de las otras piezas de ropa que todavía llevaba puestas, para tomarla. Lo que no había pensado era que iba a sentir algo así, un placer que la rodeaba con olas de calor y cosquilleos.

Él se movía retirándose lentamente, tan lentamente, y después volvía a impulsarla con ternura, con cuidado, buscando un lugar dentro de ella que la hacía sentirse acalorada y temblorosa cada vez que lo encontraba. Amy gimió y elevó las caderas, incapaz de respirar a medida que él aumentaba el ritmo, empujando con más fuerza y rapidez hasta que consiguió adaptarse al son de sus movimientos, inmiscuida en una sensación que estaba a punto de dejarla sin sentido. Al abrir los ojos, observó un mundo donde la luz del fuego y la oscuridad danzaban formando espirales, y se zambulló en él, encontrando ese lugar dentro de ella que la hacía sentir espasmos por todo el cuerpo. Se sentía ligera, como si estuviese flotando en el aire, pero cuando sabía que estaba a un paso de despegar, Veloz la acercó a él con el brazo y dejó que aquellas ondas de puro éxtasis se adueñaran de ella por completo.

Se quedó tumbada en sus brazos instantes después, todavía temblando, con el pecho tratando de recuperar el aliento, el cuerpo totalmente húmedo y el corazón latiéndole con fuerza. Él la acarició con ternura, susurrándole a medida que, paso a paso, volvía al mundo real. Amy sabía que lo que le había hecho no había llegado a su final, que todavía no había obtenido el placer absoluto. Aunque sabía que sería doloroso para ella, trató de luchar contra sus miedos por lo mucho que deseaba complacerlo. Sin embargo, al darse la vuelta, él deslizó nuevamente la mano sobre su cuerpo, acariciándola con la yema de los dedos con suavidad, pero sin entrar en ella esta vez. Ella jadeó al sentir aquel cúmulo de sensaciones que atravesaron todo su ser.

—Veloz…

—Confía en mí, Amy… —insistió con voz ronca—. Así es como se supone que debe ser. Confía en mí.

Amy empezó a vislumbrar luces en su cabeza. El calor volvió a invadirla por dentro, candente primero, después de forma salvaje, hasta que su vientre se puso tenso, haciéndola retorcerse y temblar, arqueándose hacia él y deseando que él lo hiciese con más fuerza. Después, una ráfaga de éxtasis entró en su cuerpo, dándole sacudidas, una tras otra, hasta hacerla estremecer, hasta hacerla gritar, hasta desgastarla, dejándola demasiado débil como para moverse, mucho menos hablar.

En medio de aquella neblina que le impedía ver con claridad, vio a Veloz sobre ella, brillando como el bronce, con los tendones tensos, dándose cuenta al mirarlo que también él estaba desnudo. El miedo, que todavía sentía con tanta fiereza, acorralándola, mantenía sus dedos fríos, le robaba el aliento, la mantenía en tensión. Cogiéndola por las caderas, Veloz la elevó hacia él. Ella se agarró con los puños a la alfombra, todavía tensa, esperando nada menos que agonía.

—Amy, amor, ¿confías en mí?

Amy se aferró a la alfombra todavía con más fuerza, aún en sus brazos. Con un gemido ahogado, asintió.

—Entonces relájate. Demuéstrame que confías en mí, Amy, por última vez. —Masajeó sus músculos, sintiendo su rigidez, con las manos cálidas y gentiles, incesantes—. Hazlo por mí. Suelta la alfombra.

Los recuerdos del ayer y del ahora se entremezclaban en su cabeza. Veloz, su querido amigo. La deseaba. Y no importaba el dolor que sintiera: quería satisfacerlo. Se obligó a aflojar las manos y a soltar las fibras trenzadas de la alfombra, todavía con los ojos clavados en los de él.

—Ahora respira hondo —le susurró—. Y relaja tu cuerpo. No quiero hacerte daño. Relájate. Muy bien.

Cuando exhaló el gran cúmulo de aire que había tomado antes, él la penetró en un suave impulso. Amy volvió a inhalar aire y notó sus pulmones quejándose por aquella invasión repentina. El mundo se derrumbaba ante ella. Esperó, apretando bien los dientes, sabiendo que el dolor llegaría. Pero no fue así. Después, él bajó su cuerpo para sostenerla entre sus brazos. Durante unos instantes, no se movió, dejándola acostumbrarse a él.

—¿Estás bien?

Con un sollozo de alivio, le dijo:

—Sí —dije sin apenas poder creérselo. A continuación, él hundió la cara en su cabello, con los labios rozándole la oreja, permitiéndole sentir su respiración, rápida y ahogada.

—No tengas miedo. Confía en mí, cariño. Te juro por lo que más quieras que no te voy a hacer daño. —Empezó a moverse dentro de ella, rememorando el ritmo de sus pesadillas, aunque ahora su pesadilla se había convertido en un sueño—. Te quiero, Amy. Agárrate bien fuerte a mi cuello. Ven conmigo...

Y con aquella petición todavía susurrando en su cabeza, se la llevó con él al paraíso.

Capítulo 20

Amy volvió lentamente a la realidad, tomando consciencia de lo que había a su alrededor: en primer lugar, la luz parpadeante del fuego de la chimenea; después, la aspereza de la alfombra trenzada en su espalda, la calidez de la respiración de Veloz sobre su cuello, el toque de sus manos... Cerró los ojos, saboreando la paz y la seguridad de saber que el hombre que dormía junto a ella la quería.

Respiró profundamente. Quería absorber cada uno de los olores que él emanaba, fijarlos en su memoria: el débil resto de jabón, el cuero penetrante, el tabaco y su suave piel. Podía sentir los latidos de su corazón contra el pecho, un latido tan fuerte que parecía penetrarle por las venas. Le pareció perfectamente adecuado yacer allí con él, con los miembros adormecidos y la cabeza a la deriva. Un sentimiento de pertenencia la colmaba en cuerpo y alma.

Veloz. Su nombre resonó en su cabeza como los acordes de una canción, dulce y cadenciosa. No había ninguna necesidad de ponerlo por escrito, ninguna necesidad de que su unión fuera reconocida por la ley o la iglesia. Los votos que se habían hecho el uno al otro fueron pronunciados mucho tiempo atrás y, al menos para ella, un matrimonio comanche era suficiente.

—¿Estás bien? —preguntó Veloz.

Amy abrió los ojos y le pasó los dedos levemente por el pelo.

—Yo... —Las lágrimas le quemaron las pestañas y la garganta se le cerró en un nudo—. Estoy bien. Mejor que bien. Me siento maravillosamente.

Él le tocó la nuca con los labios, pasándole la lengua por la piel.

—Tú eres la que sabe maravillosamente —murmuró—, y me haces sentir aún mejor. No quiero moverme.

—Entonces no lo hagas. —En verdad, no quería que lo hiciera, casi temía que así fuera, porque entonces no tendría más remedio que enfrentarse a la realidad una vez más. Durante al menos un instante más, quería quedarse dentro del sueño que Veloz había creado para ella, creer en la bondad, en la honestidad y en el amor, aunque solo fuera por un pequeño lapso de tiempo.

—Voy a aplastarte.

Se movió ligeramente y puso un codo en la alfombra para incorporarse un poco y apartarse de su pecho. Mientras echaba la cabeza hacia atrás, Amy miró la sonrisa que expresaban sus ojos y curvó la boca a modo de respuesta. Después de observarla un buen rato, Veloz llevó su mano hacia la cara de ella y le recorrió las mejillas con el dedo. Olía a ella, y Amy pensó en todo lo que había pasado entre ellos, y en cómo había conseguido alejar sus pesadillas con magia.

Él se echó hacia atrás un poco más, observándola, con la vista fija en el sonrojo de sus mejillas. El brillo que vio en sus ojos la hizo avergonzarse. Al instante, se dio cuenta de que estaba desnuda. Se sintió un tanto indigna, al recordar cómo se había retorcido y gemido con sus caricias. Podía saber por el brillo de sus ojos que él también lo recordaba.

Veloz sonrió abiertamente. Su primera reacción fue buscar su ropa a tientas. Poco después, encontró la camisa y cubrió a Amy con ella. Amy se abrazó a la prenda negra, llena de incertidumbre, pero agradecida de poder cubrirse. Su primer pensamiento fue echar mano de sus ropas, pero estaban en el dormitorio y tenía que recorrer kilómetros para poder recuperarlas. No solo eso. También le parecía incorrecto escurrirse de esa manera, como si nada importante hubiese ocurrido. Y luego estaba lo que en realidad deseaba hacer.

—Esto... me temo que esto no se me da muy bien —admitió en un susurro.

—Si se te diera bien, me sentiría decepcionado. ¿No sabes que a un hombre le gusta pensar que es el primero? ¿Que su mujer ha estado solo con él?

A Amy se le hizo un nudo en el estómago.

—Veloz, tú sabes que...

—Te diré lo que sé —susurré—. Sé que eres la mujer más dulce, pura y hermosa que haya conocido nunca. Ningún hombre te ha besado nunca de esta manera. —Se inclinó para besarla dulcemente en la boca—. Ni te ha tocado como yo lo he hecho. Ni ha visto tu cuerpo como yo lo he visto. O te ha hecho el amor. Eres mía y solo mía, Amy. Eso es lo que sé.

—Ah, Veloz... —La camisa se movió y ella tiró de ella hacía arriba para volver a ponerla en su sitio.

Él se rio suavemente.

—Me ofrezco a ir a buscarte la ropa, pero que sepas que me gustas más así.

Amy miró con nerviosismo el oscuro vestíbulo, que se le antojó lejísimos. Veloz se incorporó para sentarse, al parecer totalmente cómodo con su desnudez. Con una muestra espléndida de sus músculos, se echó hacia delante para coger sus pantalones. Ella observó el juego de tendones de su espalda al moverse, fascinada por la forma en que su piel bruñida se convertía en nudos de acero y después se relajaba. Cuando Veloz se levantó y empezó a ponerse los pantalones, ella pudo ver en toda su majestuosidad la musculatura de sus nalgas y sus muslos. El cinturón hizo un sonido al abrocharse y la banda de cuero se ajustó completamente alrededor de sus esbeltas caderas. Después recogió los calcetines y las botas y se sentó junto a ella para ponerse ambas cosas.

Cuando terminó, se volvió para mirarla, con la vista puesta en la camisa que ella agarraba con los puños a la altura de los pechos.

—¿Puedo ir a fumarme un cigarro? —preguntó.

Amy tragó saliva, aterrada con la idea de tener que darle la camisa y quedarse desnuda. Él se dejó caer sobre un codo y pasó la mano por la tela, buscando con los dedos el bolsillo en el que tenía guardada la talega de tabaco. El bolsillo en cuestión descansaba sobre su pecho derecho, por la parte interior. Él hundió la mano en el cuello de la prenda, rozándole con la palma el pecho, y después tanteó para tratar de sacar la talega del bolsillo. Las caricias involuntarias no hicieron sino despertar un laberinto de sentidos en sus pechos y en todo el cuerpo.

De repente, la mano se detuvo. Sus miradas se encontraron. Él sonrió abierta y maliciosamente. Abandonando su búsqueda dentro del bolsillo, empezó a mover sus cálidos dedos por la piel que encontró a su paso.

—Al diablo con el tabaco —susurró con voz ronca.

Y a continuación la besó. En solo unos segundos, Amy se encontró con que había perdido la sujeción del escudo de tela, la sujeción de todo. Sus sentidos se debilitaron bajo la pericia de sus manos, escuchando a lo lejos el sonido de sus propios gemidos y dándose cuenta de que Veloz tenía un poder sobre ella que nunca había permitido a nadie más, un poder subyugante y controlador al que era incapaz de resistirse, al que no quería resistirse. Ella respondía a cada caricia de sus manos, a cada petición silenciosa... gimiendo, porque sabía que la rendición le traería el éxtasis; un éxtasis arrobador, y un arrobamiento extático que le haría perder la consciencia. Las manos de Veloz recorrieron su cuerpo reduciéndola a un charco de deseo tembloroso e irracional, y ella se arremolinó bajo sus ligeras caricias, retorciéndose de dolor, arqueándose, deseando que sus dedos la quemasen como lo habían hecho antes.

En un tumulto de pasión, sintió como la ternura de él daba paso al deseo ardiente y febril. El rozamiento de sus manos se hizo despiadado y sus dedos se adentraron en su carne, reivindicándola. Cuando él le puso una mano sobre la ya temblorosa cima de sus muslos, hundiéndola en ella, un mar de sensaciones la bañó por completo. Su respiración resonaba en su cabeza, entrecortada y rápida: era el sonido de un hombre que se quemaba de deseo.

Cuando acercó sus caderas hacia él, Amy se dio cuenta de que su intención era tomarla rápidamente. Sin éxtasis, sin pérdida de consciencia. Por un instante, el temor la invadió. Él se abrió el cinturón de un tirón y se desabrochó los pantalones. Ella sintió la longitud de acero de su masculinidad, presionando, caliente, contra su muslo, en busca de la entrada. Antes de que pudiese tomar consciencia de ello, la encontró y se metió en ella, con dureza. Ella gimió, con el vientre convulsionado y las entrañas retorcidas y apretadas. Sus brazos la rodearon, en un abrazo fuerte, con una posesividad que casi le hacía daño.

Él se apartó y después empujó, dando rienda suelta al poder

de su cuerpo. El impacto sacudió todo su cuerpo y el de él, en una invasión profunda y feroz. Después, sin preámbulo alguno, él estableció un ritmo, esta vez un ritmo furioso y despiadado. Ella se puso tensa, preparada para el dolor. Pero en vez de eso el ritmo la consumió. Le respondió instintivamente, rodeándole las caderas con las piernas y arqueándose para encontrarse con él, aumentando el impacto, glorificando las bocanadas de fuego que salían de ella, ardiendo por dentro, fundiéndose.

Él era el poder, ella la vencida. Pero el orgullo y la dignidad la habían abandonado. Se rindió a la fuerza que la absorbía, una fuerza que la requería como si su deseo fuera también el de ella, una necesidad caliente e inestable que la llevaba arriba y abajo, la hacía retorcerse y la cegaba. En ese momento de elevación, Veloz se quedó detenido sobre ella, con el rostro contraído, los hombros temblando, los brazos atravesados por los espasmos. Entonces, ella sintió la entrada de su fuego, como la lava de un volcán que se precipita en erupción, intensificando su propia lava.

Con un gemido, Veloz recuperó el ritmo, lentamente al principio, con el rostro brillante y satisfecho y la mirada fija en la de ella mientras estabilizaba el movimiento. En alguna parte de su subconsciente, Amy se dio cuenta de que él quería observarla mientras la penetraba hasta el final, pero ella había ido demasiado deprisa como para resistir, y su cuerpo era ahora más de él que suyo. Veloz sonrió. Ella lo vio, lo registró en su mente y después perdió el contacto con la realidad en el momento en que él pudo empujar sin tener ya nada de lo que preocuparse.

Ella lo oyó gemir, necesitarla. Con un grito se agarró a sus hombros, jadeando en busca de aire, con las caderas arqueadas para encontrarse con él en el momento del clímax. Como Veloz, se sintió víctima de los espasmos.

Cuando ella cayó temblando y agotada debajo él, él se unió a ella aún con más determinación, besándola con su boca caliente por los pechos, la garganta y la cara. Exhausta, Amy se acomodó en su abrazo, con los miembros relajados y los músculos sin vida. Él la sostuvo, pasándole una mano por la espalda hasta los hombros, y muy pronto se quedó dormida. Fue un sueño profundo y placentero, cubierta como estaba de la calidez de su cuerpo.

Amy se despertó en medio de la oscuridad. Reconoció la suavidad de la sábana bajera bajo ella. Algo cálido y húmedo le rozaba las piernas. Parpadeó y se puso tensa, tratando de ver.

—¿Veloz?

Él se rio en voz baja.

—¿Quién si no?

—¿Qué... qué estás haciendo? —Trató de ver algo, frustrada por la negrura y la familiaridad de las manos de Veloz sobre su persona.

El paño le rozó ahora el muslo.

—Te estoy lavando. Te lo prometí, ¿recuerdas? No quedará ni rastro de manzana cuando termine.

Ella oyó el sonido del trapo mojado al dejarlo caer en el agua. Las mantas hicieron un ruido seco cuando él las ondeó para volverlas a poner de nuevo sobre ella. El colchón se hundió con el peso del cuerpo de él al tumbarse junto a ella. Poco después, la rodeó con el brazo. La manga de su camisa le resultó abrasiva al contacto con la cintura, y la palma de su mano, áspera en la espalda.

—Tengo que irme, chica dorada. En un par de horas más amanecerá y si alguien me ve saliendo de aquí, tu reputación se irá al infierno.

Amy podía sentir su respiración en la mejilla, su calor, pero lo único que podía ver de él era algo negro frente a ella, más negro que la misma noche. Le agarró la camisa con los puños, asustada de repente, sin saber muy bien por qué. Si se marchaba, la realidad volvería a imponerse entre ellos. Ella quería mantener muy cercana esta noche, mantenerla para siempre.

—No... no quiero que te vayas. Ahora estamos casados, ¿no es así? ¿Por qué tienes que irte?

Sus labios rozaron los de ella.

—Amy, amor, la ley comanche no se aplica aquí. Si me quedo antes de que nos casemos a la manera de los blancos, te mirarán como a una perdida. —Notó una sonrisa en su voz—. Creo que necesitamos encontrar a un párroco... ¡y rápido!

—¡No volverá hasta dentro de varias semanas!

Le tocó la lengua con la suya y dijo en alto:

—¿Semanas?

—Semanas —repitió ella, con un sentimiento de impoten-cia—. No quiero esperar semanas. ¿Y tú? Quiero que te quedes ahora conmigo. Un matrimonio comanche es tan bueno como cualquier otro. Lo es todo.

Era imposible pasar por alto el pánico que había en su voz. Veloz se volvió hacia ella para observar su cara en sombras.

—Amy, amor, ¿qué te ocurre?

—No... no quiero que te vayas. Tengo el horrible presenti-miento de que, cuando lo hagas, será como si esta noche nunca hubiese sucedido.

Le pasó la mano por el pelo. Aunque él mismo había tenido el mismo presentimiento, sabía por el sonido de su voz que no era comparable al pánico que ella estaba sintiendo.

—Cariño, eso es una locura.

—No importa. Así es como me siento. Si te marchas, puede ocurrirte algo. Puede que nunca regreses.

—Regresaré —dijo con un susurro, medio en broma. Pero mientras lo decía, esas palabras resonaron en su cabeza, como un eco del pasado. Entonces lo entendió todo. Hubo una vez en la que se habían amado el uno al otro, de forma inocente, pero con la misma pasión que ahora, y sus promesas se habían con-vertido en polvo que se había llevado el viento de Texas. Ahora, por fin, habían recuperado ese sentimiento de unidad, y Amy se horrorizaba al pensar que pudiera perderlo de nuevo. A Ve-loz casi se le rompió el corazón. Se tumbó junto a ella e hizo que cerrara los ojos.

—Amy, escúchame. Nada volverá a separarnos nunca. Nada. No dejaré que eso ocurra. Además, solo voy al otro lado de la calle. Un grito y podré oírte.

Ella se acercó más a él, hundiendo el rostro contra su cuello.

—Me parecen cientos de kilómetros.

Veloz suspiró.

—No quiero que pierdas tu trabajo. Sé que necesitas esa se-guridad, al menos durante un tiempo.

—Te necesito más a ti.

—Puedes tener ambas cosas. Ahora estamos casados, Amy.

Tú lo sabes. Yo lo sé. Nada ni nadie puede cambiar eso. —Levantó un poco la barbilla y la besó en la parte alta de la cabeza, adorando la suavidad de su pelo de seda, deslizándose contra su camisa—. Y con el matrimonio viene todo eso que temes. Al menos durante el primer año o así, mientras trates de esquivarme y aprendas como soy cuando...

—No me importa eso. —Incluso mientras hablaba, Amy sabía que no pensaba lo que estaba diciendo. Mucho después, sí le importaría. No tenía sentido ocultarlo. Henry Masters le había dejado una huella, pudiera admitirlo o no.

Veloz cerró los ojos, sabiendo que las cicatrices que tenía dentro eran demasiado profundas para pretender que sanarías en una noche de amor. Deseó que pudiera ser así, pero desearlo no cambiaba la realidad.

—A mí me importa —susurró, con voz grave. Hizo que se incorporara para ponerla sobre su pecho y le cogió la cara con las dos manos—. Si pierdes ese trabajo, dependerás de mí para todo. Antes o después, eso te consumirá.

—Pero... —Amy se calló, despreciándose a sí misma porque sabía que lo que él decía era cierto.

La hizo callar posando un dedo sobre sus labios.

—Nada de peros. No tienes que dejarlo todo para ser mi esposa, Amy. Podemos seguir así hasta que el párroco vuelva. Vendré cada noche a que me des clases. Y quizá me quede alguna que otra noche hasta antes del amanecer. Nunca van a separarnos de nuevo. Te lo prometo.

Amy dejó que se marchara sin poder ofrecerle ningún otro argumento. Mucho después de su partida, ella seguía tumbada en la cama temblando, deseando que él estuviese allí con ella, odiándose de que su debilidad los hubiese mantenido apartados durante tanto tiempo.

Al día siguiente, después del colegio, Amy fue a casa de Loretta en su habitual visita diaria. Para su sorpresa, tanto Veloz como Cazador estaban en casa. Sin esperárselo, Amy cerró la puerta después de entrar y después se quedó de pie allí, sin saber muy bien cómo debía saludar a Veloz después de la noche que habían pasado juntos.

—¡Ah, Amy, llegas a tiempo para un pastel de mora caliente! —exclamó Loretta.

—E... eso suena estupendo —dijo Amy débilmente, con la cabeza puesta en los platos. Al levantarse esa mañana, no había encontrado ni rastro de suciedad en la cocina. Veloz lo limpió todo mientras ella dormía.

Sus miradas se encontraron. Los recuerdos de la noche de pasión ocupaban todos sus pensamientos. Bajó los ojos, tratando de mantener la compostura, pero todo lo que había en él, incluso su camisa, le recordaba lo que había pasado hacía solo unas horas.

Veloz vio el sonrojo que le subía a Amy por el cuello y si lo hubiese calificado de color carmesí no se habría quedado corto. Le inundaba la cara, llegando hasta el nacimiento del pelo, tan obvio que supo que Cazador y Loretta no tardarían mucho en notarlo. La situación le parecía tiernamente divertida y trató de contener una sonrisa. La dulce, la encantadora Amy, con su vestido de maestra, con su pelo glorioso recogido en una corona trenzada sobre la cabeza. Para ella, hacer el amor la noche anterior había sido escandaloso.

La sonrisa en su interior se convirtió en dolor en la garganta cuando recordó lo maravillosa que había sido en realidad su unión. Ella iba a no poder controlarse cuando hiciesen de verdad el amor. Y si se sonrojaba de esa manera después, todos en el pueblo sabrían lo que había pasado.

Haciendo como si nada pasase, Veloz se frotó las manos.

—Venga, pues sirve esa tarta, Loretta. Tengo tanta hambre que no puedo sentir las piernas.

El intento de jovialidad fue en vano. Loretta se quedó inmóvil, mirando fijamente a Amy, que se había puesto de un intenso color rojo en un segundo. Cazador, en lugar de mirar a Amy, volvió sus ojos azul oscuro a Veloz, con la ceja levantada. Cuando Veloz le devolvió la mirada, la boca de Cazador se torció. Después, miró a Amy.

—Amy, cariño, ¿te ocurre algo? —preguntó Loretta.

Los ojos de Amy parecieron volverse más grandes que los platos de pastel que había en la mesa: el azul chispeante de sus ojos contrastaba con el rojo de sus mejillas. Veloz tuvo que contener un gemido.

—No, na... nada —consiguió responder, en lo que era la mayor mentira que había intentado decir en su vida—. ¿Por... por qué lo preguntas?

Loretta lanzó una mirada a Cazador. Amy se volvió a Veloz con mirada de súplica. Para su desesperación, notó que también su cuello se ponía rojo y el calor le subía hasta la cara. ¡Diablos, si iba a sonrojarse también él a estas alturas! Se aclaró la garganta y se pasó la mano por el cabello, tan avergonzado como si le acabasen de pillar retozando con Amy en el granero. Cazador, sonriendo como un idiota, centró su atención en el pastel y cogió el servidor.

—Bien, si no ocurre nada, vamos a comer —dijo, lanzando otra mirada intencionada a Veloz.

Amy se quitó el chal y lo colgó de la percha. Acercándose a la mesa, se limpió las manos en la falda. Se sentía tan culpable que hasta un tonto se hubiese dado cuenta. Los ojos azules de Loretta pasaron de su prima a Veloz. Y después, como si fuera una enfermedad contagiosa la que hubiese entrado en la casa, su rostro se volvió completamente rosa. Solo Cazador parecía inmune. Sin parar de sonreír, sirvió cuatro platos de pastel, pidiendo a todos con un movimiento que tomaran asiento.

Los cuatro se llenaron la boca inmediatamente. Veloz hizo un ruido apreciativo y cogió un segundo pedazo. Loretta, claramente incómoda porque nadie alababa su buen hacer como repostera, levantó los ojos del plato.

—¿Cómo han quedado en el horno esas manzanas que te di?

Veloz, que estaba a punto de tragar, explotó. Todos, incluida Amy, se volvieron para observarle mientras luchaba por coger aire. Cuando por fin tragó e hizo bajar la tarta con un sorbo de café caliente, logró pronunciar una temblorosa disculpa. Amy empezó a ruborizarse de nuevo. La sonrisa de Cazador se hizo más amplia. Loretta parecía completamente desconcertada.

Cazador buscó la mirada de Veloz.

—¿Vas a sobrevivir a ese pastel?

—No es el pastel de Loretta. —Veloz dio otro sorbo al café—. Estoy bien. Es que me he atragantado, es todo.

Amy bajó la cabeza y atacó las moras de su plato como si les acabase de declarar la guerra. Cazador se aclaró la garganta.

—Veloz y yo fuimos a hacer una visita a Peter de vuelta a casa, Amy.

Ella levantó la mirada, con los ojos oscurecidos, como si se le hubiesen descolorido de repente.

—¿De verdad? ¿Y cómo está?

—Está bien. Creo que la pequeña charla que tuvo Veloz con Abe ha servido de algo. Al menos no volvió a casa y descargó su ira ayer, como hubiese hecho otras veces.

—¿Lo tiene su madre en la cama?

—Y tan pendiente de él como una gallina de corral —señaló Cazador. Encontrándose con la mirada de Amy, preguntó—: ¿Por qué nunca me contaste los problemas de Peter? Yo pensaba que la única vez que Abe se había pasado de la raya fue cuando su mujer lo mandó a la cárcel. No tenía ni idea de que para él fuera costumbre volver a casa borracho y pagarlo con su familia.

Amy sintió que las mejillas volvían a arderle.

—Yo... —La mirada de Cazador no le dejaba escapatoria. Se encogió de hombros—. Si hubiese acudido a ti, te habrías enfrentado a Abe, y tenía miedo de que te metieses en problemas.

A Cazador se le tensó la mandíbula.

—Me alegro de que Índigo confíe más en mi sentido común. Una cosa es un hombre con mal genio. Pero lo de Abe Crenton es pasarse de la raya. No es costumbre entre los de mi pueblo mirar para otro lado cuando un hombre abusa de su mujer y su familia. Tú sabías eso, Amy.

Amy había sido testigo cientos de veces de las reprimendas de Cazador a sus hijos, pero nunca antes se habían dirigido a ella. Durante años, le había visto mirar con esos ojos suyos luminosos a Índigo y Chase, provocando en ellos un sentido remordimiento sin ni siquiera levantar la voz. Se había preguntado a menudo cómo conseguía hacerlo. Ahora lo sabía. Cazador, con su bondad, era capaz de penetrar hasta lo más profundo. La mirada dolida de sus ojos le llegaba al corazón.

—Lo hice con buena intención —dijo lastimeramente.

Sus miradas se encontraron y, sin decir una palabra, lo dijo todo.

—La próxima vez, acudiré a ti —prometió Amy.

Cazador miró entonces a Veloz.

—Si Abe vuelve a hacer daño, preocúpate por tu marido. Fue su fuerza la que defendió a Alice Crenton y a sus hijos ayer.

El hecho de que Cazador se dirigiera a Veloz como su marido evidenciaba que sabía lo que había pasado entre ellos la noche anterior. Pero antes de que Amy pudiera reaccionar, Cazador estiró el brazo y le cogió la mano, un poco como cuando el padre O'Grady le tocaba la frente cuando le iba a dar la absolución. En ese momento se sintió en paz, en una paz cálida y reconfortante.

Durante solo un instante, deseó haber crecido con los comanches, que la hubiese criado el padre de Cazador, Muchos Caballos, y no Henry Masters. Deseó haber tenido un hogar lleno de amor, en el que se la hubiese reñido con bondad y comprensión y no con el puño o el cinturón.

A diferencia de Amy, los hijos de Loretta no conocían el miedo. Ellos corrían salvajes y libres, llevando la cabeza siempre alta. Y, aun así, a pesar de sus maneras bondadosas, Cazador ponía disciplina en su casa, inculcaba a sus hijos todas esas buenas virtudes que consideraba importantes: lealtad, honestidad, orgullo y coraje. Nunca demandaba obediencia, pero esta se daba de forma natural y sin esfuerzo, porque los hijos de Cazador lo amaban demasiado como para hacer algo que le disgustase.

La mirada de Amy pasó de Cazador a Veloz, que parecía absorto en el pastel, lo mismo que Loretta. Su aparente indiferencia era una vez más otra costumbre del pueblo comanche: la vergüenza de uno era de uno y no incumbía a los demás. Amy volvió a mirar a Cazador y descubrió que había cogido ya el tenedor, lo que significaba que sus faltas pertenecían al pasado.

Como si sintiese que el momento de castigo había pasado, Veloz levantó los ojos y la miró fijamente, con chispas en ellos. Tenía una sonrisa involuntaria en los labios. A diferencia de ella, Veloz había sido criado con los comanches, y las costumbres de Cazador eran también las suyas. No pudo evitar preguntarse si sería un padre como Cazador, ajeno al ruidoso caos de su casa, poniendo orden solo cuando de verdad se producía una verdadera transgresión, con bondad, riñendo con voz suave.

—Me pregunto dónde fue Índigo esta vez después del colegio —remarcó Loretta—. Debería estar ya en casa.

Cazador levantó la cabeza.

—Vendrá.

—Apuesto a que está con ese Marshall. Es demasiado mayor para ella. ¿Pero de qué sirve que se lo diga?

Amy la interrumpió para contarle la discusión que había tenido con Índigo la tarde anterior.

—Quise haber hablado con ella otra vez, pero con el asunto de Peter se me olvidó.

Loretta jugó con su tenedor.

—Señor, ojalá haya mandado a ese joven a freír espárragos. ¿Por qué un muchacho de veinte años iba a estar interesado en una chica de su edad? No me gusta nada.

—Ella le mandará a freír espárragos —contestó Cazador—. Los ojos de Índigo miran al mañana. Solo tiene que abrirlos.

Veloz terminó su tarta y llevó el plato al fregadero. Mirando por encima del hombro a Amy, extrajo el reloj del bolsillo.

—Es casi la hora de mis lecciones. ¿Estás lista?

La miró con ojos juguetones y a Amy no se le pasó por alto el significado velado de su pregunta. Ella se levantó y cruzó la habitación con el plato, con cuidado de no mirarlo. Después de ponerlo en el fregadero, se volvió hacia la puerta.

—Si veo a Índigo, le diré que vuelva a casa, Loretta.

Loretta sonrió.

—No, no hagas eso. Como dice Cazador, solo tiene que abrir los ojos. Supongo que tengo la mala costumbre de querer sobreprotegerla.

Veloz cogió su sombrero de la percha. Después de ponérselo con un garboso movimiento, cogió el chal de Amy y le cubrió los hombros con él, rozándole el cuello y después los pechos con los nudillos mientras colocaba los pliegues de la lana. Casi sin respiración, Amy levantó sus asustados ojos azules para mirarlo. Antes de que se produjera otro de sus rubores, Veloz la hizo salir por la puerta riéndose por lo bajo, consciente de que a Cazador no se le había escapado el significado de ese cambio de color.

Una vez en el porche, Amy se abrazó al chal. Veloz la cogió por el codo, imaginando el momento de las «lecciones» con impaciente lascivia. Si tenía la oportunidad, le daría algo un poco más escandaloso por lo que sonrojarse.

—Tienes las mejillas rojas como un tomate —informó, mientras bajaban los escalones—. Tenemos que cruzar el pueblo. ¿Quieres que todo el mundo que nos vea sepa qué hemos estado haciendo?

Su cara se volvió de color escarlata, lo que provocó una vez más la risa en Veloz. Poniéndole una mano en la nuca, jugueteó con los rizos mientras la guiaba por la acera.

—¿Hasta cuándo piensas seguir ruborizándote cada vez que te miro?

—No tengo la culpa de tener el rostro tan pálido.

—¿Qué es lo que te avergüenza tanto?

Amy le miró con sus ojos azules.

—No tiene gracia.

Veloz echó hacia atrás la cabeza y emitió una sonora carcajada.

—¡Para, por favor! La gente nos está mirando.

Él vio a Samuel Jones al otro lado de la calle, ocupado en barrer la parte de la acera que daba a su negocio.

—Amy, nadie nos está mirando. Te lo diré de una vez por todas: la vergüenza conmigo te va a durar lo que dura una vela en una tormenta de viento.

—No me digas.

—Te lo prometo. Lleva si quieres esos recatados cuellos abotonados hasta la barbilla en público, pero no en nuestra casa.

—¿Qué llevaré entonces?

—El delantal, si estás cocinando. El resto del tiempo, yo preferiría que no llevases nada.

Ella lo miró aterrorizada.

—Mis clases de lectura y aritmética entran en la categoría «de otra manera».

Ella aceleró el paso, mirando a derecha e izquierda como si temiese que alguien pudiese oírlo. Veloz se rio, apretando el paso también para no quedarse atrás.

—Tienes ganas de llegar a casa, ¿verdad?

Ella estuvo a punto de tropezar con la falda al detenerse. Ruborizándose de la cabeza a los pies, lo miró a los ojos.

—Estás atormentándome aposta. ¿No podrías ser por una vez un caballero, Veloz? ¡Es es de muy mala educación que... que hables de ello como si hablaras del tiempo!

Mientras se daba la vuelta y una vez más emprendía la marcha a paso rápido, Veloz se quedó rezagado para poder disfrutar de la vista de sus caderas. Entonces, como si lo hubiesen atado en corto con una cuerda, Amy se detuvo. Veloz levantó los ojos para ver qué pasaba. Steve y Hank Lowdry irrumpieron en la acera, a solo unos metros delante de ella. Amy retrocedió, con el cuerpo rígido. Veloz aceleró el paso para alcanzarla. Cuando le tocó el brazo, ella se arrimó a él.

—No pasa nada, cariño.

Sintió un escalofrío.

—Se parecen a... ¿quiénes son?

Veloz le pasó el brazo por los hombros y la instó a que siguiese caminando, sin preocuparse ni un momento de que alguien pudiera verlos.

—Solo un par de mineros. ¿Quieres que pasemos al otro lado de la calle?

—No. No tengo miedo cuando estás conmigo.

Ella se acercó más a él, desmintiendo sus palabras. Veloz miró hacia delante a los dos hombres, inquieto al descubrir que no era el único que pensaba que parecían comancheros. Demonios. Desde el primer momento lo había presentido. Y ahora también Amy.

Para alivio de Veloz, los dos hombres se apartaron de la acera y dejaron que él y Amy pasaran. Sus espuelas resonaron en el suelo húmedo y compacto. Veloz miró hacia abajo. El rostro de Amy, de rojo brillante solo unos momentos antes, se había puesto ahora blanco como la muerte.

—¿Por... por qué están aquí? —Lo miró asustada a los ojos—. ¿Qué están buscando en Tierra de Lobos?

—Buscan oro.

—¡Qué me aspen! —Los miró por encima del hombro—. Los hombres como ellos no se ganan la vida trabajando.

—Supongo que tienen el mismo derecho a soñar que los demás.

—No crees que parecen... —Se calló, como si no pudiera decir la palabra.

—¿Qué, Amy? —Veloz se bajó de la acera—. Escúchame. Llevan aquí un par de días. Si fueran tan malos como parecen, ya habrían creado problemas. Cazador fue a verlos. Dice que parecen de verdad interesados en encontrar oro.

Cuando terminó de hablar, se le erizó el vello de la nuca. Miró hacia atrás para ver que los dos hombres se habían detenido en la calle. Con los sombreros bajos, no podía saber si lo miraban ni podía entender su extraña reacción. Puso con más firmeza el brazo sobre Amy y aceleró el paso.

—Si no han venido a por oro —añadió, más para él que para ella—, es que están pensando mucho sus movimientos.

—¿Movimientos? —A Amy se le contrajo la cara—. No creerás que... Ay, Veloz, no... No son pistoleros, ¿verdad?

—Yo no los conozco. —El miedo que vio en sus ojos le hizo desear no haber dicho nada. Le dedicó una rápida sonrisa y la reconfortó con el brazo—. Eh, no seas tan pesimista. Me estoy pasando de listo. Tiene que ver con el territorio. Vine aquí a empezar de nuevo, ¿recuerdas? Intentemos no ver problemas donde no los hay. La probabilidad de que alguien me haya seguido desde Texas es muy remota, ¿no crees?

Ella recuperó algo de color.

—Es un camino demasiado largo. —Sonrió—. Quizá estoy viendo comancheros por todos lados, ahora que frecuento a uno.

Él la miró con los ojos entornados.

—No soy un comanchero, nunca lo fui. Si de verdad lo pensases, no habrías hecho...

Ella le pinchó las costillas.

—Sé un caballero.

—Tampoco soy un caballero. —Bajó la cabeza y le mordisqueó el lóbulo de la oreja—. Y, de aquí a una hora, te habré convencido de ello —le susurró.

Por el rabillo del ojo, Veloz vio un movimiento al otro lado del pueblo. Se dio la vuelta a tiempo para ver a Índigo metiéndose sola en el bosque. Amy también la vio.

—Esa chica… Estoy segura de adónde va. Ojalá no se encontrase con él a solas de esa manera.

—¿Crees que va a encontrarse con él? Tal vez va a cazar. Y si no, también le gusta pasear. Ella es muy salvaje.

—Un poco demasiado para mi gusto. Está demasiado segura de sí misma. No tiene miedo de nada. Eso podría ser peligroso si ese joven carece de escrúpulos.

Veloz sonrió, recordando el cuchillo que Índigo llevaba en el muslo.

—Compadezco a Brandon si se pasa de la raya con ella. Esa chica es tan rápida con el cuchillo como ningún hombre que haya conocido. Y te apuesto a que tampoco se le da mal pelear. Poder pelearse con Chase le ha dado muchas agallas.

—Ella es solo una chica, Veloz. Brandon la dobla en tamaño.

—Podría con tres como él sin siquiera sudar. Deja de preocuparte. Cualquier chico que quiera aprovecharse de ella va a tener que morder más polvo de lo que piensa.

Mientras subían los escalones de la casa, Amy no pudo evitar echar una última mirada hacia el lado del bosque por el que Índigo había desaparecido.

Capítulo 21

*Í*ndigo presintió el peligro desde el momento en que entró en el claro del bosque. Brandon no había venido solo. Tres de sus amigos estaban con él, y a ella no le gustó la mirada que vio en sus ojos.

Se detuvo en seco.

—Hola, Índigo —dijo Brandon avanzando un paso hacia ella. Se había quitado la chaqueta de cuadros y llevaba una camisa azul claro, con las mangas arremangadas hasta el codo. Nunca lo había visto con una ropa tan informal. La miró de arriba abajo y se pasó una mano por las costillas, como si acabase de comer y le doliese el estómago—. Me alegro de que hayas decidido venir —sonrió—; así podremos hacer las paces.

No le gustó la manera en la que dijo «hacer las paces», como si fuera una broma. Aunque mantenía la mirada fija en Brandon, Índigo vio que los otros se dirigían hacia ella. La media sonrisa que vio en sus caras la asustó. No tenía ni idea de lo que podía estar pasándoles por la mente, pero fuera lo que fuese, no podía ser nada bueno para ella.

—¿Brandon? —dijo ella suavemente—. ¿Por qué has traído a tus amigos contigo?

La miró con esos ojos azules, divertido.

—Están aquí para ayudarme contigo.

Ella miró a los otros. La noche anterior, Brandon había intentado meterle la mano por debajo de la blusa y ella lo había abofeteado. Se habían despedido enfadados. Hoy, durante el recreo de mediodía, él se había acercado al patio para preguntarle si quedaban esa tarde. Para hacer las paces, había dicho.

Ella se humedeció el labio; tenía la boca seca y pegajosa.

—¿Necesitas ayuda para disculparte?

—Cariño, tú eres la que va a disculparse —dijo en un susurro—. Y vas a hacerlo de rodillas. Ninguna perra india me abofetea y se va de rositas.

Índigo por fin pudo despegar los pies del suelo. Dio un paso hacia atrás, conmocionada por el insulto. Le había hecho sentir como si fuera algo sucio, algo tan por debajo de él que ni siquiera se merecía su desprecio. El dolor la partió en dos. Le había querido tanto... Se había creído todas las cosas bonitas que le había dicho. Al parecer, todo había sido una gran mentira.

Agarrándose al feroz orgullo que su padre le había inculcado, contuvo las ganas de llorar y levantó la barbilla.

—No me pondré de rodillas ante ningún hombre.

Brandon dio otro paso hacia ella.

—Oh, claro que te pondrás de rodillas. Cuando estés en presencia de los que son mejores que tú, es en el suelo donde tienes que estar. Tienes una opinión demasiado elevada de ti misma, Índigo. Dios creó a los indios para una cosa, y vas a aprenderlo ahora mismo. ¿No pensaste de verdad que un hombre blanco podía tener otro interés por ti, no?

Uno de los otros jóvenes se rio, con una carcajada profunda y sorda. Ella se dio la vuelta para correr, pero chocó violentamente contra el pecho inmenso de otro. El impacto la dejó mareada. Antes de caer, unos brazos inmensos la rodearon. Débilmente se dio cuenta de que había alguien detrás de ella. Debía de haber cinco. Los brazos de uno de ellos la sujetaron por el torso, estrangulándola, cortándole la respiración.

—¡Vaya, vaya! ¿Acaso no es este un abrazo de amor? —Levantándola del suelo, la hizo girar en círculo y mirar a Brandon—. No me extraña que hayas estado persiguiéndola. Ni siquiera parece una mestiza. Y a juzgar por cómo se mueve, ¿quién diría que es tan joven?

—Solo hace falta una gota de sangre india —contestó Brandon.

—Eh, no me quejo. Siempre he querido tener a una chica blanca que se resistiese un poco. Esto es seguramente lo que más se acerca a ese deseo.

Con los ojos entrecerrados, Índigo examinó la cara del

hombre que la tenía sujeta, una cara morena, que reconoció al instante. Heath Mallory, de Jacksonville. Lo había visto en misa con su familia, un joven bueno y educado. Ahora, sin embargo, su cara se había vuelto ruda y amenazadora, y su sonrisa, cruel. Trató de soltarse, pero él la agarró con fuerza. Para su desesperación, sintió que él la soltaba con un brazo para meterle la mano por debajo de la blusa y la combinación. A Índigo le dieron arcadas.

—No —gritó—. ¡Quítame las manos de encima!

Él buscó sus pechos. Índigo consiguió soltarse con un brazo y le pegó un codazo en la boca con todas sus fuerzas. El golpe hizo que empezase a sangrar. La ira lo cegó. Con una maldición, la apartó de un golpe y después le dio un revés con los nudillos en la mejilla. Índigo vio puntos negros ante sus ojos.

Antes de que pudiese recuperar el equilibrio, Brandon la cogió por detrás y la tiró al suelo. De un salto, se puso sobre ella, cogiéndole las muñecas para inmovilizarla. El peso de su cuerpo la dejó sin aliento. Incluso aunque pudiera escapar de él, había otros cuatro, y sabía que no tendría ninguna oportunidad de librarse de ellos.

Aunque intentó luchar con todas sus fuerzas, el pánico la invadió. Se retorció y gritó, rezando para que alguien, por algún milagro del cielo, la oyese. Pateó y se sacudió. A pesar de sus esfuerzos, Brandon consiguió meter la mano en la blusa. Sintió unos dedos acercándose a sus pechos. En este horrible e interminable momento, supo que iban a violarla, no porque hubiese hecho nada para merecerlo, sino porque tenía sangre comanche en las venas. No sabía exactamente qué significaba ser violada, pero había oído lo suficiente como para saber que era algo horrible. El pánico se hizo mayor, la cegó y bloqueó cualquier pensamiento racional.

Entonces, casi como si estuviera junto a ella, oyó la voz de su padre. «Nunca utilices la fuerza en una pelea, Índigo. Utiliza los conocimientos que yo te he enseñado. Mantén la calma. Mide a tu enemigo. Después ataca sus puntos débiles.» Cerró los ojos y se obligó a dejar de lado el miedo, quedándose como sin vida.

Brandon se rio, clavándole los dedos con fuerza, castigándola.

—Aquí tenemos a una india lista. Sabe lo que le conviene, ¿verdad, Índigo?

Lentamente, Índigo abrió los ojos. Se enfrentó a la mirada de Brandon, apartando de la mente la sensación que le producía la mano sobre su piel. Pensando que su flojedad era signo de rendición, bajó la cabeza y hundió sus labios en los de ella. Ella sufrió el beso un momento, esperando, y cuando el ángulo de su cabeza fue el adecuado, le clavó los dientes en el labio superior, cerrando la mandíbula con todas sus fuerzas.

Brandon se puso tenso, incapaz de retirarse sin que se le rasgase el labio. Emitió un gemido quedo. Ella le mordió aún más fuerte. Él rugió, soltándole las muñecas para cogerle la cabeza. En ese momento, Índigo abrió la mandíbula para que pudiera retirar la cabeza y le clavó los pulgares en los ojos. Él gritó y se irguió hacia atrás, poniéndose las manos sobre la cara. Índigo se deslizó debajo de él, con el sabor de su sangre en la boca mientras se ponía de rodillas.

Los otros cuatro formaron un círculo alrededor de ella. Índigo sacó el cuchillo de debajo de su falda, consciente de que Heath Mallory estaba detrás de ella.

—Vamos, escoria *tosi* —silbó ella, enarbolando la hoja reluciente del cuchillo—. ¿Quién de vosotros me quiere primero? Dejadme que os muestre para qué sirve una india.

—¡Dios mío, mis ojos! ¡Mis ojos! —Brandon estaba de rodillas, sujetándose la cara y retorciéndose de forma salvaje.

Índigo sabía que no le había clavado los dedos lo suficientemente fuerte como para dejarlo ciego. Y no porque su padre no se lo hubiese enseñado. Rápidamente se hizo una composición de lugar de sus oponentes, tratando de contener el miedo. Había habido siempre una constante en todo lo que su padre le había enseñado: no había lugar para el pánico en la batalla.

«Mide a tu enemigo.» Los cuatro que quedaban seguían superándola en número y fuerza y, aunque ninguno tenía la musculatura de su padre o del tío Veloz, su única esperanza al luchar con ellos era usar la cabeza. Se balanceó ligeramente, a un lado y a otro, manteniendo a Heath siempre a la vista y el cuchillo en la palma de la mano.

Heath arremetió contra ella. Índigo saltó y le pegó una cuchillada. La punta del cuchillo le alcanzó la parte superior del brazo. Él chilló y saltó hacia atrás, tapándose la herida, con la sangre cayéndole por la camisa blanca y entre los dedos.

—¡Esta pequeña zorra me ha cortado!

—Acércate *tosi tivo* y te cortaré el cuello —lo amenazó.

Uno de los otros, un pelirrojo desgarbado, se agachó y corrió hacia ella. Índigo cogió un puñado de tierra y se lo tiró a los ojos, alejándose de su camino y dando un salto para ponerse en pie mientras él caía al suelo. Se giró, lista para enfrentarse a los demás. El orgullo le subió por la garganta, caliente y vivo, poniéndole de punta los pelos de la nuca. Con el cuerpo hacia delante, las manos en alto y los pies siempre en movimiento, deseó por un instante que su padre pudiera verla. Desde su niñez, él le había asegurado que el tamaño no daba la victoria a un hombre, y ahora lo estaba comprobando.

Con renovadas esperanzas miró a los tres que quedaban. Les brillaban los ojos y tenían las caras relucientes de sudor. «Deja que vengan.» Aunque tenía miedo, el cuchillo seguía en su mano, tan familiar y tan fácil de manejar como si fuera parte de su cuerpo. Aunque odiaba matar, no lo dudaría si saltaban sobre ella. Ni siquiera el Dios de su madre podría condenarla por defenderse.

—Ven a cogerme —dijo retando a un joven de pelo negro—. ¡Vamos! ¿Dónde está tu valentía? Da un paso…

El rostro del joven se contrajo y se quedó blanco. Tenía la mirada fija en el cuchillo.

—No tienes valor para matarme.

Índigo tragó saliva.

—Ya lo veremos.

Justo mientras hablaba, algo la golpeó por detrás. Vio una camisa azul y se dio cuenta de que era Brandon. Se tambaleó y cayó bajo su peso, y a punto estuvo de perder el cuchillo. Rodaron por el suelo. Él se puso encima, inmovilizándola con el cuerpo. Sin perder un momento en consideraciones, Índigo blandió la hoja y le pinchó la oreja. Él rugió y se echó a un lado. Ella se agarró con el puño a su camisa y le puso el cuchillo en la garganta. En el instante en que sintió el frío metal, se quedó paralizado, con los ojos inyectados en sangre fijos en ella.

—No te muevas —le dijo—. Ni siquiera respires, Brandon.

—Vio a los demás rodeándolos—. Diles que se retiren si valoras algo tu vida.

A Brandon se le cerró la laringe al notar el borde afilado de la hoja. Le caía aún sangre del labio.

—Ya la habéis oído —gimió—. ¡Echaos atrás! ¡Lo dice en serio!

—Por supuesto que lo digo en serio —susurró—. Soy una salvaje, ¿recuerdas? ¡Una india!

El cuerpo de Brandon empezó a temblar, un temblor terrible e incontrolable. Índigo conocía ese sentimiento. Solo momentos antes había estado tan aterrorizada como él. No le daba ninguna pena. Si hubiese conseguido lo que se proponía, ahora sería ella la que estaría con las piernas abiertas y sufriendo sus abusos.

—¡Vamos! —gritó a los otros—. ¡Apartaos!

No quería apartar la vista de Brandon, pero debía estar segura de que sus amigos se retiraban y sabía que debía hacerlo. En tensión, miró primero a la izquierda y después a la derecha. No pudo ver a nadie, pero eso no significaba que no hubiese alguien fuera de su campo de visión, listo para saltar sobre ella. Aun así, no tenía otra opción más que arriesgarse. Quedarse allí en el suelo, dándoles tiempo para pensar en cómo desarmarla, habría sido un gran error.

—De acuerdo, Brandon, levántate —le ordenó—. No hagas ningún movimiento repentino.

Él se movió hacia atrás un poco. Ella mantuvo el cuchillo sobre su garganta.

—Pagarás por esto —susurró—. Juro por Dios que lo pagarás. Te haré arrastrarte ante mí. Aunque sea lo última que haga en mi vida.

Índigo se levantó, poniéndose primero de rodillas y después de pie.

—Nunca me arrastraré ni por ti ni por ningún hombre, Brandon Marshall. Vuelve a Boston y a tu mundo de blancos si eso es lo que quieres de una mujer.

—¿Una mujer? ¿Tú? Tú eres una india. —Se tocó el labio partido, después la oreja, con la mano temblorosa—. ¡Me has marcado de por vida, pequeña zorra! Pagarás por ello. Te lo prometo.

Índigo lanzó una mirada a los otros, después salió corriendo. Estaba bastante lejos del pueblo y sabía que ellos la perseguirían. Sus mocasines tocaban el suelo solo ligeramente, y la tonicidad de los músculos de sus piernas le permitían correr a toda velocidad entre los árboles. Detrás de ella oyó el sonido de unas botas golpeando el suelo. Tenía los ojos llenos de lágrimas y apenas podía ver por dónde iba. Se las apartó con la manga. «Perra india.» Esas palabras la partían en dos.

Tenía que alejarse antes de que la cogieran. Se imaginó el rostro de su padre, el de su madre, el de Chase. Toda su vida había estado rodeada de amor. Había sido testigo de discriminación racial, pero solo en la distancia. Ahora ella lo había sufrido de primera mano. Recordó la caricia de Brandon. ¡No significaba nada para él! Nunca la había querido. Solo había querido utilizarla.

El sonido de los pasos era cada vez más cercano. Índigo corrió aún más deprisa, saltando sobre arbustos, corriendo contra las ramas bajas, sin aire en los pulmones, incapaz de respirar. Tenía las piernas más largas que ellos. El pelo le caía por los ojos, un velo cegador de color marrón y dorado. Su pie tropezó con algo y cayó al suelo, con un impacto que le cogió por sorpresa. Jadeando, se agarró con las uñas al suelo para ponerse en pie, buscando salvajemente su cuchillo.

El crujido de sus pasos parecía provenir de los árboles que había detrás de ella. Abandonando la búsqueda del cuchillo, se lanzó a través de un arbusto, con tanto miedo que olvidó todo lo que le había enseñado su padre. El retumbar de los pasos era inminente, tan cercano que podía oírlos respirar.

Amy revisó las sumas de Veloz en su cuaderno, plenamente consciente del hombro que rozaba su corpiño cuando se inclinaba sobre el papel para leerlas. Hasta el momento, había conseguido mantener la mente centrada en los temas académicos, pero sentía que él tenía otros planes para cuando terminasen la lección del día. La idea la ponía nerviosa y hacía que le resultara difícil concentrarse. Cuando él la miraba, se sentía tímida e incómoda. Imaginaba que él debía de estar pensando en la noche anterior, en su desnudez y en la manera desvergonzada con la que ella le había respondido. El brillo radiante que veía en sus ojos le aceleraba el pulso. Él la deseaba de esa manera otra vez y no hacía ningún esfuerzo por ocultarlo.

Un rubor cálido le subió por el cuello. La noche anterior había necesitado todo su coraje para iniciar el acto sexual. Ahora que sus peores temores habían pasado, Veloz jugaba con unas reglas completamente diferentes. Ya no sabía qué esperar de él. Claramente, no creía que fuese necesario contenerse. Y parecía divertirse con el efecto que producía en ella.

Pero a Amy no le parecía divertido. Si iban a hacer el amor más tarde, no quería pensar en ello hasta que ocurriese. Las insinuaciones y miradas intencionadas la ponían nerviosa.

Como si le leyese el pensamiento, Veloz echó hacia atrás la cabeza y se apoyó contra su pecho.

—Estoy cansado de sumar —dijo con voz grave.

Notó una sensación de hormigueo en el estómago. Evitó su acalorada mirada.

—No tenemos mucho más que hacer.

Él giró la cara hacia ella, rozando con los dientes la cresta de uno de sus pechos, haciendo que sus sentidos prendiesen fuego incluso a través de la tela del vestido.

—Te deseo.

Sintió que se le aflojaban las piernas. Veloz levantó una mano para alcanzar los botones de su vestido.

—O te vienes a la habitación conmigo o te desnudo aquí mismo. —Un botón se soltó del ojal—. He esperado lo máximo que estaba dispuesto a esperar. —Otro botón se desabrochó bajo sus ágiles dedos—. Te haré el amor sobre la mesa, te lo juro.

—¡Veloz... estamos a plena luz del día! ¿Sobre la mesa? —Pasó una mano por la superficie en cuestión—. Es... no puedes... —Se quedó sin respiración—. Después de cenar, tal vez podamos...

—Diablos, después de la cena. Ahora, y después de la cena otra vez. —El tono de broma de su voz no conseguía cubrir su determinación. Se estiró para rozar sus labios por la clavícula descubierta—. Dios, eres deliciosa. Nunca tengo bastante. Quizá debería hacerte el amor aquí mismo. —Su lengua se hundió aún más cuando desabrochó otro botón—. Probar cada palmo de tu dulce cuerpo. Una segunda y una tercera vez. —Le pasó un brazo por las caderas y tiró de ella hacia él, encontrando con la boca el camino hacia la parte baja del cuello de la combinación—. ¿Has cerrado la puerta? —preguntó, con su cálido aliento rozándole la piel.

Amy no recordaba si la había cerrado o no. Con esa boca mordisqueándole el cuerpo, no podía recordar absolutamente nada. Amy le pasó la mano por el pelo, aterrorizada por la imagen de sí misma desnuda echada sobre la mesa. No estaba lista para una desfachatez semejante.

—Veloz, yo... por favor. Es por la tarde. Vamos a esperar.

—¿Y qué más da la hora del día?

—Es... es de día.

—Llevo esperándote toda mi vida. Estoy harto de esperar, Amy. Estamos casados, ¿recuerdas? Podemos hacer el amor siempre que queramos. Y ahora mismo, a mí me gustaría...

—Pero yo... es, yo no... —La boca de él provocaba un extraño efecto en sus pensamientos. Buscó en su cabeza lo que trataba de decir—. No estoy con ánimos.

—Deja que yo me ocupe de eso —murmuró, aún mordisqueándola, aún bombardeándola de sensaciones que le quitaban el aliento.

Estaba claro que no estaba dispuesto a aceptar un no por respuesta. Amy trató de hablar.

—Entonces, vayamos al menos al dormitorio.

Veloz aflojó el abrazo y se puso en pie.

—Guíame. —La cogió por las muñecas—. No te abotones ese condenado vestido. Te lo voy a quitar de todos modos.

Con las mejillas coloradas, se apartó de él. Mientras cruzaba la cocina, oyó algo y dudó. El sonido volvió a repetirse, tan débil que no estaba segura. Pero reconoció la voz al instante.

—Es Índigo.

Él gruñó y la cogió de la cintura hacia él.

—Es muy inoportuna.

Con el corazón como lo tenía, Amy agradeció el aplazamiento.

—Veloz, tengo que ir a ver qué quiere.

Con un suspiro, él la soltó y la siguió hasta la ventana del salón. Abotonándose rápidamente el vestido, Amy descorrió las cortinas para ver fuera. Por un momento no pudo distinguir a Índigo. Después captó un movimiento al final del bosque. Al concentrarse, vio a Brandon Marshall. Tenía a Índigo cogida del brazo y tiraba de ella hacia el bosque. La chica le dio un rodillazo en la ingle. Otros dos jóvenes salieron de los árboles. Entre los tres, se hicieron con la chica y tiraron de ella hacia la espesura para que nadie pudiera verla.

—¡Ay, Dios mío!

A su lado, Veloz se puso tenso. Con una maldición, corrió hacia la puerta y Amy hizo lo mismo. Salieron de la casa, después corrieron por el porche y atravesaron el jardín. Los gritos de Índigo los guiaron por el bosque, impulsándolos a correr aún más deprisa. A Amy empezó a latirle el corazón con fuerza. Se levantó la falda para poder seguir a Veloz cuando él se puso a correr a toda velocidad.

Al llegar al bosque, Veloz se detuvo un momento para localizar los gritos, dando así a Amy la oportunidad de alcanzarlo. Juntos corrieron en zigzag entre los árboles hasta llegar a un pequeño claro. Lo que vieron hizo que Amy se quedara sin fuerza en las piernas. Índigo estaba en el suelo y cuatro jóvenes la sujetaban con las piernas abiertas. Arrodillado entre ellas, Brandon Marshall le rompía la falda sin perder un minuto.

Veloz rugió furioso y se dispuso a atacar. Cogidos por sorpresa, los chicos soltaron a Índigo y se dispersaron. Veloz golpeó al que tenía más cerca. Al momento siguiente, los otros cuatro se reunieron con él.

El primer reflejo de Amy fue poner a Índigo a salvo. Cogió a la chica del brazo y la arrastró lejos de los hombres. Después de ayudarla a ponerse en pie, la condujo hasta el borde del claro. El horrible sonido de los puños resonaba no muy lejos. Ella se giró, buscando algún tipo de arma para poder ir en ayuda de Veloz. No la hubiese necesitado. Veloz tenía la ventaja de haberlos cogido por sorpresa y, aunque los jóvenes estaban bien desarrollados, carecían de la dura precisión y de la velocidad mortal del comanche.

Amy se quedó helada. Nunca había visto luchar a un hombre de esa manera. Él se abalanzó sobre los cinco como un salvaje, incapacitando a Brandon con un golpe siniestro en la garganta, dando una patada certera por debajo de la rodilla a otro y utilizando sus puños con el tercero. Los otros dos se escabulleron entre los árboles.

Aún furioso, Veloz agarró a Brandon Marshall y lo arrastró por el claro hasta donde estaba Índigo, obligando al joven a ponerse de rodillas. Amy cogió la rama de un árbol y la blandió en alto, amenazando en silencio a los dos hombres que yacían sobre el suelo y haciéndoles saber que los atacaría si decidían moverse.

—¿Estás bien, Índigo? —preguntó Veloz con voz calmada.

Sollozando y temblando, Índigo asintió, abrazándose a sí misma como si tuviera frío.

Veloz cogió a Brandon por el pelo y le tiró de la cabeza hacia atrás.

—¡Pídele perdón, bastardo inútil!

—No lo haré —graznó Brandon, resistiendo el dolor de la garganta amoratada.

Veloz lo cogió por la oreja ensangrentada.

—Hazlo o, que Dios me ayude, ¡te mato aquí mismo! —No había error posible en la mirada asesina de Veloz—. Lo digo en serio, chico. No creas que no lo haré.

Tragando saliva compulsivamente, Brandon trató de pronunciar las palabras.

—¡Lo siento! Lo siento...

—¡No es suficiente! —Veloz volvió a tirarle del pelo—. ¡Pídele perdón!

—Te pido perdón —gritó Brandon—. ¡Te pido perdón, Índigo!

Veloz levantó la vista.

—Tú decides, Índigo. ¿Le dejo con vida?

La expresión en la cara pálida de Índigo se endureció. Ella alargó el momento, mirando la cara ensangrentada de Brandon como si no lo hubiese visto nunca antes.

—Por el amor de Dios, ¡no puedes dejar que me mate! —sollozó Brandon—. Índigo, por favor...

La boca de la muchacha hizo una mueca de disgusto.

—Déjale vivir, tío Veloz. No merece la pena matarlo.

De esta forma, Índigo se dio la vuelta y dejó el claro. Como Amy temía que los otros dos chicos pudiesen reaparecer y atacar por segunda vez, no estaba segura de si debía seguir a su sobrina y dejar a Veloz solo.

Él tiró a Brandon al suelo.

—No vuelvas a venir por Tierra de Lobos otra vez. No, si valoras un poco tu vida.

Al darse la vuelta para partir, la mirada de Veloz recayó en la rama de árbol que Amy sostenía. Sus ojos oscuros se suavizaron y no pudo contener una sonrisa. Quitándole el arma, la cogió del brazo y la sacó de allí. Cuando se aproximaban al límite del claro, Brandon se puso en pie. Sus amigos se reunieron con él.

—Esto no va a quedar así —gritó Brandon—. ¡Nadie humilla a Marshall y se sale con la suya! Será mejor que empiece a llevar sus pistolas si sabe lo que le conviene.

Veloz se puso tenso pero siguió caminando. Índigo los esperaba al final del bosque. Al verlos, salió corriendo en busca de los brazos de Amy.

—Se ha terminado, cariño —susurró Amy, acariciando el cabello enredado de la chica—. Se ha terminado.

—¡Ay, tía Amy! ¿Por qué han intentando hacerme esto? ¿Por qué?

Amy abrazó a la chica con más fuerza. No tenía respuestas. Índigo temblaba con tanta fuerza que Amy temió que pudiera venirse abajo. Miró a Veloz. Entendiendo el mensaje silencioso, cogió a la chica en brazos y la llevó a casa.

—¡Ay, tío Veloz! —Le rodeó el cuello con los brazos—. ¡Estoy tan contenta de que aparecieras! Tan contenta. Se me cayó el cuchillo. Y no lo encontraba. Fue entonces cuando me alcanzaron.

—¿Estás segura de que estás bien? —preguntó.

—Sí. No me... llegaste antes de que... —Índigo rompió a llorar histéricamente—. Mamá y tía Amy trataron de decírmelo, y yo no las escuché.

Veloz apretó el paso.

—Vamos a casa a ver a tu madre, ¿de acuerdo?

Una hora después Índigo estaba acurrucada y a salvo en la cama de su habitación, profundamente dormida, con las heridas y arañazos curados. Loretta bajó las escaleras para reunirse con Cazador, Veloz y Amy ante el fuego. Amy sirvió a su prima una taza de chocolate caliente. Al dársela, le puso una mano en el hombro para reconfortarla.

—¿Se encuentra bien?

Pálida y temblorosa, Loretta asintió vagamente, con la mirada perdida.

—Lo bien que una chica puede estar después de pasar por algo así. —Levantó los ojos y se encontró con la mirada de Amy—. Imagino que nadie entiende mejor que tú lo que debe de sentir.

A Amy se le hizo un nudo en el estómago. Los recuerdos la asaltaron. Entrar en aquel claro y ver a Índigo en medio de un ataque le había removido su propio pasado. Como si Veloz sintiese lo conmovida que estaba, se acercó a ella y le rodeó los hombros con el brazo. Atrayéndola hacia él, le rozó con los labios la sien.

Agradecida por la muestra de cariño, Amy se apoyó en él buscando la seguridad de su caricia.

—Ah, Veloz, estoy tan contenta de que estuvieras allí. No sé lo que hubiera hecho si no.

Con voz contraída, contestó:

—Parecías bastante capaz con esa rama en la mano. —Sus ojos tenían un brillo juguetón al mirarla—. No te había visto esa mirada desde hacía años. Te hubieses desenvuelto muy bien sin mí.

Amy tembló.

—No estoy tan segura de eso. Y si...

—Es mejor no pensar en los «y si». Estaba allí, todo ha terminado e Índigo está bien.

Apartando la taza, Loretta se pasó la mano por los ojos.

—Físicamente, al menos. Me temo que nunca olvidará. ¡Maldito Brandon Marshall! Me gustaría colgarlo por los dedos de los pies y golpearle hasta dejarlo moribundo. Sabía que esto ocurriría. ¡Lo sabía! ¿Por qué no traté de detenerlo?

Cazador permanecía en silencio, con la vista baja en dirección a su esposa. Después de un buen rato, se agachó y la rodeó con los brazos.

—Índigo es fuerte, pequeña. Sus recuerdos de Brandon Marshall se convertirán en polvo que se lleva el viento. No puedes salvarla de todo. Y no puedes elegir a sus amigos. Ella debe aprender a juzgar el carácter de un hombre por sí misma.

Loretta se abrazó a él.

—Ah, Cazador, ¿por qué lo hizo? Ella es una chica tan dulce. Un poco indisciplinada, sí, pero no hizo nada para merecer esto. ¿Qué le ocurre a ese joven?

Cazador cerró los ojos.

—Aquí en este pueblo que hemos construido nos olvidamos del resto del mundo y de todo el odio que existe. Índigo lleva mi sangre. A los ojos de algunos, eso la hace menos humana.

Loretta sollozó.

—¡Pero eso es terrible! Pensé que viniendo aquí escaparíamos de los prejuicios.

—Aquí, en este lugar, lo hemos hecho —susurró—. Pero en el mundo que existe fuera de Tierra de Lobos... —Se calló y le pasó una mano por la espalda—. No llores. Índigo se pondrá bien. Y será más sabia ahora, ¿no crees? Todo irá bien. Las palabras de la profecía lo prometieron.

Amy recordó una cuantas palabras de la profecía y rezó para que Cazador tuviera razón. Un nuevo mañana y una nueva nación donde los comanches y los *tosi tivo* viviesen juntos para siempre. ¿Era posible algo así? Tierra de Lobos crecía cada vez más, como lo había hecho Jacksonville. Cada año llegaban más forasteros para instalarse, trayendo con ellos la estrechez de miras y los prejuicios irracionales, no solo contra los indios, sino contra cualquier otra minoría. Cualquiera que leyese el *Democratic Times* se daría cuenta. Si los pobres chinos osaban siquiera poner la expresión equivocada en sus caras, podían ser arrestados y multados severamente. Algunas veces Amy se preguntaba si los ciudadanos de Jacksonville no habían votado en silencio para utilizar a los chinos como fuente de ingresos para la ciudad. ¿Podrían Cazador y sus descendientes realmente vivir entre los blancos en paz? Brandon Marshall no sería el último hombre que deseando a Índigo tratase de aprovecharse de ella por su sangre india.

Veloz se aclaró la garganta.

—Odio decir esto, pero me temo que Brandon volverá en busca de problemas. Creo que es bastante arrogante y regresará. Me aseguraría de que el comisario Hilton no está en Jacksonville, por si acaso.

Las palabras de Veloz intensificaron la aprensión de Amy. Le pasó un brazo por la cintura, con miedo no ya solo por los Lobo, sino también por Veloz y por ella misma. Su premonición de la noche anterior, de que la realidad podría interponerse entre ellos, había venido a atraparla. Si Brandon Marshall cumplía con sus amenazas, Veloz se vería forzado a ir armado. Si lo hacía, la pesadilla que lo había hecho huir de Texas empezaría de nuevo.

Levantó la cabeza hacia él.

—Si te reta, ¿qué harás? —le preguntó temblando.

Sus ojos negros se encontraron con los de ella.

—No voy a coger las pistolas otra vez, Amy. Tienes mi palabra. Tendrá que disparar a un hombre desarmado. Ni siquiera Brandon es tan estúpido.

—Pero...

—No hay peros —dijo regañándola suavemente—. Vine aquí para empezar de nuevo. No dejaré que un cabeza loca como Marshall lo arruine todo.

La promesa no consiguió tranquilizar a Amy.

Cazador levantó la mirada.

—Índigo es mi hija. Si vuelve, será mi problema.

Veloz hizo una mueca.

—Tal vez él no lo vea de esa manera. Yo soy el que le hizo ponerse de rodillas. Esperemos solo que no volvamos a verlo.

Loretta los interrumpió con severidad.

—Los dos estáis olvidando al comisario Hilton. Él es la ley aquí. Estoy segura de que Brandon no volverá antes de mañana, que es cuando Hilton regresa. No dudéis de que él se encargará del asunto.

Un ruido en las escaleras llamó la atención de todos. Amy se dio la vuelta y vio a Índigo en el escalón superior, con la cara hinchada de llorar y llevando en los brazos un bulto de ropa. Estaba claro que la chica no había estado durmiendo tan profundamente como pensaban. Levantó la barbilla y se cuadró de hombros.

—Estoy ocasionando muchos problemas, ¿verdad? —Antes de que nadie pudiese responder, añadió—: Bien, no volveré a hacerlo. Os lo prometo. —Inclinó la cabeza para mostrar el bulto de ropa—. Voy a quemarla. Todo. Y no tratéis de impedírmelo.

Amy miró la ropa que llevaba: vestidos, ropa interior y zapatos. Una cinta de delicado color rosa caía por su muñeca. Amy reconoció el vestido rosa que la niña había llevado la noche del baile social.

Índigo cruzó la habitación y se dirigió a la puerta trasera. Mientras cogía el pomo, miró por encima del hombro, con sus ojos azules llenos de lágrimas.

—De ahora en adelante, soy comanche. Nunca más llevaré ropa de mujer *tosi*. ¡Nunca!

Cazador puso una mano en el hombro de Loretta para que no pudiera levantarse de la mecedora. Clavando sus luminosos ojos en su hija, dijo:

—Un comanche nunca hace promesas cuando está enfadado, Índigo, y nunca es mucho tiempo. No puedes renegar de la sangre de tu madre que corre por tus venas. Ella es parte de tu corazón.

Las lágrimas rodaron por las mejillas de Índigo, y su boca empezó a temblar. Su mirada dolida se fijó en Loretta.

Con la misma voz dulce, Cazador añadió:

—Ve y haz lo que tengas que hacer. Cuando se te haya pasado el enfado, estaremos aquí esperándote con todo el amor de nuestro corazón.

La chica abrió la puerta y desapareció en la penumbra. Unos minutos más tarde, el resplandor rosáceo de una hoguera bañó las ventanas traseras de la casa. Amy miró afuera y vio a Índigo, con la espalda rígida, la cabeza alta, mientras tiraba un vestido detrás de otro en la hoguera.

Vestida a la manera comanche y con los mocasines tradicionales, la cabellera despeinada reluciente a la luz de las llamas, Índigo parecía una blanca disfrazada de india. A Amy se le rompió el corazón. El camino que quería emprender era imposible. Cualquiera que la viese sabría que era más blanca que comanche.

Amy salió silenciosamente de la casa. Al descender los escalones del porche y cruzar el jardín, su sobrina se dio la vuelta para mirarla. Amy tembló por el frío de la noche y acercó las manos al fuego, sin decir nada. El viento susurraba entre las ramas desnudas que se alzaban sobre sus cabezas, un sonido inhóspito y solitario. El olor del invierno tocaba el aire, frío y puro, recordando los picos nevados y los carámbanos en los tejados de las casas.

—Trató de violarme —susurró Índigo como si aún no pudiera creérselo—. Él y todos sus amigos. Solo porque mi padre es comanche.

Amy se mordió el carrillo por dentro, deseando y rezando por encontrar las palabras adecuadas. Un chorro de brea rezumó de uno de los troncos y prendió fuego, dando un chasquido y siseando en las llamas. Índigo lanzó la última prenda de ropa que le quedaba al fuego.

Miró a Amy con preocupación.

—El verano pasado, cuando mamá y yo fuimos a Jacksonville de compras sin papá ni Chase, vimos a una india sentada en la acera de la puerta de una taberna. Se pasó allí toda la tarde, sentada bajo el sol abrasador, sin nada que comer ni beber, mientras su marido cazador se bebía todo su dinero en el interior. Mamá se apiadó de ella y le compró un refresco, pero ella tuvo miedo de aceptarlo.

Amy adivinó adónde quería ir a parar Índigo y respiró hondo.

—Ocurren cosas tristes, Índigo. Este viejo mundo nuestro puede ser muy duro algunas veces.

Índigo cambió el peso del cuerpo, con una expresión de agonía en el rostro. Con la punta del zapato, empujó un tronco a medio consumir para devolverlo al fuego.

—Cuando el marido de la india salió de la taberna, estaba muy bebido. Empezó a pegarla, y todos los que estábamos en la calle nos quedamos allí sin hacer nada. Si hubiese sido una mujer blanca, algún hombre lo habría evitado, pero como era india, solo...

Se detuvo, y tragó saliva.

—Podría terminar como esa mujer, tía Amy... si me caso con un hombre blanco. Él nunca pensaría que soy tan buena como él y me trataría mal, como ese cazador trataba a la india. Y a los blancos no les importaría. Se limitarían a mirar para otro lado... porque yo también soy india.

Amy estiró el brazo y cogió una de las manos de Índigo.

—No todos los blancos son como Brandon y sus amigos. Esos hombres de Jacksonville que se quedaron sin hacer nada seguramente querían evitarlo y no tuvieron valor para hacerlo.

Los dedos de Índigo se cerraron con tanta fuerza que a Amy le dolieron los nudillos.

—Tengo miedo, tía Amy.

Amy se dio cuenta entonces de que Índigo había visto una realidad que nunca pensó que existiera.

—Todos tenemos miedo de algo, cariño. Pero no puedes dejar que el miedo controle tu vida. —Mientras hablaba, las palabras sonaban en su mente, tan válidas para su propia situación como para la de la muchacha—. Cuando el hombre adecuado llegue, lo sabrás y no importará el color de piel que tenga. —O su pasado.

—¡Sí! ¡Sí que importará! Soy mitad india. No puedo cambiar eso. Nunca confiaré en otro hombre blanco, nunca. Esos cinco me han enseñado hoy una lección que nunca olvidaré. La sangre india me hace estar muy lejos de ellos. —Una lágrima rodó por su mejilla—. Ellos creen que las indias solo valen para una cosa.

Amy rodeó a Índigo con los brazos, deseando poder deshacer lo que Brandon Marshall había hecho, aunque sabía que era imposible. Índigo lloró sobre su hombro, unos sollozos profundos y desgarradores, con el cuerpo temblando.

—Lo amaba —lloró—. Lo amaba con todo mi corazón. Pero no era amor en absoluto, ¿verdad? Solo creí que lo era. Él estaba jugando conmigo todo el tiempo. Mintiéndome. Pretendiendo que le importaba. Pero no era así para nada. Todo el tiempo él me odiaba y yo nunca lo vi. Ay, tía Amy, me siento tan estúpida. Y tan avergonzada que quiero morirme.

Amy la acunó en sus brazos, acariciándole el pelo, reconfortándola de la única manera que sabía. Podía casi sentir su dolor. Cuando Índigo por fin se calmó, Amy suspiró y dijo:

—No te sientas avergonzada, cariño. Hay personas crueles en este mundo y van por la vida buscando víctimas. Las chicas hermosas, inocentes y jóvenes como tú son objetivos fáciles. Esos cinco jóvenes de hoy son los mismos que puedes ver dando patadas a los perros y atormentando a los niños. Tu sangre india solo ha sido una excusa para dar rienda suelta a su crueldad.

Índigo se revolvió y murmuró algo.

—Calla un momento, cariño, y escúchame. No debes empezar a juzgar a los hombres por el color de su piel. —De la misma manera que ella no había juzgado a Veloz por su ropa de comanchero—. Si lo haces, entonces Brandon habrá ganado, ¿no lo entiendes? Te convertirás en una retorcida como él. Enorgullécete de tu sangre, tanto de la blanca como de la comanche. Si no lo haces, entonces todo lo que tu padre y tu madre defienden, todo lo que te han enseñado, habrá sido en vano.

Índigo se apartó. Secándose las mejillas, miró fijamente al fuego. Después de un buen rato susurró.

—Lo intentaré, tía Amy.

—Eso es lo único que estamos pidiendo. —Acariciando el cabello de Índigo con la mano, Amy consiguió sonreír—. Sé que viniste aquí para estar sola, así que voy a volver dentro y dejarte a solas con tus pensamientos. A veces tenemos que pensar las cosas en soledad. Pero mientras lo hagas, no olvides lo mucho que te queremos.

Índigo respiró, temblando.

—Nunca olvidaré este día tampoco. Parece fácil, dejarlo atrás y no dejar que me cambie, pero no lo es.

Amy sonrió.

—Tu padre dice que tus ojos miran al futuro. Puede que lleve tiempo, pero te recuperarás de esto. Y serás una mejor persona por ello.

A Índigo se le endureció la boca.

—Si miro al futuro, ¿entonces por qué fui tan ciega con Brandon?

Amy le dio una palmadita en el hombro.

—Olvidaste la lección más importante que tus padres te enseñaron, la de que las ropas bonitas y las buenas maneras no hacen a un hombre. Nunca volverás a tropezar con la misma piedra.

Con esto, Amy volvió a la casa, rezando a cada paso para estar en lo cierto.

Capítulo 22

*D*e repente, justo de camino a casa, Amy vio finalmente con claridad lo cerca que Índigo había estado de ser violada. Siguiendo el consejo de Veloz, no se había permitido pensar en los «y si». Pero, ahora, esos pensamientos sobre lo que casi había ocurrido volvieron a ella.

Antes de llegar al porche, Amy empezó a temblar. De forma insidiosa al principio, el temblor empezó en las pestañas mientras subía los escalones y después descendió al llegar a la puerta de la cocina, llegándole a los brazos, las manos y, por último, las piernas. Era un sentimiento extraño, distante; sus pensamientos parecían inconexos. Se agarró a la falda para que dejaran de temblarle las manos, pero una vez superado allí, el temblor se transmitió a su mandíbula. Empezaron a castañetearle los dientes.

No entendía qué le estaba pasando. Todo parecía borroso. Como en un sueño, se sintió moviéndose por la habitación. Oyó la voz de Veloz, se oyó dándole una especie de respuesta. Entonces, como si se despertase de un estado de hipnosis, se encontró delante de la pila de fregar de la casa de Loretta, frotándose las manos furiosamente con el cepillo que utilizaba Cazador para los nudillos. Cuando se dio cuenta de lo que estaba haciendo, no pudo recordar cómo había llegado allí, ni tampoco cómo había llenado el fregadero. Solo sabía que tenía una necesidad compulsiva de restregarse para quedar limpia.

El cepillo cayó de sus dedos helados sobre el agua jabonosa. Amy se quedó mirando el agua sucia salpicando, precipitándose hacia el exterior de la pila y chapoteando en los bordes.

Se agarró al fregadero y parpadeó. Imágenes de colores cegadores le llegaban desde la oscuridad de su subconsciente. No eran imágenes de Índigo siendo atacada, sino de ella. Durante quince años había mantenido esas imágenes a un lado, sin permitirse nunca recordarlas, excepto en sus pesadillas.

Los comancheros la habían tenido cautiva durante casi dos semanas. Los recuerdos estuvieron latentes en alguna parte de su cerebro desde entonces, como una enfermedad. Entre la cordura y la locura existe una fina línea. Para sobrevivir, había secuestrado al pasado en su mente y lo había cubierto de una gruesa cortina negra. Ahora esa cortina parecía haberse descorrido, y las imágenes estaban apareciendo de nuevo.

Amy no podía respirar. Se inclinó ligeramente hacia delante, con los pulmones ardiendo, el estómago hinchado y las sienes temblando.

—¿Amy?

La voz de Veloz retumbó en su cabeza. «Amy. Amy. Amy.» No podía verle, no podía ver nada excepto... ¡Oh, no! Poniéndose rígida, se concentró, volviendo a esos recuerdos. Lo que le había pasado hoy a Índigo no tenía nada que ver con ella, nada.

—Amy, ¿estás bien?

«Amy, ¿estás bien? ¿Estás bien? ¿Estás bien?» Volvió a parpadear. Los pulmones se le encogieron y expandieron. Sin soltar el fregadero, movió la cabeza.

—Sí, estoy bien.

«Estoy bien. Estoy bien. Estoy bien.» Tuvo unas ganas histéricas de reír. Se contuvo. Desde luego que no estaba bien. ¿Cómo podía estar bien? Se sentía como si el agua le subiera por el brazo y se le metiera por la manga, un agua que no recordaba haber tocado. Trató de concentrarse en la frialdad, en la realidad de todo aquello.

—Creo que será mejor que vayamos a tu casa un momento —dijo Veloz—. Creo que Cazador y Loretta necesitan estar un tiempo solos.

Solos. Ah, sí, ella quería estar sola. Solo un rato. Los recuerdos eran demasiado intensos. Como arañas. Le cubrían el cuerpo. Iba a vomitar.

—Cariño, ¿estás segura de que estás bien?

Se frotó la manga. Los recuerdos la cubrían como arañas. La

bilis le subió por la garganta. Se frotó con más fuerza. Tenía que parar. Solo un loco frotaría algo que no existe.

—Estoy bien. Sí, vamos. Necesitan estar a solas.

¿Era esa su voz? Temblorosa y aguda. Flotando, incapaz de sentir los pies, atravesó la habitación. Aire fresco. Respirar... eso era realidad.

En el camino hacia la puerta, Veloz se despidió de Cazador y Loretta.

—Volveré tarde, no me esperéis levantados.

La puerta se cerró de un golpe. Amy se abrazó a la cintura e inhaló el aire de la noche. El anuncio de Veloz de que volvería tarde hacía evidente dónde estaría y lo que pensaba que estarían haciendo. Se le encogió el vientre. No podría soportarlo. No ahora.

Tenía necesidad de huir y desaparecer en la oscuridad. Él la cogió del brazo mientras bajaban los escalones, con tanta firmeza que sus deseos de escapar se desvanecieron. Volvió a tragar de nuevo. El mundo danzaba a su alrededor, en giros desquiciados de luz de luna y negrura.

Él la condujo por la acera.

—Amy, algo te preocupa. ¿Puedes decirme qué es?

¿Podía hablar de ello? No. Ni siquiera debía pensar en ello.

—Es... es difícil de creer que sea ya noviembre.

—¿Eso significa que no quieres que lo hablemos?

¿Hablarlo? No había palabras. ¿Cómo podría explicarlo? ¿Una cortina negra en su mente? Pensaría que estaba loca. Y podía muy bien enloquecer si no recuperaba el control.

—Hace tanto frío. Muy pronto llegará el Día de Acción de Gracias.

Él miró al cielo.

—Hay luna llena. ¿Te has dado cuenta?

Aliviada de que no siguiera insistiendo, Amy miró hacia arriba. La luna estaba baja en el cielo, un disco blanco redondo y lechoso, y unas ramas retorcidas de roble se dibujaban a contraluz. Se acordó de cuando miraba a la luna quince años atrás, con las muñecas abrasadas de luchar contra la soga que la ataba a la rueda del carromato, asustada porque llegaría la mañana y, con ella, los hombres..., uno detrás de otro en una visita interminable.

—¿Sabías que hay trescientas cuarenta y dos tablillas en esta acera?

Ella se movió y miró hacia él. ¿La acera? ¿Tablillas? Oyó el eco de los zapatos en la madera y trató de identificar el sonido.

—¿Has... has aprendido a contar una cifra tan alta?

—Demonios, no. Solo trato de hablar de algo, ¿de acuerdo? Pensé que eso te tranquilizaría. —Movió la cabeza, mirándola con una sonrisa—. ¿Crees que lloverá mañana?

—No se ve una nube esta noche. —Amy dejó caer la barbilla para mirarse los pies—. Lo... lo siento, Veloz.

—No lo sientas nunca, Amy. No me metí en esto con la esperanza de cambiarte. —Su voz se volvió grave—. Solo quiero amarte.

—Hay cosas de las que no es fácil hablar.

Le soltó el codo y se metió las manos en los bolsillos.

—Tenía miedo de que lo de hoy te haría daño. —Se le tensó la voz—. No me dejes fuera de esto. Ni me culpes por ello. No puedo controlar lo que Brandon hace.

—No es eso.

—¿No?

¿Era un deje de enfado lo que notaba? Amy se mordió el labio. Él merecía una explicación.

—Ver eso... me trajo de vuelta... a los comancheros, las dos semanas que pasé con ellos. —Dudaba que Veloz hubiese salido alguna vez corriendo de algo. Él se enfrentaría a los recuerdos desde el principio y después los relegaría al pasado y nunca volvería a mirar atrás—. Índigo estuvo tan cerca. De repente pensé en lo cerca que había estado... y empecé a recordar.

Él mantuvo las manos en los bolsillos. La brisa le pegó la camisa en la espalda. Se encorvó un poco.

—¿Puedes contarme tus recuerdos?

—No.

—Ya lo sabes, Amy, algunas veces hablar en voz alta ayuda a olvidar. —Ella notó que dudaba antes de continuar—. No tienes que esconderme nada. Nada de lo que te hicieron puede ser tan malo, nada de lo que tú hiciste o sentiste puede ser tan malo como para que alguna vez deje de quererte.

—No quiero pensar en ello. No puedo.

Ella esperaba que la presionara. En vez de eso, suspiró y dijo:

—Entonces no lo hagas. Cuando llegue el momento lo harás, ¿verdad?

Sacó una mano del bolsillo y cogió la suya, entrelazando los dedos. Antes de que Amy se diera cuenta de lo que iba a hacer, tiró de ella e incrementó el paso. No cabía ninguna duda de por qué tenía tanta prisa y de qué era lo que tenía en mente.

Sus pies golpearon el frío suelo a un ritmo marcial. El viento se colaba entre los edificios, levantándole la falda y penetrándole por debajo hasta llegarle a las piernas. Tembló y escudriñó la oscuridad que se cernía ante ellos. ¿Y si Brandon Marshall y sus amigos se escondían en las sombras? ¿Y si...? Dejó de pensar en seco. Tenía que dejar de pensar de forma negativa.

Veloz la miró.

—¿Tienes frío?

—Un poco.

—Espere unos minutos y yo la calentaré, señora López.

Incluso a la luz de la luna, podía ver el brillo de picardía en sus ojos. Apartó la mirada. ¿Podría hacer el amor con él esta noche, teniendo tan reciente lo que le había pasado a Índigo? ¿Y, si no podía, entonces qué? ¿Se enfadaría? ¿Creería que estaba haciéndole responsable de alguna forma? No era eso en absoluto, pero ¿cómo podía hacer que lo entendiera?

Al acercarse a la casa, su ya de por sí acelerado pulso se convirtió en un temblor en las sienes. Mientras subían las escaleras del porche y abrían la puerta, la poca compostura que aún le quedaba se desintegró. ¿Debía hacer las cosas rutinarias como encender la lámpara, hacer fuego y vestirse para ir a la cama? ¿Y si los recuerdos la invadían de nuevo cuando él la tocase?

Cuando entraron en el salón a oscuras, él respondió a una de sus preguntas encendiendo la lámpara. La luz resplandeció en la mampara. Mientras ajustaba la mecha, ella se quedó de pie esperando, con la cabeza a punto de estallar. Él se incorporó y se volvió hacia ella, alto y oscuro, bloqueando con sus anchos hombros la luz que emitía la lámpara. A contraluz, no podía ver su expresión.

—Esto... ¿te apetece una taza de café?

—No, gracias.

Aunque no podía verle la boca, podía imaginar por su voz que estaba sonriendo. Él apoyó la cadera en la mesa y se cruzó de brazos, con el cuerpo relajado. Ella fijó la mirada en sus botas.

—¿Enciendo el fuego?

A punto de echarse a reír, dijo:

—No vamos a necesitarlo.

Sintió que la estrangulaban.

—Tengo algunas sobras de anoche. No has comido. ¿Quieres algo?

—Sí, en realidad, hay algo que quiero.

—¿Pollo? Me queda algo de pan de maíz. Puré de patatas y salsa. No me llevará mucho tiempo calentarlo.

—No, gracias.

Se esforzó en mirar más arriba de sus botas, hasta las rodillas.

—Entonces, ¿qué quieres?

—A ti.

Dos palabras que se quedaron colgadas entre ellos y que hicieron que se arrepintiera de haber preguntado. Se humedeció los labios y miró su cara sombría.

—Bueno, supongo que... esto... —Las palabras se le atragantaban, el pensamiento la abandonaba. Por su mente pasaron visiones de la noche anterior. Notó un escalofrío por la espina dorsal que le subió lentamente y le puso la carne de gallina alrededor de los omoplatos—. ¿Por qué me miras?

—Me gusta mirarte. Ahora me toca a mí preguntar. ¿Por qué estás tan nerviosa?

Él se estiró y agarró el borde de la mesa con las manos para coger la lámpara. Con ella en alto, fue tranquilamente hacia Amy, con la luz jugando con su rostro mientras se movía, bañando sus facciones de ámbar y después sumiéndolas en sombras. Recordó haber pensado una vez que tenía el mismo aspecto que el diablo que ella imaginaba, tan alto y negro como el ébano, vestido todo de negro. Había algo que no terminaba de ser civilizado en él, decidió Amy, sobre todo cuando tenía ese reflejo en los ojos.

—¿Quieres que vayamos al dormitorio? —preguntó Veloz.

Amy asintió, incapaz de creer que pudiera ser tan insensible. Tenía que saber lo desequilibrada que se sentía en ese momento y lo fresco que lo tenía todo en la mente. No era muy propio de Veloz no hacer caso de sus sentimientos. Tenía la boca tan seca que parecía que se le iba a arañar la lengua con los dientes. Él le puso su enorme mano sobre la espalda y la condujo hacia el vestíbulo. Ella se movió por delante de él, observando cómo sus sombras danzaban en las paredes más que las figuras reales a las que representaban. La puerta del dormitorio bostezó como una cueva que estuviera esperando para tragársela. Entró en la oscuridad. Él la siguió, bañando la habitación de luz.

Nada parecía lo mismo con él aquí. El espacio parecía empequeñecer. Las cortinas de encaje parecían demasiado adornadas; la cómoda, abarrotada. Veloz hizo un hueco en la mesilla para la lámpara; después se sentó en la cama y empezó a desabrocharse la camisa, con la mirada fija en ella y una media sonrisa dibujada en la boca. Parecía fuera de lugar sentado allí, demasiado oscuro y tosco para estar rodeado de volantes.

Amy trató de humedecerse los labios, pero aún tenía la lengua acartonada. La camisa abierta le caía hasta la cintura, dejando al descubierto una hilera de músculos en el pecho y un estómago plano que brillaba como roble encerado a la luz de la lámpara. Dobló la rodilla y se desabrochó una bota, con la mirada aún fija en ella.

—¿Amy?

Era más que una pregunta, era una petición. Obligó a sus manos a tocar el escote de su vestido y jugó con el pequeño botón que lo cerraba. Cuando por fin se abrió, procedió a hacer lo mismo con el siguiente, y después con el siguiente. Él tiró una bota al suelo y después se quitó la otra, atento siempre a los movimientos de ella. Amy deseó con todo su corazón que la lámpara se quedase sin combustible o que él mirase hacia otro lado. Ninguna de las dos cosas sucedió.

—¿Podrías apagar la luz, por favor?

—Si lo hago, no podré verte.

Esa era la idea. Amy dejó de mover las manos.

—No estoy lista todavía para desvestirme con la luz encendida.

Él tiró de un lado de la camisa para sacársela del cinturón y se pasó una mano por las costillas.

—Nunca te sentirás preparada si siempre te escondes en la oscuridad. Quiero verte cuando te hago el amor, Amy. Y quiero que tú me veas.

—Pero... —La frase se quedó a medias porque no sabía muy bien cómo iba a completarla.

—¿Pero qué? —Tiró del otro lado de la camisa y se puso en pie—. No se trata solo de timidez, ¿verdad? —Se movió hacia ella—. ¿Estás todavía preocupada por lo que le ocurrió a Índigo?

Tal vez sí la entendía después de todo.

—Sí.

—Es natural. —Alargó las manos y empezó a desabrocharle los botones—. Totalmente natural y comprensible.

—¿Sí? Entonces, ¿por qué no...? —Le cogió las manos para que dejase de desvestirla—. Mañana por la noche, tal vez entonces me sienta mejor. Pero esta noche, ¿podríamos...?

—Te sentirás mejor en dos minutos. —Sus dedos eludieron los de ella y siguieron descendiendo hasta haber desabrochado el último botón. Apartó el cuello del vestido, introduciendo sus cálidas manos por los brazos de Amy mientras le sacaba las mangas por las muñecas—. Confía en mí, Amy.

No podía evitarlo.

—No me siento cómoda con la luz encendida.

—Se supone que no debes sentirte cómoda. —Hundió la cabeza y le dio un leve beso cálido en la sien—. Se supone que debes sentirte temblorosa y débil, y sin respiración.

Ella sentía todas estas cosas, y peor aún. También se sentía traicionada porque él no podía entenderlo. Era la primera vez que Veloz no intuía lo que ella no sabía expresar.

Tiró del lazo que ataba sus enaguas, y después tiró tanto de ellas como del vestido hasta que cayeron al suelo. A continuación, avanzó por la lengüeta de sus polainas. Amy tuvo la impresión de que dijese lo que dijese, él no iba a detenerse.

—¿Veloz?

Las polainas cedieron. Se le hizo un nudo en el estómago y se llevó las manos a la barriga.

—Veloz, yo...

Él se agachó ante ella y le cogió uno de los tobillos. Después de desabrocharle un zapato, se lo quitó y tiró de la pernera de las polainas para quitársela por el tobillo. Ella miraba la parte trasera de su cabeza morena mientras él centraba su atención en el otro zapato. Después, recorrió lentamente sus piernas con los ojos, llegando hasta la parte superior de sus medias de canalé. Acercándose, le besó el muslo desnudo por encima de la banda de algodón, con unos labios cálidos y aterciopelados, mojándole la piel con su aliento. Los pulmones de Amy dejaron de funcionar.

—¿Veloz? —gimió—. Por favor, apaga la luz.

Él le bajó una media, con la liga y todo, por la pierna, siguiendo el descenso con los labios.

—Dame cinco minutos, Amy, amor. Si aún así te sientes tan tensa, la apagaré. Pero primero deja que lo intente a mí manera.

Le pasó la mano por detrás de la pierna y le dobló la rodilla, quitándole la liga y la media. Ella jadeó cuando notó que le mordisqueaba el empeine y después el pie. Hizo lo mismo con la otra media y después echó hacia atrás la cabeza, cogiéndole los muslos con las manos, con sus dedos cálidos y amables, pero también incesantes. Sus ojos oscuros se encontraron con los de ella.

—No tienes miedo, ¿verdad?

—No, pero...

—No hay peros. Si tienes miedo, solo tienes que decírmelo. —Sonrió de forma comprensiva—. La timidez no cuenta. ¿Tienes miedo?

—Es solo que, después de lo que ha ocurrido, no quiero hacer el amor. Solo pensar en ello me hace sentir —buscó las palabras para describirlo— marchita por dentro.

Él se levantó y sujetó los lazos de la combinación.

—Dame algo más de dos minutos. ¿Cinco, tal vez? Creo que sé cuál es la cura. Relájate y déjate llevar.

—No puedo. ¡Hay tanta luz aquí como si fuera de día!

—Cierra los ojos y no te darás cuenta. —La combinación se abrió—. Entonces, los dos seremos felices.

Él inclinó la cabeza para besarle un hombro desnudo mientras le quitaba la combinación por los brazos.

—¿Una mujer tan hermosa y pretendes que no te mire? —Le pasó los labios por la garganta obligándole a echar hacia atrás la cabeza con la fuerza de su mandíbula. Sus besos le encendieron la piel—. Dios, Amy, te quiero.

—Aquí hace frío. Me voy a poner enferma.

Él se rio y le mordió la piel por debajo de la oreja.

—Eso no pasará.

—Tengo la piel de gallina. Moriré de tos antes de que llegue el invierno.

—No tendrás frío por mucho tiempo —prometió; y entonces la cogió en brazos y la llevó a la cama. Con una rapidez que la hizo sentirse mareada, la tiró sobre el cobertor mientras se quitaba la camisa.

Amy trató de ponerse el cobertor por encima. Él le agarró la muñeca.

—No, por favor.

Ella lo dejó y se abrazó a sí misma. Poniéndose de lado y subiendo las rodillas, consiguió esconderse un poco entre las mantas. Él la miró con ojos cálidos. Con un movimiento de muñeca, se desabrochó el cinturón. Al ver que empezaba a quitarse los pantalones, Amy siguió su recomendación y cerró los ojos con fuerza. Oyó un crujido de tela vaquera.

—Amy, me viste anoche.

El colchón se hundió bajo el peso de Veloz. Le puso una mano cálida en la cadera. Con la otra apresó sus rodillas. Le obligó a estirar las piernas para que él pudiera acercarse. El calor de su pecho le rozó los brazos. Con los labios le rozó la mandíbula.

—Te quiero —susurró él—. Dios, no sabes cuánto te quiero.

Con fuerza, pero también con suavidad, le puso los brazos a los lados y la giró de espaldas, clavándola en esa posición con el peso de su pecho. El roce de su piel contra sus pechos la dejó sin aliento. Ella abrió los ojos para encontrar una cara morena a solo unos centímetros de la suya. Unos ojos marrones la miraban con ternura.

—Mírame, Amy, amor, y di mi nombre —susurró.

Ella tragó saliva.

—Veloz.

Él le pasó una mano por la cintura, la subió a un lado trazando con la punta de los dedos la parte baja de sus pechos.

—Otra vez, Amy, amor. No, no cierres los ojos. Mírame y di mi nombre.

Su mano, cálida y áspera, se cerró al contacto con la blandura de su piel. Acercó la cara a ella, sin apartar ni un momento la mirada.

—Veloz —susurró.

Rozó con el pulgar la cresta de su pezón. Ella gimió al notar la eléctrica sensación.

—Otra vez —ordenó.

—Ve... veloz.

—Veloz López —le recorrió la garganta con los labios—. Dilo. Y no lo olvides nunca. El ayer se ha terminado. Es mi mano la que está sobre ti ahora.

A Amy se le llenaron los ojos de lágrimas. Pensaba que él no la había entendido. Pero tal vez la había entendido demasiado bien. Veloz López. La tocó con su calor personal, limpiándola con las manos de una manera que ningún estropajo hubiese podido hacer.

—No pueden hacerte daño ya —le susurró con furia—. Nunca más. Eres mía. ¿Lo entiendes?

Amy le rodeó el cuello con los brazos y quedó unida a él.

—Ay, Veloz... duele. Los recuerdos duelen.

—Cuéntamelo. —Le acarició la garganta con los labios.

Ella empezó a temblar. Se unió a él aún más desesperadamente.

—No puedo. Tengo miedo. No me permito recordarlo. Nunca. ¿No lo entiendes? No puedo. Si lo hago, me volveré loca.

Él estrechó el abrazo, extendiendo una mano para acariciarle la espalda. Amy se sentía rodeada por él, por su calor y su fuerza.

—¿Ni siquiera ahora que yo estoy aquí contigo? Nos volveremos locos juntos. Solo un recuerdo, Amy, amor. ¿No puedes enfrentarte solo a uno mientras te abrazo? Empieza por el principio. ¿Qué estabas haciendo cuando llegaron los comancheros?

Con un sollozo entrecortado, susurró:

—Lavando la ropa. Loretta y yo estábamos lavando la ropa. Yo sacudía con un palo la ropa mojada y no les oímos llegar hasta que fue demasiado tarde.

Los recuerdos la asaltaron. La mano de Veloz masajeaba su espalda. Su abrazo se hizo más estrecho.

—Está bien. Son solo palabras, Amy. Puedes detenerte cuando quieras. Cuéntame.

—No... no me fui adentro cuando Loretta me lo dijo. Quizá si lo hubiese hecho, no me habrían cogido. Pero yo... —Sintió un estremecimiento—. Fue culpa mía. No escuché lo que ella me dijo y me cogieron.

—No, eso es una locura, Amy. ¿Qué persona hubiese dejado a Loretta sola ahí fuera con ellos?

—Nunca escuchaba lo que me decían. Esa vez, pagué por ello.

—Eras demasiado valiente para tu edad —le corrigió—. Incluso aunque te hubieses metido en la casa, Santos habría ido a por ti. ¿Qué pasó después?

—Mamá salió con un rifle. Uno de los... comancheros me puso un cuchillo en la garganta. Dijo que me mataría si no lo tiraba.

—¿Y lo hizo?

—Sí.

—¿Y ellos te llevaron?

—Sí... sí. —Amy hundió el rostro en su hombro.

—Y tú hubieses deseado que ella permitiera que el hombre te matara...

—¿Por qué no lo hizo? Habría sido lo mejor. Ay, Dios, ¡por qué no dejó que me matara!

Él blandió un puño en el aire.

—Porque estabas destinada a estar aquí conmigo esta noche. Porque yo no habría tenido a nadie a quien amar si tú hubieses muerto. Nadie que me amase. Todo tiene una razón, Amy. Todos nosotros tenemos un propósito. Cuéntame...

Amy no estaba segura de dónde le salían las palabras. Le llegaban al oído, estridentes, feas y rudas, vomitadas como si fueran un veneno. Una vez empezó a hablar, no pudo detenerse. Veloz no decía nada. Solo la abrazaba y la acariciaba, escuchándola.

Amy sabía que estaba balbuciendo. Habló y habló... hasta que empezó a sentirse exhausta, hasta que sintió el cuerpo pesado y empezó a arrastrar las palabras. Por fin dejó de temblar. Y entonces ocurrió algo increíble. Se quedó sin nada que decir.

Le ardía la garganta de llorar. Se tumbó en silencio debajo de él y abrió los ojos, incrédula. Durante quince interminables años, la horrorosa oscuridad de su interior parecía no tener fondo. Ahora lo había sacado todo. Todo, absolutamente todo. Se sintió extrañamente vacía... y en paz.

Veloz se revolvió y se incorporó ligeramente. Peinándole el cabello con los dedos, fue trazando un camino de besos suaves por su frente, después besó sus ojos cerrados.

—¿Estás bien? —preguntó con voz ronca.

—Sí —susurró, sin poder creérselo.

—Gracias, amor.

—¿Por qué?

—Por confiar en mí.

Abrió los ojos y lo encontró sonriendo.

—Creo que sé exactamente lo que debo hacer con esos horribles recuerdos tuyos —le dijo, bajando la cabeza para mordisquearle seductoramente el hombro.

—¿Qué es?

—¿Qué te parece si hacemos recuerdos nuevos? —Le acarició el pecho con los labios y con la lengua dibujó círculos deliciosos—. Unos hermosos, Amy.

A Amy se le llenaron los ojos de lágrimas.

—Te quiero, Veloz.

La recorrió con las caricias de sus manos impregnándola de su calor personal.

—Y yo te quiero a ti. No voy a compartirte con fantasmas. Creo que ha llegado la hora de que los enterremos, ¿no te parece?

Sus manos empezaban ya a obrar el milagro. Amy se deshizo en un suspiro. En su cabeza tenía un hermoso caleidoscopio dando vueltas. Los dedos de Veloz eran como plumas rozándole la piel, haciéndole cosquillas por todo el cuerpo. Las luces de su cabeza se hicieron más variadas en colores y espectros, hasta sentirse como si estuviera flotando en un arcoíris.

Veloz..., su amor, su salvación, su hacedor de sueños. Se derritió en él, sin importarle ya que la mecha de la lámpara se quemase tan vivamente junto a ellos, sin saber siquiera que existía.

Después durmieron uno en brazos del otro, vagando a la deriva de los sueños, satisfechos en el cálido capullo del amanecer. Amy se despertó varias veces y siempre comprobó que Veloz seguía rodeándola. Sonrió. Era cierto que todo iba a ir bien. Ninguna guerra india volvería a separarlos, no habría esperas interminables para que volviese a por ella. No tenía siquiera miedo de las pesadillas. Cuando despertase, Veloz estaría ahí para poner de nuevo el mundo en orden.

Un par de horas más tarde, él se revolvió. Amy no quería que se fuese, pero tenía que hacerlo. Le acarició la espalda con la mano mientras se incorporaba.

—¿Cuándo va a hacer de mí una mujer decente, señor López? —preguntó tontamente.

—Tan pronto como ese condenado párroco regrese.

Amy sonrió. Solo Veloz podía decir «condenado» y «párroco» en la misma frase. Se preguntó qué pensaría el padre O'Grady de su marido comanche, comanchero y pistolero, y decidió que el párroco, siendo como era un hombre atento a las almas, sería capaz de ver en el interior de Veloz. Veloz, esa curiosa mezcla de asesino y santo, forajido y héroe. Nadie que lo conociese dudaría de que una parte de él caminaba con los ángeles.

Había una pureza en su interior que aún no había sido alterada por la vida brutal que había llevado, una inocencia, un deseo de un mundo mejor. Él veía el mundo de una manera diferente a los demás. Para él, había una oración en la caída de una hoja, una canción de adoración en los rayos de la puesta de sol.

—Ojalá no tuvieras que irte —susurró al escuchar cómo se vestía.

—Solo estaré a un silbido de distancia.

—¿Me lo prometes?

Le oyó ponerse las botas. Después se inclinó sobre ella.

—Silba y lo averiguarás. —La besó—. Vuelve a dormir, cariño. Después ven a casa de Loretta a tomar un café. Nos echaremos miraditas a través de la mesa.

—¿Y volverás mañana por la noche?

—Esta noche —le mordió en los labios—. Son algo más de las dos. Mañana ya está aquí.

Amy cerró los ojos. Su último pensamiento fue que había vivido quince años esperando a que el mañana le trajese algo absolutamente maravilloso. Y por fin lo había hecho.

Capítulo 23

*U*n grito desgarrador despertó a Veloz. Aturdido y convencido por un momento de que había imaginado el grito, se levantó del camastro en el que dormía junto a la chimenea. ¿Era de día? Parecía como si acabase de salir de los brazos de Amy y apenas hubiese cerrado los ojos. Se oyó otro grito. ¿Amy? Se asustó. Entonces se dio cuenta de que el sonido provenía del otro lado del pueblo. Se puso las botas y corrió hacia la ventana para ver lo que pasaba. En la casa de Crenton, vio a Alice de pie, en la puerta principal. Iba encorvada con las manos en la cara. Era ella la que había gritado.

Con una maldición, Veloz salió de la casa y bajó los escalones del porche. Mientras corría, las fachadas de los edificios se iban nublando en su visión periférica. Débilmente vio que otras personas salían de sus casas detrás de él, también en dirección a la casa de Crenton. Algo atroz había ocurrido. O eso supuso por el volumen de los gritos. Eran gritos de una mujer aterrorizada.

Cuando llegó al sendero de la casa, llamó:

—¿Señora Crenton? ¿Qué ocurre?

Ella se dio la vuelta y se quitó las manos de la cara. Nunca había visto a nadie con la cara tan pálida, era casi blanquiazul, como nieve en el crepúsculo. Ella lo miró fijamente mientras él se aproximaba a ella corriendo. Entonces, empezó a retroceder, sacudiendo la cabeza, poniendo las manos a modo de escudo como si quisiera detenerlo.

—¡No se acerque! ¡Ay, Dios piadoso, no se acerque!

Veloz estuvo a punto de tropezar con sus propios pies al detenerse.

—¿Señora Crenton?

—¿Qué clase de animal es usted?

Veloz se quedó perplejo. Entonces lo vio. Una cabellera recién cortada colgaba del poste de la puerta de los Crenton. La muestra de pelo rojo dejaba bien claro que se trataba de la de Abe Crenton.

Por un momento, Veloz no pudo moverse. Lo único que podía hacer era mirar. La sangre de la cabellera goteaba por el poste, manchando la madera envejecida de negro rojizo. Lenta e insidiosamente, comprendió que Alice Crenton creía que él había matado a su marido.

El sonido de unas pisadas retumbaron detrás de Veloz. La voz de un hombre preguntó:

—Jesús bendito, hombre, ¿qué es lo que ha hecho?

Otras personas se acercaron corriendo. Una mujer gritó. Otro hombre le interpeló.

—¡Yo oí como amenazaba con matarlo, pero no pensé que lo dijese de verdad! ¡Que Dios nos coja confesados!

Veloz se dio la vuelta, tratando de hablar. Randall Hamstead llegó hasta ellos también. Sus miradas se encontraron. Randall lo miró un momento, después palideció y apartó la vista. A la izquierda de Veloz, una mujer empezó a tener arcadas. Otra empezó a llorar. Los hermanos Lowdry estaban de pie a un lado, con la atención puesta en la cabellera.

Hank Lowdry escupió tabaco y se limpió la boca con la mugrienta manga de cuero.

—Que me aspen, aunque algunos de nosotros le oímos amenazar con que le cortaría la cabellera, nadie pensó que lo fuera a hacer. —Empezó a reírse, después se contuvo y miró a su hermano—. ¡Él lo hizo! ¡Y lo colgó en el maldito poste! Justo como dijo que lo haría.

A Veloz se le hundió la tierra bajo los pies. ¿Todos los que estaban allí pensaban que lo había hecho él? ¡Era una locura! ¡Enfermizo! Pero también tenía sentido. Veloz López, criado como comanche, después pistolero y comanchero. Un asesino. Ah, sí. ¿A quién mejor que a él se podía culpar? Sobre todo cuando a la víctima le habían cortado la cabellera. El pánico le impedía respirar. Después, sintió unas ganas salvajes de reír.

Por fin, consiguió hablar. Pero cuando las palabras se articularon en su garganta, dudó, sin saber muy bien qué iba a decir.

—Yo... —se calló y tragó saliva— no he hecho esto. —Vio que Cazador estaba entre la multitud y se sintió aliviado—. Cazador, ¡díselo! ¡Creen que lo hice yo!

Cuando Cazador vio la cabellera, se quedó paralizado. Después de examinarla un momento, volvió su luminosa cara hacia Veloz. No había duda de lo que decían sus ojos. Veloz se rio entonces, una risa temblorosa y macabra.

—Yo no he hecho esto —repitió, levantando las manos en señal de súplica—. No puedes creer que lo haya hecho. Tú no, Cazador.

—¡Buscad al comisario! —gritó alguien.

—Aún no ha vuelto —contestó otro.

—¡Que alguien cabalgue hasta Jacksonville y le diga que vuelva aquí ahora mismo! Tenemos un asesinato entre manos.

—Yo iré —gritó un hombre. Tan pronto como habló, Veloz vio que salía corriendo calle abajo.

—Podríamos traer al señor Black. Él es el juez de instrucción. Está autorizado a arrestar en caso de asesinato.

—Hazlo —ladró Joe Shipley.

A Veloz le invadió una sensación de irrealidad. Por Dios bendito, iban a encerrarlo. Se imaginó rodeado de barrotes, la claustrofobia y la falta de aire. Consideró echar a correr, pero sus pies se le habían pegado al suelo. Miró a la multitud. En cada uno de los rostros, vio miradas de acusación y repulsa. Esto no podía estar pasando.

Una voz distante gritó:

—¡Aquí está el cuerpo! —Todos miraron en dirección al granero de Crenton. Un hombre llegó balanceándose. Sujetándose las rodillas, contuvo las náuseas y respiró profundamente—. ¡Le han cortado el cuello! ¡Que Dios se apiade de nosotros, le han cortado el cuello!

Alice Crenton empezó a llorar, un llanto suave y espeluznante que subió por la espina dorsal de Veloz como unos dedos fríos. Apenas notó que Loretta se había unido a la multitud, con Índigo y Chase a ambos lados. Tenía la cara blanca y sus ojos grandes miraban llenos de incredulidad y horror. Se apartó unos pasos de los niños y se dirigió a Cazador, con la mirada fija en Veloz.

—Yo no lo hice —repitió Veloz.

—Si no fuiste tú, ¿quién lo hizo? —preguntó alguien—. No me imagino a ninguno de nosotros cortando la cabellera al pobre tipo.

Un murmullo general de asentimiento se elevó entre la multitud. Loretta puso los ojos en la horrible cabellera. No dijo nada, pero la duda que atravesó su cara habló por sí sola. A Veloz se le atragantó el orgullo herido. Echó hacia atrás los hombros y levantó la cabeza. Había sido culpable de muchas cosas en la vida, pero nunca de mentir. Si Cazador no sabía eso, entonces no había nada más que él pudiera decir.

Amy estaba terminando de peinarse cuando un golpe frenético la llevó a la puerta principal. Por un instante se preguntó si es que se habría quedado dormida. Miró el reloj. Iba bien de tiempo. Tenía tiempo de sobra para tomarse un café en casa de Loretta antes de ir al trabajo. Sorprendida, abrió la puerta de par en par. Índigo estaba de pie en el porche, con la cara descompuesta por el llanto, el moratón de la mejilla de color rojo lívido y la melena despeinada por el viento.

—Tía Amy, mi padre quiere que vengas a nuestra casa. ¡Rápido! ¡Algo terrible ha sucedido!

Amy se alarmó.

—¿Qué?

Índigo se humedeció los labios, inspiró aire y después lo soltó.

—¡Tío Veloz mató a Abe Crenton anoche! ¡Le cortó el cuello y la cabellera!

Las piernas de Amy se doblaron. Tuvo que agarrarse a la puerta para no caer.

—¿Qué?

—¡Lo que oyes! ¡Abe Crenton está muerto! Todos piensan que lo hizo el tío Veloz. El señor Black lo ha metido en la cárcel por asesinato.

—Ay, Dios mío. —Amy salió corriendo por el porche. Miró hacia el pueblo, después echó un vistazo a la escuela—. Índigo,

¿puedes ir corriendo a poner una nota en la puerta de la escuela diciendo que no habrá clase hoy?

—Sí. ¿Tienes un papel donde escribir?

Amy iba ya por las escaleras.

—En mi dormitorio, en el primer cajón de la cómoda —le dijo sin detenerse.

Echó a correr. Golpeaba el suelo con los talones y el impacto rebotaba en todo su cuerpo. Veloz. ¿En la cárcel? ¿Por asesinato? ¡No! Era como si la calle principal del pueblo se alargase kilómetros y kilómetros ante ella. Se levantó la falda y saltó a la acera de madera, con las enaguas y los pololos en volandas.

Ante ella, vio a un grupo de hombres congregados en la puerta de la prisión. Se dirigió hacia allí. Cuando se acercaba, ellos cerraron ante ella, hombro con hombro, cortándole el paso.

—Nadie va a entrar ahí hasta que no venga el comisario Hilton —bufó el señor Johnson.

En los ojos de los hombres solo se reflejaba odio. Amy sabía que una multitud en este estado podía volverse incontrolable. La pequeña prisión de madera parecía de lo más vulnerable. Desde luego no era ninguna fortaleza. Si estos hombres decidían entrar a por Veloz, no habría nada que los detuviese. Los hermanos Lowdry permanecían un poco apartados del grupo, hacia su derecha. Su proximidad le puso los pelos de punta.

Apoyó las manos en la cintura, dándose cuenta de que acercarse a la prisión había sido un error. Si decía algo inadecuado a estos hombres, si les hacía enfurecer más de lo que ya estaban…

—Yo, esto… —Le temblaban las piernas—. No trataba de entrar. Solo oí el bullicio y me pregunté qué era lo que estaba pasando.

Hank Lowdry escupió tabaco. El líquido fue a parar a solo unos centímetros de su camisa.

—Su amigo el señor López ha matado a Crenton, eso es lo que ha pasado. ¡Le ha rajado el cuello y cortado la cabellera!

Amy pestañeó al oír esas palabras. Dando un paso atrás, dijo.

—¿Por qué estáis tan seguros de que lo hizo el señor López?

—No hay que ser un genio para saberlo. Estamos seguros —gruñó alguien.

Amy miró hacia el lugar de donde provenía la voz. Se centró en Joe Shipley, el padre de Jeremiah. Sostenía una cuerda enrollada en una mano. Virgen Santa. ¿Dónde estaba Cazador? Miró por encima de su hombro. ¿Sabía lo cerca que estos hombres estaban de linchar a su mejor amigo?

—Estoy segura de que la culpabilidad o la inocencia de un hombre es algo que solo debe decidir el comisario Hilton o un jurado —dijo sin mucha convicción.

Joe Shipley se apartó un poco del grupo.

—¿Piensas que Hilton es Dios? Le pagamos un buen dinero para que mantenga a salvo este condenado pueblo. Ha permitido que un salvaje asesino se instale entre nosotros, lo que no hace sino probar que no es más listo que cualquier otro. Quizá ni siquiera es listo. El resto de nosotros sabíamos desde el principio de que López traería problemas.

Amy conocía a Joe Shipley y a muchos de los demás desde hacía años. La mayoría de ellos tenía hijos que iban a su escuela. Se llevaba bien con sus esposas. Pero hoy todos le parecían extraños, con esos ojos salvajes y esos rostros contorsionados por la rabia. Si nadie los tranquilizaba, serían capaces de hacer algo horrible.

Levantando la barbilla, Amy clavó los ojos en Joe Shipley con la más severa de sus miradas de maestra.

—Que López traería problemas —le corrigió.

Shipley levantó las cejas.

—¿Qué?

—«De que» es incorrecto —explicó—. Es un dequeísmo. Está mal dicho.

A Shipley se le salieron los ojos de las órbitas.

Amy estiró la espalda y pasó un segundo de vértigo rezando mentalmente lo que sabía para que Shipley no decidiese estrangularla. Tenía las venas de las sienes hinchadas, como si estuvieran a punto de estallar. Ahora entendía por qué Jeremiah siempre llegaba al colegio citando a su padre. El hombre desprendía tal sensación de fuerza que difícilmente pasaba desapercibida.

Echando mano de todo su coraje, Amy se aclaró la garganta y añadió:

—También le aconsejo que cuide su lenguaje, señor Shipley. Se encuentra usted en presencia de una dama.

Shipley se ruborizó. Ella no dejó de mirarlo. El hombre se movió incómodamente y después se aclaró la garganta.

—Le pido que me disculpe.

Amy asintió de manera casi imperceptible.

—Ya veo que estamos todos un poco alterados. Sin embargo, no debemos olvidar las buenas costumbres en momentos de tensión. Se han cancelado las clases en el colegio hoy, por lo que los niños podrían venir por aquí más tarde. Es nuestra responsabilidad como adultos dar ejemplo.

Luchando por mantener una expresión de firmeza, Amy miró a otro de los hombres. La mayoría se resistía a mirarla a los ojos.

Animada, fijó la vista en Michael Bronson.

—Estoy segura de que Theodora y el pequeño Michel estarán en la calle hoy, señor Bronson. De hecho, debería decirle a Tess que hoy no habrá clase.

Mike se rascó la cabeza y la miró avergonzado. Amy se sintió aliviada. Al recordar a estos hombres sus hogares y ponerles un poco los pies en la tierra, había conseguido hacerles replegar velas, al menos de momento. No estaba segura de que pudiese durar mucho.

—Bien. —Unió las manos con la esperanza de parecer más señora y más estirada—. Puesto que el comisario Hilton aún no ha regresado, supongo que esperaré su llegada en casa de los Lobo. —Inclinó la cabeza—. Que tengan un buen día.

De esta forma, Amy dio media vuelta y empezó a caminar calle abajo. Tuvo que utilizar toda su fuerza de voluntad para no empezar a correr mientras subía las escaleras de la casa de Loretta y cruzaba el porche. Le temblaba la mano al coger el pomo y abrir la puerta principal.

La bienvenida que le esperaba en el salón le heló la sangre. Cazador estaba de pie a un lado, revisando, cargando las armas y dando órdenes. Loretta iba y venía entre el armario de las armas y su marido. Índigo ya estaba de vuelta. Tanto ella como Chase estaban también muy ocupados. Amy cerró la puerta y apoyó la espalda contra ella.

Cazador levantó los ojos.

—¿Recuerdas cómo se utiliza un rifle?

—Sí.

Cazador asintió.

—Si las cosas se ponen feas, tal vez seamos la única esperanza que le quede a Veloz. Culpable o no, se merece un juicio justo tanto como el que más.

—¿Crees que es culpable?

Con los labios apretados, Cazador cogió su Winchester, abrió la palanca y después tiró de ella para poner un cartucho en línea con la recámara.

—¡Respóndeme! ¿Lo ha admitido Veloz? Seguro que algo habrá dicho.

Loretta puso un puñado de cartuchos en la mesa.

—Abe está muerto y parece que Veloz lo hizo. Con esa multitud congregada y la cuerda lista, no hemos tenido tiempo de pensar en nada más.

A Amy se le hizo un nudo en el estómago.

—¿Qué... qué es lo que dice Veloz?

—Que no lo hizo —dijo Loretta suavemente—. Pero todo apunta a que sí.

—Pero si él dice que no lo hizo...

Loretta cogió un paño y empezó a poner aceite en el cañón de uno de los rifles. Levantó los ojos hacia su hijo.

—Chase Kelly, ve al altillo y quita los muebles que estén cubriendo las ventanas, por favor.

—¿Para qué? —preguntó.

—Si hay problemas, podremos cubrir mejor a tu padre desde el segundo piso. Cuando hayas movido los muebles, quédate allí y vigila la cárcel. Si alguno de esos estúpidos empieza a entrar, danos un grito.

Chase se puso en pie para hacer lo que su madre le decía. Loretta se volvió hacia Índigo.

—Tú puedes cerrar las contraventanas de la parte trasera de la casa. Echa el candado a la puerta también. Si hay problemas, no queremos ningún visitante en la puerta de atrás.

Parecía como si los Lobo estuvieran preparándose para la guerra. De repente, Amy se dio cuenta de que tal vez no era solo la vida de Veloz la que estaba en peligro.

—Ah, Cazador, no puedes hacer frente a todo el pueblo tú solo. ¡Esto es una locura!

Cazador levantó otro rifle.

—La locura está ahí fuera, en las calles. —Sus miradas se encontraron—. Reza para que el comisario Hilton vuelva a tiempo de calmar a esos tipos. Ahora mismo son incapaces de pensar nada correctamente.

—¿Es que han perdido todos la cabeza? Puede que Veloz no sea culpable. ¿Cómo pueden quedarse contemplando la muerte de un hombre si no están seguros de que él lo hizo?

Cazador apretó la boca.

—Las cosas no pintan bien para Veloz, Amy. No pintan nada bien. Incluso yo... —Se calló y se limpió el sudor de la frente con la parte exterior de la muñeca—. Asegura que no lo hizo. Pero si no fue él, ¿quién fue? No lo tendría crudo si no hubiese amenazado a Crenton.

—Él no dijo nada en concreto. —Sintiéndose impotente, Amy separó los cartuchos de calibre 44-40 y los puso en la Winchester de Cazador.

—No estamos hablando de lo que Veloz dijo después de la pelea. —Cazador cargó el tubo de su repetidor retrocarga de siete cartuchos. Después de insertar el tubo en la culata, se colocó la Spencer en el hombro y miró por el cañón—. Hizo otras amenazas que nosotros no sabíamos. —Con la mejilla aún alineada al cañón, levantó la vista hacia ella—. Dentro de la taberna, antes de que empezase la pelea.

La expresión atormentada de Cazador llenó de temor a Amy.

—¿Qué... qué tipo de amenazas?

Cazador puso a un lado el rifle cargado y se pellizcó el puente de la nariz. Al ver que se resistía a hablar, Amy supo que debía esperar lo peor.

—Varias personas le oyeron contar a Abe Crenton una historia acerca de un comanche que rajó el cuello a un hombre que pegaba a su mujer y después colgaba la cabellera en el poste de la entrada para que todos lo vieran.

Amy no podía sentir los pies. Se rio, con un sonido tembloroso y trémulo.

—¡Eso es una locura! ¿Por qué iba Veloz a decir eso?

—Para asustarlo, imagino.

—¡Pero solo un estúpido contaría a alguien una historia así para después hacerlo de verdad!

—Un estúpido, sí. O quizá un hombre que pierde los estribos por la rabia.

Amy creyó que iba a ahogarse. Se agarró al respaldo de una silla para no caer. ¿Habría ido Veloz a la taberna después de dejarla en casa? ¿Se habría enzarzado en una disputa con Abe Crenton?

—No creo que Veloz sea un estúpido. Y no creo tampoco que sea de los que actúan precipitadamente. Además, lo único que ha hecho ha sido contar una historia. Eso no es exactamente una amenaza, ¿no?

Cazador pasó la mano por la culata de la Spencer.

—¿Qué es lo que va a pensar la gente, Amy? Veloz dijo esas palabras, y ahora se han hecho realidad. ¿Quién más en este pueblo cortaría el cuello a un hombre y después le cortaría la cabellera? ¿Yo? Cortar cabelleras no es algo que un hombre blanco sepa hacer.

—¡Pero Veloz dice que no lo hizo!

—Eso es lo que dice.

—Tengo que ir a hablar con él —susurró.

—No, hasta que el comisario Hilton regrese. En cuanto ponga a esos hombres bajo control, iremos allí a ver cómo podemos aclarar todo esto. Ahora mismo, una muestra de apoyo a Veloz podría ser problemática. —Hizo un movimiento hacia ella para que tomara asiento—. Lo único que podemos hacer es vigilar y esperar. Si pierden el control… —Palmeó la culata de la Spencer—. Te enseñé a disparar esta, ¿recuerdas?

Amy asintió y se hundió en la silla.

—Crees de verdad que tendré que utilizarla, ¿no es así? Que van a intentar lincharlo, ¿verdad?

Loretta puso sobre la mesa el rifle que había estado engrasando. Respiró profundamente y elevó la vista con preocupación hacia Amy.

—Por eso no podemos ir allí. Mientras el comisario Hilton esté ausente, cualquier tipo de confrontación es arriesgada. Los ánimos están muy caldeados.

Amy miró a Cazador.

—Si… pierden el control, ¿podremos detenerlos?

La cara de Cazador se ensombreció.

—Debemos hacerlo.

Amy imaginó a Veloz arrastrado por la multitud hasta un árbol. Si tuviese que hacerlo, ¿sería capaz de disparar a Joe Shipley o a Mike Bronson? Empezó a sudarle todo el cuerpo. Cerró los ojos, algo mareada.

—Los dos pensáis que lo hizo, ¿verdad?

Loretta estiró el brazo a través de la mesa para tocar el hombro de Amy.

—Hay algo más que Cazador no te ha mencionado. Veloz no estuvo aquí anoche. Me desperté un poco después de la una a beber agua y no estaba en su camastro.

Amy se recostó en la silla.

—Sabes que estaba conmigo.

—¿Pero hasta qué hora?

—Fue justo después de las dos cuando se marchó.

Loretta miró esperanzada a Cazador.

—A juzgar por el estado del cuerpo, el señor Black cree que Abe murió entre la medianoche y las dos de la mañana, una hora más o una hora menos de esa franja. Eso significa que Veloz podría haber estado con Amy en el momento del asesinato.

Cazador levantó una mano.

—Olvidas la hora de margen. Eso hacen cuatro en total. ¿Quién puede decir dónde estuvo Veloz después de visitar a Amy? A menos que ella pueda jurar que Veloz estuvo en su casa toda la noche...

No hacía falta que dijese más. Amy cerró los ojos.

—El comisario Hilton acaba de llegar —gritó Chase desde el altillo—, y ese impresentable de Brandon Marshall y sus amigos están aquí también. Van a la taberna.

Cazador caminó hacia la ventana del salón y miró afuera.

—¿Qué ocurre? —preguntó Amy.

—Por ahora, solo están hablando. Brandon y su grupo no han bajado a la prisión. Sus caballos están frente a la Lucky Nugget. Imagino que Pete debe de estar atendiendo el local como de costumbre. Esa es buena señal. Quizá se pongan a hablar y se mantengan separados por un tiempo. Si Brandon puede encender los ánimos, lo hará, aunque solo sea por vengarse de lo que pasó ayer.

—¿Puedes oír algo de lo que los otros están diciéndole al comisario Hilton? —preguntó Loretta.

Cazador levantó un poco la cortina e hizo una señal para que guardaran silencio.

—Solo están diciéndole lo que ha ocurrido. —Después de mirar un poco más, dejó caer la cortina y se volvió hacia ellos—. Bien, no han intentado seguirle al interior de la cárcel. Eso es una buena señal. Démosle tiempo para que hable con Veloz a solas. Después iremos a ver qué podemos averiguar.

Loretta sopló para retirarse los cabellos que le caían por la frente.

—Si alguien puede razonar con esos hombres, ese es el comisario Hilton. A él le cae bien Veloz.

Amy se puso una mano en la garganta, imaginando una cuerda alrededor de su cuello, dejándola sin aire. No podía dejar que algo así le ocurriese a Veloz. Sencillamente, no podía.

Aunque el sonido fue casi apagado por el murmullo de voces que se oían fuera, Veloz pudo distinguir que la puerta de la prisión se abría y cerraba. Unos pasos pesados y medidos atravesaron el suelo de madera hasta su celda. Reconoció las pisadas y no le importó abrir los ojos.

—Bien, López —dijo el comisario Hilton con tono divertido—. Me da la impresión de que se ha metido en un infierno difícil de solucionar. Odio tener que interrumpirle la siesta, pero tiene que responder a algunas preguntas.

El sudor le caía por detrás de las orejas hasta el cuello. Tenía la garganta seca.

—Sí, tiene razón, es un infierno. ¿Ya me tienen el lazo preparado?

Hilton suspiró.

—Hablar nunca ha conseguido colgar a nadie todavía.

Veloz podía oír a un hombre fuera gritando.

—¡Cuelgue a ese bastardo! —No era una frase muy esperanzadora.

Hilton dejó escapar otro suspiro.

—¿Y bien?

—¿Y bien qué?

—¡No sea tan condenadamente cabezota! Por tal y como

suena ese grupo de ahí afuera, no es momento de ser orgulloso. ¿Lo hizo o no?

—No.

—Supongo que con eso me basta.

Eso hizo que Veloz abriese los ojos. Movió la cabeza a un lado y a otro.

—¿Me cree?

Hilton apretó los labios.

—Hay algunos que dirían lo que quiero oír solo para salir de aquí. Sé por experiencia que usted no es uno de ellos.

Con una sonrisa de reconocimiento, apoyó un hombro sobre los barrotes, recordándole otra mañana en la que había permanecido en la misma posición. Esta vez, sin embargo, una palabra de Amy no sería suficiente para liberarlo.

La sonrisa de Hilton se esfumó y después arrugó el entrecejo.

—Si usted no le cortó la cabellera a ese bastardo, ¿quién lo hizo? No todo el mundo sabe cómo dejar sin pelo la calavera de alguien. Por lo que me han dicho, fue un corte limpio.

—Yo no podría haberlo hecho mejor.

—No me lo recuerde. Desde luego es usted la persona más adecuada para hacerlo.

—Así es. Está loco por creerme. La mayoría no lo haría. Demonios, probablemente yo no me creería.

Hilton se rio.

—Eso es lo que me gusta de usted, su franqueza. Esperaba que me lo discutiera y me diera el nombre de un sospechoso.

Veloz golpeó la almohada y volvió a colocársela bajo la cabeza.

—Lo cierto es que no puedo pensar en nadie más que se haya cruzado con Abe. —Siguió otro incómodo silencio. Las voces de fuera se callaron momentáneamente—. No se me ocurre nadie, excepto…

—¿Excepto quién?

Veloz arrugó el ceño.

—Quizá Alice Crenton… —gruñó y sacudió la cabeza—. Ella cree que yo lo hice. Así que estoy probablemente ladrando en el árbol equivocado. Pero estaba pensando que quizá ella puede saber algo. Algo que ni siquiera ella cree importante. Alguien con quien Abe discutió, alguien que le debiese dinero. Tiene que haber alguien que lo odiase. Después de todo, hizo que le cortasen el cuello.

—A muchos no les gustaba, pero dudo de que lo hayan matado. Sin embargo, no nos vendrá mal hablar con Alice. —Sonrió ligeramente—. Además, nunca me ha importado demasiado llamar a su puerta. Es tan encantadora como guapa, y hace el mejor maldito pan de miel que nunca haya probado.

—¿Le gusta Alice Crenton?

Hilton sonrió.

—Si hubiese pensado por un minuto que podría convencerla para que se divorciase de Abe, la habría alejado a ella y a todos sus hijos de él antes de que pudiese parpadear, y no me habría arrepentido por ello ni un segundo. El día que le dio lo que se merecía fue el más feliz de mi vida. Si no hubiese sido por esta placa, lo habría hecho yo mismo.

La vehemencia en la voz de Hilton indicó a Veloz que el comisario había considerado seriamente hacerlo. Se volvió para mirar al hombre con otros ojos. No era tan viejo y aún tenía buena planta. Veloz supuso que las mujeres debían de encontrarlo atractivo con esa fuerte mandíbula y esos ojos azul grisáceo tan vivarachos.

—Debe de tenerla en muy alta estima. Cinco hijos no son cualquier cosa.

Hilton asintió y se encogió de hombros.

—Sin embargo, ese es otro tema. Quién mató a Abe, eso es lo que nos interesa ahora.

—Una pregunta sin respuesta. —Veloz pensó un poco más en la situación—. Tengo que decirle, comisario, que incluso Cazador duda de mí esta vez. Si está buscando votos para las próximas elecciones, la gente de por aquí no va a ver con muy buenos ojos que se ponga de mi lado.

Hilton volvió a sonreír.

—Y vuelve a hacerlo... Algunas veces, López, es mejor que un hombre sepa hacer un poco de politiqueo.

—Eso no se me da bien.

—Sí, claro. No creo que estuviese aquí ahora hablando con usted si pensase que es un charlatán. —Dirigió el pulgar hacia el este—. Tenía una finca a unos seis kilómetros de aquí.

Cuando Rose murió, me presenté a comisario porque trabajar en la granja era demasiado solitario. Puedo volver allí si lo necesito. Los votos no me interesan.

Veloz se levantó.

—Aprecio su lealtad.

Hilton prestó atención a las voces de fuera.

—La lealtad no salvará su condenado pellejo. Respuestas, eso es lo que necesitamos. ¿Puede jurar dónde estaba anoche?

Veloz se puso tenso.

—No por la mayor parte de la noche. Dormí junto al fuego, pero los demás estaban dormidos. No pueden jurar que estuve allí.

—Ha dicho la mayor parte de la noche. Entonces salió de la casa, si lo he entendido bien.

—Desde la medianoche hasta las dos.

Hilton perjuró.

—Es cuando el juez cree que sucedió el asesinato, entre las once y las tres, o muy cerca a esa hora. ¿Adónde fue?

—De visita.

—No juegue conmigo. ¿Dónde estuvo, Veloz?

—Con una amiga.

Hilton se cogió a los barrotes y pegó la cara a ellos.

—Una mujer. No es momento de preocuparse ahora por el qué dirán. ¿Era la señorita Amy? ¿Tuvo un picor imposible de rascar y tuvo que ir en busca de May Belle? ¿Con quién estuvo?

Veloz se quedó en silencio.

—¿Me lo va a decir o no?

—No puedo. Si esos decentes ciudadanos de ahí fuera me cuelgan, a ella solo le quedará su reputación.

—Bien, eso deja fuera a May Belle. Debió de ser la señorita Amy.

Veloz apretó los dientes.

—Si le importa, ella misma vendrá a decirlo. Su vida está en juego.

—Y poder probar dónde estuve hasta las dos tampoco me salvará.

—Hay veces que el honor puede convertirse en la pala que cava la tumba de un hombre. Si ella habla, las cosas podrían cambiar para usted.

Veloz se sentó en el camastro.

—¡No! Incluso aunque testificase que estuve con ella, podría haber matado a Abe después. Demonios, podría incluso tener coartada hasta las cuatro y eso tampoco me salvaría. Las averiguaciones del señor Black no son una ciencia exacta. Si el cuerpo de Abe yacía en un lugar de mucho viento, el aire frío podría haberlo dejado rígido más rápido de lo normal.

Veloz gruñó y se masajeó la parte de atrás de su cuello.

—Si tengo la suerte de ser procesado, que no parece muy probable, el caso iría a los tribunales. Usted lo sabe, yo lo sé, y —dirigió un dedo hacia la multitud— ellos lo saben. Si ella pudiese jurar que estuve en su compañía hasta el amanecer, entonces valdría la pena. Pero tal y como están las cosas, prefiero que se quede al margen de esto.

Hilton levantó las manos.

—Está bien. Es su cuello.

Veloz balanceó las piernas sobre el lateral del camastro. Tocando el colchón con las manos, dijo:

—Espero que esta información quede entre nosotros.

Hilton asintió y se rascó la mandíbula. Veloz no necesitaba más garantías, no de Hilton.

—Solo por si acaso —añadió Veloz—, no piense mal de la señorita Amy. Estamos casados según la ley de mi pueblo. Pensamos que con esto valdría hasta que el párroco volviese a Jacksonville.

—No podría pensar mal de la señorita Amy aunque se paseare en ropa interior por la calle principal. Es una buena mujer. —Se tocó la nariz y olfateó—. Supongo que debería ir a ver a Cazador para decirle lo que está pasando. Lo último que necesito es que venga aquí y se ponga a hablar con esos de ahí fuera. En cuanto le haya advertido, entonces podré ir a la casa de Crenton y hablar con Alice.

—Ella está convencida de que lo hice yo, se lo advierto desde ahora.

—No se preocupe. Que me guste no significa que pueda hacerme cambiar de idea. Si hablar con ella no me da ninguna pista, entonces tendré que reunir a la gente esta noche para tratar de averiguar algo. No hay nada más esclarecedor que un puñado de gente exaltada, todos gritando al mismo tiempo.

Veloz se encontró con su mirada.

—¿Puedo estar yo en esa reunión?

—Si quiere...

—¿Puede mantener a esos animales de ahí bajo control?

—Lo intentaré.

Después de que el comisario Hilton hubo hablado con Cazador, Amy se acercó a la ventana del salón para verlo marchar. Los hombres se congregaron a su alrededor una vez en la calle, dirigiéndose a él con voces enfadadas. Ella pegó la cabeza al cristal para intentar entender lo que decían, aunque deseó no haberlo hecho. Hilton, hablando en voz baja, parecía tener cierta maña para calmarlos, pero Amy sabía que no duraría mucho. Miró hacia la pequeña prisión. Veloz estaba encerrado allí, acusado de asesinato y, por lo que sabía, abandonado por sus amigos.

Cada poro de su piel le decía lo mucho que lo echaba de menos y lo asustada que estaba por él. Había resultado ser el chivo expiatorio perfecto. Con toda seguridad, era el hombre perfecto para que las mentes puritanas de Tierra de Lobos condenasen, dado su origen comanche, la sangre mexicana que corría por sus venas y su desagradable pasado.

¿Debía ir a verlo? La pregunta se repetía en la mente de Amy y se sentía incluso culpable por tener que preguntársela. Si hubiese sido al contrario, Veloz estaría ya en la cárcel con ella. Pero él era fuerte y, que Dios la ayudase, ella no lo era. Si la veían cerca de la cárcel, sería como si anunciase públicamente que era su amante. Podía despedirse de su trabajo y del respeto de todos sus amigos. Si Veloz terminaba en la horca, se quedaría sola, sin trabajo, sin casa, sin seguridad.

Se agarró al alféizar de la ventana hasta que los nudillos se le pusieron blancos. ¡Cobarde! ¿Amaba a ese hombre o no? Esa era la pregunta. La única pregunta. Su culpabilidad o inocencia era lo de menos. Y la respuesta era sí, lo amaba con todo su corazón. Su lugar estaba junto a él, aunque fuese al mismo infierno por ello.

Se dio la vuelta desde la ventana y miró a Cazador.

—Voy a ir.

Cazador fue hasta la ventana y miró hacia fuera.

—Esos hombres parecen estar aún bastante enfadados. Y sabes lo que el comisario Hilton ha dicho. No es una buena idea acercarse allí ahora.

Amy respiró hondo.

—Sí, lo más seguro es que vayan a estar enfadados durante mucho tiempo. Mi lugar está junto a mi marido. Daré un rodeo al pueblo y me acercaré a la prisión por detrás para que no me vean. —Fue a la cocina de Loretta y cogió uno de los cubos de leche—. Para subirme a él —explicó—. Así podré hablar con él por la ventana.

Cazador abrió la cortina y echó otro vistazo al exterior, preocupado.

—Iré contigo.

Amy agarró con fuerza el asa del cubo.

—¿Puedes darnos primero quince minutos a solas? Hay cosas que... —Movió la mano—. Si alguien me ve, gritaré.

Cazador sonrió.

—¿Le dirás que pasaré pronto por allí?

Amy empezó a asentir y entonces se encontró con su mirada.

—Lo que de verdad me gustaría decirle es que estamos todos con él. —Contuvo las lágrimas, mirando a Loretta y después a Cazador—. Quizá mató a Abe. Quizá, justo al principio, tuvo un ataque de pánico y mintió. No lo sé. Pero si dice que... —Su voz se quebró. Se pasó el cubo a la otra mano—. Si, cuando hable con él, sigue diciendo que no lo hizo, entonces creo que deberíamos fiarnos de su palabra, por muy mal que se vean las cosas.

Cazador la miró, enternecido.

—Creo que tienes razón. —Miró a su esposa. Loretta asintió.

Amy no se había dado cuenta de que había estado conteniendo el aliento. Se restregó las mejillas y se sorbió la nariz.

—Yo, esto... —Se encogió de hombros y se dispuso a salir—. Bien, es hora de ir.

—Dile que le llevaré pastel de manzana todos los días hasta que salga de allí —dijo Loretta.

Amy no podía hablar por las lágrimas. Se limitó a asentir y salir de allí.

El clic de la cerradura resonó dentro de la habitación. Cazador rozó la alfombra con la punta de su mocasín. Después de un rato, una gran sonrisa apareció en su cara.

—¿De qué diablos te estás riendo ahora? —preguntó Loretta.

La miró.

—Solo estaba pensando en lo mucho que ha cambiado desde que Veloz llegó. Y para bien.

Loretta suspiró.

—Recemos para que no tenga que soportar que le rompan el corazón otra vez.

Capítulo 24

Colocando un pie encima del cubo, Amy se agarró a los barrotes de la prisión para elevarse. Escudriñando el interior, susurró:

—¿Veloz?

Oyó el sonido de unos muelles. Un instante después, vio aparecer su rostro oscuro.

—Amy, ¿qué demonios haces aquí? —Miró a su derecha y a su izquierda—. Alguien podría verte. Las malas lenguas tendrán de qué hablar.

Amy trataba de mantenerse serena, pero no parecía estar dando muchos resultados.

—Empiezas a parecerte a una vieja maestra, señor López. Deja a las lenguas que hablen.

Él rodeó los dedos de ella con los suyos.

—Podrías perder tu trabajo.

—No me importa. —Amy se sorprendió al descubrir que de verdad no le importaba. Finalmente, nada le importaba sino aquel hombre—. Ay, Veloz. ¿Qué vamos a hacer?

—¿Tengo un ratón en mi bolsillo? Nosotros no vamos a hacer nada. Yo soy el que se ha metido en este lío. —Consiguió besarla a través de los barrotes—. Amy, por mucho que me guste ver tu dulce rostro, no quiero que estés aquí. Arriesgas mucho si te ven conmigo.

—La vida es un riesgo.

Él se echó hacia atrás.

—Esto no tiene buena pinta. Podría estar colgado del extremo de una soga antes de esta noche. No puedes permitirte perder tu trabajo. No ahora.

Había un eco en cada una de las palabras que decía, y a Amy no le gustó cómo sonaba. ¿Por qué utilizaba algo tan horrible como esto para hacerle ver lo tonta que había sido? Veloz era la única seguridad que necesitaba, lo único que siempre había necesitado, y ella había estado demasiado asustada para comprenderlo.

—Al diablo con el trabajo.

Él maldijo en voz baja.

—No te entiendo. Sin ese trabajo, ¿dónde demonios irás si algo me ocurre? Al arroyo, ahí es adonde irás. Así que mueve tu precioso trasero de aquí.

—Cállate, Veloz. —Ella pegó la frente a los barrotes y le sonrió con lágrimas en los ojos—. No va a ocurrirte nada. No lo permitiré.

Él la miró con el ceño fruncido.

—¿Por qué no me gusta como suena eso? Amy, quiero que te mantengas al margen de esto. Si algo ocurre, quiero saber que estarás bien. Tengo que saberlo. Si caigo, no quiero llevarte conmigo.

—Estaré bien. —Por primera vez en mucho tiempo, estaba segura de ello—. Una pregunta. Siento tener que preguntártelo, pero ¿fuiste tú quien lo mató?

Su mirada no flaqueó.

—No.

Eso era lo único que Amy necesitaba saber. Le tocó la mejilla con la palma de la mano.

—Cazador, Loretta y yo… entre los tres, te sacaremos de esto. Haré todo lo que sea necesario.

Ella se bajó del cubo y lo recogió del suelo. Veloz trató de cogerle el brazo pero falló.

—Amy, no quiero que… Amelia Rose Masters, ¡vete de aquí!

—¡López! —le corrigió—. Y no lo olvides.

De este modo, desapareció como había venido.

Esa noche, cuando el comisario Hilton convocó la reunión que tendría lugar en el salón comunitario, no hacía falta ser un genio en derecho penal para averiguar por dónde iban a ir los tiros. Todos en el pueblo pensaban que Veloz era culpable. Joe Shipley no tenía la soga en la mano, pero Amy supuso que no tardaría mucho en cogerla.

De pie, junto al perchero y en medio de Cazador y Loretta, Amy trataba de escuchar las conversaciones que tenían lugar a su alrededor, lo que oyó le hizo hervir la sangre. La palabra «mexicano» apareció en más de una ocasión, «pistolero» iba en segundo lugar, seguida de «mala vida de comanchero». Si la opinión pública servía de indicador, Veloz no tendría ninguna oportunidad.

Sentado en la plataforma que hacía las veces de escenario, el comanche llevaba las muñecas esposadas a la espalda. Al mirarlo, Amy se sintió orgullosa de él. Mantenía la cabeza alta y miraba a sus acusadores directamente a los ojos. Podía imaginarlo caminando hacia la horca con ese mismo coraje intrépido.

Ella no iba a dejar que eso ocurriera, desde luego. Tenía ya varios planes al respecto. Podía ir a buscar las pistolas de Veloz y desatarlo de alguna manera. El repetidor Spencer seguía aún sobre la mesa de Loretta. Amy supuso que podría embaucarla y sacar a Veloz de allí si tenía que hacerlo.

Por supuesto, todas estas ideas eran una locura. No podría apuntar con un arma a sus amigos. Y correr solo serviría para condenar a Veloz de por vida. Pero tenía que hacer algo. No podía dejar que muriera por algo que no había hecho.

Loretta fue llamada a testificar. Con evidente recelo, contestó a las preguntas.

—Sí, el señor López salió anoche. Alrededor de la medianoche me levanté a beber agua y él no estaba durmiendo junto a la chimenea. —Cuando le preguntaron si sabía a qué hora Veloz había vuelto a la casa, ella contestó—: No pensé anoche que eso pudiera tener importancia. Volví a la cama y no me desperté de nuevo hasta por la mañana. —Un murmullo de satisfacción se elevó en la sala cuando Loretta terminó de hablar. Después vino el testimonio de varios hombres, los hermanos Lowdry incluidos, quienes habían oído a Veloz amenazar a Abe Crenton en la taberna.

Amy pudo ver que las pruebas se cernían en contra de Veloz. Ni una sola persona había hablado en su defensa hasta el momento. Después hubo un murmullo de curiosidad. De entre la multitud surgió Brandon Marshall, alto e impecablemente vestido, con el pelo rubio brillando a la luz de la lámpara. Dándose la vuelta para que todo el mundo pudiera ver su rostro magullado y su oreja cortada, el joven empezó a hablar en alto.

—No sé nada de la muerte de Abe Crenton, pero puedo testificar que este hombre tiene instintos de asesino. Cuando oí acerca de esto, supe que tenía que venir y decir lo que me corresponde. —Con un dedo levantado, hizo que todo el mundo se fijara en sus heridas—. Estuvo a punto de matarme. ¿Y saben por qué? Por besar a su sobrina. Si no hubiese sido por la presencia de mis amigos, me habría matado. Se lo juro.

—Eres un maldito mentiroso —gritó Índigo. Antes de que Cazador pudiera coger a la chica por el brazo, ella dio varios pasos hacia el escenario—. ¡Intentaste violarme!

—¡Tú eres la mentirosa! —Brandon hizo una seña a sus amigos para que se acercaran—. Tengo testigos. ¿Hice yo algo más que besar a esta chica?

Heath Mallory se abrió paso para avanzar hacia ellos.

—No. —Sacudió el puño hacia Veloz—. Ese hombre está loco, ¡os lo aseguro! ¡Loco de ira! Mató a Abe Crenton, créanme. Pueden ver el brillo asesino en sus ojos.

Era cierto; el asesinato brillaba en los ojos de Veloz. Amy dio un paso hacia delante, aterrorizada. El murmullo de la sala se había convertido ahora en un rugido airado. Con nerviosismo, Hilton se acercó a Veloz.

—Que todo el mundo se tranquilice —advirtió.

—Me tranquilizaré cuando ese asesino de maridos esté bajo tierra —gritó la señora Johnson—. ¡Nadie puede estar seguro, oigan lo que digo! —Levantó un dedo acusador—. Te vi en la calle con mi Elmira, ¡no creas que no te vi! Poniéndole ojitos y seduciéndola. Y ella no es más que una niña. Supe entonces de qué calaña estabas hecho.

—Digo que solucionemos esto aquí y de una vez por todas —rugió Joe Shipley—. Al infierno con esa farsa de juicio en Jacksonville. Uno de los nuestros ha muerto, y este hombre lo ha matado. Tenemos que cuidar de los de nuestro pueblo, o vendrán más como él. Es mejor dar ejemplo desde el principio. Los asesinos serán colgados en Tierra de Lobos. Esa será nuestra máxima.

Las cosas no hacían sino empeorar. Amy vio que varios hombres se acercaban a la plataforma. En cualquier momento se echarían hacia delante como una ola, sobrepasarían a Hilton y arrastrarían a Veloz a la oscuridad de la noche. Y cuando esto pasase, no habría forma de detenerlos.

—¡Esperad! —gritó, abriéndose paso entre la multitud para llegar delante del salón. Dando un codazo a Brandon Marshall desde la angosta sección de suelo vacío que había frente al comisario, levantó la voz y dijo—: ¡Os equivocáis! ¡Veloz López no mató a Abe Crenton! ¡No pudo hacerlo él! ¡Y puedo probarlo!

Amy no estaba segura de cómo habían podido salir estas palabras de su boca pero, una vez dichas, no había forma de echarse atrás. Cuando se volvió para mirar los rostros enfurecidos que la rodeaban, se preguntó por un momento si había perdido el juicio. Pero el miedo por Veloz la sostenía, un miedo y un pánico irracional. Ya habría tiempo después para cuestionarse sus acciones.

—Veloz estuvo conmigo anoche —dijo en voz alta—. Pasamos la velada en casa de los Lobo. Después él me llevó a casa y… —la mentira se le atragantó como el ácido y después le salió a borbotones— se quedó hasta el amanecer.

La voz de Veloz le llegó por detrás.

—¡Amy, no!

Las expresiones de los rostros que Amy tenía enfrente cambiaron lentamente de la ira a la incredulidad. De repente, la inundó un sentimiento de vergüenza. Le subió un calor irrefrenable por el cuello. Tragó saliva y continuó con la voz más tranquila.

—Veloz López no pudo matar a Abe Crenton. Habéis llegado todos a una conclusión errónea. Él estuvo conmigo… toda la noche.

Algunas mujeres miraron a Amy con ojos entrecerrados. Harvey Johnson, el corpulento padre de Elmira, dijo:

—Debes de haberte dormido en algún momento. Él pudo entonces salir y después volver, sin que te dieras cuenta. ¿Quién sino iba a cortarle la cabellera a Abe?

Amy se enderezó, rígida y preparada para contestar.

—Se lo aseguro, cuando el señor López viene a visitarme, lo último que hacemos es dormir.

La señora Johnson carraspeó y empezó a abanicarse con la mano como si fuera a desmayarse. La señora Shipley gimió.

—¡Qué escándalo! —Otras exclamaciones del mismo tipo se oyeron por la sala, y de entre ellas hubo una pronunciada por Veloz con una velocidad y una dicción perfecta:

—¡Por todos los diablos! —seguido de—: Amy, ¿has perdido el juicio?

Quince años había tardado Amy en llegar a este momento y, en su opinión, nunca se había sentido más cuerda. Había perdido el respeto de los demás, sí, y seguramente se había quedado sin trabajo. Y no había duda de que se sentía humillada. Pero nada de eso le importaba. No cuando la vida de Veloz pendía de un hilo.

Amy se volvió para mirar al comisario Hilton. En el instante en que vio el brillo de sus ojos azul grisáceo, supo que sospechaba que mentía. Amy miró asustada a Veloz. El comisario Hilton levantó un hombro y se frotó la nuca.

—Entonces, el señor López estuvo —se aclaró la garganta— en compañía de usted toda la noche, ¿cierto? ¿Y está dispuesta a jurarlo?

Amy se vio con la mano en el libro sagrado. Raras veces mentía, mucho menos juraba una mentira. Dios podría condenarla a muerte. Su mirada se deslizó hacia Veloz. Por un instante, lo vio como lo había visto esa primera noche que hicieron el amor, tan cariñoso y paciente. Después, recordó lo amable que había sido con Peter. Si el Dios al que ella reverenciaba no quería que un hombre así conservara la vida, pensó que era tiempo de cambiar de religión.

—Lo juraré hasta mi último aliento —dijo suavemente.

No hubo rayos que cayesen del cielo. Respiró profundamente e hizo mentalmente un acto de contrición. Volvió a mirar a Veloz. Tenía lágrimas en los ojos. Se sintió más segura. «Déjame decirte que te amo a mi manera». Veloz lo había hecho… de tantas formas diferentes. Ahora le tocaba a ella.

Reconfortada por la expresión que vio en los ojos de Veloz, Amy se dio la vuelta para enfrentarse a la multitud. Vio gran variedad de emociones en las miradas que encontró, de disgusto, odio, repulsa, desprecio… Una mujer no admitía públicamente una conducta inmoral y seguía mirando de frente al pueblo inmaculado. Durante ocho años, había cultivado la buena opinión de estas personas. Ahora solo podía preguntarse por qué lo había hecho. Se había dado cuenta de que, en las cosas importantes, no le importaba lo más mínimo lo que pensasen.

—Confío en que ahora, buenos ciudadanos de Tierra de Lobos, encontraréis al verdadero culpable, ¿no es así? —dijo ella—. El señor López es inocente.

De esta forma, Amy caminó hacia la puerta. Como si tuviesen miedo de que pudiera contaminarlos al rozarlos con el vestido, la gente del salón se apartó para abrirle paso. Con las mejillas coloradas y la cabeza alta, Amy caminó entre ellos. Cuando llegó hasta Loretta y Cazador, vio que los dos sonreían. Al menos no había perdido el respeto de todo el mundo.

El aire de la noche envolvió a Amy cuando estuvo fuera. Ella lo inhaló con deseo y apoyó la espalda en la pared del edificio, encontrando refugio en la oscuridad. Temblaba de la cabeza a los pies. Cerró los ojos y escuchó las voces en el interior. Podía oír a Cazador y Loretta y adivinó que se habrían subido a la plataforma. Muy pronto, Veloz estaría libre. Imaginó su brazo sobre sus hombros, la sólida pared de su pecho calentándola. Todo iría bien entonces. Ellos podrían enfrentarse al mundo. Nada importaba salvo que estuviesen juntos.

Amy oyó un tintineo cerca de ella. Abrió los ojos, tratando de ver en la noche y se quedó completamente inmóvil. Como siempre, se sentía frustrada por la ceguera que sufría en la oscuridad. La figura negra de un hombre emergió de alguna parte. Casi al mismo tiempo, la punta afilada de un cuchillo tocó su garganta. Amy se agitó.

—Grita, puta, y te rajaré el cuello como hice con el de Abe Crenton.

El terror le bajó a Amy por la espina dorsal. Instintivamente trató de gritar, pero lo único que consiguió que saliera de su garganta fue un gemido. El cuchillo la pinchó más fuerte. Sintió un reguero de sangre cayéndole por el escote. El olor a sudor rancio le impregnaba la nariz. Una manga de cuero le rodeaba el corpiño. Después oyó ese tintineo una vez más. Espuelas de montar. Por mucho que la noche la cegara, supo que uno de los hermanos Lowdry sostenía el cuchillo.

Unos dedos crueles se le clavaron en el brazo. Al momento siguiente sintió una mano sucia que le tapaba la boca. El pánico pudo con ella. Cogió la muñeca del hombre y le hundió los dientes. Él la maldijo, dolorido. Frenética, Amy trató de escabullirse. Después, saliendo de no se sabe dónde, algo le golpeó en la cabeza. Vio unas estrellas blancas ante sus ojos. Se desplomó, conmocionada por el golpe. Después, la oscuridad se cernió sobre ella.

Cazador leyó la nota una vez, después otra. Veloz se mantenía rígido, esperando a que su amigo hablase. Loretta estaba de pie no muy lejos, agarrada al respaldo de la mecedora. Chase e Índigo, con la cara solemne y pálida, se sentaban junto a la chimenea. Cuando el silencio se hizo insoportable, Loretta gritó:

—Cazador, por el amor de Dios, ¿qué es lo que dice?

Cazador hizo una bola con el papel sucio y levantó la mirada hacia Veloz.

—Los hermanos Lowdry… —Tuvo que aclararse la garganta antes de poder decir nada más—. En verdad no se llaman Lowdry. Se llaman Gabriel.

Veloz sintió como si un puño gigante le golpease en las entrañas. Casi desde que había caminado hacia el porche de la casa de Amy y había encontrado la nota en su puerta, había rezado a Dios y a todos sus dioses para que sus temores fueran infundados, para que hubiese sido ella la que hubiese dejado la nota para él, diciendo que se había ido a algún sitio a pasear porque estaba enfadada. Todo el camino de vuelta a casa de Cazador había seguido rezando, pensando toda clase de cosas, una parte de él consciente de que Amy nunca se aventuraría a salir sola por la noche.

—Ah, Santo Dios. —Veloz se dobló ligeramente, sintiéndose aún como si le hubiesen pegado en el estómago—. Los Gabriel no. ¿Adónde se la han llevado?

—A una choza de mineros que hay a unos ocho kilómetros remontando Shallows Creek, en el antiguo Geunther. —Cazador respiró, temblando—. Quieren que vayas allí y que lo hagas con tus revólveres.

—¡No! —gritó Loretta—. Lo que quieren es un tiroteo. Si

vuelves a coger esas armas, Veloz, terminarás en el mismo callejón sin salida en el que terminaste en Texas. Se correrá la voz. Los demás pistoleros vendrán a buscarte. Tiene que haber otra manera de hacerlo.

Veloz se sentía mareado.

—La vida de Amy está en peligro, Loretta.

Se oyó un golpe fuerte en la puerta. Todos se giraron y miraron hacia ella. Loretta por fin recuperó el sentido y corrió a abrir. El comisario Hilton entró con una amplia sonrisa en la cara.

—Bien, ¡si lo que la señorita Amy hizo hoy no es una actuación que venga Dios y lo vea! No suelen gustarme las mentiras, pero esta vez una media verdad nos ha salvado el día. —Rio y sacudió la cabeza—. Por un minuto, López, pensé que tu sinceridad al hablar iba a arruinarlo todo. Si no hubieses cerrado el pico cuando lo hiciste, estaba listo para tirarte el sombrero a la cara. Esos salvajes estaban a punto de empezar una fiesta de linchamiento.

Hilton dio varios pasos en el salón antes de que pareciese darse cuenta de que el ambiente que allí se respiraba no era precisamente festivo. Entonces se detuvo.

—¿Qué demonios ocurre? Esto nos da algo de tiempo para cazar al culpable. Pensé que os encontraría celebrándolo.

Veloz pudo por fin recuperar la voz.

—Esos tipos… ¿los hermanos Lowdry? En verdad, son los hermanos Gabriel. Han venido desde Texas, buscándome porque maté a su hermano. Y ahora se han llevado a Amy.

Veloz siempre había sabido que Hilton era listo, pero aun así se impresionó al ver la rapidez con la que captó la situación.

—Hijos de su… ¡Ellos mataron a Abe y han intentado hacer que parezca que fuiste tú! —Se golpeó en los pantalones vaqueros—. Estúpido de mí que ni siquiera pensé en ellos.

Los ojos de Veloz se llenaron de dolor. Él era el estúpido. En el momento en que Abe Crenton apareció con el cuello cortado, tendría que haber intentado recordar quién le había oído amenazarlo. En vez de eso, el pánico pudo con él, preocupado solo de que todos creyesen que era culpable. Había olvidado por completo a los hermanos Lowdry. Si miraba hacia atrás, se veía como un idiota. Y Amy estaba pagando por ello.

—¿Por qué diablos han cogido a Amy? —preguntó Hilton en voz alta.

—Para cogerme a mí. Después de su anuncio de esta noche, está bastante claro que ella y yo... —Veloz dejó caer las manos—. Demonios, no sé por qué. ¿Por qué los de su calaña hacen las cosas que hacen? Imagino que esperaban que me colgasen. Cuando vieron que no iba a ser así, la cogieron a ella como cebo. Lo importante aquí es que yo maté a su hermano Chink. Nadie se cruza con los Gabriel y se sale con la suya. ¿Qué mejor manera de vengarse que haciendo daño a Amy?

El rostro de Hilton se puso tenso. Veloz volvió la vista hacia el perchero de la pared en el que estaban sus pistoleras. Recordó el miedo que había mostrado Amy al ver a los dos comancheros en la calle. Debía de estar aterrorizada ahora. Decidido, caminó hacia las armas y tiró del cinturón.

—Ay, Veloz, no —gritó Loretta—. Tiene que haber otra manera. Amy no lo querría de este modo.

Veloz se puso el cinturón y se inclinó para atarse las perneras de piel de la cartuchera para que los revólveres quedaran pegados a sus muslos.

—No tengo otra opción. —Levantó la vista—. Supongo que quizá nunca la tuve. Como Amy dice, no puedes salir huyendo de tu pasado. Esto es una prueba de ello.

Cazador se acercó a la mesa y cogió la Spencer.

—Yo voy contigo.

Veloz dudaba de que los Gabriel hubiesen llegado tan lejos solos. Cazador no tenía rival como guerrero, pero no era rápido disparando.

—Es a mí a quien quieren. Sé que quieres a Amy, pero tienes una familia en la que pensar.

Cazador reunió los cartuchos que tenía de sobra y se los metió en el bolsillo de la chaqueta. Levantando la vista hacia su mujer, dijo:

—Hay algunas cosas que debo hacer. Mi familia sabe entender esto.

A Loretta se le puso la cara pálida. Asintió lentamente. Los ojos azul oscuro de Cazador se llenaron de orgullo. Sonrió y se volvió hacia Veloz.

—¿Cuántos crees que habrá?

—Dios sabe —contestó Veloz—. Lo único que sabemos es que habrá más de dos.

—Iré a ensillar mi caballo —intervino Hilton.

Cazador levantó una mano.

—Apreciamos la oferta, comisario. Pero Veloz y yo lucharemos esta batalla a la manera comanche. Un hombre blanco solo conseguiría confundir las cosas.

Hilton sacó pecho.

—Soy un maldito buen tirador, ya lo veréis. Y ellos son más. Por no mencionar que yo represento a la ley en Tierra de Lobos. A esos tipos se los busca por asesinato.

Veloz seguía aún mirando a Cazador. Le asaltaron recuerdos de tiempos pasados y sintió un resquicio de esperanza. Si él y Cazador utilizaban la estrategia de guerra comanche, podrían acabar con los comancheros uno por uno sin que fuera necesario disparar.

—Si trabajamos tan bien juntos como solíamos hacerlo —dijo Veloz al comisario—, no nos superarán en número durante mucho tiempo. —Se encontró con los ojos del comisario—. Ha resultado ser un amigo fiel para mí. Si quiere cabalgar con nosotros y cubrirnos las espaldas, le estaré agradecido.

Cazador asintió con la cabeza y después se volvió hacia la puerta de atrás. Veloz lo siguió. Hilton miró a Loretta.

—¿Dónde diablos van? El establo está en la otra dirección.

Loretta se puso una mano temblorosa en el pecho.

—Tienen que prepararse para la batalla.

Unos cuantos minutos después, Cazador y Veloz volvían a entrar en la casa. Hilton echó un vistazo a sus caras y empezó a reírse. Su sonrisa murió repentinamente cuando Veloz se acercó a él con las pinturas. En unos segundos, las mejillas del comisario estaban llenas de rayas y la barbilla pintada de rojo, con los ojos contorneados de grafito y los labios ennegrecidos.

—¿Valdrá? —preguntó Veloz a Cazador.

Cazador, ocupado en revisar su arco y su hacha de guerra, miró hacia arriba.

—Su frente y sus manos necesitan algo.

Veloz se fijó en esas zonas. Hilton levantó una ceja.

—¿Es esta la medicina comanche?

—Puede llamarlo así —contestó Veloz—. Evitará que destaque en la oscuridad y se convierta en un blanco fácil.

Hilton se encogió de hombros y bajó la cabeza para que Veloz pudiera llegar a su ceja.

—Entonces es buena medicina para mí.

—Siempre lo fue para nosotros —contestó Cazador. Envainó el hacha y fue a abrazar a su familia para despedirse. Cuando tuvo a Loretta en sus brazos, dijo—: Reza tu rosario, pequeña. —Se volvió hacia Chase y le dio un pequeño golpe cariñoso bajo la barbilla—. Y tú reza también, ¿eh? Reza muchas Malas Marías para que vuelva a casa sano y salvo.

—Ave Marías —corrigió Loretta.

Cazador se inclinó para besar a su hija, después le frotó la cara para quitarle la pintura con la que le había manchado. Veloz, ansioso por partir, esperaba en la puerta principal. Loretta siguió a los hombres fuera. De pie en el porche, les dijo adiós con la mano.

Cuando Veloz se dirigía al granero, ella los llamó.

—No utilicéis los revólveres a menos que tengáis que hacerlo. Vuestro futuro puede depender de eso.

Tal y como lo veía Veloz, no tendrían ningún futuro del que preocuparse si algo le ocurría a Amy.

Lo primero de lo que Amy fue consciente fue del dolor que le recorría la espalda y le llegaba a la cabeza. Frunció el ceño y trató de moverse, aunque vio que tenía las muñecas atadas a la espalda. Fue recobrando la consciencia poco a poco, y lo primero de lo que se dio cuenta fue de que estaba tumbada boca arriba en un suelo frío de madera. Tenía polvo y arenilla en la lengua. Había dejado ya de oír el sonido de las botas golpeando el suelo y el de las espuelas. Por el rabillo del ojo, vio a un hombre sentado en un cajón de madera cerca de ella. Abrió los ojos y volvió la cabeza hacia él.

Una espuela mexicana brilló de camino al fuego. Amy recorrió con los ojos los pantalones de cuero, pasando por la cinta nacarada de la costura lateral, hasta terminar en el revólver de seis balas que llevaba en la cadera. Su cara era de piel morena, cubierta en parte por el ala del sombrero: Steve Lowdry.

Empezó a recordar… Estaba de pie en la puerta del salón comunitario. Un hombre había salido de las sombras y la había cogido por el brazo, poniéndole un cuchillo en la garganta. Ella había luchado y algo le había golpeado la cabeza. Después de eso, todo fue oscuridad.

Recorrió con una rápida mirada la habitación en penumbras, reparando en las telarañas y la suciedad. ¿Una choza de mineros? En las sombras que cubrían la habitación, vio a otros dos hombres, uno de pie junto a la ventana y el otro sentado en el suelo con la espalda apoyada en la pared. También llevaba una cinta nacarada en el sombrero. El hedor de sus cuerpos sin lavar lo impregnaba todo. Eran comancheros.

El terror frío que asaltó a Amy hizo que por un momento se sintiese como un cadáver en los primeros momentos del rigor mortis. Se le paró el corazón. Los pulmones le dejaron de funcionar. El frío le traspasó los huesos.

Cuando por fin recobró los latidos del corazón, fue como si unas punzadas se le clavasen en la caja torácica. La respiración le sacudió la garganta y se paró a medio camino, dejándola hambrienta de oxígeno, como un pez varado en la playa. Empezó a dolerle el vientre.

—Anda, mira quién está despierta.

Lowdry levantó la bota y pegó con la puntera a Amy en la cadera, haciéndola rodar sobre su espalda. Tenía los brazos como si se los hubiesen roto, torcidos bajo el peso de su cuerpo. Cerró los ojos. No ver la ayudaba a mantener la cordura. Si miraba al rostro de Steve Lowdry, perdería la compostura.

Oyó un movimiento. Y una mano pesada le cogió la garganta.

—Eh, oye, ¿te estás haciendo la dormida, ricitos de miel? —La mano le cogió el pelo—. ¿Ese es un buen nombre para ella, eh, Poke? Tiene rizos de miel. ¿Qué otras cosas tienes bonitas, eh, ricitos de miel?

Uno de los hombres se rio desde el otro lado de la habitación.

—López no llegará aquí hasta dentro de un rato. ¿Qué te parece si nos dedicamos a probarla un poco?

Lowdry rio.

—¿Qué te parece, preciosidad?

Una tercera voz, áspera y grave, dijo:

—Ya sabes lo que dicen de las chicas a las que se las llama ricitos de miel, ¿no? —Echó una risotada—. Que son fáciles de untar.

La mano que tenía en el pelo se soltó. Después sintió unos dedos en el tobillo y una fuerza empezó a tirar de ella por la habitación. El suelo de madera crujía al contacto con sus brazos doblados y temblorosos. Amy apretó los dientes. El calor del fuego le calentaba el cuerpo. Con los ojos entreabiertos, pudo ver una luz dorada. Lowdry le soltó el tobillo y dejó que cayese en el suelo.

Mantuvo los dientes apretados y los ojos cerrados. Sabía lo que vendría a continuación. El miedo fragmentaba sus pensamientos. Con los orificios de la nariz cerrados, le costaba trabajo respirar, pero sabía que si abría la boca empezaría a gritar. Y, una vez empezase a hacerlo, tal vez no sería capaz de detenerse.

Steve Lowdry le cogió la parte delantera del corpiño. Su olor hacía que le diesen ganas de vomitar.

—¿Qué es lo que tienes ahí, ricitos de miel?

La tela del vestido ceñía su espalda. Amy sabía que se rompería en cualquier momento. Contuvo un sollozo. La voz de él supuraba sobre ella como la baba. Podía oír la saliva en su boca trabajando, el corto y excitado ritmo de su respiración. ¿Qué tenía ahí? Era una pregunta calculada para aterrorizarla. Y funcionaba. Se imaginó esas manos sucias sobre su cuerpo.

Un centenar de súplicas silenciosas se arremolinaron en su garganta. Pero antes de que pudiera pronunciarlas, las imágenes del pasado pasaron ante sus ojos con una claridad cegadora. Se vio a sí misma de niña, luchando impotente, sollozando y suplicando clemencia. Las risas de los hombres acallaron el eco de esa voz de niña pequeña. Sus súplicas aterrorizadas y frenéticas no habían conseguido nada entonces y no conseguirían nada ahora. Los hombres como estos disfrutaban oyendo a una mujer llorar. Ellos violaban y eran violentos no por la gratificación sexual, sino por la pura violencia que había en el acto.

De repente se sintió mucho más tranquila. Ya no era la niña atemorizada de antaño. Y que Dios la condenase si iba a dar a esos animales la satisfacción que estaban buscando. Después de todo, el dolor no era algo que le fuese extraño. Sabía por experiencia que por mucho que le hiciesen daño, la agonía siempre pasaba. No podía evitar que estos hombres violasen su cuerpo, pero podía mantener la dignidad, por mucho daño que le hiciesen.

«Déjame que te lo diga a mi manera, solo una vez.» Estas palabras se colaron en su mente desde algún lugar. Era la voz de Veloz, suave y sedosa, resonando una y otra vez. Se imaginó su cara morena, la manera en la que sus ojos se nublaban llenos de ternura cuando la miraba, la manera en que sus manos le susurraban, haciéndola sentirse tan querida. Esos hombres no podrían robarle aquello.

El vestido cedió. Amy sintió el aire frío por debajo de la tela. Unos dedos se clavaron en sus pechos y le hicieron daño. Ella se puso tensa, sabiendo que esto era solo el principio.

«Déjame que te lo diga a mi manera.» Seguía manteniendo la calma. Veloz le había dado tantas cosas… amor, risa, esperanza…, pero el mejor regalo de todos había sido el hacerle descubrir el sentido de sí misma. «El coraje es dar tres pasos cuando eso te aterroriza.» Las lágrimas se agolparon en sus ojos. Daba igual lo que estos hombres le hicieran esta noche, sobreviviría. Y cuando llegase el día, volvería la cabeza hacia el horizonte y no miraría atrás nunca más.

La mano la cogió con más fuerza, con crueldad.

—¿Eh, preciosa? ¿Estás muerta o qué? Me gustan las mujeres con un poco de vida.

Amy se mantuvo relajada y concentrada en separar la mente de la realidad. Recordó el día en que ella y Veloz persiguieron a los pollos hasta dejarlos sin plumas. Una vez más, ella flotó en sus brazos al compás del vals, bajo una luz de luna llena de magia. Con los recuerdos vino la certitud de que el mañana había de hecho llegado ya. Esta noche era solo un instante en toda una vida.

La puerta de la cabaña se abrió de un portazo y el golpe devolvió a Amy al presente. Sorprendida, abrió los ojos para ver a Hank Lowdry entrando como una exhalación. Cerró la puerta de golpe detrás de él y miró al hombre que se abalanzaba sobre ella.

—¡Maldito seas, Billy Bo! ¿Qué crees que estás haciendo?

—Divertirme un poco. Maldito seas, Sigiloso, casi me da un ataque al corazón.

—Me alegro. Ya podrás divertirte después. López no va a venir a tomar el té.

¿Veloz iba a venir? Amy deslizó la vista hacia el hombre que la había atormentado, un hombre al que ella había conocido como Steve Lowdry. ¿Billy Bo? El nombre era tan absurdo que casi le dieron ganas de reír, aunque fuera de forma histérica. Él le colocó el vestido roto y la puso en pie. La piel de Amy ardía cada vez que la tocaba.

—Puedo divertirme y estar listo a la vez —se quejó—. ¿Desde cuándo te pones tan nervioso por tener que cazar a un tipo? Somos cinco.

¿Cinco? Amy miró a su alrededor. Incluido el recién llegado Sigiloso, alias Hank Lowdry, contó cuatro hombres, lo que significaba que había otro fuera. ¿Por qué? ¿Para sorprender a Veloz? Dios Santo, Veloz iba a venir aquí. Estos hombres horribles debían de estar usándola como cebo. Veloz no se daría cuenta de a cuántas pistolas tendría que enfrentarse. Iba a caer de cabeza en la trampa.

Sigiloso se movió junto a la ventana y frotó un trozo de cristal empañado y sucio para poder ver fuera.

—López hizo correr la pólvora contra veinte de los mejores hombres de Chink. ¿Te has olvidado de eso? Y se llevó a Chink por delante en la refriega. Olvídate de los pantalones y céntrate en lo que tenemos entre manos.

Billy Bo envió a Amy una mirada de deseo. Después, cogiendo el sombrero para rascarse, se tambaleó por la habitación, con las espuelas tintineando al pisar el suelo.

—¿Qué quieres que haga?

—Estate atento, estúpido. Antes de sacarla, dispara. —Sigiloso sacó su revólver del seis y revisó los cartuchos. Después se apoyó junto al cristal de nuevo—. ¡Apaga ese jodido fuego, Poke! ¿Y a quién diablos se le ha ocurrido encenderlo?

—Fui yo. —El tercer hombre gruñó—. Hace un frío de mil demonios aquí dentro.

Amy oyó unas espuelas que se acercaban a la chimenea. Hubo agua que salpicaba y silbaba. El humo los rodeaba. Volvió la cara hacia un lado, contenta de que estuviera oscuro. ¿Cinco hombres? Y Veloz esperaba solo a dos. Tenía que hacer algo. La pregunta era ¿qué?

Veloz condujo a *Diablo* hasta un alto, bajo la oscura sombra que proyectaba un árbol. El olor a humo llamó su atención. Cazador estaba en alguna parte hacia su izquierda. Hilton estaba haciendo guardia a unos noventa metros detrás de él. La luz de la luna llena bañaba el claro que había ante ellos. Perfecto. Él y Cazador podrían verse el uno al otro lo suficiente como para comunicarse por señas mientras avanzasen hacia la cabaña.

Se obligó a alejar los pensamientos sobre Amy de su cabeza. Cerró los ojos y trató de absorber los olores y sonidos que lo rodeaban, intentando formar parte de ellos. Las palabras que había dicho a Cazador esa primera noche en Tierra de Lobos se volvían contra él. «El lugar en mi interior que era comanche ha muerto.» Si eso era cierto, entonces Amy estaba perdida.

Veloz abrió los ojos y miró a la luna a través de las retorcidas ramas que lo cubrían. La madre luna. Se le encogió el corazón. Había pasado tanto tiempo desde que había renegado de su pasado indio. ¿Podría aún reconocer el sudor de un hombre en el aire a noventa metros? ¿Podría aún distinguir los sonidos de un animal de los de un hombre, los de un amigo de los de un enemigo? ¿Podría seguir moviéndose por la oscuridad como una sombra? ¿Trinar como un pájaro nocturno? ¿Ulular como un búho? ¿Chillar como un coyote? ¿Recordaría las señales que había aprendido a usar en la batalla?

Estaba asustado. Por su cabeza pasó una imagen de Amy. Y ahora los hermanos Gabriel la tenían en esa cabaña de mineros. Su peor temor se había hecho realidad. Tenía que sacarla de allí.

Un búho ululó. A Veloz se le erizó el vello de la nuca. Sin mover el cuerpo, deslizó la mirada por el claro. Vio a Cazador acurrucado detrás de un arbusto. Sus manos hicieron un movimiento rápido. Veloz descifró la señal y se puso tenso. «Hay un hombre delante de ti.»

Tumbándose junto al cuello de *Diablo*, puso la mano en el hocico del animal. El caballo se quedó inmóvil. El comanche sonrió. Algunas cosas nunca se olvidaban. Se bajó del caballo como un fantasma y se pegó al suelo. Echando la cabeza hacia atrás, emitió un sonido con la garganta:

—¡Uuuu!¡Uuuu! —Rodando hacia un lado, devolvió la señal a Cazador. «Yo me encargo de él.» Cazador asintió y se fundió entre las sombras.

—¡Maldita sea, Rodríguez debería estar ya aquí! —Sigiloso dio la espalda a la ventana. La luz de la luna hizo que Amy pudiera verlo mientras sacaba el reloj del bolsillo. Lo movió hacia la luz—. Se supone que debíamos haber cambiado la guardia hace diez minutos. Algo va mal.

—¡Se habrá dormido! —gruñó Billy Bo desde algún lugar cercano a la cabeza de Amy.

Sigiloso dirigió un pulgar hacia la puerta.

—Poke, ve a ver qué diablos pasa. Uno de los dos deberá volver aquí para decírmelo en cinco minutos. Fernández —gritó al tercer hombre—, te quiero en el tejado. ¡Vamos!

—¿Por qué no pueden Billy Bo o Fernández ir a ver a Rodríguez? —se quejó Poke—. Si algo pasa, ¿por qué debe ser mi cuello el primero en caer?

—¡Porque lo digo yo!

El hombre llamado Fernández se dispuso a hacer lo que le había dicho Sigiloso y salió en silencio de la cabaña. Desde las sombras, Amy oyó a Poke levantarse del suelo y murmurar algo.

—Yo te diré por qué somos Fernández y yo los que vamos. Es porque no nos apellidamos Gabriel, por eso.

—¡Cierra tu jodida boca! —le espetó Sigiloso. Levantó la vista al techo, aguzando el oído al reconocer el sonido de pasos sobre ellos—. Suena como una manada de caballos ahí arriba. ¿Es que no sabe andar sin hacer ruido?

Poke dio un paso hacia un claro de luna y se ajustó el sombrero en la cabeza. Amy estaba contenta de que sus ronquidos hubiesen cesado. Tenía la impresión de que había estado en la misma posición durante horas, escuchándole escupir y chascar los labios.

Horas. ¿Había pasado tanto tiempo? ¿O solo habían pasado minutos? No tenía ni idea. Solo sabía que no podía hacer que las cuerdas que ataban sus muñecas se aflojaran, que no había nada, absolutamente nada, que pudiera hacer para ayudar a Veloz. Él vendría por ella. No le cabía ninguna duda. Y puede que muriese en el intento.

Poke sacó el revólver y se aseguró de que estaba cargado. Con una última palabrota que mostraba su desacuerdo, abrió la puerta y salió. Poco después, el silencio de la noche les trajo el sonido de un búho ululando.

Amy registró el sonido y estuvo a punto de pasarlo por alto. Entonces lo pensó mejor y vio en la oscuridad la silueta oscura de Sigiloso junto a la ventana. Estaba apoyado en ella, haciendo algo con las manos. Un momento después, vio el resplandor de una cerilla al encenderse. La luz de la llama bañó su rostro curtido al hundir la cabeza y encender un cigarrillo. Amy tragó saliva y trató de ver por detrás de él, también a través de la ventana. Si había oído el sonido del búho, no parecía conocer su significado. Al menos no todavía. Pero podría descubrirlo en cualquier momento, si ella no lo distraía.

Volvió a tragar saliva. Hasta ahora había tratado de pasar tan desapercibida como le fuese posible, atemorizada con la idea de llamar la atención. Pero si Veloz estaba ahí fuera, no podía limitarse a quedarse allí tumbada sin hacer nada.

—¿Por qué…? —Su voz se quebró. Se humedeció los labios. ¿Y si el sonido que había oído era solamente un búho? ¿Y si Veloz seguía aún en Tierra de Lobos? ¿Y si…? Apartó esos pensamientos y se centró en los contrarios. ¿Y si Veloz estaba ahí fuera? Sigiloso Gabriel podría verlo arrastrándose hasta la cabaña y matarlo—. ¿Por qué hacéis esto?

—¿Hacer qué? —Sigiloso apartó la cabeza de la ventana para mirarla—. ¿Fumar?

—No... no. ¿Por... por qué matasteis a Abe Crenton?

—No nos gustaba su aspecto.

Él volvió a mirar por la ventana. El pulso de Amy se aceleró.

—No, en serio. De verdad que me gustaría saberlo. ¿Para qué ha servido su muerte?

—Para nada. Por eso al final hemos tenido que cogerte a ti.

Era evidente que no iba a hablar, a menos que ella lo forzara a hacerlo. Amy miró su descomunal figura.

—Ah, ¿así que vuestros planes se fueron al traste?

Él se volvió para mirarla de nuevo.

—Solo porque tú eres una puta mentirosa. López no estuvo anoche contigo toda la noche.

—¿Cómo puedes saber dónde estaba?

—Porque estábamos vigilándolo, por eso. —Apoyó la cadera contra el alféizar, dando completamente la espalda a la ventana—. Dejó tu casa a eso de las dos. Esperamos hasta que saliera para matar a Crenton.

—Para que no tuviera coartada en el momento de su muerte. —Amy sintió cierta curiosidad genuina en la narración—. Está claro que queríais que lo colgaran. Pero ¿por qué? Si queríais tanto que muriese, estoy segura de que podríais haber encontrado docenas de formas más eficientes de conseguirlo.

Él se rio sonoramente.

—¿Efi... qué?

—Eficientes..., más rápidas.

Él se encogió de hombros.

—Lo más rápido no siempre es lo mejor.

—Me temo que has vuelto a conseguir que me pierda.

—Vimos la manera de liquidarlo legalmente. Siendo forasteros por estas tierras, era mucho más seguro hacerlo de esta forma que hacerlo nosotros mismos. Especialmente porque López se había portado bien con nosotros y no llevaba sus revólveres.

—Yo pensaba que siendo forasteros era más conveniente para vosotros. Nadie sabía quiénes erais realmente. Y en cuanto a lo de que él no estuviese armado, pensaba que esto ponía las cosas más fáciles y no al contrario.

Irrumpió con una risotada, haciéndole ver lo estúpida que la consideraba.

—Claro, lo que queríamos era deshacernos de un hombre que va desarmado para tener a todos los comisarios persiguiéndonos. No hay muchos caminos por aquí. Si la ley nos persigue... —Dio una calada al cigarrillo y sacudió las cenizas, que cayeron de un color naranja brillante hasta el suelo—. Bueno, ahora ya lo sabes. Que me cuelguen si sabían mi verdadero nombre o no. No conocemos estas montañas lo suficiente como para adentrarnos en terrenos fuera del mapa y evitar los caminos principales.

Amy empezaba a entenderlo todo. Dirigió la vista hacia la ventana.

—Así que decidisteis matar a Crenton, hacer que pareciera que lo había hecho Veloz y dejar que lo colgaran por ello.

—López amenazó con cortarle el cuello al tipo delante de una docena de testigos. Era una oportunidad que no podíamos dejar escapar. Lo único que teníamos que hacer era cumplir con su amenaza. Billy Bo y yo hemos compartido muchas cabelleras, así que hicimos un buen trabajo. Hace unos años, el ejército pagaba bien por las cabelleras de los indios.

A Amy se le encogió el corazón. Las cabelleras de los indios. La vida humana no significaba nada para estos hombres. Se le secó la garganta. Tragó para contener la náusea.

—Una pregunta más, solo por curiosidad. ¿Por qué queréis ver muerto al señor López?

—Él mató a mi hermano Chink.

—¿Por qué?

—Por una mujer. —Rio de nuevo—. Una mujer rubia, como tú. El hombre tiene fijación por las rubias, ¿no?

Durante un instante, sintió celos. Pero fue solo un instante. Nunca podría dudar del amor de Veloz. Si había matado a Chink Gabriel por una mujer, debía de haber tenido otras razones que no eran las más evidentes.

—Yo diría que a tu hermano también le gustaban las rubias —dijo ella suavemente.

—A él no le importaba el color de pelo —gruñó Sigiloso—. Él solo estaba divirtiéndose un rato. Y López lo mató por eso.

El odio que oyó en su voz la hizo temblar. Se preguntó si la idea de su hermano Chink de divertirse con una mujer había sido parecida a la de Billy Bo hacía un momento.

Capítulo 25

A Amy le pareció que habían pasado varias horas desde que había terminado de hablar con Sigiloso Gabriel y él había vuelto a mirar por la ventana. Sabía, sin embargo, que no había podido pasar tanto tiempo. Sigiloso había dado instrucciones a Poke para que volviese en cinco minutos, y Poke aún no había regresado. Incluso aunque solo hubiese pasado una hora, Sigiloso estaría ya nervioso, preguntándose qué podía haber pasado.

Como si le leyese los pensamientos, Sigiloso sacó el reloj del bolsillo para controlar la hora. Profirió una maldición y se volvió hacia la ventana.

—Ese condenado López está ahí fuera, Billy Bo —dijo entre dientes a su hermano—. Creo que está intentando acabar con nosotros uno a uno.

—¿Cómo demonios lo sabes? —Amy escuchó a Billy Bo que emergía de las sombras arrastrando los pies—. Yo no veo nada.

Sigiloso volvió a desenfundar la pistola y volvió a comprobar la munición, señal indudable de su nerviosismo. Había revisado el arma hacía solo un momento.

—Rodríguez no ha venido a cambiar la guardia. Ahora Poke tampoco ha vuelto. —Le temblaba ligeramente la voz—. Ese hijo de puta está ahí fuera. Lo siento en las entrañas.

Billy Bo se acercó más a la ventana y miró hacia fuera.

—¿Qué vamos a hacer?

—Bueno, lo que no vamos a hacer es quedarnos aquí sentados para ver cómo nos corta el pescuezo, eso te lo digo. ¡Coge a la chica!

Billy Bo se volvió hacia Amy.

—¿Qué vamos a hacer con ella?

—La utilizaremos para obligarle a salir —contestó Sigiloso—. López se dejará ver si empezamos a meternos un poco con ella.

Amy sintió como si le hubiesen tirado un jarro de agua fría. Billy Bo se acercó y la cogió de las muñecas para obligarla a ponerse en pie. Le sujetaron los brazos, colocándoselos por la espalda. El dolor se le clavó en los hombros. Gimió y se tambaleó contra él. Cogiéndola otra vez por las muñecas, le dio un empujón hacia la puerta. Amy apretó los dientes para no gritar.

Sigiloso abrió la puerta de un golpe. Billy Bo sacó a Amy al exterior. Soltándole las muñecas, le pasó el brazo por la cintura y la acercó a él.

Utilizando a Amy y a su hermano de escudo, Sigiloso Gabriel salió por detrás.

—¡López! ¡Eh, López, sabemos que estás ahí! —rugió Sigiloso—. Mira bien a tu mujer, amigo. Porque dentro de un minuto se quedará sin nariz. —La presionó contra Billy Bo—. Si eso no te hace salir, entonces le cortaré las orejas.

Como si quisiera demostrar que iba en serio, Billy Bo le apoyó el cuchillo en el cuello y presionó con la hoja el labio superior de Amy. Ella consiguió contener un gemido. Un solo sonido de ella haría que Veloz se precipitase.

—Voy a contar hasta diez, López —dijo Sigiloso—. Si no te pones a la vista antes de que termine, empezaremos a cortar.

Fernández susurró algo desde el tejado.

—¿Quieres que le dispare, jefe?

—¿Crees que estás ahí para echarte una siesta? —le riñó, sigiloso, en voz baja.

Amy escudriñó el claro. La luz de la luna bañaba el área inmediata frente a la cabaña, pero cuando intentó ver más allá, entre las sombras, su ceguera nocturna le impidió reconocer nada. ¿Estaría Veloz allí fuera? ¿Se habría dado cuenta de que Fernández estaba en el tejado, listo para dispararle? Dios mío... Bajó los ojos y vio el cuchillo que tenía en la nariz. Si gritaba para advertirlo, Billy Bo se movería y le haría un corte.

Le temblaba todo el cuerpo. Se imaginó a Veloz avanzando a la luz de la luna..., se imaginó que le disparaban. Una cicatriz en la cara no era nada si con ello podía salvarle la vida. Se armó de valor, inhaló lentamente y después gritó.

—¡Hay un hombre en el tejado!

Billy Bo se estremeció. Por suerte, cuando dio un tirón, el cuchillo descendió una fracción en vez de ir hacia arriba.

—¡Maldita sea, Billy Bo, haz que se calle! —gritó Sigiloso.

Billy Bo perjuró y le cubrió la boca con la mano, blandiendo el mango del cuchillo contra sus labios. A Amy casi se le doblaron las piernas. Cerró los ojos aliviada, rezando para que Veloz la hubiese oído.

Como si respondiese a sus plegarias, una voz maravillosamente familiar y sedosa salió de la oscuridad.

—Deja que se vaya, Gabriel. Es a mí a quien quieres, no a la mujer. Voy armado. Tendréis vuestro tiroteo y podréis decir que fue en defensa propia. Haz las cosas con decencia y suéltala.

Amy miró fijamente a la oscuridad que había después del claro, con el corazón latiéndole violentamente. Veloz. Quería correr hacia él. Cada músculo de su cuerpo luchaba contra el apretón de Billy Bo.

—Deja que te veamos —ordenó Sigiloso.

—No hasta que la mujer esté fuera de peligro.

—¿Para que puedas dispararnos? ¿Crees que somos tan estúpidos, López? Deja que te veamos ahora mismo o ella morirá.

Una sombra se movió. Amy trató de liberar su boca de la mano de Billy Bo. Él se la tapó con más fuerza. Sabía que las oportunidades de Veloz serían menores si ella se mantenía en la línea de fuego. Él tendría que elegir su objetivo, lo que le haría ser más lento. Aunque disparara a Sigiloso y Fernández, no se arriesgaría a disparar a Billy Bo por temor a herirla. Billy Bo se aprovecharía sin duda de ello y respondería a Veloz con una bala.

La hoja del cuchillo le presionaba la garganta. Sabía que Billy Bo le cortaría el cuello a la mínima provocación. ¿Su vida o la de Veloz? Sin él, no le quedaría mucha vida de todas formas. Hizo recaer el peso de su cuerpo en un solo pie. Después, antes de que Billy Bo pudiera adivinar sus intenciones, levantó una rodilla y le clavó el talón en las espinillas, haciendo toda la fuerza que le fue posible.

Sorprendido, él se echó hacia atrás gritando de dolor. En esa fracción de segundo, Amy aprovechó la ventaja que le daba el espacio que se había abierto entre ellos y lo agarró de la entrepierna. Cerró los dedos como tenazas con todas sus fuerzas. Billy Bo dio un alarido. Amy pensó que iba a matarla, así que cuando vio que él la dejaba completamente libre, se quedó sorprendida. Trató de forcejear con ella para librarse de las manos que lo sujetaban.

Todo sucedió con gran confusión. Sigiloso perjuró. Billy Bo hizo un sonido como de gárgaras y gritó:

—¡Me tiene cogido por los cojones! ¡Quitádmela de encima! ¡Me tiene cogido por los cojones!

El silbido de una flecha atravesó la oscuridad. Casi de forma simultánea, Fernández se retorció y cayó del tejado como un bulto sin vida detrás de ellos. El impacto de su cuerpo sobre el suelo asustó a Sigiloso. En medio de la confusión, Amy tardó un momento en darse cuenta de que Billy Bo la había soltado.

—¡Amy, tírate al suelo! —le gritó Veloz.

Al oír a Veloz, Amy dejó de sentir miedo. Soltó a su víctima y se tiró al suelo. Jadeando para recuperar el aire que parecía haber perdido, levantó los ojos. Allí estaba Veloz, iluminado por la luna. Vestido de negro, con las pistolas reluciendo en sus caderas. Parecía el mismo Lucifer. Su revólver de seis balas brillaba como el relámpago. Un fuego naranja atravesó la noche. Una explosión de ruido pasó por encima de su cabeza. Los cuerpos empezaron a caer y el suelo pareció rugir bajo ella. Después, solo hubo silencio, un silencio espeluznante y antinatural.

Con la mano aún en el gatillo, Veloz corrió tres pasos, se puso de cuclillas y se volvió para observar lo que había a su alrededor. Amy nunca había visto a nadie moverse con tal rapidez y precisión. Satisfecho al ver que nada se movía, cerró la distancia que quedaba entre ellos.

—¿Amy, hay más?

Aturdida por lo deprisa que se habían desarrollado los acontecimientos, tragó saliva, tratando aún de respirar.

—No, no creo. Cin... cinco, eran cinco.

Veloz enfundó el revólver y clavó una rodilla en la tierra para desatarle las manos y cogerla en sus brazos. Temblaba violentamente.

—¿Estás bien? ¿Te han hecho daño? ¿Amy, estás bien?

Nunca nadie se había sentido tan bien. Le rodeó el cuello con los brazos y se colgó de él.

—Estoy bien. ¿Y tú? ¡Ay, Veloz, tenía tanto miedo de que te matasen!

Él la abrazó más fuerte y hundió la cara en la curva de su cuello. Por un momento, se quedaron allí, pegados el uno al otro. Entonces Cazador y el comisario Hilton salieron de la oscuridad.

—¿Está bien? —ladró Hilton.

—Sí, creo que sí. —Veloz levantó la vista hacia Cazador—. ¿Mataste a Fernández?

Cazador sonrió.

—Era difícil no darle allí en el tejado. ¿Estás seguro de que Amy está bien?

Veloz respiró. Aunque seguía temblando, rio en voz baja.

—Está bien. Mejor que bien. Ha estado gloriosa.

Hilton caminó por entre los cuerpos para comprobar el estado de los hombres que yacían en el suelo. Se volvió para mirar a Veloz, rascándose la cabeza.

—Nunca había visto a nadie disparar de ese modo, López. Eres envidiable con esas pistolas en la mano.

Veloz se puso tenso. Amy notó el cambio y se echó atrás para mirarlo. Una expresión cruda cruzó su rostro. Miró hacia los hermanos Gabriel y tragó saliva.

—Créame, comisario. Ser rápido con un revólver no tiene nada que envidiar. Ahora todos los pistoleros que haya a veinte kilómetros a la redonda vendrán a retarme cuando se corra la voz.

El sentimiento de alivio de Amy se esfumó. Veloz había recorrido dos mil kilómetros para escapar a su reputación como pistolero. Y esa noche su pasado había vuelto a atraparlo. Su plan de construir un hogar en Tierra de Lobos y de vivir en paz aquí se habían convertido en un sueño imposible.

Amy dedicó una mirada asustada a los cuerpos que había detrás de ella. Los comancheros habían tenido su revancha después de todo.

—No —susurró Veloz. Le puso la palma de la mano en la mejilla y la obligó a mirar hacia otro lado—. No mires, Amy, amor. Ya has visto suficiente horror en tu vida.

Amy asintió y apoyó la frente contra su hombro.

—Creo que será mejor que te lleve a casa —añadió.

Amy no ofreció resistencia cuando se levantó y la cogió en brazos. Obtuvo, sin embargo, poco descanso de su calidez y cercanía. Solo podía pensar en una cosa. Veloz iba a verse obligado a dejar Tierra de Lobos, y ella tenía la inquietante premonición de que no planeaba llevarla con él.

Cazador y el comisario Hilton se separaron de Veloz y Amy al llegar a Tierra de Lobos. Cazador y Hilton siguieron hasta el pueblo en busca de voluntarios que quisieran volver a la mina a enterrar los cinco cuerpos de los forajidos. Veloz se excusó, diciendo que quería quedarse con Amy para que se tranquilizara.

Haciendo caso omiso de sus protestas, la llevó en su caballo hasta casa, instalándola en el sofá mientras él encendía la lámpara y hacía fuego en la chimenea y en la cocina. Cuando terminó, puso la cafetera al fuego. Mientras se calentaba, volvió al sofá y echó un vistazo a las heridas de Amy. Su preocupación no aliviaba en nada a Amy. Conocía demasiado bien a Veloz para obviar la mirada que veía en sus ojos. Buscaba la manera de decirle que tenía que marcharse.

Siendo justa, sabía por qué él quería dejarla atrás. Él había vivido antes en el camino, siempre mirando por encima de su hombro. Esa no era vida para un hombre casado. Por mucho que odiase admitirlo, su reciente comportamiento indicaba que la seguridad de un hogar y un fuego lo eran todo para ella. ¿Cómo podía culparle por pensar que ella sería más feliz en Tierra de Lobos? Aunque la gente del pueblo nunca la perdonase, contaría con la seguridad de Cazador y Loretta.

El problema era que ella no sería feliz. No sería feliz y punto. Las pruebas por las que había pasado esa noche habían sido difíciles, pero Amy había aprendido bien la lección. Veloz era su piedra angular. Sin él, toda la seguridad y el bienestar material del mundo no significaban nada.

Mientras él servía café en dos tazas, Amy rechazó sus órdenes de que se quedara en el sofá y fue a su habitación. Momentos más tarde, él fue a buscarla.

—¿Qué haces? —le preguntó.

Ella se dio la vuelta junto a la cómoda, con un par de pololos en la mano.

—Hago las maletas. No debería llevarme más de dos mudas, ¿verdad? Nunca he vivido en el camino antes.

Su vista recayó en la ropa interior que tenía en la mano. Se le cerró la laringe y apartó la vista. Ella se sintió aliviada al ver que no pretendía hacer como si no supiese de lo que estaba hablando.

—Amy, no tienes ni idea de lo que estás haciendo. Los cotilleos que provocaste anoche se acallarán pronto. Aquí en Tierra de Lobos tendrás… —Se calló y movió una mano hacia la casa—. Conmigo, nunca sabrás si comerás ese día o el siguiente. O incluso si volverás a comer.

La imagen de estas palabras hizo que Amy dudara un momento. Después, sus dudas se disiparon.

—Veloz, entiende lo que voy a decirte. Un día contigo vale más que toda una vida sin ti.

Él la miró fijamente. Amy vio un brillo de esperanza en la profundidad de sus ojos.

—Cariño, sé que me amas. Sin embargo, no puedo pedirte que huyas conmigo. Hay un límite en lo que puedes hacer para demostrar tus sentimientos. ¿Y si te quedas embarazada? ¿O si caes enferma?

—Nos instalaremos en algún sitio. —Se mordió el labio—. No hay nada que diga que no podamos cambiar tu apellido López por algo diferente, nada que diga que no podamos finalmente empezar de nuevo en otro sitio. Siempre he querido ir a California. Hay buenas minas allí. O quizá podríamos ir a Nevada.

—¿De verdad quieres venir conmigo? Pensé que… Después de todo lo que me has dicho, pensé que tú…

A Amy se le rompió un poco el corazón. ¿Había sido su amor hasta ahora tan superficial?

—Te equivocaste, Veloz. Me voy contigo. Y no intentes dejarme atrás. Estamos casados, ¿recuerdas? Donde tú vas, yo voy. Así es como se supone que debe ser. Lo que es mío es tuyo, lo que es tuyo es mío. Sabes cómo funciona. Eso significa que tus problemas también son mis problemas.

—Pero todo lo que tú valoras… la seguridad de aquí, el tener tu propia casa. No tendrás nada de eso. Si la idea de ser totalmente dependiente de mí aquí en Tierra de Lobos te molestaba, ¿cómo vas a sentirte a miles de kilómetros de aquí, sin otra persona a la que dirigirte salvo a mí? —La miró durante un buen rato—. Piénsalo bien. Si vienes conmigo, no puedo garantizarte que seré lo bastante noble como para traerte a casa si cambias de idea. Prefiero cortar los lazos ahora que pasar por el dolor después.

Poniéndose los pololos en un brazo, Amy susurró.

—Mi hogar estará donde tú estés.

A Veloz se le llenaron los ojos de lágrimas. Ella cruzó lentamente la habitación para unirse a él.

—Por favor, no me dejes, Veloz —le dijo dulcemente.

Él refunfuñó y la estrechó entre sus brazos, abrazándola tan fuerte que apenas la dejaba respirar. Los pololos se le cayeron al suelo.

—¿Dejarte? Amy, amor, pensé que eso era lo que querías. ¿Dejarte? Sería como si me arrancaran el corazón.

—Por no mencionar que me arrancarías el mío también —dijo con voz temblorosa—. Ahora que vuelvo a tenerlo, me gustaría que se quedara de una pieza por un tiempo.

Ella notó una sonrisa en los labios de él y supo que había captado la indirecta. El corazón comanche no sabía de miedos y sí de la consciencia sobre uno mismo. Lo que le había dado Veloz no podría perderlo a menos que ella quisiera.

Amy se puso de puntillas.

—Te quiero, Veloz.

—Y yo… —Una llamada seca en la puerta lo interrumpió. Arqueó una ceja—. ¿Qué pasa ahora?

Amy sonrió.

—Las cosas no pueden ponerse peor. Así que solo pueden ser buenas noticias.

Él se relajó ligeramente y se separó de ella.

—No con la suerte que tengo.

Juntos fueron a abrir la puerta. El comisario Hilton estaba de pie en el porche. Echándose el sombrero hacia atrás, les dedicó una enorme sonrisa.

—Pensé que sería buena idea pasar y daros las buenas noticias.

Veloz abrió la puerta por completo.

—Entre, hace frío.

—No, está bien. No puedo quedarme mucho. Tengo ganas de llegar junto a los Crenton y ver como están Alice y los niños. —Volvió a sonreír—. Es un trabajo desagradable, pero alguien tiene que hacerlo.

Amy entrelazó los dedos de su mano con los de Veloz.

—¿Dijo que tenía noticias, comisario?

Hilton se frotó la barbilla y arrugó el ceño.

—Pues, lo cierto es que anoche pasó algo condenadamente extraño. ¿Recordáis a los hermanos Lowdry? Esa pareja con aspecto de duros por los que estabais preocupados hace unos días?

Veloz se preguntó si el comisario habría sufrido una pérdida de memoria. Cogió con más fuerza la mano de Amy.

—Claro, los recuerdo. ¿Qué...?

—Bien —continuó el comisario, interrumpiendo a Veloz—. Parece que formaban parte de una banda. Eran cinco. Duros de verdad. Son ellos los que mataron a Abe Crenton. Solo Dios sabe por qué, pero uno no puede nunca imaginarse cómo son esos tipos. Abe debe de haber tropezado con ellos en uno de sus días malos.

Se detuvo y miró a Amy con ojos juguetones.

—Supongo que empezaron a dispararse entre ellos anoche. Al menos eso es lo que me ha parecido. Tuvieron un gran tiroteo en Geunther. Ninguno de ellos ha vivido para contarlo. Reuní a un grupo de hombres para ir allí y recoger los cuerpos. Cazador cabalgó con ellos...

Volvió a rascarse la cabeza.

—Dijo algo de una flecha que tenía que recoger. De cualquier forma, él va a organizarlo todo. Lo que me deja a mí el resto de la tarde para ir a ver a Alice y a los niños.

Amy solo necesitó un minuto para captar lo que el comisario quería decir. La alegría la invadió. Levantó los ojos hacia el rostro sorprendido de Veloz y se pegó a él con entusiasmo.

—Gracias, comisario Hilton —dijo suavemente—. Es algo maravilloso lo que acaba de hacer. Siempre le estaremos agradecidos.

El comisario asintió y guiñó un ojo. Cuando se estaba dando la vuelta para salir, dijo:

—Te lo dije, López. Si planeas poner la espalda contra la pared en mi pueblo, tienes un amigo. —Levantando la mano en señal de despedida, apuró el paso—. Bienvenido a Tierra de Lobos. Os deseo a ti y a tu mujer toda la felicidad del mundo.

Veloz entornó los ojos, para ver la silueta de Hilton desapareciendo en la oscuridad.

—¿Lo ha dicho en serio? ¿Va a mantener todo esto en secreto?

Amy asintió.

—Eso parece.

—¿Te das cuenta de lo que eso significa? —La cogió alegremente en volandas y empezó a dar vueltas por la habitación—. ¡Soy libre! ¡No tenemos que irnos de Tierra de Lobos! ¡Nadie va a saber lo del tiroteo! —Con ella en alto volvió a dar otra vuelta—. Es un milagro.

Amy echó hacia atrás la cabeza para poder ver mejor la maravillosa cara de su amado. En aquel instante, parecía como si toda su vida pasase ante sus ojos, un largo y agotador viaje que la había llevado inexorablemente a este momento. «Mantén siempre los ojos en el horizonte, chica de oro. Lo que hay detrás de ti pertenece al ayer.» Sonrió, con la vista fija en esa cara tan querida. ¿Era el horizonte una línea distante de color púrpura sobre picos nevados? Amy no lo creía.

Veloz la rodeó con fuerza por la cintura y la levantó dando otra vuelta por la habitación. Un paso de vals. Ella seguía mirándolo, flotando con la música imaginaria que parecía envolverlos. Veloz López, su horizonte y su mañana. Por fin, lo que había detrás de ella se había convertido en un ayer que apenas podía ver.

Corazón comanche

SE ACABÓ DE IMPRIMIR EN UN DÍA DE PRIMAVERA DE 2011
EN LOS TALLERES DE EGEDSA
ROÍS DE CORELLA 12-16, NAVE 1
08250 SABADELL (BARCELONA)